튜토리얼 탑의 고인물

튜토리얼 탑의 고인물

방구석 김씨 장편소설

3

해피북스
투유

떡밥 회수

3일 뒤.

"……몸은 괜찮은 거예요?"

"뭐, 이제 그럭저럭 움직일 수는 있지. 그보다…… 여기는 왜 이러냐?"

아브가 머무는 시스템 룸에 들어온 김현우는 묘하게 바뀌어 있는 주변을 보며 시선을 이리저리 돌렸다.

분명 이전에는 넓은 방 하나 크기 정도였는데 이제는 훨씬 넓어져 있었다. 그런데 그 넓은 방에 가구가 예전 그대로여서 김현우의 눈에 무척이나 어색하게 보였다. 벽에 붙어 있지 않고 다들 널찍하게 떨어져서 위화감을 조성하는 가구들.

"가디언의 정보 등급이 중위로 올라서 시스템 룸이 상향 조정된 거예요."

아브의 설명에 고개를 끄덕거린 김현우는 곧바로 책상 위에 있는 붉은 버튼을 들어 올렸다.

딸깍.

버튼을 누르자마자 김현우의 생각대로 깔끔하게 배치되기 시작하는 가구들. 정리된 방을 보고 만족감을 느낀 김현우는 이내 자신의 앞에 있는 소파에 앉았고, 아브도 마주 앉았다.

김현우는 아브에게 지금까지의 상황을 간략하게 설명하기 시작했다. S등급 세계 랭킹 1위인 무신이 사실은 예비자였다는 사실부터 그에게서 '악천의 정수'를 얻은 것까지.

김현우의 이야기를 들은 아브는 고개를 끄덕이며 입을 열었다.

"확실히 저도 TV랑 인터넷을 확인하면서 가디언이 무신이라는 사람이랑 싸웠다는 것은 알고 있었는데 갑자기 정보 권한의 등급이 올라가서 당황했었거든요."

"그래?"

"네, 그도 그럴 게 정보 권한 중위부터는 웬만한 정보들은 전부 열람할 수 있으니까요."

"그래? 그러면 나를 탑에 가둔 놈도 알 수 있어?"

김현우의 물음에 아브는 슬쩍 시선을 피하며 말했다.

"아뇨, 아직 그건……. 저번에 말씀드렸다시피 거기까지 가려면 정보 권한이 상위까지 올라가야 해요."

김현우는 혀를 찼다. 사실 저번에도 그 정보를 알기 위해서는 상위 이상의 정보 권한이 있어야 한다고 들었기에 이번에 가능할 거라고는 생각하지 않았다.

'그래도 막상 이렇게 들으니까 또 아쉽네.'

김현우는 이내 그 아쉬움을 털어내고는 주머니에 손을 가져가며 물었다.

"아무튼 그럼 이것 좀 봐봐."

"……그건, 천?"

아브는 김현우가 주머니에서 꺼내 올린 검은색의 띠를 보며 고개를 갸웃했다.

"로그 보이지?"

"네, 아……! 이게 그 예비자가 남겼다는 '악천의 정수'라는 건가요?"

"맞아."

김현우는 고개를 끄덕이고는 단도직입적으로 물었다.

"이 아래에 보이지? '미궁석 게이지'라고."

아브는 시선을 아래쪽으로 내리더니 그곳에 쓰여 있는 글을 보고는 고개를 끄덕였다.

"네, 쓰여 있네요."

"이 게이지 채우려면 어떻게 해야 하는지 알아?"

"잠시만요, 한번 찾아볼게요."

아브는 곧바로 슬쩍 눈을 감고는 눈알을 굴리기 시작했다.

몇 초도 안 되는 짧은 시간. 아브가 다시 눈을 떴다.

"네, 방법에 대해서 정확히 나와 있는 건 아니지만, 관련된 단서를 찾기는 했어요."

"그래?"

아브는 고개를 끄덕인 뒤 자신이 정보 권한을 이용해 검색한 내용들을 김현우에게 전해주기 시작했고, 그걸 들은 김현우가 고개를 끄덕이면서 말했다.

"그러니까, 미궁에 사는 몬스터들에게서 '미궁석'이라는 물건이 나올 거라 이거지?"

"네, 솔직히 저도 '미궁석'이 미궁에 있는 몬스터의 '마석'을 뜻하는 건지, 아니면 미궁 내에 있을 또 다른 무언가인지는 모르겠지만……."

정보 권한에서 검색된 것을 그대로 읽어서 추측해보면.

"등반자들은 미궁을 통해 다음 계층으로 이동한다는 소리가 있으니 어쨌든 답은 미궁 안에 있을 것 같아요."

아브의 말에 고개를 끄덕인 김현우는 '악천의 정수'를 자신의 주머니 안에 집어넣으면서 말했다.

"그래서, 정보 권한이 중위로 올라갔는데 새로 생긴 스킬 같은 건 없어?"

아브가 고개를 끄덕이며 대답했다.

"아뇨, 하나 있어요. 게다가 덤으로 다른 스킬도 모두 업그레이드될 거고요."

"그래?"

"우선 정보창을 열어보시겠어요?"

김현우는 고개를 끄덕이며 정보창을 띄웠다. 박갑식33그와 함께 새롭게 떠오르는 로그들.

이름: 김현우 [9계층 가디언]

나이: 24

성별: 남

상태: 매우 양호

능력치

　근력: S

　민첩: S+

　내구: Ss

　체력: S-

　마력: A+

　행운: B

SKILL -

　정보 권한 [중위]

　알리미

　출입

　심리

'많이 올랐군.'

김현우는 이번에도 눈부신 능력치 상승을 거둔 정보창을 바라봤다.

분명 무신과 싸울 때 내구 등급이 올랐다는 소리만 들었으나, 이번에도 딱히 알림창이 뜨지 않은 다른 능력치들이 내구와 함께 상승되어 있었다.

체력부터 시작해서 마력까지.

거의 모든 등급이 한 단계씩 올라가 있는 모습을 본 김현우는 이내 시선을 내려 아래쪽에 만들어져 있는 새로운 스킬을 보았다.

"심리? 이게 새로운 스킬이야?"

"네."

"이건 뭐 하는 스킬인데?"

아브가 곧바로 답했다.

"심리라는 스킬은 하루에 두 번, 정보 권한을 확인할 수 있는 대상에 한해서 그 생각을 30초 동안 읽을 수 있어요."

"……그래?"

김현우는 묘한 표정을 지으며 생각했다.

'좋은 건가?'

아니, 생각해보면 스킬 자체가 나쁜 것은 아니었다. 비록 하루에 두 번이라는 제한이 있기는 해도 상대의 생각을 30초 동안 읽을 수 있다는 건 전투에 있어서 절대적인 이점으로 자리하니까.

이미 날아올 공격을 피하기는 쉽지 않은가?

'다만……'

김현우가 이 스킬을 미묘하게 보는 이유. 그것은 바로 아브가 말한 제한 사항 때문이었다. 심리라는 스킬은 '정보 권한을 사용할 수 있는 사람에 한해서' 사용할 수 있다고 한다. 그렇다는 말은 곧, 등반자와의 전투에서 이 능력을 사용하는 것은 불가능하다는 소리였다. 애초에 등반자들에게는 정보 권한이 먹히지 않으니까.

'……뭐, 없는 것보다는 낫겠지.'

김현우는 그렇게 생각하며 생각을 정리한 뒤 계속해서 말을 이었다.

"그리고 다른 건?"

"나머지는 기존 스킬에 대한 내용이에요. 우선."

아브는 김현우에게 스킬의 업데이트 내용에 대해 전해주기 시작했고, 그 말을 잠자코 듣고 있던 김현우는 아브에게 확인했다.

"그러니까, 알리미는 이제부터 거의 완벽하게 등반자의 등장 시간을 예고할 수 있다는 거지? 위치까지."

"네."

자신만만하게 대답하는 아브.

'……이제야 제대로 작동하는 게 좀 어처구니없기는 하지만.'

뭐, 이제라도 제대로 작동하는 게 어딘가?

예전에는 시간만 알려주고 아무것도 안 알려줬으니.

그때보다는 낫겠지.

"그리고 정보 권한은……."

"정보 권한은 말 그대로예요, 이제 하위 등반자라면 정보 권한을 열람할 수도 있을 거예요."

"그건 또 나쁘지 않네."

듣던 중 반가운 소리였다. 하위 등반자라도 정보 권한이 먹힌다는 것은 김현우가 이번에 얻은 스킬인 심리를 조금이나마 전투에 사용할 가능성이 생긴다는 소리니까.

"그럼 이제 알려줄 건 전부 끝?"

"네, 전부 끝났고, 이제부터는 또 조금 다른 이야기인데……."

"개인적인 이야기?"

김현우는 우물쭈물하는 아브의 표정을 보더니 이내 '아!' 하고 무언가를 떠올렸다.

"플라이스테이션?"

"아뇨! 그거 아니거든요!"

"그거 아니야?"

"아니에요! 저 그렇게 놀기만 하는 거 아니거든요?"

맞다.

김현우가 오지 않는 그 시간 동안 하루 24시간이 부족할 정도로 아브는 게임에 열중했다.

어느 정도로 열중했느냐면, 아브는 현재 플라이스테이션에서 제일 인기 있는 대전 게임의 랭킹 1위를 고고하게 차지하고 있을 정도였다.

김현우는 도대체 뭐 때문인지는 모르겠지만 필사적으로 자신이 놀았다는 사실을 부정하고 있는 아브를 보고, 그런가 보다 하고 어깨를 으쓱한 뒤 대답했다.

"그래, 알았어. 결국, 그 다른 일이 뭔데?"

아브는 슬쩍 고민하는 듯하며 말문을 텄고.

"이건 제가 이번에 정보 권한이 중위로 올라가고 난 뒤 알아낸, 아니 어떻게 보면 그냥 추리해본 사실인데."

김현우는 아브의 말을 경청했다.

◆ ◆ ◆

[스승님스승님스승님스승님스승님스승님스승님스승님스승님스승님스 승님스승님스승님스승님스승님스승님스승님스승님스승님스승님스승님 스승님스승님스승님스승님스승님스승님.]

"?"

"?"

국제헌터협회 외곽에 있는 병원.

김현우는 자신을 빤히 바라보는 미령의 위에, 마치 MMORPG의 대화창처럼 반투명하게 떠오르는 대화창을 보며 저도 모르게 할 말을 잃었다.

"스승님…… 어디 불편하신 데라도?"

[스승님이 어디 편찮으신가? 몸의 상태는? 위급한가? 의사가 제대로 고치지 못한 건가? 이 의사를 죽여버려야 하는가? 지금 이 순간에도 스승님의 표정이 안 좋아지고 있는데 아무래도 의사가 제대로 스승님을 치료하지 못한 것 같으니 스승님 몰래 의사를 죽여.]

"아니, 불편한 곳 하나도 없으니까 신경 쓰지 마라."

"네."

[정말 괜찮은 건가? 사실 몸이 아직도 제대로 회복되지 않은 것일 수도 있다. 패도 길드 내에 전문 치료사는 있는가? 아티팩트는? 아무튼 스승님의 몸이 조금이라도 망가진다면 스승님의 몸에 손댄 이들은 전부 내 손에 죽는.]

"……"

이번에 시스템 룸에서 정보 권한이 중위로 올라가며 새로 받은 스킬 '심리'.

김현우는 시스템 룸에서 빠져나오자마자 앞에 있는 미령에게 그 스킬을 시험 삼아 사용해봤고.

"제자야."

"예, 스승님."

"다시 한번 말하지만 너는 인생을 너무 편하게 살려는 경향이 있구나."

김현우는 왜인지 봐서는 안 되는, 아니 정확히 말하면 본 순간 굉장히 부담스러워지는 미령의 '안'을 들여다본 뒤, 저도 모르게 한숨을 내쉬었다.

"스승님, 괜찮으십니까? 역시 상태가 안 좋으신 게……."

"아니, 괜찮다 제자야."

'너 때문에 그런 거다.'

정확히 무언가를 더 말하고 싶었으나, 김현우는 말을 아끼며 자리에서 일어나 화제를 돌렸다.

"서연이랑 시현이는?"

"그 둘은 스승님이 퇴원한다는 소리를 듣고 아까 전 미리 마법진을 통해 돌아갔습니다."

"그래?"

"그보다 스승님, 괜찮으시겠습니까? 현재 1층에는 스승님을 불편하게 하려는 머저리들이 모여 있습니다."

"……기자들?"

"예. 말씀만 해주신다면 제가 녀석들을 전부 치우도록 하겠."

"아니, 굳이 그럴 필요 없다."

김현우는 미령의 말을 잘랐다.

어차피 기자들을 회피해봤자 녀석들은 어떻게든 한 자라도 더 들으려고 김현우에게 달라붙을 것이었다.

'그럴 바에는 그냥 시원하게 기자회견 하고 마는 게 낫지.'

김현우는 병실 밖으로 빠져나와 가면 무사들이 미리 열어놓은 엘리베이터를 탔고, 곧 엘리베이터의 문이 닫혔다가 다시 열리면서.

"김현우 헌터! 반갑습니다! AAC의 존 마이클이라고 합니다!"

"김현우 헌터! 헌터 사이클의 티미 렉스라고 합니다!"

"이번 일에 대해 제대로 한 말씀 듣고 싶습니다!"

기자들이 몰려들었다.

김현우는 기자들을 향해 진정하라는 듯 손을 내저었지만, 기자들은 오히려 그런 김현우의 손짓을 잘못 이해했는지 마이크를 들이밀었고.

"다 아가리 좀 닥쳐라. 씨발! 좀 나가자고!"

김현우는 자신의 얼굴 앞으로 들이밀어진 마이크에 대고 크게 소리쳤다.

◆ ◆ ◆

김현우의 외침에 엘리베이터로 몰려들던 기자들이 마이크를 쥔 채 멍한 얼굴로 멈추었다. 김현우는 묘한 눈으로 자신을 바라보고 있는 기자들이 마음에 들지 않는다는 듯 그들을 밀치며 밖으로 빠져나왔다.

툭.

자신의 어깨를 툭 밀어내며 엘리베이터 밖으로 빠져나가는 모습에 AAC의 기자 존 마이클은 어처구니없는 표정으로 김현우와 그의 제자를 바라봤다. S등급 세계 랭킹 5위, 아니 이번 학살극으로 인해 4위의 자리를 차지하게 된 미령을 보고 존 마이클은 생각했다.

'도대체 무슨……'

김현우의 인터뷰 매너가 좋지 않다는 것은 이미 알고 있었다. 그의 인터뷰 매너는 한국 기자들의 입소문을 타고 해외로까지 많이 뻗어나갔으니까. 그 외에도 김현우의 인터뷰 영상들이 유튜브나 여러 사이트에 많이 올라와 있었다.

'알고는 있었지만.'

"아 좀 비키라고! 엘리베이터에서 좀 나가자니까?"

막무가내로 기자들을 밀치며 엘리베이터 밖으로 빠져나가는 김현우를 보며 존은 인상을 찌푸렸다. 헌터들은 기본적으로 안하무인이 많지만 그렇다고 인터뷰에서까지 그 인성을 드러내지는 않는다. 이전 S등급 세계 랭킹 3위인 탱크처럼 공공연하게 소문이 퍼져 있지 않은 이상, 헌터들은 기본적으로 이미지 관리를 하기에 기자들을 상대할 때는 보통 예의 있는 척을 하기 마련이었다.

"김현우 헌터! 이번 무신과의 전투에서 보여주었던 그 모습은 대체 무엇입⋯⋯."

"길 막지 말라고!"

그런데 존 마이클 눈에 김현우에게서는 그런 가식 따위는 찾아볼 수 없었다. 자기가 하고 싶은 대로 하겠다는 의지가 보이는 모습에 존은 허, 하고 웃음을 지었다.

'정말로 막 나가는군.'

존 마이클의 인상이 찌푸려짐과 동시에 김현우는 이미 엘리베이터를 감싸고 있는 기자들 사이를 빠져나와 좀 많은 사람이 모일 수 있는 병원 대기실 쪽으로 걸음을 옮기고 있었다. 마치 따라올 거면 따라오고 말 거면 말라는 듯, 자기 갈 길을 가는 김현우의 모습에 존은 슬쩍 인상을 찌푸렸다.

'아무래도 이곳이 일반적인 기자들이 모여 있는 곳이라고 생각하는 모양인데⋯⋯.'

아니었다. 지금 이곳에 모여 있는 기자들은 하나같이 전 세계의 주요 방송사나 각국의 헌터 업계에 속한 주요 매거진의 기자들이었다. 한마디로, 지금 이곳에서 인터뷰를 요청하고 있는 기자들의 눈에 좋지 않게 보인다는 것은 전 세계적으로 자신의 이미지를 깎아먹는 짓과 다름없었다.

'특히 나에게는 말이야.'

미국 AAC의 기자 존 마이클, 그는 상당히 많은 이슈와 특종을 물어 방송사 내에서도 주력으로 밀고 있는 현장 기자 중 한 명이었다.

'뭐, 딱 보니까 그런 건 전혀 신경 안 쓰는 타입인 것 같은데…….'

존은 조금 전 자신의 어깨를 밀치고 간 김현우를 보며 인상을 찌푸렸다.

'어디 한번 당해봐라.'

존은 그렇게 생각하며 우르르 몰려가는 기자들을 따라 김현우에게로 걸음을 옮겼고, 곧 모여 있는 기자들을 전부 수용할 수 있는 병원 대기실 쪽에서 김현우는 입을 열었다.

"자, 뭐…… 여기저기 여러 곳에서 오신 것 같은데, 제가 몸이 조금 안 좋으니 질문 몇 개 정도만 받고 좀 쉬러 가겠습니다."

인터뷰 방법은.

"또 다들 다른 나라에서 오신 분들인 것 같으니 설명을 해드리자면 그냥 제가 지목하고, 그분이 질문을 해주시면 됩니다."

일일이 질문을 받으려니 사람들이 너무 많거든요.

김현우는 곧바로 손가락을 들어 올려 누군가를 지목하려 했고, 그 순간 존 마이클은 기다렸다는 듯 김현우의 말을 끊고 입을 열었다.

"김현우 씨! 무신과의 전투 전에 연회장 내에서 일어났던 학살극 때 평소 마음에 들지 않아 했던 헌터를 죽였다는 소문이 있는데 사실입니까?"

순간 조용했던 병원에 울려 퍼지는 존의 목소리에 사람들의 이목이 집중되고, 김현우는 짜증스러운 표정으로 그를 바라보며 말했다.

"내가 당신을 지목하지는 않은 것 같은데."

"상관없습니다. 질문에 답해주세요."

"……혹시 또라이세요?"

김현우의 어처구니없다는 듯한 표정과 함께 튀어나온 욕설에 그는 걸렸다는 듯 입가를 씨익 올리며 대답했다.

"어이쿠, 그렇게 욕설을 내뱉으신 걸 보니 혹시 세간에 돌고 있는 제가 아는 소문이 사실인 겁니까?"

존 마이클의 말. 김현우는 어처구니없는 표정으로 그를 바라봤고, 존은 내심 김현우를 비웃으며 생각했다.

'이런 건 처음이지?'

김현우의 인터뷰 매너가 좋지 않지만, 딱히 그 이외에 나쁜 논란이 번진 적이 없는 이유. 그것은 바로 김현우가 논란이 생길 만한 질문 자체를 받지 않기 때문이었다.

기본적으로 김현우는 자신이 대답하고 싶은 질문만 받았고, 조금이라도 논란의 여지가 있는 말은 단칼에 잘라냈다. 그렇기에 그의 인터뷰 매너가 어느 정도 논란이 되기는 했지만, 그 이외에 다른 논란은 딱히 이슈가 되지 못하고 시들었다.

김현우가 지목해 질문권을 가지게 된 기자는 자극적인 질문보다도 김현우의 대답을 들을 수 있을 만한 질문을 하게 되었으니까.

하지만 이런 식으로, 김현우가 커트하기 전에 질문을 한다면?

'김현우는 어떻게든 대답해야 한다.'

김현우가 여기에서 이 질문을 그대로 넘겨버리면 만약 자신이 질문했던 논란거리가 애초에 '없는' 논란이었다고 해도 불타오를 확률이 높았다.

어찌 됐든, 공식 석상에서 한 질문에 김현우는 발언하지 않은 것이니까.

'나를, 아니 기자를 무시한 대가를 치르게 해주지.'

존은 인상을 찌푸린 김현우의 모습을 보며 입가를 비틀어 올렸고, 곧 김현우는 어처구니없다는 듯 존을 바라보더니.

"야."

"왜 그러시죠?"

"꺼져."

"……?"

이내 그에게 축객령을 내렸다.

존은 순간 자신이 잘못 들었나 싶어 인상을 찌푸렸지만, 김현우는 다시 한번 입을 열었다.

"안 들려? 꺼지라니까?"

"그, 그렇다면 지금 김현우 헌터는 제가 한 질문에 긍정하고 있다고 봐도 되겠습니까?"

김현우의 축객령에 잠시 당황한 존은 아무런 말도 하지 않고 그를 바라보다 뒤늦게 말했고, 그 모습에 김현우는 피식 웃으며 대답했다.

"좆 까지 마세요."

"뭐, 뭐?"

"아, 좆 까지 말라는 말은 제대로 번역이 안 되나 봐? 그럼 네 거

시기나 까 잡수라고 말해줘야 하나?"

공식 석상에서 아무렇지도 않게 욕을 내뱉는 김현우의 모습에
기자들은 술렁거린다.

'이 새끼 뭐야?'

그리고 존도 마찬가지로, 자신의 예상과는 너무 다른 김현우의
모습에 당황한 듯 아무런 말도 하지 못했다.

보통 기자들의 인터뷰 대상이 되는, 조금이라도 자신이 공인이라
고 생각되는 사람은 자신에게 관계없는 민감한 주제가 나왔을 때
소극적이 될 수밖에 없었다.

존이 노린 것도 그것.

김현우가 아무리 안하무인으로 나온다고 해도 그것은 단순히 그
가 이미 사전에 질문을 차단해서 그런 태도를 유지할 수 있다는 생
각을 하고 있었다.

그런데.

"진짜, 어느 나라를 가나 너 같은 놈들은 없을 수가 없구나? 세계
만국 공통이냐?"

아니었다.

존은 자신의 예상과는 다르게 흘러가고 있는 상황에 저도 모르
게 식은땀을 흘렸고, 김현우는 존을 바라본 채로 말을 이었다.

"뭐? 내가 죽이고 싶은 사람을 죽였다는 논란이 있다고? 네가 그
런 논란을 만들고 싶은 게 아니라?"

"저는 어디까지 논란이 되고 있⋯⋯."

"어디서 그런 논란이 일어나고 있는데? 응?"

"그건 인터넷⋯⋯."

"인터넷 어디?"

김현우의 말에 존의 말문이 턱 막혔다.

맞다.

아까 말했듯이 존의 질문은 말 그대로 김현우를 곤란하게 만드는 데만 초점이 맞춰져 있었기에 딱히 어딘가에서 논란이 된 이슈를 들고 온 것은 아니었다.

그런 존의 모습에 김현우는 대답했다.

"어디서 뇌내 망상으로 떠오른 생각을 논란이랍시고 가져오냐? 네가 기자야? 응?"

기레기 새끼가 아니라?

김현우는 그렇게 말하더니 이내 병원 가장자리에 앉아 존과 주변 기자들을 한번 둘러보며 말했다.

"지금부터 30초 줄 테니까, 30초 안에 저 기레기 안 내보내면 오늘 인터뷰는 없습니다."

인터뷰는 한국에서도 할 수 있으니 거기서 하도록 할게요. 여기 보니까 한국 사람도 꽤 있는 것 같은데, 나머지는 거기서도 얼굴 한번 보겠네요.

김현우의 말과 함께 술렁이던 기자들은 이내 시선을 돌려 존을 바라보았다.

한순간에 수많은 사람 중 1인에서, 김현우와 같이 스포트라이트를 받는 위치에 올라온 그.

다른 기자들은 벌써 이 일이 기사라도 되는 양 한쪽에서 노트북을 두들기고 있었고, 저 멀리에서는 김현우가 느긋한 표정으로 숫자를 세고 있었다.

"이제 20초 남았다."

툭.

김현우의 말과 함께 누군가가 존의 등을 밀었다.

"거, 사람들한테 피해 주지 말고 나갑시다."

그와 함께 들리는 목소리.

그제야 존은 자신이 이 짧은 시간 동안 이곳에 있는 사람들의 원망을 받고 있다는 것을 깨달았고, 이내 자신을 비웃으며 초를 세고 있는 김현우를 보며 인상을 찌푸렸다.

하나 그런 모습도 잠시, 이제 10초대로 넘어가기 시작한 김현우의 타이머에 사람들은 너 나 할 것 없이 존을 노려봤고, 그는 도망치듯 그 자리를 빠져나갔다.

김현우는 그가 빠져나간 것을 확인한 후에야 자리에서 일어나 입을 열었고.

"……1호."

"예."

미령은, 조용히 자신의 심복을 부른 뒤 신경질적인 느낌으로 걸음을 옮기고 있는 그 남자, 존을 바라보며 눈을 가늘게 떴다.

◆ ◆ ◆

[김현우, 무신과의 전투 이후 부상 회복 기간을 가진 일주일]
[국제헌터협회 소속의 병원 내에서 진행된 인터뷰]

방송국 AAC, 김현우에게 도발을 가하다?

'TOP 50 학살극'이 끝나고 일주일, 학살극을 벌인 장본인인 무신을 상대한 헌터 김현우는 오늘 오후 1시, 외곽 병원에서 퇴원함과 동시에 기자회견을 진행했다.

하지만 병원에서 이루어진 기자회견은 제대로 진행되기도 전에 막히고 말았다.

그것은 바로 AAC의 메인 기자 중 한 명인 '존 마이클'이 학살극을 멈춘 주인공인 김현우에게 굉장히 무례한 질문을 했기 때문이다.

"무신과의 전투 전에 연회장 내에서 일어났던 학살극 때 평소 마음에 들지 않아 했던 헌터를 죽였다는 소문이 있는데 사실입니까?"

존이 김현우에게 한 질문 덕분에 기자회견장은 굉장한 정적에 휩싸였고 김현우는 평소와는 다르게 '매우 정중하게' 그의 퇴장을 권했지만, 그가 말을 듣지 않고 안하무인으로 나오자 그에게 욕설을 가했다.

(중략)

결국 존 마이클의 퇴장으로 다시 열린 기자회견은 매우 깔끔하게 끝났고, 김현우는 그날 현지 시각 3시를 기준으로 한국으로 돌아갔다.

그 이후 AAC 방송사 쪽에서는 자신들의 메인 기자인 '존 마이클'을 어제부 뉴스 메인 토픽에 출현시키지 않았다.

서울 길드 길드장실.

"……매우 정중하게?"

김시현은 눈앞에 쓰여 있는 기사를 읽고 난 뒤 앞에서 스마트폰을 하는 김현우를 바라봤다.

'……형을 보고 있으면 '매우 정중하게'라는 단어가 도저히 상상이 안 되는데.'

그러곤 이내 스마트폰을 내려놓았다.

"그래서, 아직 몸도 성하지 않은데 여기는 왜 왔어요?"

"왜기는 왜야? 좀 해야 할 일 생겼으니까 왔지."

"해야 할 일?"

김시현의 말에 김현우는 고개를 끄덕이곤 말했다.

"미궁에 내려가봐야 할 것 같다."

"……미궁에요?"

김시현의 표정이 요상하게 변했다.

◆ ◆ ◆

"갑자기 미궁에요?"

S등급 세계 랭킹 내에 있는 헌터 중에서 미궁에 가지 않는 헌터들은 거의 없다고 봐도 무방했다.

모든 헌터들은 일정 이상에서 더는 올라가지 않는 능력치를 어떻게든 끌어 올리기 위해 아티팩트를 필요로 하고, 그것을 구하러 미궁에 들어간다.

'하지만 형은…….'

김시현은 김현우를 바라봤다.

검은색 추리닝에 검은색 삼선 슬리퍼.

아티팩트라고 할 수 있는 것은 그저 손에 낀 번역 반지뿐이고, 그이외의 다른 아티팩트는 일절 착용하지 않은, 입고 있는 옷만 보면 그냥 일반인이라고 봐도 될 정도였다.

게다가 던전을 돌 때나 등반자를 상대할 때도 딱히 다른 장비를 착용하지 않고, 그냥 추리닝 차림 그대로 싸운다.

한마디로 아티팩트의 힘을 전혀 빌리지 않는다는 소리.

"아티팩트 얻으러 가는 거예요?"

혹시나 하는 생각에 김시현이 물었으나, 김현우는 고개를 절레절레하며 대답했다.

"아니, 다른 것 때문에. 잠깐 확인해볼 게 있어서."

"……?"

김시현은 그런 김현우를 보며 슬쩍 의문을 띠웠지만 김현우는 그런 김시현의 시선을 익숙하게 받으며 말했다.

"아무튼, 너 길드 애들이랑 미궁 탐험 간다고 했지?"

"뭐, 그렇죠?"

"그럼 그때 나도 따라가자."

"같이요?"

김시현의 되물음에 김현우는 고개를 끄덕였다.

"원래는 그냥 미령이나 데리고 들어갔다 나오려고 했는데 미궁은 지도 없이 들어가면 밖으로 빠져나오는 데 개고생한다며?"

김현우의 말에 김시현은 그제야 아, 하고 탄성을 내뱉더니 고개를 끄덕였다.

"그렇기는 하죠."

미궁.

그것은 던전과 튜토리얼 탑이 생김과 동시에 전 세계에 만들어진 알 수 없는 구멍.

헌터들이 아티팩트를 위해 탐험을 하고 있음에도 세계에 있는 수백 개의 미궁 중 어느 곳도 탐색을 100퍼센트 완료한 곳이 없을 정도로 미궁은 정체불명의 공간이었다.

게다가 미궁의 내부는 굉장히 넓기에 아무리 강한 헌터라도 무작정 들어가면 길을 잃기 십상이었다.

미궁 내에서 길을 잃으면, 그것은 곧 죽음과 다름없는 상황으로 직결된다.

헌터 개인이 아무리 강하다고 하더라도 결국 '인간'이고, 인간은 반드시 휴식을 취해야 한다. 하지만 미궁은 제대로 된 휴식을 취할 수 있는 공간이 없다고 봐도 될 정도로 몬스터가 득실거린다.

그나마 초입에는 가벼운 몬스터들이 나오긴 한다. 그러나 안쪽으로 들어가면 들어갈수록 몬스터들은 점점 더 강해진다.

한마디로 어느 정도 깊게 들어간 미궁에서 길을 잃어버리기라도 한다면 그 헌터는 죽은 목숨이나 다름이 없다는 소리다.

"아무튼, 그럼 미궁 탐험을 할 때 형도 같이 낀다는 소리죠?"

"그렇지."

"그럼 다음 주에 있을 미궁 탐험에 같이 가면 되겠네요, 일정은 3일인데 이번에는 미궁 초입을 도는 것보다는 깊은 곳을 좀 길게 둘러보려 했거든요."

김시현의 말에 김현우가 고개를 끄덕였다.

김현우로서는 그저 미궁석 게이지를 채우기만 하면 될 뿐이니 우선 미궁에 들어가는 게 중요했기 때문이다.

"좋아, 그럼 미궁 건은 끝났고."

김현우가 자리에서 일어나자 김시현이 물었다.

"점심 안 먹으려고요?"

"먹어야지."

"그럼 같이 먹어요."

"아니, 갈 데가 있어."

"이번에는 또 어디를 가요?"

김현우는 씩 웃으며 대답했다.

"던전 받으러 가야지."

"아."

김시현은 뒤늦게 고개를 끄덕거렸다.

최근 무신이 학살극을 벌인 것 때문에 어쩌다 보니 김시현의 기억에 잊혔으나, 김현우와 아레스 길드의 싸움은 아직 끝나지 않았다.

김현우는 아레스 길드의 길드장에게 한국에 있는 독점 던전의 40퍼센트를 달라고 했고, 아레스 길드장은 울며 겨자 먹기로 그것을 수락한 상태.

"오늘이 양도권 받는 날이에요?"

"아니, 정확히는 오늘 결착이 나겠지."

'원래라면 조금 더 일찍 만났어야 했는데.'

아레스 길드에 딜을 친 이후로 김현우가 계속해서 바쁜 상태였던 터라 이제야 카워드와 만날 시간이 생긴 것이었다.

김현우는 마치 습관처럼 옆에 서 있는 미령의 머리에 손을 올리고는 김시현에게 말했다.

"그럼 아레스 길드장을 만나봐야 하니 먼저 가본다."

"알겠어요."

김현우는 이내 미령과 함께 서울 길드를 나섰다.

"흠……."

"우웃……."

차에 탈 때까지만 해도 아무런 생각 없이 기묘한 목소리를 내는 미령의 머리를 만지작거리던 김현우.

스마트폰을 바라보던 김현우는 문득 홍조를 띠고 있는 그녀를 보며 생각했다.

'그러고 보면.'

그 녀석도, 잘 있으려나?

문득 떠오르는 과거의 기억이 있었다. 이제는 아주 약간 희미해지기 시작한 탑에 있을 때의 기억.

은거 기인 콘셉트를 버리며 미령을 올려보낸 김현우는 그 뒤에 또 한 명의 제자를 들였다. 미령의 경우엔 딱히 제자를 구하겠다는 생각 없이 들였다고 볼 수 있지만.

'그 녀석은……'

정말 어쩌다 보니, 그것도 본인이 원해서 녀석을 제자로 거두었다.

뭐, 그렇다고 해도, 이미 그때의 김현우는 은거 기인 콘셉트를 전부 벗어던졌던 터라 딱히 그녀에게 미령처럼 자신의 무공을 알려주지는 않았다.

그러나 그녀의 강해지고 싶다는 바람에 따라 나름대로 훈련을 시켜주기는 했었다.

'솔직히 도움이 됐을지는 잘 모르겠지만.'

미령을 쓰다듬다 보니 문득 떠오른 과거의 생각을 한차례 재생시키던 김현우는 이내 가볍게 고개를 털었다.

'뭐, 잘 살고 있겠지.'

김현우가 탑에서 빠져나온 지도 꽤 시간이 지났다.

그런데도 딱히 그 녀석에 관한 소문이 들리지 않는 것을 보면 뭐,

나름대로 잘 살고 있지 않을까 싶다.

그렇게 짧게 생각을 끝낸 김현우는 다시 스마트폰으로 눈을 돌렸고, 그곳에 눈에 걸리는 기사가 있었다.

[AAC 기자 존 마이클, 메인 기자 자리에서 내려온 뒤 오늘 밤 12시, 갑작스레 실종]

"……?"

김현우는 저도 모르게 그 기사를 클릭했고, 곧 글과 함께 떠오르는 한 남자의 사진을 보고 그가 얼마 전 자신과 말싸움을 벌였던 그 기자라는 것을 깨달을 수 있었다.

'……실종?'

김현우는 사진 아래에 있는 글을 읽어나갔다. 그가 AAC 메인 기자 자리를 박탈당한 지 불과 열두 시간 만에 갑작스레 모습을 감췄다고 서술되어 있었다.

김현우는 기사를 읽다 말고 머리를 쓰다듬고 있었던 미령을 바라보았지만, 그녀는 김현우의 손길을 받으며 기분이 좋다는 듯 미소 짓고 있느라 김현우의 시선을 눈치채지 못했다.

"……."

김현우는 어깨를 으쓱이는 것을 끝으로 입을 열지 않았다.

그리고.

"스승님, 도착했습니다."

"그래?"

얼마 지나지 않아 아레스 길드 한국 지부에 도착했다.

그렇게 김현우가 차에서 내리려고 할 때.

"……."

아레스 길드 한국 지부 꼭대기 층에 있는 지부장 집무실.

그곳에 앉아 있는 사람은 이번에 새로 임명된 한국 지부장이 아닌, 아레스 길드의 길드장인 카워드였다.

그는 초조한 표정으로 김현우가 이제 막 아레스 길드의 정문을 통과했다는 길드원의 보고를 받은 뒤 김현우가 오기를 기다리고 있었다.

"후……."

카워드는 괜스레 초조해지는 마음을 다잡기 위해 한숨을 내쉬고는 생각했다.

'독점 던전의 지분을 빼앗기는 것은 어쩔 수 없지만, 그래도 최소한은 지켜야 한다.'

뜻밖의 도움으로 아레스 길드에 당장 내부 분열이 일어나는 것을 막을 수는 있었다.

하나 그것은 어디까지나 시간 벌이.

카워드, 그가 이렇게 비틀거리고 있는 길드를 어떻게든 바로 잡기 위해서는 지금부터 '확장'보다는 '안전'에 힘을 쏟아부어야 했다.

'게다가, 이제 메이슨의 도움은 바랄 수 없다고 보는 게 좋으니…….'

카워드는 저도 모르게 혀를 차며 TOP 50 학살극 전까지 자신을 도와주었던 그, 국제헌터협회에서 단 두 명뿐인 최고의원 중 한 명이자 거의 무소불위라고도 할 수 있는 권력을 휘두르던 남자, 메이슨을 떠올렸다.

그러나 그것은 말 그대로 옛날 일. 현재 그는 TOP 50에서 일어났던 학살 사건 덕분에 정치적 위기에 처해 있었다.

그가 위기에 처한 이유. 그것은 바로 이번 학살극에 참여했던 인물들이 전부 메이슨의 손을 들어주던 헌터였기 때문이다.

S등급 세계 랭킹 1위인 무신에서, 인성이 안 좋기로 소문난 탱크와 6위를 차지하고 있는 키네시스까지. 이번 학살극을 벌인 헌터들 전부 메이슨 쪽에 있던 인물들이기에 메이슨은 정치적으로 굉장한 위기를 겪고 있었다. 물론 썩어도 준치라는 말이 있듯이 메이슨은 아직 건재해 보이기는 했다.

'하지만 이번 일로 리암, 그 양반이 국제헌터협회의 정권을 잡았으니.'

메이슨의 힘이 약해질 것은 자명한 일이었다.

그렇게 카워드가 대략 일주일 전에 일어난 학살극에 대해 한창 생각하고 있을 때.

끼이익.

"이야, 이게 얼마 만이야?"

카워드는 뻔뻔한 얼굴로 입가에 미소를 감추지 않고 들어오는 김현우를 보며 저도 모르게 얼굴을 굳혔다.

김현우는 앞에 굳은 얼굴로 앉아 있는 그를 보며 피식 웃은 뒤, 열려 있는 문을 제대로 닫지 않고 카워드의 맞은편에 있는 의자에 거만한 자세로 앉았다.

하나 카워드는 아무런 말도 할 수 없었다.

김현우가 자리에 앉고, 미령이 그의 옆에 선 순간부터 시작된 짧은 침묵.

"그래서."

그곳에서.

"대답을 듣고 싶은데?"

먼저 말문을 튼 것은 바로 김현우였다.

김현우는 건들건들한 자세로 다리를 툭툭 떨며 카워드를 도발하듯 입가에 미소를 지었으나 카워드는 여전히 굳은 표정을 풀지 않고 크게 한숨을 내쉬고는 입을 열려 했으나, 김현우가 곧바로 카워드의 말을 막았다.

"우선…… 자네의 말대로 독점 던전을 넘길 의향은 있……."

"잠깐."

그가 인상을 찌푸리자 김현우는 미안하다는 듯 가볍게 손짓을 하고는 말했다.

"아, 내가 좀 길게 이야기하는 걸 싫어해서 말이야. 너도 그렇지? 나도 그래. 나도 내가 싫어하는 사람이랑 길게 얼굴 보고 이야기하고 싶지는 않거든."

김현우는 마치 카워드를 조롱하듯 낄낄거리더니 이내 말을 이었다.

"자, 그러니까 우리 간단히 하자."

"그게 무슨……."

"말 그대로의 이야기야. 너도 취미로 아레스 길드장 자리를 따지는 않았을 거 아니야? 그러니까 말 그대로 간단하게 하자는 거지."

김현우는 그렇게 말하며 자신의 검지와 중지를 폈다.

"자, 이제부터 네 대답은 네, 아니면 아니오야. 알았지?"

"그게 무슨!"

카워드는 김현우가 협상권을 빼앗아가려는 것을 깨닫고 반발하기 위해 입을 열려고 했으나.

"자, 네가 제대로 기억하지 못할 수도 있으니까 지금부터 다시 한번 내가 제시했던 내용을 말해줄게, 알겠지?"

김현우는 카워드의 말을 끊고는.

"저번에도 말했지만 내 제안은 네가 아레스 길드의 한국 독점 던전 지분 40퍼센트를 내놓으면 일을 깨끗이 없던 걸로 해주겠다는 거야. 그리고 너는."

마치 선심이라도 쓰듯 웃음을 지으며.

"'예', '아니오'로 대답만 하면 돼. 어때?"

그에게 선택을 종용했다.

"참 쉽지?"

◆ ◆ ◆

"왜, 선택 못 하겠어?"

김현우의 말 뒤로 무거운 침묵이 흐르고 있는 아레스 길드 한국 지부의 집무실. 김현우는 아무런 말도 하지 않고 굳은 표정을 유지하고 있는 카워드를 보며 피식 웃더니 이내 말을 이어 나갔다.

"너무 욕심부리지 마. 이 정도면 나름대로 합리적인 거라니까? 응?"

카워드는 그런 김현우를 죽일 듯 노려볼 뿐 아무런 말도 하지 않았다.

그 모습에 김현우가 입가에 웃음을 지우지 않은 채로 말했다.

"아니, 뭐가 그렇게 억울해? 누가 보면 내가 너를 괴롭히려고 작정하고 있는 줄 알겠다?"

'이 개새끼가……!!'

카워드는 저도 모르게 그리 입을 열고 싶었으나 그 말은 그저 속 안에서만 맴돌 뿐 김현우에게 전달되지 못했고, 김현우는 억울한 표정을 숨기지 않는 그를 보며 말했다.

"아니, 왜 그렇게 억울해해? 시작은 전부 너희들이 해놓고."

"……."

"왜? 내가 틀린 말 했어?"

아니잖아?

김현우는 어깨를 으쓱했다.

"예전에도 말했고, 지금 또 말하는 거지만 모든 시작은 너희들이 한 거야. 가만히 있는 나한테 먼저 시비를 건 것도 너희들이고, 나를 죽이려 했던 것도 너네라고."

응?

김현우는 알아들었느냐는 듯 의문형으로 말하다 이내 뭔가를 떠올린 듯 짧게 탄성을 내뱉더니 말했다.

"아, 빼앗아본 적은 많은데 이런 식으로 빼앗겨본 적은 없어서 그래?"

"……!"

김현우의 비아냥거리는 어조에 카워드의 눈에 치욕이 어린다.

확실히 그의 말대로 카워드는, 아니 아레스 길드는 누군가에게 이런 식으로 일방적인 손해를 본 적이 없었다.

그 이유?

간단했다. 아레스 길드는 세계에서도 알아줄 정도로 거대한 대형 길드였으니까.

그들이 각 나라에 가지고 있는 독점 던전의 권한만 해도 수천 개가 넘어가고, 당장 가용할 수 있는 헌터만 수만이 넘어간다.

이런 상황에서 아레스 길드가 누군가에게 무엇인가를 빼앗긴다?

그것은 불가능한 일이나 다름없다.

아레스 길드는 그 누구에게도 고개를 숙이지 않을 정도로 강대하니까.

하지만.

"그럼 지금부터 경험해보면 되겠네!"

"……."

카워드의 앞에 있는 김현우는 지금까지 그 누구에게도 고개를 숙이지 않고, 손해를 보지도 않았던 아레스 길드를 자기 마음대로 휘두르고 있었다.

물론 이 상황은 아레스 길드가, 정확히 말하면 '마튼 브란드'가 자초한 일이다.

굳이 건드려봤자 좋을 것이 없을 김현우를 건드린 것부터 시작해서 김현우에게 치명적인 약점을 내어주고만 마튼 브란드의 실책.

'젠장……!'

게다가 마튼 브란드가 실종되면서 길드 내외부적으로 자체적인 균열이 일어나고 있는 탓에 카워드는 선택을 강요당할 수밖에 없는 상황에 놓여 있었다.

무조건 손해를 봐야 할 상황에서 선택을 강요당한다.

하지만 그런데도 카워드는 선뜻 입을 열 수 없었다.

'독점 던전의 40퍼센트……'

한국 지부는 어느 곳보다 월등하게 성장한 아레스 길드의 요지였다.

하지만 카워드의 그런 고민은 얼마 가지 않았다.

"!!"

살려주세요……! 저, 전부 말한다니까요! 제발……, 제발 빛을 보게 해주세요!

제발! 제발! 아아아아악! 다시 가둬놓지 마요! 창고 안에 가두지 말아주세요…….

가…… 가면! 시…… 싫어! 싫다고!

김현우는 자신의 스마트폰에 녹음된 소리를 틀어놓다가 이내 정지 버튼을 눌렀다.

끊기는 소리.

김현우는 이내 스마트폰을 흔들며 말했다.

"너도 잘 아는 목소리지?"

'6번……!'

그는 마튼 브랜드의 비밀 공방을 담당하고 있는 기사단 중 한 명이었다.

카워드가 생각을 이어나가기도 전에 김현우는 스마트폰을 흔들거리며 말을 이었다.

"자, 이제 슬슬 너도 감이 오지? 그렇게 고민해봤자 네가 빠져나갈 수 있는 선택지는 없어. 뭣하면 내가 친절하게 패널티까지 설명해줄까?"

김현우는 재미있다는 듯 피식피식 웃었다.

"만약 네가 내 제안을 그대로 받아서 40퍼센트의 독점 던전 지분을 내놓는다면 이야기는 여기서 끝, 더 이상 아레스 길드와 나의 원한 관계는 없는 거야. 잘 알아들었어?"

너를 괴롭히던 일이 한 번에 끝난다니까?

김현우는 과장되게 양손을 어깨높이로 들어 올리며 너스레를 떨었다.

"하지만 만약 네가 내 제안을 거절한다면……. 뭐, 내가 해야 할 일이 하도 많아서 자세하게 나열하지는 않을게. 하지만 한 가지 확실한 건."

김현우는 얼굴을 굳혔다.

"아레스 길드가 적어도 지금 같지는 못할 거야."

김현우의 중얼거림에 순간 카워드의 등에 소름이 돋았으나 김현우는 어느새 표정을 다시 바꾸어 웃는 미소를 지은 채 말했다.

"자, 그럼 다시 한번 물어볼게."

내 제안을 받고 이렇게 끝낼래 아니면.

"끝까지 한번 가볼래?"

김현우의 물음에, 카워드는 고개를 푹 떨구며 대답할 수밖에 없었다.

그리고.

"잘 생각했어."

김현우의 입가가 비틀어 올라갔다.

◆ ◆ ◆

하남시에 지어진 거대한 장원의 중앙.

연무장의 바로 앞에 지어져 있는 거대한 궁전에서 미령은 자신의 앞에 무릎을 꿇고 있는 한 남자의 보고를 듣고 있었다.

"하여, 이번 잔존 세력을 모조리 없애는 것으로 더 이상 중국에는 패도 길드와 적대하는 길드가 없습니다."

검은색 가면을 쓴 남자의 말에 미령은 만족스럽게 고개를 끄덕였고, 지금껏 미령에게 보고를 올리고 있던 남자, 패도 길드의 부길드장이자 지금껏 중국에서 이런저런 업무를 도맡아 하고 있던 남자 '천영'은 만족스러운 웃음을 짓고 있는 미령을 보며 묘한 기분을 느꼈다.

'미령 님이 저리 화사하게 웃음을 지으시다니.'

현재 보여주고 있는 미령의 모습은 천영이 기억하고 있던 미령의 모습과 상당한 괴리가 느껴졌다.

불과 몇 개월 전만 하더라도 자신의 주인이자 패도 길드의 길드장인 그녀는 감정을 그다지 드러내지 않았다. 그녀의 얼굴을 장식하고 있는 것은 항상 무표정이었으며, 가끔가다 보이는 지루한 표정만이 미령이 보여주는 전부였다.

하나 지금을 보아라.

"후후……."

'……도대체 뭐지.'

천영이 불과 2개월 만에 만난 자신의 길드장이 다른 사람으로 바뀐 건 아닐까 진지하게 생각할 정도로, 미령은 화사한 미소를 짓고 있었다.

오히려 자신의 머리카락을 만지작거리며 미소를 지을 때는 웃음이 헤프다는 표현이 어울릴 정도로 풀어진 표정을 짓고 있는 미령.

그 모습에 천영은 충격적인 표정을 지었지만, 다행히 가면을 쓰고 있던 터라 미령에게 표정을 들키지는 않았다.

그렇게 미령이 중앙 궁전에 앉아 있을 무렵.

천영의 뒤쪽에 한 남자가 나타났다.

천영과 마찬가지로 검은색의 가면을 쓰고 있는 남자는 이내 그의 뒤에 부복했고, 미령은 갑작스레 나타난 남자의 모습에도 당황하지 않으며 입을 열었다.

"그래 잘 처리했나?"

미령의 물음.

검은 가면을 쓴 남자는 가면을 쓴 고개를 푹 숙이며 대답했다.

"죄송합니다."

"……?"

천영의 뒤에 부복한 남자, 줄곧 미령의 뒤를 따라다니던 1호는 용서를 구했고, 그제야 웃고 있던 얼굴을 굳히며 미령이 물었다.

"실패했나?"

"그렇습니다."

"왜?"

미령의 물음에 1호는 고개를 땅에 처박을 정도로 가깝게 대더니 입을 열었다.

"저희 측 무사들이 도착했을 때, 이미 누군가가 먼저 그를 납치했습니다."

"……뭐?"

미령은 그 말을 듣고 저도 모르게 인상을 찌푸리고는 되물었다.

"그게 정말이냐?"

"예, 그렇습니다. 저희 측에서 그를 납치하기 위해 잠입했지만, 이미 그의 집에는 흔적만 남아 있었습니다."

"……."

가면 무사의 말에 미령은 슬쩍 인상을 찌푸렸다.

'누가……?'

미령은 불과 며칠 전, 자신의 스승에게 싸가지 없이 입을 놀린 그 기자를 개인적으로 '처벌'하기 위해 휘하의 가면 무사들을 보냈다.

미령은 잠시 고민하는 듯하다가 이내 1호를 보며 물었다.

"단서는?"

1호는 자리에서 일어나 품속에 있던 무언가를 건네주었다.

"……이건?"

1호가 그녀에게 건네준 것은 바로 어느 한 문양이었다.

삼각형의 형태에, 가운데에는 '눈'의 형상을 가지고 있는 문양.

미령이 대답을 구하는 표정으로 1호를 바라보자 그는 다시 고개를 숙이고는 말했다.

"그의 집에 찾아갔을 때, 다른 흔적은 없었지만, 그가 있던 책상에 그런 문양이 찍혀 있었습니다."

"……찍혀 있었다고?"

"예, 마치."

자신들이 그 남자를 납치하는 것을 알리고 싶어 하는 것 같았습니다.

그의 말에 미령은 1호가 준 문양을 바라봤다.

상당히 기묘한 문양.

미령은 그것을 1호에게 던져주며 입을 열었다.

"지금부터 너는 이 문양을 조사해봐라."

그녀의 말에 1호는 조용히 고개를 끄덕이며 사라졌고, 한동안 침묵이 가득한 궁전 안에서 미령은 몸을 일으키며 천영을 바라봤다.

"너도 돌아가보거라."

"예, 알겠습니다. 한데……."

"?"

"혹시, 언제까지 자리를 비울 생각이신지…… 여쭤도 되겠습니까?"

천영의 조심스러운 물음에 미령은 그를 바라보다 입을 열었다.

"스승님이 중국에 가실 때 같이 가도록 하겠다."

그동안 관리는 맡기도록 하지.

"!!"

'나를…… 인정해주셨다고?'

미령의 중얼거림에 천영은 저도 모르게 그녀의 모습을 바라봤다.

한 번도 누군가를 신뢰한다는 표현을 한 적 없던 그녀.

천영이 처음 그녀를 동경해 패도 길드에 들어가 그녀의 눈에 띄어 직접 무武를 가르침받았을 때도.

자신이 노력에 노력을 거듭해 다른 이들을 누르고 그녀의 바로 아래인 부길드장의 자리에 올랐을 때도.

미령은 천영에게 전혀 그런 내색을 보인 적이 없었다.

단 한 번도.

그녀가 다른 이들에게 보여준 모습들은 하나뿐이었다.

'압도적인 강함.'

그래, 그녀는 그것 이외에 다른 어떤 감정 표출도 하지 않았다. 그런 그녀가, 자신을 인정해주었다는 사실에 순간 멍한 기분을 느낀 천영은 이내 다시없을 만족감을 느끼며 소리쳤다.

"알겠습니다!"

그렇게 천영이 소리칠 때쯤, 천호동에 있는 저택.

"그래서, 오늘은 왜 이렇게 일찍 왔냐?"

"뭐 사람이 일찍 퇴근할 때도 있는 거죠. 그보다 형은 미령이 만들어준 장원으로 이사 안 가요?"

김시현의 물음에 그는 어깨를 으쓱이며 말했다.

"내키면, 지금은 여기가 더 편하거든."

김현우의 말에 그와 마찬가지로 어깨를 으쓱한 김시현은 이내 소파에 앉아 말했다.

"그래서, 아레스 길드랑 교섭은 어떻게 됐어요?"

"뭐, 잘됐지."

"진짜요?"

"이제 2주 뒤에 양도권 받으면 아레스 길드가 가지고 있던 독점 던전 중 40퍼센트는 내 게 된다 이 말이지."

뭐, 그 전에 잠깐 해결해야 할 일이 있을 것 같지만.

김현우의 중얼거림에 김시현은 일순 고개를 갸웃거리며 물었다.

"해결해야 할 일이요?"

"응, 뭐 대단한 건 아니야."

김현우는 그렇대 대답하며 아까 전, 아레스 길드의 한국 지부에서 카워드와 했던 대화를 떠올렸다.

그의 대답을 듣던 중, 혹시 그가 다른 마음을 먹고 있지 않나 확인하기 위해 사용했던 '심리'.

그 스킬로 인해 김현우는 그가 내심 다른 마음을 먹고 있다는 것을 알 수 있었다.

말풍선처럼 떠오르는 그의 생각 중에서, 아직도 김현우의 뇌리에 지워지지 않고 스쳐 지나가는 것이 있다.

[이렇게 된 이상 어떻게든 타격을 주기 위해 메이슨이 말했던 대로 그걸 던전에다 집어넣는 수밖에는······.]

그의 머릿속에 스쳐 가던 생각 중 하나.

그 한 가지의 생각으로, 김현우는 그가 무슨 짓을 꾸미고 있다는 것을 알 수 있었다.

거기에 덤으로 그가 꾸미는 일에 국제헌터협회의 최고의원인 메이슨이 껴 있는 것까지.

하지만 그런 카워드의 생각을 들었음에도, 김현우는 딱히 그것에 관해 내색하지 않았다.

그 이유?

간단하다.

'아직 증거가 나한테 없으니까.'

증거가 생기면.

김현우는 입가를 비틀어 올리며 생각했다.

'다 뒤졌다.'

언령사 言霊辭

강남에 있는 아레스 길드 한국 지부의 꼭대기 층.

지부장의 집무실 안에는 한 명의 남자, 카워드가 자리에 앉아 조용히 고민에 빠져 있었다.

"……."

의자에 앉아 그는 침묵 속에서 무엇인가를 깊이 고민하듯 한순간도 움직이지 않은 채 두 눈만을 깜빡거렸고, 이내 곧 자신의 오른쪽 주머니에 손을 집어넣었다.

달그락.

카워드의 오른쪽 주머니에서 나온 것은 바로 자그마한 하얀색 포켓.

담배 한 갑 크기도 안 되어 보이는 작은 포켓 안에는 검은색의 마정석이 담겨 있었다.

빛조차도 제대로 투과하지 못해 정말 시커멓다고 표현하는 게 맞을 정도로 칙칙한 마정석들.

"후······."

그것은 바로 이전, 카워드가 메이슨을 만났을 때 받은 마정석 조각이었다.

카워드는 한동안 손에 포켓을 쥐고 메이슨에게 들었던 말을 다시금 떠올렸다.

'이걸, 김현우에게 내줘야 하는 독점 던전에 심으라는 말씀입니까?'

'맞네, 말 그대로 자네는 이 검은 마정석 조각들을 김현우에게 내줘야 하는 독점 던전에 심기만 하면 되네. 그 이외의 것은 아무것도 할 필요가 없지.'

'······이게 대체 뭐길래?'

카워드는 의심이 간다는 듯 인상을 찌푸리며 물었고, 메이슨은 변함없는 웃음을 지으며 그에게 말했다.

'기폭제지.'

'기폭제······ 말씀입니까?'

'그래, 자네 혹시······ 몬스터 웨이브라고 아나?'

'몬스터 웨이브라면······.'

몬스터 웨이브.

그것은 바로 튜토리얼 탑과 함께 던전이 등장했을 초기, 아직 사람들이 던전에 대한 이해가 부족했을 때 주로 나타났던 재앙 중 하나였다.

지금이야 길드들이 던전의 독점권을 주장하지만 옛날, 처음 던전이 세상에 나타났을 때는 관리할 헌터들이 무척이나 적었다.

그렇기에 필연적으로 헌터들이 미처 공략하지 못하고 남은 잉여 던전들이 있었고.

어느 정도의 시간이 지날 동안 던전 내부에 리젠되는 몬스터들을 청소하지 않을 경우, 던전 안의 몬스터가 밖으로 튀어나와버리는 현상이 일어났다.

그것이 바로 헌터가 이 세상에 생기고 나서 크레바스와 같이 생긴 재앙 중 하나인 '몬스터 웨이브'였다.

'알고는 있습니다만…….'

카워드가 고개를 끄덕이자 메이슨은 숨길 생각도 없는 듯 가볍게 어깨를 으쓱이며 말했다.

'자네가 들고 있는 마정석은 바로 그 '몬스터 웨이브'를 인위적으로 일으키는 마정석일세.'

"……."

메이슨의 마지막 말과 함께 카워드는 기억을 떠올리는 것을 그만두고 포켓 안에 담겨 있는 검은색의 마정석을 만지작거렸다.

'몬스터 웨이브를 만들어내는 마정석이라.'

메이슨은 카워드에게 이 검은 마정석의 출처에 대해서는 밝히지 않았다.

카워드도 딱히 메이슨에게 이 검은 마정석의 출처에 대해서는 묻지 않았다.

왜냐고?

'호기심은 고양이를 죽이니까.'

이 세상에는 알아서 좋은 것이 있고, 또 몰라서 좋은 것들이 있다.

그리고 카워드는 본능적으로 느끼고 있었다. 자신의 포켓 속의 검은 마정석은 오히려 출처를 알아서는 안 되는 종류의 물건이라고. 카워드는 그 대신 메이슨에게 달콤한 유혹을 들었다.

'……몬스터 웨이브를 인위적으로 일으킨 다음에 독점 던전을 다시 빼앗아 온다……라. 거기에다 덤으로 아레스 길드를 통제할 방법까지 알려준다고 했었지.'

확실히 매력적인 제안이었다.

만약 메이슨의 말대로 정말 이 검은 마정석이 '몬스터 웨이브'를 임의로 유발할 수 있는 거라면 김현우는 갑작스레 일어난 몬스터 웨이브에 대처하지 못할 것이었다.

아레스 길드가 김현우에게 넘겨줘야 할 던전의 숫자는 1백을 가볍게 넘어가니까.

만약 기적적으로 수많은 몬스터 웨이브에 대처한다고 하더라도, 크고 작은 사고까지는 막아낼 수 없을 것이다.

그것은 곧 김현우를 사회적으로 매장시키겠지.

아무리 수많은 업적으로 이름을 빛낸 영웅의 자리에 서 있는 김현우라고 해도.

오히려 그런 위치에 서 있는 김현우이기에 자그마한 흠 하나는 시민들이나 언론인들에게 좋은 먹잇감이 될 것이고, 만약 그렇게만 되어준다면.

'독점 던전을 다시 찾아오는 것은 쉬운 일이 된다.'

물론 그런 일이 일어나면 독점 던전을 양도했던 아레스 길드에게도 화살이 돌아올 수 있겠지만 그건 결코 중요한 일이 아니었다. 요점은 욕을 먹더라도 독점 던전을 되찾아 올 수 있느냐 없느냐니까.

만약 독점 던전을 다시 찾아오지 못하더라도 상관없다. 그래도 최소한 복수는 한 셈이니까.

'하지만……'

그런데도 카워드가 지금까지 망설이고 있는 이유.

'너무 조건이…… 아니, 상황이 좋다.'

그것은 카워드가 본능적으로 받은 기묘한 느낌 때문이었다.

지금 일어나고 있는 일들은 일차적으로만 생각해보면 카워드에게는 전혀 손해가 될 것이 없었다.

김현우를 끌어내리고, 독점 던전을 되찾고, 거기에 덤으로 메이슨에게 아레스 길드를 통제할 방법까지도 들을 수 있게 된다. 겉보기에는 정말로 먹음직스러운 상황. 하지만 그렇게 먹음직스러운 상황 뒤를 좀 더 깊게 파보면, 지금 일어나고 있는 상황은 어딘가 뒤틀려 있다는 것을 알 수 있었다.

무엇이 뒤틀려 있는가? 전부다.

우선 첫 번째로, 메이슨이 이렇게까지 자신을 도와줄 이유가 없었다. 그는 마튼 브란드와 친구였지만, 딱 거기까지의 관계였으니까.

그리고 두 번째로, 메이슨이 자신에게 검은 마정석을 주었을 때, 그는 김현우와는 아무런 접점이 없는 상태였다. 그런데도 불구하고 자신에게 이런 '부탁'을 한 것이었다. 아레스 길드를 통제할 방법을 알려준다는 것을 구실로. 그것은 카워드에게 나쁠 것이 하나 없는, 무척이나 매력적인 제안이었지만 그렇기에 오히려 이상했다. 이상하다 못해 수상하기까지 했다.

카워드는 지금까지 아레스 길드의 부길드장 자리를 맡아오며 이 세상의 냉정함을 뼈저리게 깨닫고 있었으니까.

'달콤한 독사과.'

그렇기에 포켓 속의 검은 마정석을 그렇게 생각할 수밖에 없었다.

'하지만.'

그는 계속해서 망설이고 있었다.

'어쩌면.'

어쩌면, 정말 단순히 메이슨과 자신의 이해관계가 맞아떨어진 것이 아니었을까 하는, 그런 1퍼센트의 가능성 때문에.

더 정확히는.

'이제 이것밖에는……'

정말 절망적이라고 할 수 있는 현 상황을 반전시킬 수 있는 수단이 이것밖에 남지 않았기에, 그는 고민하는 것이었다.

카워드가 그렇게 손안에 쥔 마정석을 바라본 지 얼마나 지났을까.

달칵.

카워드는 결국 선택을 내렸고.

"……."

그런 카워드의 모습을, 칠흑빛의 가면을 쓴 무사는 조용히 지켜보고 있었다.

◆ ◆ ◆

의정부 민락동 근처에 있는 A급 던전 '역귀 하수도'.

아레스 길드가 독점으로 관리하는 던전의 안쪽에는 한 남자가 있었다.

"……으스스하군."

그는 금방이라도 몬스터가 튀어나올 것 같은 던전 내부를 둘러보며 인상을 찌푸렸다.

'혼자서 들어가고 싶지는 않지만……'

그 남자 '오석현'에게는 이 던전 안에 들어가야 하는 이유가 있었다.

'이 구슬만 제대로 심고 나온다면, 다음 인사이동 때 무조건 인사부장의 자리에 앉을 수 있으니까……!'

바로 오늘, 김현우와의 협상을 위해 한국에 방문한 아레스 길드의 길드장인 카워드가 자신에게 했던 매력적인 제안 때문이었다.

그는 자신에게 검은 마정석을 넘겨주며 말했다.

이걸 아무도 모르게 던전 안쪽에 심고 돌아온다면 다음 인사부장 자리를 넘겨주겠다고.

그 누가 들어도 매력적인 제안에 오석현은 곧바로 수락했다.

'뒤가 구린 일이라는 건 알겠지만.'

이미 관리부에서 활동하던 그로서는 이런 구린 일을 하는 것은 그다지 감흥이 있는 일이 아니었다.

관리부에서 이것보다 더한 일들도 얼마든지 해봤으니까.

'도대체 이 구슬이 뭔지, 또 어떤 이유로 이 구슬을 묻으라는 건지는 모르겠지만.'

그에게 중요한 것은 이 구슬이 대체 무엇인지가 아니었다.

카워드의 제안을 성공적으로 수락해서 얻을 수 있는 '인사부장'의 자리가 중요할 뿐이었다.

'이건 기회야.'

흑선우의 라인을 타지 못해 변변찮은 자리 하나 없이 5년 동안을 관리부에서 버텨왔던 오석현에게 이것은 '위험한 일'이 아닌 '기회'라는 생각이 들었다.

인사부장의 자리를 얻고, 아레스 길드장인 카워드의 라인을 탈수 있는 기회.

"후……."

그는 작게 한숨을 내쉬며 결의를 다진 뒤, 던전 안으로 진입하기 시작했다.

크륵……. 크륵.

A급 던전답게 하수도 내에는 구울과 각종 언데드 들이 들끓었지만 그는 자신의 고유 능력인 '은신'을 이용해 몬스터와 전투를 치르지 않은 채 던전 안에 진입했다.

'흙에, 흙에 묻어야 한다.'

그는 카워드에게 들었던 말을 끊임없이 되뇌었다.

받은 구슬은 무조건 묻어야 한다는 카워드의 말.

그는 점점 깊은 던전까지 들어가기 시작했고, 이내.

'찾았다……!'

그는 구슬을 묻을 만한 곳을 찾을 수 있었다.

오염된 폐수가 섞여, 약간은 끈적거리는 토양이 있는 그곳에서 오석현은 슬쩍 발을 이용해 토양을 들어내고는 미소를 지었다.

'이 정도면 구슬을 묻을 수 있겠어.'

그는 곧바로 구슬을 손에 쥔 채 땅을 헤집기 시작했고.

"?"

어느새 눈앞에 등장한 슬리퍼를 바라보았다.

검은색 바탕에, 하얀색 선이 그어져 있는 삼선 슬리퍼.

오석현의 시야에 그것이 들어옴과 함께.

"안녕?"

빡!

"끄악!"

턱에서 느껴지는 끔찍한 고통에 오석현은 저도 모르게 비명을 질렀다.

순식간에 벌어진 일.

그 바람에 그는 검은 구슬을 놓쳤고, 이내 급하게 구슬을 찾기 위해 시선을 돌렸다.

그리고.

"야, 분명 내가 인사했는데 왜 인사를 안 해?"

기분 나쁘게.

"기, 김현우……!?"

오석현은 순간 눈앞의 김현우를 보며 저도 모르게 소리를 쳤다.

김현우는 삼선 슬리퍼를 신고 검은 추리닝을 입은 채, 한 손에는 오석현이 흘린 검은 구슬을 집은 채로 그를 바라보고 있었다.

상황을 파악하기 위해 오석현은 눈알을 이리저리 굴렸지만.

콰득!

"끄아아아악!!"

그는 순간 자신의 발에서 느껴지는 끔찍한 고통에 비명을 질렀고, 김현우는 앞에 앉아 신음을 흘리는 그를 보며 입을 열었다.

"빠져나가려고 눈알 굴리는 게 너무 잘 보이는데 그러지 마라?"

이미 전부 다 알고 왔으니까.

"그, 그게 무슨."

그는 떨리는 목소리로 입을 열었지만, 김현우는 얼굴에 미소를 지우지 않은 채 말했다.

"무슨 일인지는 나한테 물어보면 안 되지, 네가 알고 있잖아? 내가 지금 무슨 일 때문에 여기에 있는지."

너도 대충 감이 오지?

김현우의 이죽거림에 그의 얼굴이 시커멓게 죽기 시작한다.

본능적으로 떠오른 생각.

'좆 됐다.'

지금 이 상황이 도대체 어떻게 된 건지 최소한의 인과관계도 파악할 수 없었지만, 그는 한 가지 확실한 사실을 깨달았다.

자신이 좆 됐다는 걸.

그런 오석현의 표정을 제대로 캐치했는지 김현우는 여유롭게 말하며.

"자, 그럼 하나하나 전부 다 말해볼까? 카워드에게 뭘 들었는지부터 시작해서 어떤 지시를 받았는지까지. 만약 제대로 대답하지 않으면."

자신의 주머니에서 짱돌을 꺼내며 입가를 비틀어 올렸다.

"정의봉 2호의 참맛을 보여주지."

◆ ◆ ◆

눈앞에 벌어지고 있는 상황을 카워드는 이해하지 못했다.

그는 오늘, 무척이나 피곤했기에 조금이라도 빨리 휴식을 취하기 위해 최소한의 명령만을 끝내두고 자신이 예약해놓았던 5성급 호텔로 몸을 옮겼다.

그리고 그가 예약을 잡아놓은 5성급 호텔의 방 안에는.

"끅. 끄으윽."

"이야. 좀 늦었네? 우리 여섯 시간 만이지?"

"무슨."

김현우가 있었다.

정확히는, 김현우와 미령, 그리고 그 앞에는.

"사, 살려……주십쇼! 길드장님!"

그야말로 피떡이라는 말이 어울릴 정도로 처참하게 박살 나 있는 남자, 오석현이 대리석 바닥을 구르고 있었다. 그 모습을 보며 카워드는 정말 웃기게도, 피떡이 되어 있는 오석현과 같은 생각을 머리에 담았다. '좆 됐다'는 생각을.

카워드는 순식간에 눈알을 굴렸다.

그의 심장의 고동이 커지며 일순 시간이 느리게 흘러가는 듯한 느낌을 받는다.

하지만.

"씨발 같은 길드라고 어떻게 하는 짓이 그렇게 똑같냐? 너희들은 단체로 세뇌 같은 것도 받냐?"

김현우의 욕설 한마디에, 카워드의 집중은 깨져버리고 말았다.

의자에 거만하게 앉아 있는 김현우의 모습, 그 뒤에 서 있는 미령.

그리고.

"……."

그 주변에 서 있는 가면 무사들을 보며, 카워드는 저도 모르게 문고리를 놓고 뒷걸음질을 쳤으나.

툭.

"!"

"야, 이미 끝났다니까? 너 못 도망간다?"

이미 카워드의 뒤에는 가면 무사들이 서 있었다.

그들은 조금 전까지만 해도 카워드의 뒤에 따라붙어 있던 두 명의 보디가드를 별다른 소리 없이 제압한 듯 각각 한 손에 보디가드의 머리를 부여잡은 채 카워드를 보고 있었다.

"……."

이어지는 침묵도 잠시.

툭.

꿀꺽.

카워드는 김현우의 오른손에 들린 짱돌이 위아래로 흔들리는 것을 보며 저도 모르게 한 번 더 뒷걸음질을 쳤고.

"!"

빠아아악!

"*끄*아아아악!"

김현우는 그의 머리통에 짱돌을 내리꽂았다.

인간의 머리와 짱돌이 아닌, 마치 짱돌과 짱돌이 부딪힌 것 같은 격한 소리와 함께 카워드의 비명이 사방으로 터져나갔지만, 김현우는 피식 웃으며 입을 열었다.

"야, 살살 쳐서 안 죽으니까 괜히 오버 하지 마라."

"*끄*악! *끄*아아악!"

"……."

"*끄*아아아아악!!"

"야, 너 짱돌에 진짜 제대로 대가리가 깨지면 어떻게 되는지 한번 보여줘?"

"끄으윽……. 끄윽……. 끕……!"

자신의 협박에 순식간에 입을 틀어막는 카워드를 보며 김현우는 어처구니없다는 듯 헛웃음을 지은 뒤 입을 열었다.

"야, 누가 보면 아주 내가 개쓰레기처럼 보이겠다."

"끄윽!"

확실히 그냥 겉으로만 봤을 때, 이 상황은 김현우가 나쁜 놈처럼 보이기에 충분했다.

그도 그럴 것이 오석현은 이미 피떡이 되어 있었고, 카워드도 짱돌에 맞아 머리에서 피를 뚝뚝 흘리고 있었으니까.

마치 도망치다가 사채업자에게 잡힌 것 같은 꼴을 하고 있는 카워드를 보며 김현우는 한숨을 내쉬었다.

"그러게 도대체 왜 그러는 거야? 내가 말했지? 우리 그냥 편하게 끝내자고, 응?"

너도 동의하고 나도 동의했잖아?

그는 이해가 안 된다는 듯 머리를 부여잡고 있는 카워드의 얼굴을 마주 보며 말했다.

"그런데 왜 계속 구질구질하게 약을 쳐? 응?"

김현우의 말에 카워드는 이를 악물면서도 눈알을 굴렸다.

'도대체 어떻게……!'

어떻게 김현우가 알고 있는 것일까.

자신이 메이슨의 말에 따라 일을 벌이려 한다는 것을.

'어디서? 도대체 어디서 정보가 새어 나간 거야?'

그렇게 카워드가 혼란스러워하고 있자 김현우는 짱돌을 던졌다 받으며 말했다.

"왜, 이제는 도대체 내가 어떻게 알았나를 생각해보고 있냐? 응?"

"……."

"에휴……."

아무런 말도 하지 않고 김현우를 보는 카워드의 모습에 그는 한숨을 내쉬며 중얼거렸다.

"이 새끼들은 자기들이 좆 됐다는 걸 알았으면 우선 용서부터 빌어야지 어떻게 하나같이 반응이 똑같냐."

응?

김현우가 다시 짱돌을 말아 쥐자 카워드는 저도 모르게 입을 열었으나.

"마, 만약 지금 그걸로 나를 친다."

"야, 진짜 그 이상은 말하지 마라. 진짜 대가리를 쪼개버리고 싶으니까."

김현우는 얼굴을 굳히며 카워드의 말을 끊었다.

"너희들은 진짜 만나고 또 만나도 어떻게 변화라는 게 없냐. 다들 아주 그냥 판박이야. 왜? 네가 어떻게든 목숨 부지하려고 협박하려는 거 모를 줄 알았어?"

어떻게 알았는지 알려줄까?

빡!!

"끄악!"

"네 길드 새끼들이 하나같이 그 방법 써먹더라, 병신아."

김현우는 카워드의 얼굴을 후려치고는 고통스러워하고 있는, 그를 똑바로 바라보며 말했다.

"하나 확실히 말해두는데 이제부터 나한테 예의를 기대하지 마."

애초에 네가 먼저 뒤통수를 몇 번이고 쳤는데, 나한테 예의를 기대하는 게 양아치 짓이라는 건 잘 알고 있지?

김현우는 말을 이었다.

"지금부터 네가 알고 있는 거 전부 토해내라, 이 검은 구슬부터 시작해서 도대체 네가 무엇을 꾸미고 있었는지 전부 말이야."

만약 네가 제대로 대답하지 않으면.

김현우는 정의봉 2호를 들어 올렸다.

"짱돌에 대가리가 깨진다는 게 진짜 어떤 건지 손수 보여주도록 하지."

물론 네 몸으로 말이야.

김현우의 협박에 카워드는 두려움 섞인 눈으로 그를 바라봤고, 곧 김현우는 카워드에게 '진실'에 대해서 들을 수 있었다.

◆ ◆ ◆

이제 막 오후를 맞이하고 있는 미국 워싱턴 외곽의 고급 저택.

건물 평수만 500평이 넘고, 집 안에 정원까지 딸려 있는 이 저택은 바로 국제헌터협회의 최고의원 중 한 명이자 최근 TOP 50 학살극으로 인해 구설에 올라 있는 메이슨의 저택이었다.

그런 고급스러운 저택의 지하 공간에서.

"쯧."

메이슨은 자신의 앞에 있는 검은 마정석들을 보며 짧게 혀를 차고는 손에 쥐고 있던 양주를 들이켜고 있었다.

'일이 이렇게 틀어질 줄이야.'

줄곧 입안으로 양주를 들이켜던 그는 한숨을 내쉬었다.

현재 메이슨의 기분은 그리 좋지 않았다.

아니, 정확히 말하면 며칠 전까지, 그의 기분은 누가 말을 걸지도 못할 만큼 성나 있었다.

세간에서는 '터무니없는 오해' 때문에 메이슨의 기분이 굉장히 좋지 않은 상황 같다고 보도했지만, 그것은 잘못된 것이었다.

메이슨은 '터무니없는 오해' 따위로 기분이 나빠져 있는 것이 아니었으니까.

"무신이 실패하다니⋯⋯."

그가 기분이 나빴던 이유.

그것은 바로 '원래'는 성공했어야 할 TOP 50 학살극이 실패로 돌아갔기 때문이다.

'도대체 어쩌다 이렇게 된 거지?'

메이슨은 손에 들린 양주를 몇 번이고 흔들거리며 인상을 찌푸렸다.

맨 처음, 그가 '등반자'로서 9계층에 올라왔을 때, 그는 분명 이 계층도 얼마 가지 않아 무너뜨릴 수 있을 거라 생각했다.

그것은 자신과 같은 처지의 등반자인 '하수분'이 올라왔을 때 더욱더 확고해졌고, 하수분과 메이슨은 상당한 시간을 들여 이 세상을 차근차근 무너트릴 준비를 했다.

하위 등반자들은 자신이 가지고 있는 무력만으로 세상을 멸망시킬 정도로 그 힘이 강하지 않았으니까.

그렇기에 그들은 준비했다.

이 세상을 깔끔하게 무너뜨리기 위해서.

그리고 최근까지만 해도 그 준비는 무척이나 빠르고 차근차근 진행되어 이제 최종 단계만을 남겨두고 있었다.

하수분은 원래의 계획대로 길드를 이용해 전 세계의 독점 던전 들을 어느 정도 손에 넣을 수 있었고. 메이슨은 자신의 능력을 통해 무신과 다른 몇몇 헌터를 회유하고 그들을 자신의 편으로 만드는 데 성공했다.

이제 남은 것은 멸망한 8계층에서 가져온 이 '기폭제'를 아레스 길드가 독점으로 먹어치웠던 던전 안에 집어넣고, 무신이 학살극을 일으킴과 동시에 터트리면 계획은 끝이었다.

그래.

그 계획이라면 메이슨은 분명 다음 계층으로 손쉽게 올라갈 수 있다고 생각했다.

수호자 아니, 김현우가 나오기 전까지는.

"쯧……."

수호자가 나오자마자 '문'이 열렸고 기다렸다는 듯 등반자들이 올라왔지만, 그들은 모두 수호자의 손에 죽음을 맞이했다.

'천마도.'

'괴력난신도.'

심지어 자신과 함께 이 계층의 멸망을 준비하던 '하수분'까지.

모두가 수호자의 손에 죽음을 맞이했다.

'……'

사실 그때까지만 해도 메이슨은 그다지 신경 쓰지 않았다.

이미 하수분이 죽었다고 해도 그가 이뤄놓은 것들이 사라지는 것은 아니었고, 그가 부길드장에 올려놓은 남자는 사리 분별을 잘하기는 해도 똑똑하지는 않았으니까.

한마디로 그를 잘 조종하기만 하면 됐다.

그래, 무신이 수호자에게 지기 전까지는.

'도대체 어떻게 무신이 수호자에게……'

메이슨은 단 한 번도 무신이 패배할 거라는 생각은 해보지 않았다.

그도 그럴 것이 그는 말도 안 될 정도로 강했고, 그의 강함은 순수한 무력으로 따졌을 때 상위 등반자와도 주먹을 맞댈 수는 있을 정도였으니까.

그런데 그런 무신이 졌다.

수호자에게.

그리고 그 직관적인 사실은, 곧 자신의 계획이 완전히 무너졌다는 것을 의미했다.

자신이 이 계층에 올라와 쌓아 올렸던 몇 년간의 결실이 말이다.

그렇기에 메이슨은 분노했고, 비교적 최근까지 기분이 좋지 않았다.

그래, 최근까지는.

'아직 방법은 있다.'

무신이 김현우에게 죽음을 맞이한 지 거의 한 달이 다 되어가고 있는 상황 속에서 그는 새로운 활로를 찾았다.

아니, 정확히는 미리 준비해두었던 다른 길을 이용하기로 했다.

그것은 자신과 정보를 공유했던 하수분에게조차 알리지 않았던 두 번째 플랜.

그가 '뒤'에 키워놓은 '조직'을 이용하는 것이었다.

원래 그가 키워놓았던 조직.

그것은 메이슨이 탑에 올라오고 나서 처음, 이 세계를 멸망시키기 위해 짜놓았던 첫 번째 플랜의 핵심 세력이었다.

물론 메이슨이 무신이라는 인재를 보고 난 뒤에 무신을 키우는 데 집중하며 조직은 그저 혹시 모를 두 번째 플랜이 되었다.

그렇기에 메이슨은 딱히 몇 년 동안 조직을 관리하지 않았다.

어차피 약한 '절대 다수'보다는 압도적으로 강한 '한 명'이 그에게는 더욱 관리하기도 쉬웠고, 더욱 효율도 좋았으니까.

하지만 무신이 죽고 그가 지푸라기라도 잡는 심정으로 내팽개쳐 놓은 조직을 확인했을 때.

'……말도 안 될 정도로 거대해지다니.'

조직은 커져 있었다.

그가 무신을 만난 뒤, 혹시나 하는 마음에 두 번째 플랜으로만 남겨두었던 조직은 무슨 이유에서인지 정말 '플랜'을 실행해도 될 정도로 거대해져 있었다.

메이슨은 환희했고, 곧바로 멈추었던 마무리 준비를 끝마쳤다.

그리고 그 결과물은.

"좋아……."

바로 그의 저택 지하에 쌓여 있는 수백, 수천 개는 되어 보이는 검은 구슬이 알려주고 있었다.

메이슨은 만족스러운 눈으로 그 구슬들을 바라보고 있었고.

"좋냐?"

"좋······!"

어느새 옆에서 들리는 목소리에 저도 모르게 시선을 돌리다 기함을 토해냈다.

그곳에는 한 남자가 있었다.

검은색의 추리닝을 입고, 발에는 삼선 슬리퍼를 신은 채, 여유로운 표정으로 지하 내부를 둘러보는 남자.

김현우였다.

한쪽 구석에 넘칠 정도로 만들어져 있는 검은 구슬을 보며 감탄하듯 허, 소리를 낸 김현우는 이내 메이슨을 바라보더니 말했다.

"이야, 아브 개는 다 자기 추론이라면서 생각을 내놓는데 어떻게 하나하나가 백발백중이냐."

"김현우······! 도대체 여기에는 어떻게!"

메이슨의 입에서 놀란 비명처럼 터져 나오는 목소리.

그는 현재 상황을 이해할 수 없다는 듯 인상을 찌푸렸지만, 김현우는 그와 반대로 입가에 웃음을 지우지 않은 채.

"그건 알 거 없고, 너는 뒤질 준비나 해라."

그저 일방적인 통보를.

"쥐새끼야."

내렸다.

◆ ◆ ◆

[확인 불가.]

정보창 대신 떠오르는 단순한 문장 하나로 김현우는 그가 등반자인 것을 깨달을 수 있었다.

아니, 사실 그가 등반자일지도 모른다는 것을 의심하기는 했다.

그도 그럴 것이 그는 무신과 관련이 있는 사람이었고, 무엇보다도 아브가 그를 지목했다.

그래, 아브가 시스템 룸에서 자신의 이야기와 중위가 된 정보 권한을 뒤져본 뒤, 그저 추론일 뿐이라며 들려준 이야기.

그것은 바로 하나의 의심일 뿐이었다.

어쩌면 메이슨이라는 남자가 등반자가 아닐까 하는 의심.

하나 그녀가 제시하는 의심은 김현우가 듣기에도 굉장히 합당했다.

김현우가 탑에서 나오기 전 일어난 세 번의 크레바스 사태.

하수분을 상대하고 나서 딱히 생각하지 않고 있었지만, 크레바스 사태 중 '구멍'이 닫히지 않은 것은 두 개였다.

그것은 아직 남아 있는 등반자가 있다는 것을 의미했고, 그때 타이밍 좋게 터진 게 바로 무신의 학살극.

하지만 무신은 '등반자'가 아닌 '예비자'였을 뿐이다.

그렇다면 어째서 등반자도 아닌 그가 이 세계의 '진실'에 대해서 알고 있나?

'누군가가 무신에게 진실에 대해 알려주었다.'

그래, 그것 말고는 답이 되지 않는다.

하지만 거의 모든 증거가 메이슨이 등반자라는 것을 알려주고 있고, 아브의 의심을 들었을 때도 김현우는 딱히 메이슨을 찾아가지 않았다.

이유?

별거 없다.

그냥 그때의 김현우는 아직 몸이 제대로 회복되지 않은 상황이었으니까.

그의 몸은 가볍게 움직일 수 있을 정도는 되었지만, 아직 등반자를 상대할 정도까지는 회복되지 않았다.

하물며 무신을 동료로 삼고 있는 녀석이다 보니 어중간한 녀석은 아닐 거라고 생각했다.

그렇기에 기다렸다.

몸이 다 회복될 때까지.

그리고.

쾅!

"크학!"

메이슨이 순식간에 지하 천장을 뚫고 하늘로 날아간다.

포탄처럼 쏘아지는 신형.

김현우는 곧바로 몸을 움직였다.

팟!

"!"

사라진 김현우의 신형이 순간 메이슨의 뒤쪽에 나타난다.

그는 서둘러 김현우의 공격을 막아내기 위해 몸을 뒤틀었지만.

"극청-유성각極靑-流星脚."

이미 김현우의 다리에서 펼쳐진 푸른색의 유성은 그의 등에 떨어져 내리고 있었다.

이번에는 잘 가꾸어진 정원에 떨어져 내리는 신형.

쿵!

주변의 식물과 화단이 모조리 박살 나며 메이슨의 신형이 콘크리트 바닥에 처박힌다.

"이런 씨. 컥!"

땅바닥에 박힌 메이슨은 급하게 몸을 움직이려 했지만, 김현우는 그보다 빨랐다.

빡!

그의 손이 메이슨의 머리를 후려치고, 땅바닥에 처박힌 메이슨에게 더 이상 길게 끌 것 없이 최후의 공격을 준비한다.

"극."

김현우의 온몸에 검붉은 마력이 소용돌이친다.

그 누가 보더라도 섬뜩해 보이는 마력들이 소용돌이치며 그의 근처로 몰려 들어가고, 검붉은 마력이 등 뒤에 거대한 흑 원을 만들어낸다.

그와 함께 펼쳐지는 검은 흑익黑翼.

김현우는 다리를 한계까지 당겼다.

그리고.

[멈춰라!]

"!"

김현우가 멈췄다.

말 그대로였다.

김현우의 몸은 마치 처음부터 멈춰 있었던 것처럼 그 자리에서 멈췄고, 땅바닥에 몸을 처박고 있던 메이슨이 자리에서 일어났다.

그리고, 조금 전까지 간편한 가운을 입고 있던 메이슨의 모습은 달라져 있었다.

가운 대신 그의 몸에 걸쳐져 있는 것은 붉은색의 성해포였고, 그의 손에는 검붉은 색의 책이 들려 있었다.

그 상태에서 그는 몇 번이고 고통스럽다는 듯 인상을 찌푸리더니 이내 김현우를 향해 발을 휘둘렀다.

"이 개새끼!"

쿵!

조금 전까지 멈춰 있던 김현우의 몸이 바로 앞의 화단에 처박혔고, 메이슨은 어느새 노란색으로 빛나는 눈으로 화단에 박혀 어리둥절한 표정으로 자신을 바라보고 있는 김현우를 보았다.

잠시간의 침묵.

그는 김현우의 모습을 보며 이제야 살겠다는 듯 자신의 몸을 툭툭 털더니 이내 미소 지으며 입을 열었다.

"멍청한 녀석."

"뭐?"

"멍청하다고 했다. 나에 대해 제대로 모르면서 이렇게 함부로 집 안에 침입하다니."

메이슨의 말에 김현우는 피식 웃고는 대답했다.

"조금 전까지 뒤지게 처맞던 놈이 아가리는 잘 터네?"

김현우의 욕설.

그러나 메이슨은 그가 움직이지 못하는 것을 확인하고 난 뒤, 가소롭다는 듯 피식 웃으며 그의 말을 넘겼다.

"지금도 네놈이 나를 이길 수 있을 거라고 생각하나? 그래 뭐······ 인정하지. 자네의 강함은 상상 이상일세."

자네는 1200년 동안 무武에 모든 것을 바친 괴물마저도 이겨버렸으니.

"하지만."

적어도 내가 만들어놓은 이 권역 안에서, 자네는 나를 이길 수 없지.

메이슨의 비릿한 웃음과 함께 그의 손에 잡혀 있던 검붉은 마법서들이 펄럭이며 넘어가기 시작했고, 그의 주변으로, 아니 정확히는 그의 저택 주변으로 붉은색의 장막이 처지기 시작했다.

김현우는 말없이 하늘을 덮는 붉은 장막을 바라보았고, 메이슨은 이내 펄럭거리는 책을 허공에 띄워놓은 채 입을 열었다.

"원래라면 네놈을 죽이는 것은 내가 아닌 다른 녀석에게 맡길 예정이었지만, 네가 내 권역 안에 들어온 이상 내가 직접 해도 상관없을 것 같군."

그는 입가를 비틀어 올리며 말을 이었다.

"내 소개를 하지."

나는 세상의 목소리를 설파하는 자.

"'언령사'다."

그리고.

"네가 발을 들인 이곳은 바로 내가 이 계층에 올라오고 나서 몇 년 동안 심혈을 기울여 만든, 나만의 '권역'이지."

자랑스럽다는 듯 말하는 메이슨의 모습에 김현우는 화단에 처박힌 그 상태로 움직이지 않으며 대답했다.

"그래서, 대충 이해했는데 이 권역 안에 있을 때만 힘을 쓸 수 있다 그거지?"

"그래."

"아주 자기 약점을 사방에다 뿌리고 다니는구나?"

김현우의 빈정거림에 그는 오히려 비웃음을 지으며 말했다.

"왜 그렇게 생각하지?"

"왜냐니? 지금 이렇게 자기 단점 다 말해주고 있잖아?"

"어차피 죽을 놈한테 베푸는 선행이라고 하지."

"붉은 장막 하나 쳤다고 자신감이 터지시네?"

김현우의 말에 메이슨은 입가를 비틀어 올렸다.

확실히, 그는 현재 다음 계층으로 올라가기가 훨씬 쉬워졌다고 내심 생각할 정도로 승리를 확신하고 있었다. 메이슨은 자신의 권역 안에서 펼칠 수 있는 '언령'의 힘을 절대적으로 믿고 있었으니까.

'이렇게 제 발로 걸어와주다니……!'

원래라면 김현우는 자신이 절대 잡을 수 없는 수호자였다.

아니, 애초에 그는 8계층까지 올라오며 마주쳤던 모든 수호자들을 무력보다는 지략으로 해결했다.

자신의 능력인 '언령'은 그 권역 안에서는 거의 완벽에 가까울 정도로 절대적인 힘을 행사하지만, 자신이 만든 '권역'이 아닌 밖에서는 그 힘이 무척이나 약화되었기 때문이다.

탑을 오르기보다는 무엇인가를 지키는 데에 더 활용성이 높은 능력 덕분에 그는 지금까지 자신의 능력을 제대로 활용한 적이 없었다.

아니 활용하지 못했다.

그의 권역은 아무리 크게 만들어봤자 반경 200미터를 넘지 못했으니까.

그렇기에 그는 이번 계층에서도 딱히 자신의 능력을 통하기보다는 다른 등반자들과의 협동과 지략으로 이 세계를 멸망시키려 했다.

그런데.

"마지막으로 남길 말은 없나?"

김현우는 생각도 없이 자신의 권역 내로 들어왔다.

그래, 자신의 언령을 최강의 능력으로 만들어주는 '언령의 서'의 권역 안으로.

메이슨은 뜻밖에 잘 풀리고 있는 일에 환희를 느꼈고.

"마지막으로 남길 말은 됐고, 뭐 하나만 물어보자."

메이슨은, 자신이 이겼다는 생각 덕분인지, 여유로워 보이는 김현우의 표정을 캐치하지 못했다.

김현우에게, 거만해진 메이슨이 대답했다.

"답해주도록 하지."

"너희들, 도대체 몇 명이나 있냐?"

"뭐?"

"말 그대로, 너 같은 등반자가 몇 명이나 있냐고."

김현우의 물음에 메이슨은 키득거리며 말했다.

"어차피 죽을 놈이 쓸데없는 것을 물어보는군."

"그래서, 말 안 해줄 거야?"

김현우의 질문에 그가 답했다.

"아니, 말을 안 해준다기보다는 못 해준다고 보는 게 옳겠군."

"……뭐?"

김현우가 인상을 찌푸리자 그가 대답했다.

"지금 이 시각에도, 등반자는 생겨나고 있으니까."

메이슨의 말에 김현우는 김이 샌다는 듯 한숨을 내쉬며 입을 열었다.

"씨발 그건 결국 모른다는 소리잖아?"

김현우의 욕설에 메이슨의 인상이 찌푸려졌지만, 김현우는 계속해서 말했다.

"그럼 뭐 하나만 더 물어보자. 이게 마지막이다."

메이슨은 굳은 표정을 지은 채 대꾸했다.

"마지막 자비다."

메이슨의 말에 김현우는 욕설을 하려다 겨우 참고서 질문했다.

"'재등반자'에 대해 뭔가 아는 거 있냐?"

메이슨이 대답했다.

"그들은 좌에서 떨어진 자들을 말한다. '권한'을 잃고 '좌'에서 밀려나, 다시 권한을 얻기 위해 탑을 오르는 이들이지. 대표적으로는…… 그래."

구신좌舊神座들이 있군.

"……구신좌?"

김현우가 한 번 더 되물었지만 메이슨은 그 이상 대답해줄 생각은 없는지 이내 김현우를 바라보며 씩 하고 웃었다.

"이야기는 여기서 끝이다."

"이 새끼 정보 주는 거 존나 짜네."

메이슨의 말에 김현우는 욕설로 화답했지만 여유로운 미소를 지우지 않았다.

"어차피 이제 곧 죽을 놈에게 이 정도의 자비는 충분하다고 생각하지 않나?"

김현우는 피식 웃었다.

그리고.

"뭐, 그래…… 어차피 죽을 놈한테 솔직히 이 정도의 자비는 사치지."

파직.

"!"

"그렇지?"

그리고, 메이슨은 거기서 말도 안 되는 상황을 목격했다.

그것은.

"무슨!"

김현우가 움직였다.

메이슨은 김현우가 움직이는 것을 보며 순간 자신의 권역을 다시 한번 점검했다.

그리고 자신의 권역에는 별다른 이상이 없다는 것도 확인했다.

"어…… 어떻게!!"

그렇기에 메이슨은 저 말도 안 되는 현상을 보며 경악 어린 비명을 토할 수밖에 없었고, 김현우는 그를 보며 말했다.

"왜? 궁금해?"

김현우가 메이슨이 자신하는 권역 안에서 움직일 수 있는 이유.

그것은 그가 바로 이 권역의 특징에 대해서 제대로 파악했기 때문이다.

정확히는 메이슨의 '사기'를 파악했다.

그는 '언령'을 내뱉고 있는 게 아니었다.

그저 단순히.

"마력을 지배하고 있을 뿐이잖아?"

김현우의 말에 메이슨의 표정이 일그러졌다.

메이슨의 권역에 숨겨진 비밀.

그것은 바로 마력이었다.

그의 권역 내에 있는 마력들은 정말 메이슨의 말뜻에 따라 동결되고 서기를 반복했다.

당장 지금만 해도.

[멈춰라!]

[숨 쉬지 마라!]

[스스로 목을 졸라라!]

[자해해라!]

권역 안에 있는 말들은 다급해진 메이슨의 말에 따라 그의 몸에 달라붙었다.

억지로 그의 몸에 달라붙은 마력들은 신기하게도 메이슨의 뜻을 이루기 위해 김현우를 조종한다.

그의 발에 달라붙어 마력을 동결시킨다.

그의 코와 입에 달라붙어 김현우가 숨을 쉴 수 없도록 기관지를 막는다.

그의 왼손을 조종해 목으로 가져간다.

그의 오른손을 조종해 심장으로 가져간다.

하지만.

파직!

"!"

그것은 김현우의 간단한 동작 하나로, 모조리 박살 났다.

"어떻게……!"

간단히 오른손을 쳐내는 것만으로 자신의 온몸에 달라붙어 있는 붉은 마력을 쳐낸 김현우.

그것은 김현우가 무신과 싸울 때 터득한 것이었다.

무신이 수라무화격을 막았을 때 썼던, 김현우는 이름조차 모르는 그 무공을 이용해, 자신의 혈도 전체로 마력을 돌려 자신의 몸에 침투하고 있는 마력들을 쳐냈다.

물론 무공이 완벽하지는 않은 탓에 김현우의 몸은 평소와는 다르게 느릿한 움직임을 보이고 있었지만.

"자, 기술 들어간다."

김현우의 오른발에서 검붉은 마력이 터져 나온다.

메이슨의 말에 따라 검붉은 마력을 막기 위해 붉은 마력들이 달려들지만, 김현우의 마력은 마치 붉은 마력을 연료로 삼는 듯 더더욱 그 세를 불려나갔다.

그와 함께 김현우의 뒤에 만들어진 흑 원과 흑익黑翼.

그것으로.

"극."

쥐새끼를 죽이기에는.

"패왕."

충분했다.

괴신격.

콰아아아아아!

검붉은 마력이 메이슨의 권역을 잡아먹었다.

◆ ◆ ◆

국제헌터협회 3층의 연합실.

그곳에는 두 남자가 마주 앉아 있었다.

연합실의 문 쪽에 앉아 있는 남자는 김현우였고, 그의 맞은편에 앉아 있는 남자는 국제헌터협회의 최고의원 중 한 명인 리암이었다.

리암은 김현우의 뒤에 서 있는 미령을 한번 바라보곤 이내 김현우가 내어준 스마트폰의 영상을 재생시켰다.

그리고.

무신이 실패하다니······.

익숙한 목소리가, 재생되기 시작했다.

그것은 바로 김현우의 뒤를 따라갔던 미령이 아니, 정확히는 그녀의 수하인 가면 무사가 김현우의 명령으로 그와 함께 들어가 찍은 영상이었다.

영상에는 메이슨의 독백과 나중에 메이슨이 김현우의 힘에 대적하는 힘을 내보이는 것까지, 이동이 많아 흔들림은 많았지만 상세하게 찍혀 있었다.

나는 '언령사言靈使'다.

메이슨의 말과 동시에 붉은 마력장이 전개되는 것으로 영상은 끝이 났고, 한동안 영상 재생이 끝난 스마트폰을 바라보고 있던 리암은 김현우를 바라봤다.

"이게, 진짜인가?"

김현우는 말할 가치도 없다는 듯 고개를 끄덕였고, 리암은 멍하니 스마트폰을 바라봤다.

오늘 오후.

현재 미국은 난리가 나 있는 상태였다.

그 이유는 바로 세간의 집중을 받고 있던 메이슨의 집에서 일어난 강렬한 마력 폭발 때문.

이유를 알 수 없는 마력 폭발로 인해 메이슨의 집은 마치 그 자리에 없었다는 것처럼 전소되었다.

갑작스레 일어난 충격적인 사건에 기자들은 누가 먼저랄 것 없이 그 사건을 사방으로 퍼다 날랐고, 이 폭발 사건은 전 세계에 퍼져나갔다.

그리고.

'……'

현재 리암의 손에는, 이 국제헌터협회의 정권을 확실히 잡을 수 있는 영상이 들어왔다.

사실 TOP 50 학살극이 실패하고 무신이 죽었을 때부터 이미 승기는 기울어져 있었다.

다만, 메이슨이 구설에 올랐다고 해도 그를 밀어내기는 여간 어려운 것이 아니었다.

그도 그럴 것이 메이슨에게는 아직 그를 지지하는 고위 정부 관계자들이 있으니까. 이미 메이슨과 정치적으로 엮여 있는 그들은 메이슨을 버리지 않았다. 아니, 버리지 못했다.

메이슨을 버린다는 것은 곧 자신의 정치 생명을 죽이는 것과 마찬가지기에 그들은 오히려 메이슨이 '진짜' 잘못을 했다고 해도 그를 감싸고 돌 만한 이들이었다. 하나 이 스마트폰에 들어 있는 영상은, 메이슨을 감싸고 도는 이들을 완전히 침몰시킬 수 있을 정도의 파괴력을 가지고 있었다.

리암은 그 스마트폰을 꾹 쥐며 김현우를 바라봤다.

"자네가 이걸 내게 가져왔다는 것은 뭔가 원하는 게 있는 것 같은데…… 맞는가?"

그의 조심스러운 물음에 김현우는 고개를 끄덕거리며 웃음을 지었다.

"역시 말이 통해서 좋네."

김현우는 리암이 대꾸하기도 전에 이야기를 이어나갔다.

"뭐, 사실 내가 원하는 건 별거 아니고……. 그냥 그걸로 적당히 언론 좀 만져달라 그거죠."

"……언론을 만져달라고?"

"네, 물론 제가 해도 별 상관 없는 일이기는 한데."

또 기자들이 염병하는 걸 들어주고 싶지는 않아서요.

김현우는 그렇게 말하고는 여유로운 표정으로 다리를 꼬았다.

"한마디로 서로서로 좋은 걸 가져가자 이거죠. 우리 의원님은 메이슨이랑 그 세력들을 깔끔하게 쳐낼 수 있어서 좋고, 나는 쓸데없이 귀찮아지지 않아서 좋고."

김현우의 말에 리암은 단박에 고개를 끄덕였다.

확실히 이 스마트폰의 영상을 공개하는 것은 김현우가 할 수도 있는 일이었다. 하지만 상대는 메이슨.

많은 구설수에 올라 있긴 하지만 아직 그의 옆에 붙어 있는 정치인은 많다. 그렇기에 만약 김현우가 홀로 정보를 공개한다면 그들은 어떻게든 그 사실을 은폐하기 위해 김현우를 타깃으로 한 각종 음모와 지라시 뉴스들을 뿌릴 것이다. 그로 인해 김현우가 여러 가지 구설수에 휘말리게 될 것은 자명한 일.

'그래, 만약 김현우 혼자 정보를 공개한다면 그렇게 되겠지.'

하지만 최고의원 자리를 맡은 자신이 정보를 공개한다면?

'사정이 많이 달라진다.'

물론 자신이 타깃이 되어 조금 귀찮아지기는 하겠지만 메이슨의 잔당을 확실하게 협회 내에서 끌어내릴 수 있다면 그 정도의 귀찮음은 당연히 감수할 수 있었다.

무엇보다 리암은 메이슨 정도는 아니지만, 학살극이 일어난 뒤 협회 안팎으로 지지 세력을 모았기에 김현우보다도 확실히 여론전에서 화력을 낼 수 있었다.

한마디로 김현우의 제안은 서로에게 윈윈인 셈이었다.

리암은 만족스럽게 고개를 끄덕이며 주머니 안에 스마트폰을 집어넣더니 이내 김현우를 보며 물었다.

"그럼 언론을 어떻게 만져달라는 건지는 이따 더 자세히 들어보는 것으로 하고, 혹시 뭐 하나만 물어도 되겠나?"

리암의 말에 김현우는 고개를 끄덕이는 것으로 대답했고, 곧 리암은 진중한 표정을 지으며 물었다.

"그렇다면 결국 메이슨은 죽은 건가?"

리암이 스마트폰 영상에서 봤던 것은 그가 스스로를 메이슨이 아닌 '언령사'라고 부른 부분까지였다. 물론 김현우가 찾아온 것으로 봐서 그가 어떻게 됐는지 대충 유추할 수는 있었지만, 그것은 말 그대로 유추일 뿐.

리암은 확실한 대답을 듣고 싶었다.

그렇기에 그는 김현우에게 대답을 구했고. 김현우는.

"아니, 아직 안 죽었죠."

리암에게 아직 메이슨이 살아 있음을 알렸다. 그 말에 리암의 표정이 묘하게 굳어진다.

이어지는 질문.

"……자네와 메이슨은 싸운 게 아닌가?"

"그렇죠?"

"……그런데 죽지 않았다고?"

리암은 그렇게 질문하며 자신이 아까 전 확인했던 뉴스를 떠올렸다.

저택이 한 방에 사라질 정도로 거대한 마력 폭발. 그런 마력 폭발이 한 번도 아니고 몇 번씩이나 터졌기에 분명 리암은 메이슨이 김현우의 손에 죽음을 맞이했다고 내심 추론하고 있었다.

리암이 멍하니 있자 김현우는 한숨을 내쉬며 입을 열었다.

"도망갔거든요."

"……도망가다니 그 마력 폭발 속에서?"

"네."

김현우는 슬쩍 인상을 찌푸리고는 아까의 기억을 떠올렸다.

분명 메이슨에게 공격이 명중했을 때까지만 해도 김현우는 메이슨이 죽을 거라는 것을 의심하지 않았다.

그래.

갑작스레 메이슨이 사라지기 전까지는.

김현우의 공격을 받은 메이슨은 갑작스레 사라졌고 패왕괴신격은, 그의 저택을 날려버렸다. 무엇 하나 없이 깨끗하게. 그리고 김현우는 그곳에서 메이슨을 찾지 못했다.

처음에는 마력 폭발에 휘말려 죽은 게 아닐까, 라는 생각을 해보기도 했지만 그건 아니었다.

'……알리미가 뜨지 않았어.'

등반자가 죽으면 알림이 뜬다. 그를 죽였고, 정보 권한이 누적된다는 알림이. 하지만 메이슨의 집을 날려버렸을 때 김현우의 눈에는 아무것도 떠오르지 않았다.

그것은 곧 메이슨이 김현우의 공격에서 빠져나가 도망갔다는 것을 의미했다.

"쯧."

거기까지 생각을 도달시킨 김현우는 짧게 혀를 찼다.

'뭐, 녀석이 다시 등장해봤자 사회적으로 귀찮아지는 일은 없겠지만.'

어차피 등반자를 찾아서 죽여야 하는 게 김현우의 입장이니만큼 또 그를 찾으러 돌아다닐 생각에 머리가 아파지는 것 같았다.

'이참에 메이슨을 수배하는 것도 같이 말해놔야겠네.'

김현우는 이어지는 생각 속에서 비밀리에 메이슨을 수배하는 게 좋겠다는 생각을 하며 입을 열었고.

"……옹?"

"무슨 일인가?"

곧 자신의 눈앞에 떠오른 알리미에 저도 모르게 어리둥절한 표정을 지으며 로그를 바라봤다.

"뭐야……?"

◆ ◆ ◆

멕시코시티 지하에 위치한 거대한 공동.

"크으윽!"

그곳에 메이슨이 있었다.

성해포는 이미 붉은 피로 물들어 있고, 입가에서는 끊임없이 피를 토해내고 있었지만 한 가지 확실한 것은.

'메이슨'이 살아 있다는 것이었다.

'다…… 다행이다.'

메이슨은 달라진 주변 풍경을 보며 자신이 살아 있다는 것을 깨달은 뒤, 그제야 안도의 한숨을 내쉬며 그 자리에 비틀거리듯 주저앉았다.

메이슨이 김현우의 공격을 피해 살아남을 수 있었던 이유.

그것은 바로 그의 언령에 있었다.

메이슨의 능력은 자신의 권역 내에 있는 마력을 자기 뜻대로 다루는 것이었고, 그렇기에 그는 김현우의 공격이 닿기 전, 그에게 능력을 사용한 것이 아닌 자신에게 능력을 사용했다.

'……텔레포트를 사용하지 않았다면 정말로 죽은 목숨이었다.'

그는 김현우의 다리가 자신의 몸에 닿기 전, 스스로의 몸을 텔레포트시켜 그 상황을 빠져나올 수 있었다.

"쿨럭."

'그 덕분에 몸은 완전히 망가졌지만.'

제대로 된 마법진도 없이 그저 순수한 언령에만 유지한 터라 내부적으로도 상당한 타격을 입었으나 메이슨은 긍정적으로 생각했다.

'우선은 살았으니 됐다.'

그는 시선을 돌려 주변을 둘러보았다. 보이는 것은 거대한 중세풍의 성 내부의 모습.

그가 있는 곳은 틀림없는 지하였다. 그러나 그곳은 지하 같다는 느낌이 들지 않을 정도로 넓고 거대했다.

메이슨의 양옆으로 기다렸다는 듯 양복을 입은 사내들이 일렬로 늘어섰고, 거대한 공동의 앞에는 거대한 문양이 그려져 있었다. 어찌 보면 장엄하게 느껴지기도 하는 그곳을 보며 메이슨은 미소를 지었다.

'이 조직만 있으면, 다시 시작할 수 있다.'

그가 아주 예전, 두 번째 플랜을 가정하고 만들어놓은 '조직'.

물론 메이슨은 이 조직을 사용할 거라는 생각도 하지 않은 터라 그저 만들어만 놓고 거의 관리하지 않았다. 하지만 그가 관리하지 않았음에도 불구하고 조직은 거대해졌다. 그냥 거대해진 것도 아니었다.

지금 이 멕시코 지하에 만들어져 있는 조직 '일루미티'는 멕시코 전역을 넘어, 유럽의 암흑가를 전부 지배하고 있다고 봐도 좋을 만큼 거대한 흑막 조직이 되어 있었다.

메이슨 본인조차도 이 조직을 확인하러 오고 나서야 알았을 정도로, 그들은 철저하게 음지에서 자신들의 권력을 키워나갔다.

그리고.

"오셨습니까?"

피를 흘리며 주저앉아 있는 메이슨의 앞으로 누군가가 걸어 나왔다.

정장을 입고 있는 다른 이들과는 다르게 온몸을 가릴 수 있을 정도로 두꺼운 외투를 입은 그녀. 그녀는 언뜻 날갯죽지까지 내려오는 머리가 아니었다면 남자로 착각할 정도로 자신의 몸을 빈틈없이 가리고 있었고, 어깨에는.

달그락.

누가 보기에도 낡아 보이는 나무 가면이 달려 있었다.

그런 그녀의 등장에 양옆에 도열해 있던 정장을 입은 이들은 하나같이 고개를 숙였고. 그녀는 입가에 지어진 미소를 지우지 않고 메이슨에게 다가와 입을 열었다.

"좋지 않아 보이시는군요."

그녀의 물음에 메이슨은 힘겨운 표정으로 고개를 끄덕거리며 대답했다.

"일이 좀 있었네."

"일이라면……?"

"김현우, 그가 방해로군."

메이슨의 입에서 나온 말.

그의 말에 순간 그녀는 눈을 슬쩍 크게 뜨는 듯하더니, 이내 재미있다는 듯한 미소를 지우지 않고 대답했다.

"……호오, 그렇습니까?"

"그래, 그 덕분에 우리가 '암약'해야 하는 시간이 조금 더 길어졌다네."

"그것, 참 유감이군요."

그녀의 유감.

하나 메이슨은 걱정하지 말라는 듯 손사래를 쳤다.

"하지만 걱정하지 말게, 내 '오른팔'인 자네 덕분에 조직이 이 정도까지 세를 키웠으니 조금만 더 있으면 이 세계를 손에 넣는 것도 문제는 아니지."

그와 함께 메이슨은 주변을 둘러보았다. 몇 번을 봐도 웅장한 내부. 그렇게 메이슨이 내부의 광경을 바라보고 있을 때.

"아니, 그게 아니에요."

"그게 무슨 소."

푹.

"……커억?"

그는 자신의 심장을 뚫고 나온 한 자루의 검을 보며 피를 토해 냈다. 그와 함께 메이슨의 고개가 돌아가고, 그녀의 얼굴을 바라봤을 때.

"내가 유감을 표한 건."

그녀는.

"멍청하게 아무것도 모르고 있는 네게."

비틀린 웃음을.

"유감을 표시한 거야."

짓고 있었다.

미궁에 좀 가보자

마치 시간이 멈춘 듯 조용해진 공동.

"커헉!"

메이슨의 입가에서 붉은 피가 터져 나옴과 동시에 혈색이 빠르게 창백해진다.

털썩.

힘들게 일으켰던 메이슨의 몸이 다시금 주저앉고, 눈가에 급격하게 생명의 빛이 꺼져간다. 하지만 그런 상황에도 불구하고 그 누구도 메이슨을 도우려 하지 않았다. 정장을 입은 이들이 도열해 있었지만 메이슨에게 시선도 주지 않은 채 그저 앞만을 바라보았고, 메이슨의 심장에 칼을 박아 넣은 그녀는 비틀린 웃음을 지으며 그를 바라보고 있었다.

메이슨은 그녀를 올려다봤다. 의문, 배신감, 분노, 여러 가지 부정적인 감정들이 꺼져가는 메이슨의 눈빛에서 흘러나왔지만 그녀는 아랑곳하지 않으며 입을 열었다.

"왜 그런 표정으로 봐?"

"네가…… 네가 어떻게……!"

메이슨의 말에 그녀는 피식 웃으며 입을 열었다.

"내가? 내가 뭘?"

"네가 어떻게 배신을……!"

피를 토하며 말하는 메이슨.

하나 그녀는 여전히 비틀린 웃음을 지우지 않은 채 대답했다.

"내가? 배신을? 무슨 소리를 하는 거야?"

"뭐……라고?"

"저기 말이야, 배신이라는 단어를 잘 모르는 것 같은데……. 애초에 배신이라는 건 너랑 내가 한배를 타고 있을 때 성립하는 거 아닌가?"

그녀의 노골적인 비아냥에 메이슨의 눈이 붉게 충혈된다. 지독한 분노가 담겨 있는 눈빛. 그러나 그 눈빛을 마주 보고도 그녀는 오히려 안쓰럽다는 듯 말을 이었다.

"뭐, 사실은 이렇게 죽일 생각까지는 없었어, 그래 조금 전까지는 말이야. 그래도 내가 도움받은 게 있잖아?"

뭐, 그렇다고 해봤자 극히 초반에 자금 융통을 받은 것 빼고는 전부 나 혼자서 해온 일이지만.

그녀는 그렇게 말하고는 이내 숨을 헐떡이고 있는 그를 보며 이야기를 이어나갔다.

"아무튼, 죽일 생각까지는 없었는데, 점점 하는 말을 들어보니까

가관이네? 양심은 있는 거야?"

그녀는 슬쩍 표정을 바꿔 메이슨을 혐오스럽다는 듯한 표정으로 바라보며 주저앉아 있는 그의 앞에 마주 앉았다.

"끅."

"지금 네 눈앞에 보이는 조직은 내가 다 만들어놓은 건데……. 네가 내 '오른팔'? 장난쳐?"

인상을 찌푸리는 그녀.

"내가 고작 너 같은 놈한테 바치려고 이 조직, '일루미티'를 여기까지 키운 줄 알아?"

아니, 아니지.

그녀는 부정과 함께 칼을 밀어 넣었고.

푸드득.

"크학!"

메이슨의 입가에서는 검붉은 피가 쏟아져 나오기 시작했다. 순식간에 검은색의 대리석을 더럽히는 검은 피들.

"만약 네가 정말로 그렇게 생각하고 있었다면 정말 말도 안 되는 오해를 하고 있던 거야. 그도 그럴 게 일루미티를 가질 사람은 이미."

정해져 있으니까.

그녀의 말과 함께 메이슨의 눈가가 커졌다.

"크학. 그게…… 대체…… 무슨……!"

피를 토해내며 말을 내뱉는 메이슨.

그녀는 담담하게 말했다.

"말 그대로야, 일루미티의 '보스'를 맡을 사람은 이미 처음부터 정해져 있었어. 아니, 애초에 이 조직 자체가."

그 사람 때문에 만든 조직인걸?

메이슨은 무엇인가를 말하려는 듯 입을 크게 열었지만 더 이상 그곳에서 나오는 것은 목소리가 아니었다.

"크학!"

그곳에서 나오는 것은 이미 죽어버린 검은 피. 끈적끈적한 피가 메이슨의 입가를 타고 떨어지고, 그녀는 가만히 메이슨을 바라보다 떠올랐다는 듯 짧게 탄성을 내뱉었다.

"아, 그래도 가기 전에 네가 죽는 이유는 말해줘야겠지?"

"끄르륵……!"

"원래는 나도 죽일 생각은 없었어, 정말이라니까? 원래 죽일 생각은 없었는데."

푸화악!

"끄륵!"

칼을 쥐고 있던 그녀의 손에 힘이 들어감과 동시에 메이슨의 심장을 찌르고 있던 칼이 그의 심장을 완전히 반으로 쪼개버렸고, 메이슨의 눈이 크게 떠졌을 때, 그녀는 여태까지 짓고 있던 표정들이 거짓말이라는 듯 얼굴에 그 어떤 표정도 짓지 않고.

"네가 일루미티의 보스를, 아니."

그저 담담하게.

"'사부님'을 해하려 하는데."

입을.

"내가 가만히 있어야겠어?"

열었다.

그 말과 함께 커졌던 메이슨의 눈가에 생명의 빛이 꺼져 들어가기 시작했고, 그녀는 곧 힘없이 축 늘어지는 메이슨의 모습을 보며 자리에서 일어났다.

"처리해."

그녀의 입에서 흘러나온 목소리에 마치 석상처럼 가만히 서 있던 이들이 움직이기 시작하고, 그녀가 몸을 돌리자마자 정갈한 정장을 입은 남자는 그녀의 뒤에 따라붙었다.

"보스."

"보고해."

"오늘 5시경, 메이슨의 저택에서 일어난 마력의 색을 보고 몇몇 기자들이 '그분'에 대한 악의적인 기사를 기재하는 게 포착되었습니다."

남자의 말에 그녀는 답했다.

"로든."

"예."

"내가 저번에 뭐라고 했지?"

"……."

남자가 대답하지 않자 그녀는 슬쩍 시선을 돌려 뒤에 따라붙은 남자를 바라보고는.

"사부님을 조금이라도 까 내리려는 녀석들이 보이면, 모조리 입을 닫게 해."

담담히.

"말을 안 듣는다면 죽여서라도 말이야."

명령을 내렸다.

◆ ◆ ◆

알리미

은신해 있던 등반자를 찾아 처치했습니다!

위치: 멕시코시티

[등반자 '언령사' '그란트'를 잡는 데 성공하셨습니다!]

[정보 권한의 실적이 누적됩니다!]

[현재 정보 권한은 중위입니다.]

"틀림없어요. 알리미가 이렇게 뜬 거라면 등반자는 죽은 게 맞아요."

시스템 룸.

아브의 말에 김현우는 묘한 표정을 지으며 되물었다.

"진짜?"

"진짜요. 게다가 확실히 등반자가 죽어서 정보 권한의 누적치도 올라가 있는걸요?"

"……도대체 뭐지?"

김현우는 어리둥절하며 알리미를 이용해 불러왔던 로그를 집어넣었다.

하루 전, 그가 리암을 만나 거래를 하고 있던 도중 갑작스레 떠오른 로그. 그것은 바로 자신이 놓쳤던 등반자인 메이슨이 죽었다는 로그였다.

'도대체 뭐지.'

김현우는 순간 머릿속에 여러 가지 가정을 해보았다.

'……공격을 제대로 회피하지 못하고 도망쳤나?'

그랬을 수도 있었다. 만약 메이슨이 자신의 공격을 회피하지 못하고 살짝이라도 맞고 나서 도망을 친 것이라면 어느 정도 이 상황이 납득이 가기도 했다.

하나 김현우는 곧 고개를 저었다.

'그런데 그건 좀 이상한데…….'

만약 그가 도망친 뒤 곧바로 죽었다면, 이 가설도 상당히 믿을 만했으나 그는 김현우가 리암과 이야기를 하고 있을 때 죽었다. 한마디로 치명상을 입고 죽었다고 보기에는 너무 늦게 죽었다.

'게다가, 분명 그때 다리에 감각이 느껴지지 않았어.'

게다가 거기에 하나 더.

김현우는 메이슨에게 기술을 먹일 때 그를 때렸다는 감각을 느끼지 못했다. 그렇다는 것은 메이슨이 공격을 제대로 맞지 않았다는 뜻이고, 설령 맞았다고 해도 극히 미미한 피해를 보았을 것이라는 소리였다.

'그렇다면, 누군가가 메이슨을 죽였나?'

그것도 어느 정도 가능성이 있기는 했다.

……솔직히 등반자가 피해를 입고 도망쳤다고 해도 누군가에게 걸려 죽는다는 전제가 성립해야 가능한 일이었지만.

아무튼 가능성은 있기는 했다.

'……1퍼센트라도 가능성이기는 하지.'

김현우는 그렇게 생각을 이어나가다 이내 한숨을 내쉬며 고개를 저었다.

'나도 모르겠다.'

메이슨의 죽음이 이해가 가지는 않았으나, 요점은 결국 메이슨이 죽었다는 것이었다. 김현우는 그냥 편하게 생각하기로 했다.

'어차피 찾아가서 죽일 판이었는데 혼자 뒤졌든 누가 죽였든 알 게 뭐야.'

결론적으로 김현우는 아무 피해 없이 그 녀석을 잡았으니 그것으로 된 것이었다.

"아브."

"네?"

"이제 숨어 있는 다른 등반자들은 없겠지?"

김현우의 물음에 아브는 고개를 끄덕였다.

"네, 애초에 제가 말했듯 가디언이 나오기 전에 생긴 3개의 크레바스 중 닫히지 않은 크레바스는 2개뿐이고, 아마 제 생각이 맞는다면."

이제 더 이상 암약하고 있는 등반자는 없을 거예요.

아브의 깔끔한 결론에 김현우는 고개를 끄덕거리고는 자리에서 일어났다.

"가시려고요?"

"응, 이제 해야 할 일도 있거든."

아브는 그런 김현우를 빤히 바라보더니 말했다.

"저기……."

"왜?"

"그럼 가기 전에 저 뭐 하나만 부탁해도 돼요?"

"뭔데? 아."

김현우는 슬쩍 시선을 돌려 TV 모니터에 연결 되어 있는 플라이

스테이션을 바라봤다.

"게임 CD?"

아브는 고개를 저었다.

"아뇨, 그거 말고…….'

"그거 말고?"

김현우가 고개를 갸웃하자 아브는 김현우의 소매를 잡고 이내 플레이스테이션 옆에 있는 컴퓨터로 잡아끌더니 손가락을 움직였다.

"이거요.'

김현우가 아브의 손가락 끝을 따라가자.

"……VR 기기?"

"이게 해보고 싶어요.'

그곳에는 요즘 최신 유행인 VR 기기가 있었다. 김현우는 VR 기기의 모습을 바라보고 이내 무엇인가를 간절한 눈빛으로 바라보고 있는 아브의 눈빛을 본 뒤, 피식 웃으며 붉은 버튼을 눌렀다.

딸깍.

그렇게 아브가 원하던 VR 기기를 만들어준 김현우는 시스템 룸 밖으로 나왔고.

"오셨습니까."

"엉.'

기다렸다는 듯 고개를 숙인 미령의 인사를 받은 뒤, 곧바로 저택 밖으로 걸음을 움직였다.

"다른 애들은?"

"미궁 쪽으로 가서 미리 준비를 한다고 들었습니다."

저택 밖으로 나가자마자 김현우를 기다리듯 멈춰 있는 차량에 탑승한 김현우와 미령. 곧 차량이 출발하고 미령이 입을 열었다.

"스승님."

"왜?"

"미궁에 들어가시는데 다른 이들은 따로 준비시키지 않아도 되겠습니까?"

김현우는 고개를 끄덕였다.

"그럴 필요 없다. 너만으로도 충분해."

김현우가 별생각 없이 내던진 말에 미령은 아앗, 하는 소리와 함께 슬쩍 시선을 돌리며 미소를 지었고, 김현우는 그런 미령을 신경 쓰지 않고 스마트폰을 조작해 뉴스란에 들어갔다.

[메이슨, 그는 사실 '재앙' 중 한 명이었다!]

[충격 공개! 무신의 학살극, 사실 메이슨과 관계가 있었다!?]

[무신과 메이슨은 사실 동맹 관계였다!]

[메이슨! 김현우를 은연중 초대해 암살하려다 도망, 현재 수배 中]

[메이슨과 친했던 미국 고위 관계자 T, '나는 그와 그 어떤 관계도 없다']

'일 열심히 하네.'

뉴스란에 떠오른 기사들을 보며 김현우는 만족스럽다는 듯 고개를 끄덕거렸다.

리암에게 언론을 만져달라고 부탁한 게 바로 어제였다. 한국 시간으로 따지면 열두 시간이 지나지 않은 짧은 시간. 하지만 그 짧은 시간 만에 리암은 착실하게 일을 해 나가고 있었다. 그는 김현우가 넘겨주었던 영상을 적당히 편집해 퍼트리고는 메이슨을 감싸기 위해 부리나케 모여든 고위 관계자들을 추가적으로 쳐내고 있었다.
뉴스는 메이슨 옹호 발언을 한 고위 관계자와 메이슨의 범죄를 계
속해서 터뜨리고 있었으니까.

김현우는 한동안 뉴스를 보다 이내 스마트폰을 끄며 생각하고는.

'이제 이 일은 더 이상 신경 안 써도 될 것 같고.'

이내 자신의 주머니 안에 들어 있는 검은 천을 꺼내 들었다.

'이제.'

불완전한 악천의 원천

등급: S+

보정: 없음

스킬: 없음

[정보 권한]

9계층에서 무신이라 불렸던 남자 '악천'은 자신을 가르친 첫 스승인 그가
향했다는 '위'를 향해 가고자 (권한 부족)의 말을 따라 등반자가 되려 한다.
그는 (권한 부족)의 도움으로 아티팩트 속에 있는 여러 무인에게 도움을
받아 그들의 무공을 대성할 수 있었고, 나중에 들어서는 스스로가 가지고
있는 명칭인 '무신'에 부끄럽지 않을 정도의 '무武'를 얻을 수 있었다.

하나 그는 등반자가 되지는 못했기에 원천이 불안정해 그의 능력을 사용
하기 위해서는 등반자들이 자연스레 계층을 건너오며 쌓는 '미궁'의 힘을
얻어야 한다.

미궁석 게이지: 0%

☐☐☐☐☐☐☐☐☐☐

'본격적으로 시작해볼까.'

김현우는 '악천의 원천'을 보며 미소를 지었다.

◆ ◆ ◆

'미궁.'

의정부 가능동 외곽에 있는 거대한 동굴. 헌터들에게는 미궁迷宮이라고도 불리는 그곳의 10계층.

서울 길드와 아랑 길드, 그리고 고구려 길드는 각자의 팀을 짜 '미궁 탐험'을 위해 아직 개척되지 않은 심연 계층을 향해 내려가고 있었다. 이미 개척이 되어 있는 20계층까지는 어차피 탐색을 해봤자 길드의 목적인 '아티팩트'를 찾을 수 없기 때문이다.

정확히는 찾을 수 없는 게 아닌, 이미 먼저 계층을 탐색한 길드들이 전부 다 들고 나가버린 것이지만. 그렇기에 그들은 아직 다른 길드의 손이 닿지 않은 21계층 너머를 향해 움직이고 있었고.

"키에에에! 크엑!"

꽈직!

"뭐가 이렇게 많아?"

김현우는 그런 길드 연합의 앞에서, 끝을 모르고 달려드는 트롤을 보며 인상을 찌푸렸다.

키에에엑!

동료가 당했음에도 불구하고 두려움이라는 게 없는 것처럼 달려오는 트롤.

꽈드득!

김현우는 달려오는 트롤의 머리를 발로 차 머리통을 으깨버린 뒤.

쾅!

이어 달려오는 트롤의 몸을 걷어차 몰려드는 트롤들을 제지했다.

키에에에에에에에!!!!

동료의 몸에 맞아 통로에서 이리저리 얽힌 채 허우적거리는 트롤들을 보며 김현우는 짧게 혀를 찼다.

"진짜 더럽게 많네."

김현우가 트롤들이 허우적거리는 통로 너머로 동굴의 입구가 미어터질 정도로 밀어닥치는 트롤들을 보며 중얼거리자 그의 옆에 있던 미령이 입을 열었다.

"정리할까요?"

그녀의 짧은 물음.

"됐어."

김현우는 고개를 젓고는 슬슬 다시 몰려들 기미를 보이는 트롤들을 보며 자세를 잡고 사고를 가속했다.

순식간에 주변의 움직임이 느려진다. 그의 뒤에 있는 길드 연합이 잔류하고 있는 트롤들과 싸우고 있는 소리도. 김현우의 옆에서 다가오는 트롤의 머리를 깨고 있는 미령의 움직임도. 모든 것이 느려진 그 짧은 사고 속에서 김현우는 입구를 가득 채우고 있는 트롤을 한 번에 말소시켜버리기 위한 기술을 떠올렸고.

씨익.

그는 그 찰나의 시간에 트롤로 들어찬 이 공간을 깔끔하게 비워버릴 수 있을 만한 공격을 떠올렸다.

생각함과 동시에 김현우의 몸이 움직인다.

탓!

날카로운 소음. 결코 크지도, 그렇다고 작지도 않은 김현우의 도약음. 하지만 그 짧은 도약은 김현우의 몸을 순식간에 허우적대고 있는 트롤들의 앞으로 도달시켜주었고.

"흡!"

그는 그 상태로 자세를 잡으며 주먹을 들어 올렸다.

김현우가 사용하려는 기술은 바로 다리로 몰려드는 수만의 몬스터 대군을 막아내기 위해 사용했던 어느 한 영웅의 기술. 그는 영지로 가는 협곡의 다리에서, 자신의 영지민들을 지키기 위해서 이 필사必死의 기술을 사용했다.

쿠그그그긍.

그것은 500년이라는 가문의 역사 속에서, 오로지 가문을 계승하는 공작에게만 내려오는 가문의 비전.

김현우의 몸에서 뿜어져 나오는 검붉은 마력이 그의 오른손을 감싸고, 마치 검과 같이 날카롭게 벼려지기 시작했다. 분명 검이 아닌 마력임에도 불구하고 기이할 정도의 예기를 흩뿌리는 마력.

트롤들은 김현우의 마력이 심상치 않다는 것을 깨달았는지 허우적거리는 트롤을 밀어내고 김현우를 공격하기 위해 달려들었으나.

"Hell."

이미.

"Diver."

김현우의 오른손에 만들어져 있는 검붉은 마력의 창날은 마주 달려오는 트롤들의 몸에 닿아 있었다.

그리고.

콰지지지지직!!!

그가 쏘아 보낸 마력의 창날은, 마치 자신의 앞을 가로막을 수 있는 것은 없다는 듯, 트롤들의 몸을 관통하며 쏘아져 나갔다.

귓가에는 날카로운 절삭음이 들리고. 그 날카로운 절삭음 위로 트롤들의 괴성과 비명이 섞여 들려온다. 땅바닥으로 떨어진 트롤의 시체가 붉은 피를 토해내고.

마침내.

콰아아앙!

트롤들을 관통하며 나아가고 있던 검붉은 창날은, 던전의 벽에 막혀 그대로 거대한 폭발을 일으켰다. 반으로 잘려 있는 트롤들의 시체를 사방으로 날려버릴 정도의 강력한 폭발과 동시에 일어난 흙 먼지. 그 끝에 남아 있는 건.

"쯧."

입에 흙이 들어가 짧게 혀를 차는 김현우와 그의 뒤에 쓰러져 있는 엄청난 수의 트롤이었다. 그 모습을 보며 연합을 짠 김현우의 뒤를 따라오던 김시현과 이서연, 그리고 한석원은 혀를 내둘렀다.

"진짜 대단하군."

한석원의 감탄에 이서연도 고개를 끄덕거리며 마주 대답했다.

"그러게요……. 진짜 항상 오빠가 저 정도 힘을 가지고 있는 건 알고 있는데 보다 보면 정말……."

"안 믿기지."

김시현의 말에 이서연은 저도 모르게 고개를 끄덕였다.

말도 안 될 정도로 압도적인 힘. 물론 여기에 모여 있는 사람들 중 저 정도 숫자의 트롤을 잡는 것이 불가능한 사람들은 없었다. 그래, 김시현이든 이서연이든 한석원이든, 그들은 마음만 먹으면 저 정도의 트롤을 잡을 수 있었다.

'하지만, 형처럼 저렇게 단시간에 잡을 수는 없겠지.'

그래, 그게 바로 김현우와 그들이 다른 이유였다.

그들은 그 정도의 트롤을 잡을 수는 있지만, 혼자 저 정도 숫자의 트롤을 잡는 데 상당한 시간을 소비할 것이었다. 거기에 덤으로 김현우처럼 저리 느긋한 표정을 보여주지도 못하겠지.

'진짜 아무리 봐도 말도 안 된다니까.'

그렇게 김시현이 김현우에 대한 감상을 또다시 내뱉고 있을 때.

에라드래곤: ㅋㅋㅋㅋㅋㅋㅋㅋㅋㅋㅋㅋ 이번에는 또 뭐냐? 대박 사건.

집에가고싶어요: 이 ㅋㅋㅋㅋㅋㅋㅋ 이거 실화냐? 김현우 이제 보니까 정육점 사장님이었자너~~~~~~~

양가야가고: 거의 뭐 프로 도축 장인이죠? 트롤 들고 가기 힘드니까 상체 따로 하체 따로 분류한 거 봐라. ㅋㅋㅋㅋㅋㅋㅋㅋㅋ 대박이자너~

인생을날로먹고싶다: 아 진짜 김현우 능력 어느 정도냐? 5계층부터 10계층까지 김현우가 혼자 보스 다 때려 죽이면서 다니네. ㅋㅋㅋㅋㅋ ㅋㅋㅋㅋㅋ 개쩐다.

'대박! 대박!!'

박가문은 눈앞에 보이는 수많은 채팅을 보며 간만에 입가가 찢어질 듯 미소를 짓고 있었다.

그렇다.

최근 헌터 일이라고는 다른 이들의 '부산물 짐꾼'으로밖에 활동하지 않던 박가문. 그는 김현우가 미궁으로 내려간다는 소식을 듣자마자 김시현에게 부탁해 짐꾼으로서 같이 미궁을 내려올 수 있게 되었고.

'초대박이다!'

자신의 유튜브 채널의 실시간 시청자 수가 금세 21만 명을 돌파하고 그 위에 있는 엄청난 금액의 후원금을 보고 감탄을 내뱉었다. 물론 후원금의 8할은 고스란히 김현우의 통장으로 가게 되지만 박가문으로서는 남은 2할만 먹어도 무척이나 많은 돈이었다.

게다가.

'구독자 수도 다시 떡상한다!'

최근, 고인물에 대한 영상이 없었던 터라 떨어지기 시작했던 구독자 수가 실시간으로 차오르고 있는 것을 보며 박가문은 기쁨의 미소를 지었다.

물론 11계층부터는 인터넷이 제대로 연결되지 않아 동영상을 촬영하는 것은 무리이기에 순수하게 짐꾼의 역할에 충실해야 하지만 그럼에도 그는 좋았다. 그도 그럴 것이 김현우는 5계층부터 모든 몬스터를 자신의 손으로 전부 때려잡고 있었으니까. 그 덕분에 길드연합은 힘을 보전하며 올라갈 수 있었고, 박가문은 김현우의 영상을 찍을 수 있어서 좋았다.

앙기모리: 아 솔직히 김현우도 이명 고인물이 아니라 무신 칭호 붙여줄 때 되지 않았냐? 김현우가 무신 이겨버렸자너. ㅋㅋㅋ

로열패밀리: ㅋㅋㅋㅋㅋㅋㅋ 무신은 이미 쓰던 이름이니까 무신 말고 그냥 뇌신이 나을 것 같은데 ㅇㅈ? ㅇㅇㅈ

비둘기: 꾸르구르륵 꾸룩 꾸르구르륵 꾸룩꾸르구르륵 꾸룩꾸르구르륵 꾸룩꾸르구르륵 꾸룩꾸르구르륵 꾸룩꾸르구르륵 꾸룩꾸르구르륵 꾸룩

- 비둘기 님이 채팅방에서 강제 퇴장당하셨습니다. -

오롱이: ㅋㅋㅋ 관종 칼벤 ㄱㅇㄷ

카르톤9220: 아 솔직히 12층이면 방송 끝나는 거 진짜 ㅈㄴ 아쉽다.

채팅방에서 쏟아져 내리는 수백 수천 개의 채팅을 보며 박가문이 흐뭇해하고 있는 와중, 김현우는.

불완전한 악천의 원천
등급: S+
보정: 없음
스킬: 없음

[정보 권한]

9계층에서 무신이라 불렸던 남자 '악천'은 자신을 가르친 첫 스승인 그가 향했다는 '위'를 향해 가고자 (권한 부족)의 말을 따라 등반자가 되려 한다. 그는 (권한 부족)의 도움으로 아티팩트 속에 있는 여러 무인에게 도움을 받아 그들의 무공을 대성할 수 있었고, 나중에 들어서는 스스로가 가지고 있는 명칭인 '무신'에 부끄럽지 않을 정도의 '무武'를 얻을 수 있었다.

하나 그는 등반자가 되지는 못했기에 원천이 불안정해 그의 능력을 사용하기 위해서는 등반자들이 자연스레 계층을 건너오며 쌓는 '미궁'의 힘을 얻어야 한다.

미궁석 게이지: 51%

"꽤 찼는데?"

꽤나 차오른 미궁석 게이지를 보며 만족스러운 표정을 짓고 있었다.

맨 처음, 김현우는 이 미궁석 게이지를 어떻게 해야 채울 수 있나 상당히 고민했지만, 그 고민은 얼마 가지 않아서 해결되었다. 그 해결법은 바로 몬스터를 잡는 것. 김현우가 몬스터를 잡을 때마다 미궁석 게이지는 차오르기 시작했고, 김현우는 그 사실을 확인한 뒤부터 닥치는 대로 몬스터를 잡고 있었다.

그 결과.

'이거, 다 안 내려가고 조금만 더 있다가 다시 올라가도 되겠는데?'

김현우는 5일짜리 미궁 탐험에서 빠른 복귀각을 세워보고 있었다. 어차피 김현우의 목적은 이 미궁석 게이지를 전부 채우는 것이었으니까.

그는 은근슬쩍 고민에 빠졌다.

◆ ◆ ◆

"후욱……. 후욱……."

아레스 길드 한국 지부.

지부장실의 집무실에서, 카워드는 초췌한 표정으로 어지러운 책상을 바라보고 있었다. 한쪽 끝에 위치에 있는 노트북에는 메이슨의 수배 관련 뉴스가 떠올라 있었고, 책상 위에는 아레스 길드가 독점으로 가지고 있는 던전 서류가 어질러져 있었다.

"젠장."

꽝! 우지지직!

나지막한 음성과 달리 카워드의 주먹은 그대로 책상을 내리치는 것으로 모자라 완전히 박살을 내버렸고, 그 때문에 책상 위에 있던 서류와 노트북 역시 박살 났으나.

"씨발······."

그는 안중에도 없이 그저 멍한 눈으로 허공을 응시하며 입술을 깨물었다.

얼마 전의 기억.

김현우가 자신이 묵던 호텔로 와 메이슨의 정보에 대해서 알아갔던 그때에 느꼈던 압도적인 무력감.

김현우가 사라지고 난 뒤, 그제야 그는 깨달았고 후회를 했다. 그에게 40퍼센트의 던전 지분을 내어주는 것이 최소한의 피해라는 것을 깨달았고. 애초에 덤벼서는 안 됐다는 사실을 알고 후회했다.

'이미 물은 엎질러졌다.'

그러나, 카워드는 알고 있었다. 지금 와서 깨닫고 후회해봤자 더 이상 되돌릴 방법은 없다는 것을. 메이슨을 죽인 김현우는 이제 자신에게 와 지금보다도 더 말도 안 되는 요구를 할 것이었고, 그때부터 자신은 나락으로 떨어질 것이라는 걸 카워드는 잘 알고 있었다.

그렇기에.

딸깍.

카워드는 자신의 포켓 안에 남아 있던 검은 마정석을 보았다.

그가 혹시나 하는 마음에 남겨두었던 5개의 검은 마정석.

'이렇게 됐으니⋯⋯.'

카워드는.

'이렇게 아무것도 못 하고 나락으로 떨어지지는 않겠다⋯⋯!'

조용히 결심하며, 땅바닥에 흘러내린 서류 중 하나를 바라봤다.

아레스 길드가 독점하고 있었던 던전 중 하나인 S등급 던전, '지옥 사마귀'. 서류를 바라보고 있는 카워드의 입가에 비틀린 광기의 미소가 자리 잡았다.

◆ ◆ ◆

의정부 미궁의 14계층.

"야, 나 올라간다."

"엥?"

이제 막 15계층을 향해 내려가고 있던 김시현은 갑작스레 입을 연 김현우의 말에 저도 모르게 멍한 표정을 짓다 말했다.

"올라간다고요?"

"응."

김현우의 담담한 긍정에 옆에 있던 이서연도 어이없다는 듯한 표정으로 그를 바라봤다.

"아니, 같이 내려가기로 한 거 아니었어요?"

이서연의 물음에 김현우는 고개를 끄덕였다.

"원래는 그러려고 했는데, 그럴 필요가 없을 것 같거든."

김현우는 자신의 손에 쥐고 있는 검은 천을 들어 올렸다.

그러자 그의 앞에 떠오르는 로그.

미궁석 게이지: 100%

■■■■■■■■■

그렇다.

김현우는 자신이 원래 미궁에 내려온 목적인 미궁석 게이지를 20계층에 내려가기도 전에 전부 채워버렸기에 미궁에서의 볼일이 끝난 셈이었다.

'솔직히.'

이렇게 빨리 찰 줄은 몰랐는데.

김현우는 새삼스러운 눈으로 악천의 원천을 보며 생각했다. 처음 미궁석 게이지가 차는 것을 봤을 때는 꼼짝없이 며칠 동안 미궁에서 보내야겠다는 생각을 하고 있었건만, 몬스터를 몰아 잡다 보니 하루 만에 게이지를 전부 채워버렸다. 물론 그것은 김현우가 미궁 안에 있는 몬스터를 혼자서 싹 쓸어버렸기에 가능한 것이었지만.

"아무튼, 나는 올라간다."

김현우의 머릿속에는 딱히 그 계산까지는 들어 있지 않았다. 그저 게이지가 빨리 차서 편하다는 생각을 했을 뿐이다. 그런 김현우의 말에 김시현은 고개를 끄덕였다.

"아니, 사실 저희로서도 형 덕분에 아무런 피해 없이 와서 좋기는 좋았는데……. 형 올라갈 수 있겠어요?"

"그게 무슨 소리야?"

"제가 말했잖아요. 미궁 안은 너무 복잡해서 지도가 없으면 돌아다니기 힘들다고요."

물론 제가 여분으로 가지고 있는 지도가 있기는 한데.

김시현은 슬쩍 시선을 움직여 김현우와 미령을 바라봤다.

"······둘이서 올라갈 수 있겠어요?"

아니, 지도는 볼 줄 알아요?

그의 물음에 김현우는 짧게 고민하다 슬쩍 시선을 돌려 미령을 바라봤다.

"제자야."

"예, 스승님······."

"······."

김현우의 부름에 누가 봐도 '저는 자신이 없습니다'라는 느낌으로 고개를 숙이고 슬쩍슬쩍 눈치를 보는 미령.

······마치 강아지한테 '목욕하자'라고 말하면 나오는 것 같은 반응을 똑같이 보여주고 있는 미령의 모습에 김현우는 저도 모르게 입을 다물었다.

"······아니다."

"예, 스승님."

왠지 살았다는 표정을 짓고 있는 미령을 묘한 표정으로 바라보던 김현우는 짧게 혀를 차며 미궁에 따라 내려가야 하나 생각했고.

"제가 같이 올라갈까요? 제가 지도를 볼 줄 아는데."

그때 슬쩍 입을 여는 박가문의 모습에 김현우의 시선이 집중되었다.

"뭐, 딱히 상관없기는 한데······."

김시현은 슬쩍 허락을 구하는 표정으로 자신을 바라보는 박가문을 바라보며 중얼거렸다. 어차피 박가문 이외에도 짐꾼은 많으니까.

"그래도 지금 올라가면 일급은 오늘 걸로 끝이다?"

김시현의 말에 박가문은 힘차게 고개를 끄덕였다. 어차피 박가문의 입장에서는 김현우의 영상을 찍으러 온 게 주목적이다 보니 일급은 받지 않아도 괜찮았다.

김현우는 김시현이 박가문에게 지도를 넘겨주는 것을 보며 몸을 돌려 올라갈 준비를 하기 시작했고.

"……스승님."

"응? 왜?"

김현우는 갑작스레 조용한 목소리로 자신을 부르는 미령의 모습에 그녀에게 귀를 가져다 댔다.

그리고.

"아무래도."

김현우는 흥미로운 사실을 들었다.

◆ ◆ ◆

경기도 화성시에 있는 S등급 던전 '지옥 사마귀'.

말 그대로 여러 가지 속성을 가지고 있는 멘티스들이 나오는 그곳은 S등급이 괜히 매겨진 것이 아니라는 듯 굉장히 어려운 던전 중 하나였다.

던전 안에는 사람을 한 대만 제대로 맞혀도 즉사시킬 수 있는 벌레들이 숲 곳곳에 퍼져 있었고, 메인 몬스터라고 할 수 있는 멘티스는 굉장히 까다로운 상대였다. 외피는 굉장히 단단한 장갑과 같아서 엔간한 공격으로는 제대로 뚫리지도 않았고, 반대로 공격력은 매우 높아서 어지간한 방어구로는 3방 이상을 견디기 힘들었다. 게다가 이 던전의 보스인 '헬티스'는 온몸이 시뻘건 화염으로 뒤덮여 있어 공격하기도 힘들고 방어를 하기도 힘든, 굉장히 성가신 보스였다. 그런 끔찍한 해충과 몬스터가 많은 '지옥 사마귀'의 숲지 안.

"……후."

숲지의 한가운데에는 카워드가 서 있었다.

평소처럼 정장을 입고 있는 것이 아닌, 제대로 된 방어구를 모두 갖춰 입은 카워드는 몰려드는 해충들을 깔끔하게 처리하고는 이내 주머니 안에서 검은 마정석을 꺼냈다. 흑색의 빛을 띠고 있는 5개의 검은 마정석.

'이걸 심으면, 일정 시간 뒤에 몬스터 웨이브가 일어난다.'

그는 이제는 죽었는지 살았는지 모를 메이슨의 말을 한번 떠올리고는 이내 자신이 밟고 있던 흙을 가볍게 눌렀다.

쿠그극.

마치 두부를 밟듯 가볍게 파이는 흙. 발 하나가 완전히 들어갈 정도의 크기로 흙을 판 카워드는 이내 검은 마정석을 떨어뜨렸고 곧바로 마정석을 묻기 시작했다.

몇 초도 되지 않는 짧은 작업. 하나 그 짧은 작업을 하며 카워드의 입가에는 비틀린 미소가 자리 잡게 되었다.

'이제 이 검은 마정석이 몇 주 뒤에 터지기만 하면……!'

그것으로 끝이다.

"후후……."

카워드는 웃음을 지었다. 기분이 좋아 보이기도 하고, 어쩌면 자조적이기도 한 미소를. 그러나, 곧 그는 결심을 다잡았다.

'그래, 이게 최선이다.'

맞았다. 현재 카워드로서는 이것이 최선이었다.

이미 엎질러진 물은 되돌릴 수 없고, 아레스 길드 아니, 자신의 몰락은 거의 확실시된 것이나 다름이 없었다. 김현우가 입을 열든, 아니면 메이슨이 잡히든, 그 어떤 상황에서도 자신은 편하게 끝날 수 없었다.

그렇기에 그는 선택했다. 어차피 죽을 바에는 혼자 죽는 것이 아닌, 김현우에게 조금이라도 더 피해를 입히고 죽는 쪽으로.

'혼자 죽기는.'

억울하니까.

그래. 억울했다. 애초에 일을 시작한 게 카워드 본인임에도 불구하고 그는 억울했다.

억울한 이유? 당연하지 않은가.

'김현우에게 당하기만 했다.'

그래, 당하기만 했으니까. 이미 카워드의 머릿속에는 자신이 이 일을 먼저 벌였다는 생각 따위는 들어 있지도 않았다. 이 '지옥 사마귀'에 오고 나서 아니, 저번에 호텔에서 있었던 일 때부터 그의 머릿속에 들어 있는 것은 그저 김현우에 대한 비틀린 억울함과 증오뿐.

꾹 꾹.

카워드는 마정석을 심어둔 발을 몇 번이고 꼼꼼히 밟고 나서야 몸을 돌렸다.

'이제 나가기만 하면 된다.'

모든 준비는 끝났다. 이제 3일 뒤 김현우에게 던전을 넘기고 나서 몬스터 웨이브가 터져주기만 한다면 김현우는 결국 어찌 됐든 피해를 입을 것이 분명했다. 물론 그 일이 터지고 나서 자신도 무사하지 못하겠지만. 그것은 상관없다.

'어차피 사회적으로 매장당해서 죽나 김현우에게 죽나의 차이일 뿐이다.'

그 두 가지의 차이일 뿐이었으니까.

카워드는 어쩐지 편안해진 마음으로 던전의 출구로 향했다.

그리고.

"안녕?"

"헉……!"

카워드는 자신의 눈앞에 서 있는 김현우를 보았다.

"어, 어떻게?"

그는 믿기지 않는 듯 눈을 감았다 떴지만 입구에 서 있는 김현우의 모습은 변하지 않았다.

아니, 변하기는 했다. 분명 장난스러운 웃음을 짓고 있던 김현우의 미소는, 눈을 한 번 깜빡할 사이에 무척이나 악의가 가득한 미소로 변해 있었다. 그 모습을 보며 카워드는 떨리는 눈으로 뒷걸음질 치며 말했다.

"도…… 도대체 어떻게 여기에!"

"어떻게는 씨발아, 혹시나 해서 붙여놨더니 어떻게 이렇게 예상을 안 빗나가냐?"

김현우가 이곳에 있는 이유. 그것은 바로 메이슨을 잡은 뒤에도 그의 뒤를 미행하고 있었던 가면 무사 덕분이었다. 미령은 메이슨을 잡은 뒤에도 혹시 모를 사태에 대비해 가면 무사에게 카워드를 계속해서 감시하라 명했고. 오늘 미령은 '전음傳音'을 통해 카워드가 일을 꾸미고 있다는 것을 전해 들을 수 있었다.

그 결과가 바로 이것.

카워드는 말도 안 된다는 듯 입을 벌려 말했다.

"말도, 말도 안 된다! 분명 너는 미궁 탐험을 내려갔다고!"

"그래, 내려갔었지. 근데 너 잡으려고 다시 올라왔다니까?"

실제로는 이미 미궁석을 전부 채웠기에 올라온 것이었지만 김현우는 굳이 그 사실을 말하지는 않았다.

툭!

카워드는 저도 모르게 뒷걸음질을 치다 막혀 있는 벽에 부딪혀 이제는 확연한 공포의 눈빛으로 김현우를 바라봤다. 그 모습에 김현우는 주변을 둘러보더니 이내 던전 입구 쪽에 위치한 테이블에서 무엇 하나를 집어 들었다.

"너는 좀 맞자."

김현우가 집어 든 것.

"뭐, 그래도."

그것은 키보드였다.

"내가 맨손으로 때리면 또 이런저런 구설수에 오를 테니까."

그는 키보드를 한 손에 쥔 채 한번 휘둘러보고는 이내 만족한 미소를 지은 채 카워드에게 다가와.

"너는 이 정의봉 3호로 때려줄게."

어느새 주워 든 키보드에 정의봉이라는 이름을 붙이고는.

"이 악물어라?"

빠아아악!

"끄아아악!"

그에게 키보드를 휘둘렀다.

◆ ◆ ◆

"끄아악!"

AAC의 메인 기자 존 마이클은 자신의 배에서 올라오는 끔찍한 고통에 몸서리치며 몸을 덜덜 떨었다.

'대체…… 대체 이게 어떻게 된 일이야!'

김현우와의 정치질 싸움에서 패배한 뒤로, 최근 존 마이클은 최악의 시기를 맞이하고 있었다.

'씨발! 씨발!'

다른 기자들은 김현우와 존 마이클의 이야기를 대중의 입맛에 맞게 각색시켜 기사로 올렸고. 그 기사들에서 존 마이클은 하나같이 학살극을 저질렀던 영웅인 김현우를 끌어내리려 하는 쓰레기 기자로 표현되고 있었다. 그 덕분에 그가 소속된 미국 방송사인 AAC는 큰 타격을 입고 존 마이클을 메인 기자 자리에서 빼버렸고, 그는 얼마 뒤 있을 인사이동에서 잠재적으로 해고가 확정된 인물이었다.

한순간에 나락으로 떨어진 존 마이클의 인생. 분명 어제 혼자 양주를 마시며 이 이상 내려갈 곳이 없다고 한탄했던 존 마이클이었으나.

빡!

"끄악! 제발! 제발 그만! 끄아악!"

존 마이클은 유감스럽게도 그 아래에 더 아래가 있었다는 것을 깨달았다.

빡!

"제…… 제발! 제발 그만! 대체 왜 그러시는데요! 제가 뭘 했다고! 제가 대체 뭘!!!"

머리를 발로 차인 존이 양복을 입고 있는 것으로 추정되는 남자의 바짓가랑이를 잡고 늘어졌다. 이미 이마에 피가 주르륵 흐르고 있는 그는 필사적으로 남자의 발을 붙잡으며 놓아주지 않았고, 그런 존의 모습에 처음으로 남자의 입이 열렸다.

"나도 몰라."

"예……?"

"나도 모른다고."

남자의 말에 존은 어처구니없는, 망연함이 섞인 표정으로 남자를 올려다봤고, 그는 어깨를 으쓱이며 입을 열었다.

"아, 그래도 이유라고 할 만한 건 있네."

"그…… 그게 무슨……."

덜덜 떨리는 존의 물음에 남자는 피식 웃으며 대답했다.

"바로 네가 우리 '보스'를 화나게 했다는 거지."

빠아아악!

"끄아악!"

남자의 무자비한 폭행이 존의 머리를 후려쳤고, 그는 그 어두운 독방에서 비명을 지르며 나가떨어졌다.

멈추지 않는 폭행.

그가 할 수 있는 것은 그저 살려달라고 애처롭게 비는 것밖에는 없었다. 그렇게 얼마 동안이나 폭행이 지속되었을까. 그의 정신이 희미해지기 직전, 그에게 가해지고 있던 폭행이 멎었다. 그와 함께 들리는 발걸음 소리.

뚜벅뚜벅.

존은 혼미해지는 정신을 억지로 붙잡아 초점을 맞췄고.

그곳에는.

"너야?"

무감정한 표정을 짓고 있는 한 소녀가.

"내 사부님을 곤란하게 한 녀석이?"

그를 바라보고 있었다.

천마 天魔 의 제자

"사…… 사부님이라니 그게 무슨……!"

존 마이클은 고통스러운 격통에 시달리면서도 본능적으로 그녀의 말에 답했다.

그도 그럴 것이.

"왜? 맞잖아? 응? 네가 건드렸잖아?"

존 마이클은 자신과 눈을 마주치고 있는 그녀에게서, 정확히는 무감정하게 자신을 내려다보는 그 눈빛 안에서 그녀의 악의를 엿보았다. 증오와 분노로 점철되어 있는 그녀의 악의를. 그렇기에, 그는 희미해지는 정신을 똑바로 붙잡고 답할 수밖에 없었다.

'죽는다.'

그녀의 눈빛을 본 존 마이클은, 여기에서 까딱 실수를 하는 그 순간, 그녀에 의해 죽는다는 것을 본능적으로 깨달았으니까. 그렇기에 그는 끊임없이 대답을 찾았다.

'그녀가 말하는 사부님은 누구인가.'

'나는 누구를 건드린 것인가.'

생각해라, 생각해라, 생각해라.

고통으로 희미해진 의식을 최대한으로 끌어올리며 사고를 가속하던 존 마이클의 생각에 무엇인가가 걸렸다. 어쩌면 말도 안 되는 생각. 하지만 시기상으로 떠져봤을 때는 맞을 수도 있는 그 사건. 그렇기에 존 마이클은 덜덜 떨며, 입을 열었다.

"호, 혹시…… 김현우 헌터를…… 말하시는 겁니까?"

존 마이클의 물음. 그에 무표정했던 그녀의 입가에 비틀린 웃음이 지어지기 시작했고.

이내.

콰직!

"끄?"

존 마이클은 자신의 손등 위에 자그마한 단검이 박혀 있다는 것을 깨달았다.

푸화악!

"아아아아아악!!"

그의 비명과 함께 붉은 피가 사방으로 솟구친다. 순식간에 바닥을 더럽히는 붉은 피.

그녀는 씨익 웃으며 대답했다.

"알고 있네?"

그녀의 긍정. 그에 존은 자신이 생각하고 있던 제일 최악의 가정이 맞았다는 것에 절망하며 자신의 피로 흥건해져 있는 땅바닥에 고개를 처박았다.

"사, 살려주세요! 살려주세요!"

그의 비명 같은 발악에 그녀는 씩 웃으며 땅바닥에 박은 머리를 툭툭 치며 말했다.

"그러게, 누가 그러라고 했어?"

"살려주세요! 살려주세요! 저는 정말…… 정말 아무것도 몰랐어요! 제발…… 제발!"

"아무것도 몰랐다고?"

"네! 네! 저는 정말로……!"

"정말, 아무것도 몰랐다고?"

"정말, 정말로…… 아무것도, 저는 아무것도 몰랐습니다. 제발……."

생존이라는 목표를 위해 자신이 만든 피 웅덩이에 고개를 처박는 존, 하나 그녀는 그의 애처로운 모습에도 불구하고 그저 무감정한 표정으로 그를 바라보곤 입을 열었다.

"아니, 아니지."

"……예?"

"아니야, 아니잖아?"

콰직!

"끄아아아아아악!"

그와 함께 오른손에 또 다른 단검이 꽂힌 존 마이클은 비명을 질렀고, 그 모습에 그녀는 웃음을 지으며 말했다.

"너는 알고 있었잖아? 사부님에 관한 기사가 '철저하게' 통제되고 있었다는 걸."

"그, 그게 무슨!"

그녀의 말에 그는 답하면서도 순간.

"어?"

저도 모르게 말을 멈췄다. 존의 시선이 향한 곳은 바로 그녀의 외투. 정확히는 그녀의 외투에 달린 문양. 삼각형에, 하나의 눈이 그려져 있는, 누가 보기에도 기묘해 보이는 그 문양.

'설마…… 설마……!'

존은 그 문양을 보자마자 고통조차 잊은 얼굴로 그녀를 올려다봤고, 그녀는 기묘한 웃음을 지으며 존을 바라보았다. 그리고 그제야 그는 깨달았다.

"아……."

그 짧은 탄성과 함께, 그는 언젠가 자신과 같은 AAC 기자와 했던 이야기를 떠올리기 시작했다. 존의 머릿속이 순식간에 과거의 기억을 되살려낸다.

장소는 AAC 기자들의 공동 휴게실. 그곳에 있는 사람은 두 명이었다. 한 명은 존 마이클. 또 다른 한 명은 그의 동료이자 같은 AAC의 메인 기자인 로드릭. 둘은 커피를 마시며 이야기를 하고 있었다.

그래, 김현우에 대한 이야기를.

아니 정확히 말하면.

'야, 그러고 보니까 아무리 생각해도 이상하지 않냐?'

김현우에 대한 의문을. 그들은 이야기하고 있었다.

존 마이클의 머릿속에서, 그 기억들이 재생된다.

'뭐가 이상한데?'

'김현우 말이야. 어떻게 된 게 전부 이렇게 영웅담뿐이지?'

존 마이클의 물음에 그의 동료인 로드릭은 피식 웃으며 입을 열었다.

'왜긴 왜야, 칭찬받을 일 했으니까 영웅담이 퍼지는 거지. 이번에 헌터를 학살하던 무신을 잡았잖아?'

'그래 그건 맞는데…… 그렇다고 해도 너무 깔끔하지 않냐?'

그때 당시에 존은 그 사실이 분명히 이상하다고 생각했다. 기자들은 원래 옳은 정보를 취재하고 편집해 올리는 '언론인'이지만, 지금은 아니었다. 99퍼센트의 기자들은 올바른 정보보다는 조회수, 조회수보단 돈을 좇고, 올바르고 옳은 정보보다는 거짓되고 자극적인 기사를 더 좋아한다. 그렇기에, 존은 이 상황이 이상하다고 생각했다.

'어떻게 음모론이나 자극적인 기사가 하나도 없지?'

조회수를 위해서라면 없는 기사도 만들어내는 것이 기자들이었다. 대형 언론사는 그나마 조절을 하는 편이지만 소형 언론사는 그런 것도 없다. 당장 자신도 AAC 메인 기자의 자리를, 그리고 시청률을 위해 일부러 기사를 날조해 뿌린 적이 있었으니까. 그런데도 불구하고 대형 언론부터 소형 언론까지 올라와 있는 뉴스는 전부 김현우에 대한 영웅담과 미담뿐. 거짓 기사나, 음모론은 단 하나도 존재하지 않았다.

그래, 이상할 정도로.

물론 그런 그의 고민이 무색하게, 그와 이야기를 나누고 있던 동료인 로드릭은 그에게 말했다.

'뭐, 너무 그렇게 깊게 파고들려 하지 마.'

'깊게 파고들지 말라니?'

'말 그대로지, 대세를 따르라 이거야. 지금은 김현우의 음모론이나 다른 '추문'보다는 그의 순수한 미담이 더 조회수가 높게 나온다 이거지.'

그는 그렇게 말하더니 커피를 전부 마시고는 말했다.

'그러니까 너도 괜히 한번 눈에 띄어보겠다고 혹시나 이상한 짓 하지 말라고.'

동료의 말에 존은 이상하다는 듯 그를 바라보며 말을 이어가려 했으나, 그는 할 일이 있었는지 종이컵을 버리고는 휴게실 밖을 향해 몸을 움직였고. 그때 존은 보았다.

'어? 너……'

'왜?'

'너, 몸에 뭐 그리는 건 야만적이라고 하더니, 왜 문신을 했냐?'

그의 오른 팔뚝에 그려져 있는 문신을. 눈의 형태를 띠고 있는 문신.

그는 마이클의 지적에 자연스럽게 걷어 올렸던 소매를 내리고는 말했다.

'뭐, 기분 전환이지.'

그 말과 함께. 존 마이클의 회상이 끝났다.

"기억했어?"

나지막하게 들리는 그녀의 목소리.

존은 대답하지 못했다. 그저 입가를 덜덜 떨며 그녀를 올려다볼 뿐. 그러다 그는 입을 열었다.

"도……대체……."

"?"

"당신은 도대체 무엇을 위해 이 정도의 정보 통제를……."

덜덜 떠는 입에서 나오는 그의 의문. 분명 온몸은 끔찍한 고통으로 인해 금방이라도 정신 줄을 놓을 것 같았으나, 그런데도 존은 그 궁금증을 참지 못했다.

'도대체 왜?'

정보의 통제.

그것은 굉장히 힘든 작업이었다. 아주 기본적인 정보라도, 그것을 완벽하게 통제하기 위해 드는 돈은 천문학적이고, 들여야 하는 시간도 길다. 하물며 그것이 기본적인 정보가 아닌 김현우 같은 유명인의 정보라면, 그 난이도는 몇 십 배로 높아진다.

소모되는 금액은 엄청나고. 소모되는 인력도 엄청나다. 그리고, 자신을 납치한 이 집단에서 하고 있는 김현우의 정보 통제는 거의 완벽에 가까웠다.

음모론도 없다.

추문도 없다.

그 이외에도 부정적인 기사들은 아예 찾아볼 수 없었다.

그렇기에, 존은 의구심을 가지면서도 그녀가 점점 더 두려워지고 있었다. 미국의 아니, 전 세계의 언론을 이 정도로 완벽하게 통제할 수 있는 이가 있다는 것에 두려움을 느꼈고.

"그야 당연하잖아? 사부님의 제자인 내가."

존은 그녀가 순수하게 내보이고 있는.

"사부님에게 조금이라도 해가 되는 걸 놔둘 리가 없잖아?"

광기가 뒤섞인 미소에 공포를 느꼈다.

그리고. 그녀의 어깨에 메여 있던 나무 가면이 달그락거리는 소리를 내며 흔들림과 동시에, 그녀는 그의 머리를 툭툭 치며 말했다.

"자, 그럼 네가 뭘 잘못했는지 알겠지?"

"히익! 사…… 살려주세요!"

그녀의 말 한마디에 차오르는 공포.

하나, 그녀는 그저 조용히 웃으며 말했다.

"뭐 너무 걱정하지 마, 죽이지는 않을 거야."

너처럼 끌려온 녀석들을 전부 '처음'부터 죽이지는 않았거든.

"다만."

그녀의 뒤로 정장을 입은 남자들이 도열하기 시작했다. 언뜻 봐
도 5명은 되어 보이는 남자들.

"교육은 해야겠지?"

"으…… 으아아아악!"

있는 힘껏 비명을 지르는 존을 보며, 그녀는 웃었다.

◆ ◆ ◆

그로부터 5일 뒤. 천호동에 있는 단독주택.

[아레스 길드장 '카워드' 알고 보니 메이슨과 동맹? 충격]

지난 3일, 국제헌터협회에서 아레스 길드장인 '카워드'와 무신을 이용해
TOP 50 학살극을 벌였던 메이슨이 동맹 관계였다는 정황을 포착했다.

마튼 브란드의 갑작스러운 실종으로 인해 길드장의 자리에 앉게 된 카
워드는 현재 마튼 브란드를 죽인 게 아니냐는 의문을 받고 있다.

그 의문이 시작된 것은 바로 3일 전, 카워드가 (후략)

김현우는 해외 뉴스 메인에 대문짝만 하게 떠오른 기사를 보고 만족스러운 표정으로 고개를 끄덕였다.

5일 전, 김현우는 '지옥 사마귀'에서 카워드를 잡고 난 뒤, 그가 심었던 검은 마정석을 회수하고 더 복잡하게 생각할 것도 없이 그를 국제협회에 넘겨버렸다. 어차피 김현우가 카워드를 일일이 조지려면 불편하기도 할뿐더러, 그를 사회적으로 매장시키는 것은 자신이 아니라 리암 쪽이 더 잘할 거라는 생각이 들었기 때문이다.

이제 막 국제헌터협회를 차지해 열심히 지지 기반을 쌓아 올리고 있던 리암은, 안 그래도 슬슬 새로운 장작을 넣어야 했기에 카워드를 달갑게 여겼고 그 결과가 이 상황이었다.

'뭐, 잘하고 있나 보네.'

뉴스에서는 연일 아레스 길드와 메이슨의 관계를 세상에 퍼뜨리기에 여념이 없었고.

"스승님."

"왜?"

"우선 이번에 넘겨받은 독점 던전의 기본 인원 배치는 모두 끝났습니다."

"잘했다."

김현우는 어제부로 아레스 길드에서 독점 지분의 40퍼센트를 빼앗는 것에 성공했다. 물론 그 덕분에 관리해야 할 던전이 많아졌으나, 가디언 길드의 인원을 다시 뽑을 필요도 없이 미령을 도움을 받았다.

그는 왠지 기분 좋은 듯 헤실거리는 미령의 모습을 한번 바라보곤. 이내 시선을 돌려 책상 위에 올려진 검은 천과 검을 바라봤다.

불완전한 악천의 원천

등급: S+

보정: 없음

스킬: 없음

[정보 권한]

미궁석 게이지: 100%

■■■■■■■■■■

[미궁석 게이지를 모두 채웠기에, '한 번'에 한에서 악천의 힘을 한정적으로 발휘할 수 있습니다.]

[원천의 주인이 등반자가 되려다 실패했기에, 원천의 효과가 변질됩니다.]

그의 눈앞에 떠오르는 로그.

김현우의 입에 미소가 지어졌다. 준비가 끝났으니까. 김현우는 김시현에게 받아 왔던 천마의 검에 시선을 돌리곤, 망설임 없이 그 두 개의 물건을 집어 들었다.

갱신되는 로그.

[악천의 원천을 '천마검'에 사용하시겠습니까? Y/N]

김현우는 입을 열었다.

"제자야."

"예, 스승님."

"나 잠깐 어디 좀 갔다 올 테니까 그동안 던전 관리 잘하고 있어라."

"어디를……?"

미령의 물음에 김현우는 어떻게 말해야 할까를 잠시 고민하더니 이내 피식 웃으며 대답했다.

"좀 볼 사람이 있어서 말이야."

그렇게 말한 김현우는 악천의 원천을 사용했고.

"……!"

곧, 세계가 일변했다.

바뀌어가는 배경.

분명 김현우가 있던 곳은 작은 거실이었는데도 불구하고 그는 어느새 굉장히 넓은 장원 한가운데에 서 있었다.

바닥에는 잘 깔아놓은 흙이, 그 주변에는 고풍스러운 중국풍의 담들이 놓여 있었다. 그리고 그렇게 일변한 세상의 가운데.

"……."

김현우는 장원의 가운데에 무심한 표정으로 서 있는 한 남자를, 아니.

"후."

천마를 볼 수 있었다.

◆ ◆ ◆

드래곤Dragon에 대해서 아는가?

흔히 세계의 균형을 지키는 수호자로서 묘사되고 있는 그들은 다른 종족들보다 압도적인 강함을 가지고 있다. 그들이 만들어지며 하사받았던 '용언龍言'부터 시작해, 다른 종족하고는 비교도 안 될 정도의 강한 힘과 마력까지. 그들의 위에 그 누구도 군림할 수 없기에 드래곤은 수호자로서의 의무를 다할 수 있었다.

그래, '그들'이 올라오기 전까지는.

쿨럭.

모든 것이 멸망을 향해 달려가는 세계.

분명 푸른색이었던 하늘은 마치 칠흑을 칠해놓은 것처럼 어두워져 있었고, 그런 어두침침한 하늘 아래.

드래곤이 있었다.

후욱……. 후욱.

힘없이, 금방이라도 그 생명을 꺼뜨릴 듯, 위태롭게 숨을 내쉬고 있는 드래곤.

등 뒤에 달려 있는 거대한 날개는 어디로 사라졌는지 보이지 않았고, 푸른색의 비늘 사이에서는 쉴 새 없이 용혈龍血이 흘러나오고 있었다. 세계의 최강자로서 균형을 맞추는 수호자라고 하기에는 너무나도 볼품없어 보이는 그 모습.

그 앞에.

"아직도 살아 있네?"

한 명의 수인獸人이 있었다.

인간과 비슷한 크기였으나, 인간과는 달라 보이는 생김새를 한 그는, 자신의 머리에 놓인 '금관'을 만지작거리며 그를 바라보고 있었다. 두려움이라고는 전혀 없어 보이는, 오히려 장난기가 가득해 보이는 표정으로 드래곤을 바라보고 있던 그는 이내 자신의 긴 꼬리를 갑주의 허리띠처럼 감으며 말했다.

"고작 이 정도야? 수호자라며? 응?"

더 잘 싸워야 하지 않겠어?

노골적인 조롱. 수인의 말에 드래곤은 힘겹게 입을 열었다.

괴물⋯⋯.

그의 말에 수인은 웃었다.

"괴물? 내가? 내가 볼 때는 나보다도 네가 더 괴물인 것 같은데?"

도대체 네 녀석은 누구냐? 고작 그런 수인의 몸으로 그 정도의 힘을 손에 넣다니!

너는 도대체!!

드래곤은 정말로 이해하지 못하겠다는 듯, 발악까지 해가며 그를 부정했으나 수인은 오히려 어처구니가 없다는 듯 입을 열었다.

"쯧, 명색이 하나밖에 없는 수호자라는 놈이 고작 외견만을 보다니."

멍청하기 짝이 없군.

수인의 비난에 드래곤의 눈이 커졌으나, 이내 그는 더 이상 말을 잇지 못했다.

쿠구구구궁.

"내가 특별히 외견만을 바라보고 평가하는 네 눈을 개안開眼시켜 주도록 하지."

수인의 몸에서 뿜어지는 오라 때문에. 그 누가 봐도 눈부실 정도로 찬란한 황금빛의 오라.

"잘 봐라. 멍청한 도마뱀 새끼야."

나는 네가 생각하는 수인 같은 미물이 아니다.

"나는 하늘을 다스리는 성인."

그의 손에서 무엇인가가 만들어진다.

"제천대성齊天大聖."

손에 만들어지는 것은 황금색의 '도경道經'이 적혀져 있는 봉.

"미후왕美猴王이다."

그 말과 함께.

"미개한 도마뱀아."

그는 여의봉如意棒을 휘둘렀다.

◆ ◆ ◆

거대한 장원의 한가운데 서 있는 천마. 그의 모습은 예전과 같았다. 몸에는 적당한 크기의 흑의黑衣를 걸친 채, 오른손에는 검을 들고 있는 그 모습. 그것은 김현우가 일본에서 보았던 천마의 모습과 완전히 같았다.

그리고 한 번에 천마를 알아본 김현우와 마찬가지로.

"도대체 네가 어떻게 여기에?"

천마 또한 김현우를 알아본 듯 두 눈을 크게 뜨고 그를 바라봤다. 그런 천마의 표정을 보며 김현우는 생각했다.

'뭐지?'

분명 저 반응은 천마가 자신을 알아보는 것 같은 반응이었다.

'분명 악천의 능력은……'

아이템 과거 회귀.

그가 등반자가 아니었기에 확인할 수 있었던 정보창에서, 그는 악천의 고유 스킬을 확인할 수 있었다. 자세한 설명까지는 알지 못했으나 악천이 가지고 있었던 아이템 과거 회귀는 그 이름만 봐도 대강 스킬의 효과를 파악할 수 있는 종류의 것이었다. 말 그대로 업적이 담겨 있는 아이템의 과거로 가, 그 무기의 주인에게 무술을 배운다.

김현우가 이해한, 그리고 아브가 정보 권한으로 찾아보고 이해한 '아이템 과거 회귀'는 그런 스킬이었다. 하지만 지금 천마의 반응은 어떤가.

"……."

그는 어느새 그 무심한 눈빛에 슬쩍 적의를 얹어 김현우를 바라보았고, 그런 천마의 시선으로 김현우는 그가 자신을 기억하고 있다는 것을 확인할 수 있었다.

'도대체 뭐야 시발?'

김현우는 인상을 찌푸리고는 혹시 떠오른 로그가 있나 확인해봤으나 떠오른 로그는 없었다.

그렇게 김현우가 혼란스러워하고 있을 때, 그를 바라보던 천마가 물음을 던졌다.

"네 녀석, 어떻게 허수 공간에 들어왔지?"

그의 입에서 흘러나온 생소한 단어.

"……뭐? 허수 공간?"

"네 녀석도 뒈진 건가?"

"뭐? 내가 뒈지기는 왜 뒈져?"

김현우가 즉각적으로 대답하자 천마는 혼자 무엇인가를 생각하는 듯했다.

그러고는.

"하긴, 네 녀석이 뒤졌다면 이곳에 오지는 않았겠지."

천마는 자기 혼자 납득했다.

"?"

그 모습에 김현우는 인상을 찌푸리고는 말했다.

"야."

"왜 그러지?"

"너만 알지 말고 나도 알려줘."

"내가 왜?"

"……."

이런 시발 새끼, 라는 말이 김현우의 머릿속에 떠올랐으나 그는 굳이 그 말을 내뱉지 않았다.

'후, 진정하자.'

김현우는 들끓고 짜증 나던 마음을 한 번에 진정시키고는 스스로 상황 정리에 들어갔다. 우선 김현우가 처음에 생각하고 있던, '악천의 원천'을 써서 천마를 만나는 데까지는 아무래도 성공을 한 것 같았다.

문제는 그다음.

김현우의 생각대로라면 절대 자신을 기억하고 있어선 안 되는 천마는 무엇 때문인지 자신을 잘 기억하고 있는 것 같았다.

'……그리고 보면 미궁석을 다 모았을 때.'

'원천의 효과가 변질됩니다'라는 로그를 봤었던 것 같기도 하다.

'아무래도 천마가 나를 기억하는 건 '스킬 효과가 변질되었다'는 문구 때문인 것 같은데…….'

도대체 뭐가 어떻게 변질된 거지? 허수 공간은 뭐야?

김현우는 인상을 찌푸리며 머릿속에서 풀리지 않는 실타래를 풀다 이내 쯧 하고 혀를 차고는 천마를 바라봤다.

'에이 씨팔 모르겠다.'

스킬 효과가 변질돼서 천마가 자신을 알아보기는 하지만 결국 그렇다고 해서 바뀌는 것은 없었다. 그는 이곳에 천마에게 무공을 배우러 왔고.

'무공을 가르쳐줄 천마는 이곳에 있다.'

그러므로 딱히 문제 될 건 없다.

복잡하게 생각하길 싫어하는 김현우는 스킬 효과의 변질로 일어난, 자신이 이해할 수 없는 이상 현상들을 깔끔하게 일축해버리곤 천마를 바라보며.

"야."

"왜 그러지?"

단도직입적으로 자신의 요구를 말했다.

"나 무공 좀 알려줘라."

"지랄하지 마라."

그리고 1초도 안 돼서 거절당했다.

천마의 거절을 끝으로 침묵이 감도는 장원 안. 김현우는 다시 말했다.

"무공 좀 알려줘."

"지랄하지 말라고 했다."

"무공 좀 알려……."

"지랄 마라."

"무공."

"지랄."

또다시 침묵.

"……."

"……."

'……참자, 참아야 한다.'

김현우는 기본적으로 상식을 가지고 있다. 그리고 그렇기에 천마가 자신을 기억하고 있지 않기를 바랐다.

이유? 당연하지 않은가.

'누가 자기를 죽인 놈한테 무공을 알려주나?'

그렇다. 천마가 김현우를 기억하고 있다는 것은, 김현우의 공격에 당해 죽은 기억도 있다는 소리였다. 김현우는 자신이 부탁하는 데 있어서는 굉장히 불리한 위치에 있다는 걸 알았기에 입가에 억지 미소를 지었다. 부탁이라는 건 최대한 공손하게 해야 하는 거니까.

"그\르지 플/고 므긍즘 알→려즈믄 안들끄/?"

그러지 말고 무공 좀 알려주면 안 될까?

무조건 공손해야 한다는 생각을 가진 채 이를 악물고 억지로 웃으며 부탁하는 김현우. 그런 김현우의 모습을 묘한 표정으로 바라보던 천마는.

피식.

"좆 까라."

이내 누가 봐도 확연한 비웃음을 지으며 입을 열었다.

그리고.

"뭐? 씨발 새꺄?"

김현우는 핀트가 끊김과 동시에 5초 전의 생각을 그대로 머릿속에서 지워버렸다. 순간적으로 바뀐 김현우의 태도에도 천마는 당황하지 않고 비웃음을 유지하며 말을 이었다.

"좆 까라고 했다. 저번에 그 어처구니없는 마력으로 나를 찍어 눌러서 죽일 때는 10초 스승이니 그 개지랄을 떨지 않았나?"

그 10초 동안 배운 걸로 열심히 마력이나 쏘고 다녀라.

천마의 말에 김현우의 입가가 비틀어져 올라갔다.

"그래? 개지랄? 그럼 그 개지랄 맛 좀 다시 볼래 이 새끼야?"

쿠그그그그궁!!!

그와 함께 김현우의 마력이 사방으로 폭사하기 시작했다. 검붉은 마력이 장원을 가득 채울 정도로 퍼져나가자 천마의 표정이 슬쩍 굳어졌다.

"그 말도 안 될 정도로 엄청난 마력은 여전하군, 아니 오히려 더 올라갔나?"

"그래, 내가 너 말고 조진 등반자가 몇 명인데? 응?"

"그래서 어쩌라는 거냐?"

"내가 지금 여기서 너를 개박살 못 낼 것 같아?"

"아, 협박이었나?"

여유로운 표정의 천마. 김현우는 비틀린 웃음을 지은 채 금방이라도 천마에게 달려들 준비를 하며 입을 열었다.

"저번에도 나한테 개털려서 뒈진 새끼가 굉장히 여유롭다?"

이미 뒈져서 또 뒈져도 상관없냐?

김현우의 물음에 천마는 피식 웃으며 대답했다.

"아니 죽으면 안 되지. 이 허수 공간에서 죽으면 기회가 없거든."

"그러면 뒤지면 안 되겠네?"

"그렇지."

"그런데 어떻게 하나? 너 이제 곧 뒤질 건데?"

김현우의 협박에 천마는 피식 웃곤 대답했다.

"내가?"

"응."

"내가 왜 죽지? 아! 설마 지금 네가 나를 죽이겠다고 하고 있는
건가? 그런데 어쩌지? 미안하지만."

지금 너는 나를 못 죽여.

천마는 예전에는 보여주지 않았던 자신만만한 표정을 지으며 김
현우를 도발했고, 김현우는 잔뜩 증폭된 악의를 한 아름 안은 채 입
을 열었다.

"그럼 지금부터 확인해보면 되겠네!!"

쾅!

그와 함께 김현우의 몸이 사라졌다.

지반이 터져나가지도 않고, 말 그대로 처음부터 그 자리에 없었
다는 것처럼 사라진 김현우의 모습.

탓.

그의 모습이 다시 나타난 것은 천마의 맞은편이었다.

"이전보다 빨라졌군."

천마는 바로 앞에 나타난 김현우의 신형에 감탄했으나, 김현우는
답하지 않고 그의 얼굴을 향해 전력으로 주먹을 휘둘렀다. 김현우
의 분노로 인해 별다른 묘리는 들어 있지 않았으나 그 근력과 속도
만으로도 압도적인 살상 무기가 되는 김현우의 주먹.

하나.

턱.

"!!"

분명 이전에 천마를 상대했을 때보다도 강력해진 그의 주먹은, 천마의 얼굴을 맞히지 못했다. 그저 그의 손에 막혔을 뿐. 순간적으로 일어난 상황에 김현우의 인상이 찌푸려지고, 천마는 입을 열었다.

"왜, 놀랐나? 네 공격을 막아서?"

공격은 순식간에 일어났다.

뻑!

"끅!?"

순식간에 그의 몸을 때린 천마의 주먹. 그와 함께 김현우의 입에서 신음이 터져 나오고, 김현우의 몸이 튕겨 나갔다.

꽝!

순식간에 장원의 외벽을 부순 김현우는 곧바로 자리에서 일어나 천마의 모습을 바라보며 인상을 찌푸렸다.

'보이지 않았다.'

그래, 공격이 보이지 않았다. 분명 예전, 일본에서 싸웠을 때, 김현우는 천마의 공격을 희미하게나마 볼 수 있었다. 그런데 지금은 천마의 공격이 아예 보이지 않았다. 그래, 아예. 그렇기에 김현우는 말도 안 된다는 표정으로 그를 바라봤고.

그는 오연한 표정으로 장원에 처박혀 있는 김현우를 바라보며.

"더 해볼 테냐?"

비웃음을 지었다.

꽝!

바닥에 처박힌 김현우의 몸이 용수철처럼 천마를 향해 튀어 나간다. 그야말로 콤마의 단위가 되어야 찾을 수 있는 짧은 한 장면.

빡! 콰드득! 팍!

김현우의 오른손이 천마의 오른 어깨를 향해 휘둘러진다.

막힌다.

막힌 손을 지지대 삼아 오른발을 휘두른다.

그 또한 막힌다.

이미 두 번의 공격이 막힌 상황에서 김현우는 그 짧은 체공의 시간에 남은 왼손을 움직였지만.

빠악.

"끅!"

이미 천마는 그의 얼굴을 향해 검집을 내밀고 있었다. 검집에 얼굴을 정통으로 맞은 김현우는 고통에 이를 악물면서도 천마의 신형을 확인하고 그쪽으로 발을 휘둘렀다. 하나 이미 김현우가 발을 휘둘렀을 때, 천마는 다른 곳에 위치해 있었다.

"이형환위移形換位는 이렇게 쓰는 거다."

너처럼 형태만 그럴듯하게 따라 해서는 그저 네 마력을 소모할 뿐이지.

천마의 꼰대질에 김현우의 인상이 찌푸려졌다.

"그렇게 꼰대질 할 거면 무공 좀 알려주든가!"

"지금 그 대화만 몇 번째인 줄 아나? 내 대답은 언제나 같다."

지랄하지 마라.

천마의 대답에 김현우가 욕을 박았다.

"아니 이런 쌍, 도대체 왜 이렇게 그때랑 차이가 나는 거야!?"

김현우는 도무지 지금 상황을 이해할 수 없었다. 분명 맨 처음 등반자로 만났던 천마는 강하다고 해도 이 정도는 아니었다.

공격을 해도 눈에 보였기에 피할 수 있었고. 그가 전력을 드러내더라도 어느 정도는 맞으면서 버틸 수 있었다. 그러나 지금은? 그 이전과는 모든 게 달랐다.

김현우가 인상을 찌푸리며 천마를 바라보자, 그는 여전히 비웃음을 지으며 입을 열었다.

"당연하지 않나? 그때는 '제약'을 받고 있었으니."

"뭐? 제약?"

김현우의 되물음에 천마는 대답했다.

"그래, 제약이다. 나는 너와 싸울 때는 등반자였으니까."

천마의 말에 김현우는 도대체 뭔 소리를 하느냐는 표정으로 그를 바라보았다.

"아니 뭔 개소리야?"

천마는 모든 것을 알고 있다는 듯 의기양양하게 서 있었으나 정작 김현우는 답답하다는 듯한 표정이었다. 그는 김현우를 보며 슬쩍 고민하는 듯한 제스처를 취하더니 이내 어깨를 으쓱이며 말했다.

"말 그대로다. 너와 싸울 때는 내가 등반자라는 틀에 갇혀 있었기에 전력을 내지 못했을 뿐이다."

"뭐? 틀?"

"그래, 너는 등반자에 대해 어디까지 알고 있지?"

천마의 물음에 김현우는 슬쩍 눈을 찌푸렸다.

등반자에 대해 알고 있는 것? 그들이 왜 탑을 오르는지는 대충 알고 있었다. 하지만 그 이외의 것은?

김현우가 침묵하자 천마는 그런 김현우에게 말했다.

"너는 아는지 모르겠지만, 등반자는 등급이 나뉜다."

하위, 중위, 그리고 상위.

"이 등반자들의 기준이 무엇으로 나뉘는지 알고 있나?"

천마의 물음에 김현우는 고민하는 듯하다 대답했다.

"개개인의 강함?"

김현우의 대답에 천마는 고개를 저으며 대답했다.

"틀렸다."

"……."

"답은 바로 업적이다."

"업적?"

"그래, 업적. 물론 다른 것들이 등반자의 등급에 영향을 주지 않는 것은 아니지만, 기본적으로 모든 등반자들은 업적에 의해 그 등급이 결정된다."

"업적에 의해 모든 것이 결정된다고……?"

"그래, 이 탑에서는 업적이 중요하지."

천마는 말을 이었다.

"그 업적이 세계를 구한 영웅이든, 오히려 반대로 세계를 파괴한 악당의 업적이든 흑백논리와 선악의 차별 따위는 없다."

또한 다른 도덕적 가치 따위도 업적에는 포함되지 않지.

"오롯이 탑에서는 그 등반자의 업적을 계산해, 그에게 합당한 등급을 내린다."

김현우는 천마의 말을 듣고 하나의 가정을 머릿속에서 떠올렸고, 곧 그것을 내뱉었다.

"그러니까, 한마디로 중위급 등반자가 되고 나서는 오히려 그 힘이 제약되었다는 소리야?"

김현우의 물음에 천마는 놀라는 표정으로 그를 보더니 답했다.

"멍청한 줄 알았는데 잘 추론했군."

"……."

그의 과장에 김현우의 얼굴이 썩어들어 갔으나 천마는 계속해서 말했다.

"맞다. 내 전투력은 순수하게 따졌을 때, 상위급 등반자와 맞먹을 정도지만."

이 탑 안에서는 전투력을 감당할 만한 업적이 있지 않다면 그 힘에 제약이 걸리게 되지.

"네가 나와 싸웠을 때의 그 모습을 봤던 것처럼 '등급'이라는 제약이 말이야."

천마의 말에 김현우는 그제야 지금의 상황을 깨달을 수 있었다. 그때는 약했지만, 지금의 그가 강한 이유를. 물론 그럼에도 김현우의 의문이 풀린 것은 아니었다. 아직도 궁금한 건 많았다. 지금 내가 서 있는 이 허수공간은 어디인지부터 시작해서. 분명 등반자로서 죽은 천마가 왜 그 기억을 고스란히 가지고 있는지까지.

하나.

"뭐, 잡담은 여기까지 하도록 하지."

천마는 김현우에게 이 이상 이야기를 해줄 마음이 없는 듯 입을 다물고는 이내 자신의 검을 들어 올리며 입을 열었다.

"무공武公을 배우고 싶다고 했나?"

나도 마침 이 공간에서 시간을 때우느라 심심했던 차니.

"네가 그렇게 원한다면 알려주지."

그 말에 김현우의 눈가가 기묘하게 떠졌다.

'조금 전까지 지랄 말라고 하던 놈이?'

그리고 그런 그의 생각을 읽은 듯, 천마는 미소를 지으며 대답했다.

"단, 네가 지금의 나를 죽일 수 있다면 말이야."

"그럼 그렇지 씨발."

개과천선한 줄 알았네.

김현우가 그럴 줄 알았다면서 욕을 내뱉자, 천마는 그런 김현우를 바라보며 웃음을 지었다.

"왜, 하지 않을 텐가?"

"지랄. 누가 안 한다고 했어?"

그와 함께 김현우는 검붉은 마력을 사방으로 내뿜기 시작했고, 천마는.

스르릉.

이제껏 뽑지 않았던 자신의 검을 뽑아 들었다. 시퍼런 날을 세우고 있는 천마의 검.

김현우가 말했다.

"죽이면 무술을 배울 수가 없으니 죽기 직전까지만 후드려 패주마."

그의 말에 천마는 웃으며 답했다.

"걱정하지 말고 전력으로 덤벼라, 어차피 이곳에서는 아무리 죽어도 죽지 않을 테니까."

"뭐?"

김현우가 그건 또 뭔 소리냐며 입을 열었으나 천마는 답하지 않았다. 그 대신.

"!!!!"

천마는 김현우조차 인식하지 못할 속도로 그의 앞에 다가와.

"'백문이 불여일견'이라고, 알고 있나?"

망설임 없이 김현우의 심장에 그 칼을 박아 넣었다.

그리고.

"크학!"

그것이 김현우의 첫 번째 죽음이었다.

◆ ◆ ◆

천호동에 있는 김시현의 단독주택에서 김시현은 미령을 보며 입을 열었다.

"그러니까, 현우 형이 갑자기 천마의 검이랑 같이 사라졌다고?"

"그렇다고 하지 않았나."

미령의 대답에 김시현은 저도 모르게 머리를 긁적였다. 미궁 탐험을 성공적으로 끝내고 밖으로 나온 지가 이제 하루, 김시현은 어제 미궁에서 나오자마자 '천마의 검'을 빌려 갔던 김현우를 떠올리곤 머리를 긁적였다.

'이번에는 또 뭘 하고 있는 거지…….'

뭐, 김현우라면 이제 무슨 일을 해도 그다지 걱정이 들지는 않는 김시현이었으나 그래도 뭔가를 할 때 말을 좀 해줬으면 좋을 것 같았다. 게다가 당장 보면 미령도 김현우가 무엇을 하려고 하는지 제대로 듣지 못한 듯, 마치 버림받은 강아지처럼 그가 있었던 소파를 멍하니 바라보고 있었다. 만약 그녀의 머리 위에 동물의 귀가 있었다면 푹 죽어 있지 않았을까.

김시현이 그렇게 미령을 바라보고 있으니 그녀가 무감정한 눈으로 김시현을 마주 봤다.

"뭘 보나?"

미령의 물음.

"아니, 뭐…… 그냥."

'살벌하구만.'

그 냉정하고 무감한 목소리에 김시현은 저도 모르게 대답하며 시선을 돌렸다. 생각해보면 미령은 김현우의 옆에 있을 때만 얼굴이 풀어져 있고 여러 가지 표정을 짓지, 김현우가 없다면 소름 끼치는 무표정을 유지한다.

'아니, 무표정이라기보다는 오히려 적의를 팍팍 풍기는 느낌이라고 해야 하나.'

저번에 김현우와 미령이 잠깐 떨어져 있었을 때, 그녀와 최소한의 말을 텄다고 생각하는 김시현에게도 미령은 별다른 행동의 변화가 없었다.

'뭐.'

사실 지금까지 들려온 그녀의 소문이나 그녀가 혼자 있을 때를 생각해보면 미령이 김현우 옆에서 하는 행동은 순수하게 '내숭'인

것 같지만. 김시현은 그렇게 생각해놓고는 제법 그럴듯하다는 듯 고개를 끄덕거리곤 시선을 돌리다 문득 눈에 들어온 물건을 보며 미령에게 물으려다.

"……쩝."

이내 몸을 돌렸다.

'역시 아직 어색하네.'

만약 김현우가 옆에 있다면 말을 거는 게 조금 수월했겠으나, 김현우가 옆에 없고 무엇보다 미령의 기분이 그다지 좋아 보이지 않았다.

'형이 있을 때랑 없을 때랑 차이가 너무 큰데.'

김시현은 그렇게 생각하며 슬쩍 몸을 돌려 2층으로 올라가려다.

"!"

2층의 나무 천장 위, 슥 사라지는 가면을 보며 순간 저도 모르게 깜짝 놀라고 말았다.

"……."

'다음 주면 아파트 전부 재건한다고 하던데.'

"……재건되자마자 그냥 그곳으로 돌아가야지."

……형은 빼고.

물론 김시현이 딱히 김현우를 불편하게 여기는 것은 아니었다. 미령도 서로 어색하다고 하더라도 마찬가지로 그렇게 불편하지는 않다. 하지만.

"……."

천장에서 스윽 사라지는 저 미령의 호위무사들은 불편했다. 물론 자신의 방까지는 안 들여다보는 것 같았지만, 그래도 불편하다. 그렇기에 그는 은근히 그렇게 다짐하며 자신의 방 안으로 걸음을 옮겼고. 그 시간에도 미령은 김현우가 사라진 그 자리를 보고 있었다.

아니 정확히 말하면.

"……."

미령은 김현우가 있던 곳에 그대로 놓여 있는 주머니를 보고 있었다. 그것은 바로 검은색 외형을 가지고 있는 가죽 주머니였다. 김현우가 천마의 검과 함께 사라짐과 동시에, 그 위에 덩그러니 남아 있었던 물건. 그건 바로 김현우가 이전에 복제자를 잡을 때 얻었던 '하수분의 아공간 주머니'였다. 그리고 미령이 바로 그 가죽 주머니를 보고 있는 이유는 바로.

내 목소리가 들리고 있구나, 계층인아.

그 주머니 속에서 들리고 있는 목소리 때문이었다.

'……전음?'

미령은 짧게 생각했지만 아니었다. 전음이 아니었다. 만약 전음이라면 아주 짧게나마 마력의 움직임이 있어야 하는데 지금 미령의 머릿속에 들려오는 목소리는 마력에 의한 것이 아니었다. 마력이 깃든 목소리가 아니라, 자신의 머릿속에서 그대로 입을 열고 있는 것 같은 느낌. 하나 그럼에도 그녀는 알 수 있었다. 이 머릿속에 울리는 목소리는 저 주머니에서, 아니.

'정확히 말하면 저 주머니 안에서.'

흘러나오고 있다는 것을.

그렇게 미령이 혼자 생각을 이어나가는 와중에도 목소리는 제멋대로 미령의 머릿속에서 떠들고 있었다.

그래, 뭐 이 정도면 나쁘지 않구나, 너 정도면 내 힘을 어느 정도

품을 수 있겠어.

머릿속에서 울리는 목소리는 미령의 생각은 애초부터 필요 없다는 듯 혼자서 결론을 내렸다.

미령이 입을 열기도 전에, 목소리는 한 번 더 물었다.

아이야. '힘'을 가지고 싶지 않으냐?

갑작스러운 제안. 미령은 인상을 찌푸리며 물었다.

"너는 누구지?"

그녀의 경계 어린 물음. 그에 목소리는 가볍게 웃는 듯한 느낌으로 그녀에게 대답했다.

너무 경계하지 말거라, 어차피 네가 선택하는 게 아니면 나는 네게 그 무엇도 하지 못하니까.

목소리는 그렇게 말하더니 이내 미령의 머릿속에.

나는 이매망량魑魅魍魎의 주인.

자신의 이름을.

괴력난신이다.

말했다.

◆ ◆ ◆

천마의 뒤로 도약한 김현우가 망설임 없이 주먹을 꽂아 넣는다.

꽝!

길게 울리는 소음. 그러나 김현우는 만족하지 않고 다음 공격을 이어간다.

꽝!

왼발이 천마의 옆구리를.

꽝!

이어서 들어간 오른발이 천마의 머리통을 후려치기 위해 움직이지만.

턱.

"이런 씨발."

"내가 말하지 않았나? 네 공격은 너무 단조롭다. 하긴, 애초에 무술을 제대로 배우지도 못한 놈이 어떻게 다채로운 공격을 하겠느냐만."

푸욱!

"크악!"

차가운 천마의 조소와 함께 김현우의 심장에 칼이 박혀 들어가고.

꽝! 콰드드드득!

힘을 잃은 김현우의 육체가 천마의 발길질에 의해 장원의 바닥을 구르며 나가떨어진다. 그 누가 보더라도 치명상이라고 부를 수 있는 천마의 일격. 그런데도.

"야 이 개새끼야!"

"왜 지랄이지?"

"훈수 둘 거면 무공 알려주고 지랄하라고!"

"그래서 알려준다고 하지 않았나? 나를 이기면 말이다."

김현우는 아무렇지도 않게 자리에서 일어났다. 분명 조금 전 천마에게 심장을 공격당했음에도 불구하고 이 허수 공간의 특성은 그의 몸에 상처를 허락하지 않았다. 물론 추리닝은 그렇지 못했지만.

"이런 썅."

천마에게 수십 번을 차이고, 베이고, 찔린 김현우의 추리닝은 더 이상 옷이라고 부르는 것보다 걸레라고 부르는 게 맞을 정도로 엉망진창이 되어 있었다.

"99번 정도 죽었나? 이제 원시인이 돼가는군."

"99번이 아니라 100번이야 개새끼야."

이 공간은 시간이 없는 듯 밤낮조차 존재하지 않았기에, 얼마의 시간이 지났는지는 알 수 없었으나 그 사실 하나를 김현우는 명확하게 기억하고 있었다.

100번.

천마가 자신을 이기면 무공을 알려주겠다던 그때부터 전투를 지속해온 김현우는 조금 전 심장에 칼을 맞은 것을 끝으로 100번의 죽음을 채웠다.

"뭐, 이만하면 내 화도 슬슬 풀렸으니, 이만 돌아가는 게 어떤가?"

어떻게 들어왔는지 모르겠지만, 돌아간다면 막지 않도록 하지.

마치 스트레스를 풀어서 기분이 좋다는 듯 무척이나 여유롭게 비아냥거리는 천마. 그 모습에 김현우는 이를 악물고 대답했다.

"즌쯔 지를흐즈 므르."

"아직 할 생각인가? 너라면 알고 있을 텐데? 넌 나를 못 이긴다는 걸."

김현우는 그 말에 순간 말을 잇지 못했다.

왜냐? 지금 있었던 100번의 전투와 100번의 죽음을 통해, 그는 깨달았으니까. 천마가 강하다는 것을. 그래, 강하다. 그에 대한 설명은 그 하나면 충분할 정도다. 지금까지 상대해 왔던 다른 등반자들과 그는 달랐다. 괴력난신은 정말로 강했으나, 그 특유의 빈틈이 존재했다. 하수분은 온갖 무기를 자신의 것으로 사용했고, 그 효과를 이용해 거의 모든 종류의 공격을 다뤘으나 그에게는 심오한 묘리가 없었다. 무신은 가장 근접하고 강한 무武를 가지고 있었으나, 그는 결국 마지막에 자신의 무를 내버렸다.

하나 김현우의 앞에 서 있는 천마는 어떤가? 빈틈 따위는 없다. 그가 머리와 몸에 체득하고 있는 수십 수백 가지의 묘리는 지금도 이 전투를 지배하고 있고. 그의 무武는, 무신처럼 자신이 한 말을 지키지 못하는 반쪽짜리 무가 아닌 '진짜'였다. 그렇기에 강했다. 그렇기에 김현우의 공격은 그의 몸에 닿지 않았다.

그래, 아직.

아직은.

"내가 전에도 말하지 않았냐?"

"뭘 말하는 거지?"

"내가 말했잖아? 사람을 함부로 재단하지 말라고."

김현우의 말에 천마의 표정이 기묘하게 변했고, 김현우는 계속해서 말을 이어나갔다.

"지금 당장은 네가 이길 수도 있지."

그런데 그렇다고 해서.

"그게 언제까지 영원히 지속되지는 않잖아?"

김현우의 말에 천마의 눈썹이 꿈틀했다.

"또 허풍 시작이군."

천마의 말에 김현우는 입가를 비틀어 올렸다.

"허풍인지 아닌지는 직접 경험해보면 알겠지."

그러니까.

"간다."

짧은 한마디.

쾅!

김현우의 몸이 튀어나간다. 그와 함께 가속되는 그 둘의 사고. 하나 그 차이는 엄청나다. 김현우가 앞으로 튀어나와 공격을 준비할때. 천마는 이미 김현우의 얼굴에 칼을 박아 넣었으니까.

다른 때와는 다르게 순수한 1합으로 결정 난 싸움.

천마는 입을 열었지만.

"네가 무언가를 착각하고 있는 모양인데, 지금까지 나는 너를 봐준!"

쾅!

말을 전부 끝내지는 못했다.

김현우의 내리찍기를 피해낸 천마가 몸을 비틀어 칼을 횡으로 움직인다.

카측!

반으로 갈라지는 김현우의 몸. 그러나 허수 공간의 특성에 따라 김현우의 몸은 또다시 재생된다.

그리고.

꽝!

또 한번, 전투가 일어난다.

꽝!

이전과는 다르게 김현우의 죽음이 순식간에 그 숫자를 쌓아나간다.

120번.

150번.

200번.

300번.

죽는다.

또 죽는다.

촤악!

베여서 죽고.

콰드득!

차여서 죽고.

파삭!

머리가 터져서 죽는다.

죽는다.

계속해서 죽는다.

죽음의 횟수가 마치 가속하듯 그 숫자를 쌓는다.

500번.

600번.

700번.

마치 시간의 흐름에 따라 자연스럽게 쌓이듯, 김현우의 죽음은 그 숫자를 쌓는다. 그리고 김현우의 죽음의 숫자가 늘어감과 동시에 그의 무술은 천마의 앞에서 빠르게 무너져 내려가기 시작했다.

742번째.

"극."

김현우의 등 뒤에 흑원과 함께 검은 흑익이 생겨난다.

패왕.

그의 마력이 마치 기관 열차의 엔진처럼 힘차게 마력을 토해내며 주변을 검붉게 채워나간다.

'괴신각.'

그와 함께 휘둘러진 김현우의 발. 검붉은 마력이 미친 듯이 요동치며 장원을 좀먹었으나.

"그딴 기술로 나를 이길 수 있을 거라 생각하지 마라."

콰드드득!

821번째.

"수라."

그의 뒤에 검붉은 만다라가 개화한다. 금방이라도 그 꽃망울을 터뜨릴 듯 기이하게 펴져 있는 망울 사이로 검붉은 마력이 증폭한다.

증폭, 그리고 또 증폭. 검붉은 마력이 사방으로 증폭해 천마의 움직임을 제한하지만.

"무화."

"이런 마력 증폭 따위로 내 움직임을 묶을 수는 없다."

꽝!

974번째.

"반극."

오른팔을 버리고 천마의 공격을 받아낸 김현우가 이화접목의 묘리를 이용해 천마의 공격을 자신의 왼팔에 담는다. 그와 함께 내질러지는 회심의 일격.

하나.

"태극의 무공조차 익히지 못한 네가 따라 하는 묘리는."

없는 것보다 못하다.

꽈드드드득!!!

1000번째.

콰가가가강!

맑은 하늘에 검붉은 번개가 사방으로 내친다. 그 어디든 천마가 도망칠 곳을 만들지 않겠다는 듯 쉴 새 없이 내리치는 검붉은 번개. 김현우의 몸에 검붉은 전격이 몰아치고, 그의 머리가 삐죽거리며 솟아난다. 그의 뜻에 따라 재현된 천마의 뇌령신공雷令神功이 모습을 드러냈으나.

"내 앞에서 제대로 사용하지도 못하는 내 무공을 사용하다니."

어처구니가 없군.

김현우의 검붉은 번개는 천마가 검을 휘두름으로 인해 만들어낸 단 하나의 번개에 의해 완전히 사라져버렸다.

꽈득!

1211번째.

"유성각流星脚."

"그건 무술이 아니다."

콰득!

1422번째.

"청룡靑龍."

"못 봐주겠군."

와드드득!

1624번째.

"백白."

파득!

1824번째.

1911번째.

2142번째.

2522번째.

…….

…….

…….

…….

…….

…….

2992번째.

꽝!

천마는 장원에 처박히자마자 달려 나오는 김현우를 보며 짧게
혀를 찼다.

'미친놈이군.'

망설임 없이 발을 차올리는 김현우. 천마는 볼 것도 없다는 듯 그의 공격을 막아내며 생각을 이어나갔다.

'생각보다 더 미친놈이야.'

이곳은 허수 공간이었다.

허수 공간.

그곳은 '탑'에 전부 오르지 못하고 실패한 등반자들이 이번 기회를 박탈당하고 다음 기회까지 머물 수 있는 공간이었다. 그렇기에 이곳에서는 누구도 죽지 않는다. 아니, 죽을 수 없다. 이 공간은 삶과 죽음이라는 개념을 시스템에게 빼앗긴 곳이었으니까.

쾅!

그리고 그중에서도 이 장원은, 바로 천마가 가지고 있는 허수 공간이었다. 아무도 없고. 오로지 천마만이 있을 수 있는 허수 공간. 그렇기에 맨 처음, 이곳에 김현우가 나타났을 때, 천마는 놀라움을 감추지 못했다. 애초에 등반자들만이 올 수 있는 허수공간에 김현우가 들어왔으니까. 놀라움도 잠시, 천마는 김현우의 말을 듣고 더욱 놀랐다. 그가 자신에게 무공을 알려달라 말했으니까. 그것도 자기가 죽인 사람한테.

처음에는 어처구니가 없어 말도 나오지 않았고, 저 녀석이 과연 제정신일까에 대한 의구심도 품었으나, 결국 천마는 김현우의 부탁에 응했다. '나를 또 한번 이기면'이라는 조건을 붙이고. 그러나, 천마는 김현우에게 무武를 알려줄 생각 따위는 없었다.

그렇다면 어째서 김현우의 조건을 수락했나? 그 이유는 별거 없었다. 무료했으니까. 그리고 김현우가 자신을 죽일 때 했던 말이 무척이나 가소로웠으니까. 그렇기에 조금 손을 봐줄 생각이었다.

그래, 처음에는.

김현우를 100번 죽였을 때, 천마는 꽤나 괜찮은 만족감을 느꼈다. 그의 눈빛에는 가소로움이 사라지고 경외감이 들어차 있었으니까. 하나 그 만족감은 오래가지 못했다. 김현우의 입에서 나온 광오한 말 때문에.

그때부터, 천마는 진심으로 김현우를 상대하기 시작했다.

200번을 죽였을 때.

일합도 겨루지 못하고 죽는 모습이 퍽이나 즐거웠다.

400번을 죽였을 때.

3초를 버티지 못하는 그의 모습을 비웃었다.

700번을 죽였을 때.

김현우의 무武를 무너뜨리는 것은 썩 나쁘지 않은 즐거움이었다.

1000번을 죽였을 때.

천마는 그가 쌓아 올린 무武를 완전히 무너뜨렸다. 그리고 그때 김현우의 무武를 무너뜨리며 천마는 저도 모르게 확신했다. 자신의 모든 것을 부정당한 그는 일어나지 못할 거라고. 하지만. 김현우는 일어났다.

1200번을 죽였을 때.

슬슬 짜증이 나기 시작했다.

김현우는 이제 몇 초식을 버티기는 했으나 그게 전부였다.

1500번을 죽였을 때.

그는 자신의 본능 속에 차오르는 기묘한 감정을 느끼며 인상을 찌푸렸다.

2000번을 죽였을 때.

이상했다.

김현우는 계속해서 몇 초식을 버티지 못한다. 그럼에도 자신의 본능을 자극하고 있는 이 감정은, 아직 사라지지 않고 있었다. 오히려 그 감정은 더더욱 커졌다.

2200번에는 의심을 가졌다.

2500번에는 의문을 가졌다.

그리고 2900번이 돼서야. 천마는 자신의 본능 속에 느껴지는 감정이 무엇인지 깨달았다. 너무 오래전에 느꼈고. 등반자가 되고 나서는 단 한 번밖에 느끼지 못했던 그 감정.

"큭!"

'위기감'이라는 그 기묘한 감정을 천마는 느끼고 있었다. 천마의 주먹에 맞은 김현우의 몸이 저 멀리 날아가 장원의 외벽에 처박힌다. 흙먼지가 사라지기도 전에 튀어나오는 김현우.

이번에도 천마는 움직였다. 저도 모르게 조급해진 마음에, 조금이라도 김현우를 잔인하게 죽이기 위해 검을 휘둘렀다.

한 번의 일검—劍. 그러나 그것은 한 번이 아니었다. 한 번의 휘두름에 수십, 수백의 날카로운 검기가 김현우의 몸을 찢기 위해 날아가고. 천마의 일검은 저번에도 그랬듯이, 김현우의 몸을 찢어발길 것이었다.

그래. 그랬어야 한다.

하나.

"!!"

김현우는 피했다.

수십, 수백의 보이지도 않는 천마의 참격. 그것을 김현우는 피해냈다. 그 짧은 순간에 놓친 김현우의 모습. 천마는 본능적으로 느껴지는 감각에 의지해 쥐고 있던 검을 뒤로 휘둘렀지만.

"틀렸어."

꽝!

"큭!?"

김현우는 천마의 뒤가 아닌, 그의 아래에서 손을 뻗어왔다.

천마의 몸에 묵직하게 꽂히는 김현우의 주먹.

그리고.

"내가 말했지?"

2995번째.

"영원한 건 없다니까?"

김현우는 마침내 천마에게 일권—拳을 먹였다.

◆ ◆ ◆

싸움은 계속된다.

이 허수 공간에서 싸움이나 날짜는 셀 수 없다. 그저 김현우와 천마가 세고 있는 하나의 숫자만이 유의미한 시간의 흐름을 인지할 수 있는 기준이 될 뿐.

뻑!

"큭!"

천마의 얼굴이 굳어지고, 김현우의 발이 망설임 없이 그의 오른발을 후려 찬다. 짧은 순간 중심을 잃고 기우뚱한 천마의 신체 위로 깊숙이 파고든 김현우의 팔꿈치가 들어선다.

쾅!

하나 김현우 나름의 공격은 천마에게 닿지 않았다. 먼저 닿은 것은 천마의 검집.

그리고.

꽈강!

그의 위에서 떨어져 내리는 푸른 뇌전. 뇌전이 김현우를 삼키고, 그의 몸이 검게 타오른다.

그러나.

꽝!

"후읍!"

전투는 지속된다.

검게 타오른 피부를 가진 김현우가 천마의 얼굴에 주먹을 내리꽂는다. 막아내는 천마. 그 뒤로도 수많은 타격기가 그의 몸 여기저기를 노린다. 마찬가지로 막아낸다.

꽈가가강!

비틀 듯, 김현우의 몸을 사선으로 긁고 지나간 천마의 검에서 또

한 번 번개를 만들어내고.

"큭!"

재생되는 김현우의 몸을 또 박살 낸다. 그와 함께 결국 무너지는 김현우의 몸. 그것이 바로 5000번째의 죽음이었다.

5000번.

5000.

"이런 미친 새끼."

천마의 입에서 저도 모르게 욕설이 튀어나오고.

"그러게 미친 새끼한테 내기를 걸지 말았어야지."

신체를 재생한 김현우가 자신만만한 미소를 지으며 자리에서 일어난다. '포기'라는 개념이 존재하지 않는 듯, 또다시 달려드는 김현우를 보며, 천마는 이제 이를 악물고 그를 상대했다.

가속하는 사고와 함께 천마는 도무지 이해할 수 없다는 눈빛으로 김현우를 바라봤다.

'도대체 뭐지?'

그것은 순수한 의문.

'도대체 뭔데.'

이 녀석은 이렇게까지 할 수 있는 거지?

천마는 이해하지 못하겠다는 듯 그를 바라봤다.

5000번. 천마가 김현우를 죽인 횟수가 5000번이었다. 그리고 그를 5000번이나 죽이는 그 긴 시간 동안, 천마와 김현우는 계속해서 전투를 벌여왔다. 단 한순간의 낭비도 없이. 오로지 전투만을 지속하며. 그리고 그 긴 전투에서, 김현우는 아직도 천마와 싸우고 있었다. 게다가 심지어, 김현우의 죽음은 지금도 늘어나고 있었다.

5001번.

그가 3200번 죽었을 때부터 운용하기 시작한 뇌령신공 덕분에, 김현우는 다시 원점으로 돌아가는 절망감을 맛봐야 했을 것이었다. 천마가 뇌령신공을 운용한 뒤부터, 김현우는 다시 그의 옷깃을 건들 수 없게 되었으니까.

그런데도.

빡!

"큭!"

천마의 입에서 신음이 튀어나온다.

"이번에도 따라잡았네?"

"이 새끼!"

쫘가강!

5002번째에, 김현우는 다시 천마의 몸에 타격을 주는 것에 성공했다. 물론 그 뒤, 김현우는 천마의 뇌령신공에 의해 죽음을 맞이했다. 그리하여 5003번째에 들어선 김현우.

천마는 그에게 물었다.

"네 녀석은 진정 미친 건가?"

"아까 말했잖아? 미친개라고."

몰랐어?

비웃듯 미소를 짓는 김현우의 모습. 그 모습에 천마는 저도 모르게 어처구니없는 웃음을 지었다. 5000번이 넘게 죽음을 맞이했는데도, 김현우의 눈은 아직 죽지 않았다. 오롯이 투쟁을 위해 선명하게 빛나고 있는 눈. 그런 김현우의 모습에 천마는 진심으로 감탄했다.

"그래, 진짜 광견狂犬이라고 불러도 될 만큼 돌아버렸군."

"칭찬 고맙다."

개새끼야.

욕설까지 섞어가며 여유롭게 받아치는 그의 모습에 천마는 웃음을 지었다. 그리고 그 순간, 천마는 깨달았다.

어느새 김현우에게 느꼈던 위기감은 사라져 있었다. 아니, 짐작해보면 그 위기감은 이미 뇌령신공을 사용할 때부터 사라져 있었다. 그러나 그 '위기감'이 사라진 곳에는 다른 감정이 들어차 있었다. 그것은 바로 '경외감'. 감정을 착각하는 것이 아니었다. 천마는 분명 그에게, 김현우에게 경외감을 느끼고 있었다.

김현우는 약하다. 당장 지금만 해도 그는 천마와 제대로 된 싸움을 성립시키지 못하고 있으니까. 그럼에도, 천마는 그에게 경외감을 느꼈다. 딱히 어느 것 때문에 경외심을 느낀 것은 아니었다.

김현우 그 자체. 김현우라는 그 사람에게, 천마는 경외심을 품었다. 천마는 그간 김현우 같은 사람을 본 적이 없었으니까.

암천의 비렁뱅이로 시작해, 결국 그 끝에 천天이라는 자리에 올랐던 그는 스스로 만들어낸 업적 속에서 수많은 사람을 보았다. 오로지 권력에 미친 탐관이 있는가 하면, 권력보다는 돈을 중시하는 이들도 있었다. 의와 협을 절대적으로 생각하는 이들도 있었고, 그런 허울 좋은 도덕적 잣대보다는 개인의 영달을 중요시 생각하는 이들도 있었다. 그 이외에도 수많은 이가 천마의 족적과 천마의 업적 사이사이에 남아 그의 기억 속에 있었다.

하지만, 그렇게 그의 족적 속에 남아 있는 사람 중에서도 천마는 김현우 같은 이를 처음 만나보았다.

그래.

'의지가 꺾이지 않는 사람'을, 천마는 처음 보았다. 자신에게 처음 죽임을 당했던 '낭인浪人'부터 천天이 된 자신에게 죽은 '천하제일인'까지. 천마가 상대했던 자들은 모두 그 의지를 꺾였다.

그들 중에서는 천마가 다음을 기약하며 살려주었는데도 스스로 목숨을 끊은 자들도 있었고, 무武를 버리고 도망친 자들도 있었다. 이유? 무武가 꺾였기에.

천마는 철저하게 그들의 세월을 짓밟았다. 그들이 배운 무공을 짓밟고, 그들이 쌓아 올린 역사를 부정했으며, 그들이 만든 모든 것을 짓눌렀다. 죽이지도 않았다. 그저 짓눌렀을 뿐이다. 압도적인 힘으로, 그저 짓눌렀을 뿐이었다. 고작 그뿐이었다.

그러나 고작 그뿐인데도 불구하고, 그들은 자살했고, 도망쳤으며, 문파를 폐쇄했고, 검劍을 놓았다.

그런데 김현우는 어떤가? 죽어도 일어난다. 분명 상대가 되지 않는다는 것을 아는데도 달려든다. 100번을 죽어도 일어나고, 1000번을 죽어도 일어난다. 그가 쌓아 올린 모든 무武를 그 앞에서 부정했는데도 그는 일어났다.

일어나고.

일어나고.

또 일어난다.

2000번을 죽어도.

3000번을 죽어도.

그는 마치 포기라는 개념이라는 게 존재하지 않는 듯 달려든다. 자신이 쌓아 올린 모든 게 몇 번이고 부정당했는데도, 그의 얼굴은 웃음을 머금고 있다.

그렇기에. 모든 것이 부정당했는데도 그 의지가 부서지지 않았기에. 천마, 아니 그는 김현우에게 경외를 느꼈다.

꽝!

천마를 공격하던 김현우의 몸이 순식간에 뒤로 돌아간다.

어색한 이형환위.

마력의 움직임은 맞으나, 그 모든 것은 전부 틀린. 말 그대로 이제야 형태만을 잡고 있는 그의 기술.

턱!

김현우의 기술이 천마의 팔에 막힌다. 찌푸려지는 그의 인상. 그래도 움직임은 멈추지 않는다.

김현우는 자연스럽게 날아올 천마의 공격을 방어하기 위해 양손을 들어 올렸고, 천마는.

"이형환위를 사용하기 위해서는 크게 세 가지의 구결이 필요하다."

그에게 자신의 무武를 전하기 시작했다.

◆ ◆ ◆

멸망한 세상 가운데에서, 그는 서 있었다. 머리에 쓰고 있는 금고아緊箍兒는 잿빛 세계에서도 황금색으로 빛나고 있고, 그가 입고 있는 붉은 갑주는 잿빛 세상 속에서 유일하게 색채를 가지고 있었다. 그가 손에 들고 있는 여의금고봉如意金箍棒에는 금빛으로 새겨진 도경道經이 빛을 발하고 있었다.

하늘을 다스리는 큰 성인, 제천대성齊天大聖이자.

"흠……."

미후왕美猴王이라고 불리기도 하는 그는, 자신의 꼬리를 의자 삼아 제자리에 앉아 멍하니 아무것도 없는 잿빛 하늘을 바라보고 있었다.

그러던 중.

"벌써 끝냈소?"

멍하니 하늘을 바라보고 있는 제천대성의 뒤로, 누군가가 걸어 나오며 말을 걸었다. 어두운 잿빛 세상 속에서 말을 걸어온 이. 그것은 바로 사자였다. 푸른색의 털을 가지고 있는 사자.

제천대성은 자신을 향해 걸어오고 있는 청사靑獅를 보며 피식 웃더니 입을 열었다.

"내가 너처럼 늦는 줄 아냐?"

제천대성의 이죽거림에 청사는 피식 웃더니 답했다.

"거, 투정이 심하구만."

"너 같으면 안 그러겠냐? 내가 벌써 저 도마뱀 대가리를 깬 지가 세 달이다."

제천대성의 말에 푸른 사자는 머리만 사라지고 썩지 않고 있는 드래곤의 시체를 한번 보더니 이내 답했다.

"거참 빨리도 깨버렸군."

"됐고, 너는 일 끝났으니까 이쪽으로 온 거지?"

"당연히 그렇소."

청사의 말에 손오공은 이어 말했다.

"다른 놈들은?"

"다른 놈?"

"네 의형제들 말이다, 백상白象과 대붕大鵬은 어디에 있어?"

제천대성의 물음에 청사가 답하려 할 때쯤.

"좀 늦었군."

말을 주고받고 있는 손오공과 청사의 뒤로 두 인영이 보였다.

한 명은 회색의 도복을 입은 여성으로 분명 쇄골이 자리해 있어야 하는 곳에는 기이할 정도로 거대한 상아象牙를 가지고 있었고. 다른 한 명은 붉은 도포를 입고 있는 남자로, 그의 몸 뒤에 나 있는 홍익紅翼은 마치 그를 보호하듯 감싸고 있었다.

청사는 그들을 보더니 입을 열었다.

"잘 끝냈나?"

"서부는 깔끔하게 멸망시켰소."

"동부도 마찬가지."

멸망이라는 말을 아무렇지도 않게 담는 그들의 모습에 만족스러운 듯 고개를 끄덕인 청사, 허나 제천대성은 그런 그의 모습이 마음에 들지 않았는지 핀잔을 주었다.

"지랄, 이미 한번 좌座에 올랐던 놈들이 구역 하나 멸망시키는 데 다섯 달이나 걸리냐?"

그의 말에 청사는 사자인데도 불구하고 얼굴을 기묘하게 비틀더니 이야기했다.

"자네는 모든 업적을 인정받아 '상위'로 배정받지 않았는가? 그런데 우리는 그저 '사타동의 세 마왕'의 업적만을 인정받았지 않은가."

사타동의 세 마왕.

그것은 아주 오래전 그가 제천대성으로 불렸을 때, 그의 업적 속

168

에 잔재하고 있던 요괴들이었다. 단 한 번의 포식으로 10만에 이르는 천병을 잡아먹었다는 청사. 그 어떤 것이라도 휘감는 코와 뿔로, 신화 속의 신수를 잡아먹은 백상. 한 나라를 침략해 그 나라의 임금과 신하, 백성을 모조리 먹어 치운 대붕.

손오공이 그들을 나무랐지만, 그들은 고작 세 마왕의 업적을 인정받았는데도 불구하고 '중위' 등반자의 판정을 받은 괴물들이었다.

그렇게 제천대성이 짧게 혀를 차자.

쿠구그그그그궁!

불현듯, 멸망한 세계의 땅이 거대한 소음과 함께 떨리기 시작했다.

처음에는 작게 시작해, 종래에는 귀를 먹을 정도로 거하게 울리는 소음.

하나 그런 소음에도 손오공과 그들은 아무런 말 없이 떨림의 근원지를 바라보고 있을 뿐이었고.

콰가가가각!!!

곧, 그들의 앞에 탑이 올라오기 시작했다.

땅속에서 갑작스레 나타난 탑은 순식간에 하늘을 뚫었고, 탑은 어느 순간을 기점으로 솟아오르는 것을 멈췄다.

그와 함께 보이는 탑의 입구. 그 입구를 한번 바라본 제천대성은 이내 망설임 없이 걸음을 옮겼다. 그와 함께 요괴들도 그의 뒤를 따라 걷기 시작했다.

제천대성이 마침내 입을 열었다.

"자, 그럼 탑에 오르기 전에 작전 한번 짜자."

"그래봤자 이번에도 똑같은 거 아니오?"

대붕의 말.

하나 제천대성은 그 말을 듣지 못했다는 듯 무시하며 이야기를 이어나갔다.

"나는 이번에도 남쪽을 맡는다. 청사는 북부, 백상은 동부, 대붕은 서부를 맡는다."

그리고.

"이게 제일 중요한 건데."

제천대성, 아니 손오공은.

"이번에는 무슨 일이 있어도 두 달 안에 끝내라."

일이 있으니까.

웃음을 지으며 그리 말하고는 제일 먼저 탑 안으로 뛰어들었다.

◆ ◆ ◆

꽝!

"무공이란 겉멋만을 위한 화려한 기술이 아니다. 그보다 좀 더 본질에서 봐야 하지. 네가 지금 하는 건."

쾅!

"경공은 그렇게 쓰는 게 아니다. 기본적으로 경공을 쓰는 데에 우선 돼야 할 세 가지는."

쿵!

"천마군림보天魔君臨步? 지랄하지 말고 세 가지 기본에 신경 써라."

콰드드드드득!

"본디 뇌령신공이란 다른 무공과는 그 차이가 심하지. 그렇기에 언뜻 보면 따라 할 수 있지만 그 진리에 도달하기는 어렵다."

싸움, 전투는 계속해서 진행되고 있었다. 김현우가 달려들고, 천마는 그런 그에게 망설임 없이 검을 내지른다. 죽음의 횟수도 마찬가지로 계속해서 올라간다. 꾸준히, 마치 시간의 흐름을 재는 것처럼 일정한 주기를 두며 계속해서 올라간다.

8002번째.

"뇌전雷電을 만들어내는 게 중요한 게 아니다. 중요한 것은 네 몸속의 마력들이 돌아 그 흐름 속에 자연스럽게 뇌기雷氣가 깃들어야 한다."

8423번째.

"뇌기가 마력 자체에 깃들었다면 그 형形을 만들어라. 그 어떤 상황에서도 그것은 네 기본이 될 테니까."

그리고 그런 상황에서, 김현우는 자신의 죽음을 세는 것도 잊은 채 천마가 한 말들을 따라 몸을 움직이고 있었다. 맨 처음, 어떻게든 천마를 죽여버리겠다는 그 일념은 이미 희석되어 있었다. 그 대신 그 자리를 가득 채우고 있는 것은 바로 배움의 욕구였다.

"흡!"

쾅!

뇌기가 담긴 김현우의 마력이 언젠가 천마가 보여주었던 그 수많은 형을 따라 한다.

자세를 잡은 순수한 직선타. 반보半步에서만 쓸 수 있는 수십 가지의 타격기. 일보一步의 거리에서만 사용할 수 있는 급살기.

그가 보여주었던 수많은 형이, 몇 천 번의 죽음을 대가로 해 김현우의 몸 안쪽에 새겨지기 시작했다.

그렇게 10821번째.

"이제 만들어낸 형을 부숴라."

11242번째.

"이미 네 몸 안에 충분히 깃들어 있는 그 기술과 기혈 들은 이제 네가 무슨 움직임을 하더라도 따라올 테니까."

12853번째.

"아직 네 뇌령신공에는 그저 뇌기가 깃들어 있을 뿐이다, 네가 뇌령신공의 진정한 묘리를 깨우치려면."

14242번째.

천마의 모습이 개변한다. 분명 흑발이었던 그의 머리가 푸른빛으로 밝게 빛나기 시작하고, 그의 등에 거대한 광원이 만들어진다. 그와 함께 장원에 내리치는 푸른색의 번개.

극-뇌령신공極-雷令神功.

천마가 보여주고 있는 극-뇌령신공의 모습은 이전, 김현우가 일본에서 보았던 그 뇌령신공과 같았으나, 또한 달랐다. 아니, 정확히 말하면 천마의 뇌령신공은 달라지지 않았다.

달라진 것은.

"……."

그 천마의 뇌령신공을 바라보고 있는 김현우의 눈이었다.

3000번의 죽음으로 그에게 제대로 된 뇌령신공을 배우고. 또다시 3000번의 죽음으로 그 신공의 형을 익혔다. 그리고, 또다시 3000번의 죽음을 끝으로 그 형조차 파破한 그는.

"자, 마지막이다."

뇌령신공을 극성으로 사용한 천마를 볼 수 있었다.

일본에서 볼 때와는 전혀 다른 그의 신공. 온몸의 혈도에서는 마력이 가지런하게 흐르며 자연적으로 뇌기를 만들어내고 있었고. 신공에 결합한 수십 가지의 묘리는 마력을 일정 이상 사용하지 않음에도 불구하고 극성의 뇌령신공을 유지하고 있었다.

그야말로 완벽이라고도 부를 수 있는 그의 최종적인 무武의 형태에 김현우는 감탄했고.

"이제 네가 할 일은 나를 꺾는 것이다."

곧 그의 입에서 흘러나오는 목소리에 집중했다.

"너는 뇌령신공의 형을 익혔고, 또한 부쉈다. 그렇다면 이제 남은 것은 네 녀석만의 무武를 만드는 것이다."

"……!"

"모방을 하라는 것이 아니다. 또한 베끼라는 것도 아니지. 너는 오롯이 너의 것을, 누가 뭐래도 '너의 무武'를 만들어내야 한다. 그래."

나처럼 말이다.

천마의 말에 김현우는 입을 다물었다. 아마 이전과 같았으면 김현우는 천마에게 물었을 것이다. 나의 무武가 무엇이냐고. 그도 그럴 것이 김현우가 지금까지 써온 기술들은 거의 모든 것이 웹소설 속에 나오는 기술들을 따라 하고 모방한 것이었으니까.

모방. 모든 시작은 모방에서 시작하지만, 김현우는 딱히 그 이상으로 나아가지 않았다.

나아가지 않은 이유? 그에게는 더 이상 앞이 없었으니까. 그래, 그거였다. 그에게는 스승이 있었지만, 없었다.

웹소설 속에 존재하는 모든 주인공은 그의 스승이었으나, 그에게 진정한 무武를 알려주지는 못했다. 영화 속에 나오는 모든 무공들은 그에게 형태를 주었지만, 그 묘리를 알려주지는 못했고. 만화 속에 나오는 모든 기술은 그에게 영감을 주었으나, 새로운 것을 주지는 못했다.

그렇기에 그는 앞이 없었다. 그렇기에 나아갈 수 없었고. 그렇기에.

"……!"

김현우는 자신 스스로가 천마의 말을 이해할 수 있다는 것에 희열을 느꼈다.

1만 번이 넘는 죽음. 그 죽음은, 헛되지 않았다는 사실이 그의 몸을 고양시켰고.

파직 파지지직!!!

"와라."

그의 한마디에, 김현우는 망설임 없이 땅을 박찼다. 작지 않은 장원에 거대한 번개가 내리친다. 수백, 수천 번의 번개가 어지럽게 내리치며 천마를 보호하고, 김현우의 몸이 그런 번개의 사이를 망설임 없이 지난다.

그와 함께 이뤄지는 격돌.

꽝!

김현우의 주먹과 천마의 검이 교차한다.

꽝! 콰드드드득!

1초를 넘어 10초.

콰드드드득! 파지지직!

10초를 넘어 100초.

100초를 넘어 1000합.

몇 초 만에 그런 공격이 오갔는지는 인지하지 못한다. 이곳은 '시간'이라는 개념이 존재하지 않는 허수 공간이니까.

유일하게 이곳의 시간을 알리던 죽음의 숫자 또한 더 이상 올라가지 않는다. 그가 더 이상 천마에게 자신의 목숨을 내어주지 않았으니까. 시간마저도 제대로 셀 수 없는 그 짧은 의식의 가속 속에서, 그들은 싸움을 벌였다. 그 누가 뭐라고 할 것 없이, 오롯이 전력을 다해서. 쪼개진 시간 속에서 천마의 검이 10번의 움직임을 취하고, 김현우의 몸이 맞춰 반응해 10번의 합을 맞춘다.

이미 시각은 마비되었다. 내리치는 번개 때문에. 다만 그들은 본능적으로, 그저 손과 발이 따르는 곳으로 움직여 전투를 벌이고 있을 뿐이었다.

그리고 그 어느 순간.

파직!

장원을 뒤덮고 있는 푸른 번개가 변질되기 시작했다.

쉴 새 없이 땅바닥에 내리꽂히는 푸른 번개가 검붉게 변하고, 천마의 검을 받고 있는 김현우의 몸에 마찬가지로 변화가 일어난다.

김현우의 몸에 검붉은 마력이 흘러나오고, 그 뒤에 검은 흑익이 생겨난다. 그와 함께 나타나는 흑 원.

파지지직! 파지지지지직!!!!

흑 원이 공명하며 검붉은 번개가 방전하며 주변을 장악한다. 한순간 밀리는 푸른 번개. 그 모습을 보며 천마는 실소를 터트리며 생각했다.

'벌써 도달한 건가.'

김현우의 뒤에 나타나 있는 흑익과 흑 원. 그것은 분명 그가 언젠가 자신에게 한창 죽임을 당할 때 보여주었던 모습이었으나 그때와 지금은 달랐다.

'괴물이로군.'

그때, 김현우의 뒤에 자리 잡은 흑익과 흑 원은 그저 어설픈 마력의 집합체일 뿐이었다. 그 어떤 묘리를 담지도 못한, 그저 순수하게 '멋'을 위해 만들어낸 마력의 집합체. 하지만 지금 그가 만들어낸 저것들은?

'두 개로 나누었나.'

흑익에는 반反의 묘리를.

흑 원에는 극極의 묘리를 집어넣어 형상화시킨 그 모습을 본 천마는 순수하게 감탄했고.

콰가가가각!!

곧 다시 시작된 김현우의 공격에 검을 휘둘렀다.

하나, 전투의 양상은 아까와는 달랐다. 백 번의 합이 이뤄지면 그중 다섯 합이 어그러진다. 그 이유는 바로 천마 때문.

"큭⋯⋯!"

김현우의 공격에 천마의 공격이 따라오지 못하기 시작했다. 그와 함께 검붉은 번개는 뇌신이라고 추앙받았던 그의 번개를 먹어치우며 주변 공간을 방전시켰고.

천마는 점점 더 불리해지는 상황이었음에도.

피식.

웃음을 지었다.

글쎄, 왜일까? 밀리고 있는 자신 스스로도 왜 미소를 지었는지 알지 못했으나, 그는 무엇인가 묘한 감정을 느끼고 있었다. 아쉬우면서도 씁쓸한 무언가를.

카챵!

천마가 그런 감정을 느끼고 있을 때 그의 칼이 튕겨 나갔다. 짧은 순간 무방비가 된 천마. 그것은 말 그대로 굉장히 짧은 콤마 단위의 시간이었으나, 김현우와 천마에게는 무척이나 긴 시간이었다. 그 시간 속에서, 천마는 김현우와 눈을 마주쳤다. 일만 번을 죽었음에도 자신감에 차 있는 그 눈빛.

그의 뒤에는 거력巨ヵ이 담겨 있는 주먹이 천마의 몸을 꿰뚫기 위해 움직였고. 천마는 눈을 감았다.

그리고.

파짓!

"······?"

번개가 멎었다.

천마가 다시 눈을 떴을 때, 보이는 것은 김현우의 주먹이 아닌 뒤돌아 있는 그의 모습이었다. 그에 천마는 입을 열었다.

"왜 죽이지 않았지?"

천마의 물음. 그에 김현우는 슬쩍 천마를 돌아보더니 뜸을 들이고는 이내 입을 열었다.

"······제자가 스승을 죽이지는 않잖아?"

그의 말에 눈을 휘둥그레 뜨고 입을 벌린 천마는 '허' 하는 웃음을 짓고는 답했다.

"지랄하지 마라, 광견. 내가 언제 너를 제자로 받았지?"

천마의 말에 인상을 찌푸린 김현우가 그를 돌아보며 말했다.

"에이 씨발, 왜 살려줘도 지랄이야?"

"누가 살려달라고 했나?"

"진짜 뒤져볼래?"

"해봐라."

천마의 말에 김현우는 저도 모르게 주먹을 들었으나.

"아오, 진짜."

이내 그는 올렸던 주먹을 내리고는 혀를 찼다. 그 모습에 천마는 여전히 피식거리는 웃음을 지우지 않고 그를 바라보다 이내 시선을 돌려, 장원 내에 떨어져 있는 자신의 검을 집어 들고는 말했다.

"이제 볼 장 다 봤으면 빨리 꺼져라, 너 때문에 제대로 쉬지도 못했으니까."

천마의 타박에 김현우의 눈에 짜증이 들어찼다.

"걱정하지 마라 새끼야, 네가 가지 말라고 지랄해도 갈 거니까."

거 씨발 정이라고는 좆도 없네.

김현우는 그렇게 중얼거리곤 이내 망설임 없이 몸을 돌렸고, 천마도 마찬가지로 김현우의 반대편으로 움직여 장원의 끝에 있는 목제 의자에 몸을 누인 채 김현우의 뒷모습을 바라봤다.

그리고.

장원의 끝, 처음 들어왔던 그곳에 선 김현우는 뭔가를 혼자 중얼거리다 이내.

"야!"

천마를 불렀다.

그에 천마가 김현우를 바라보자, 김현우는 "씨발" 하고 짧게 무언가를 중얼거리더니, 곧 입을 다물었다.

"지랄하지 말고 좀 꺼져라."

인상을 찌푸리며 말한 천마.

그에 김현우는 마찬가지로 오만상을 찌푸리더니 뭔가를 중얼거리기 시작했고. 이내 그의 몸이 산산이 부서지기 시작했다. 순식간에 장원 내에서 먼지처럼 사라지기 시작하는 그의 몸.

그 마지막.

김현우가 거의 다 사라졌을 때. 불현듯 김현우는 우물쭈물하다 한숨을 내쉬더니.

"고맙다! 이 스승 개!"

그렇게 소리쳤고. 천마는 그 말과 함께 완전히 사라져버린 김현우를 보며 잠시 묘한 표정을 짓다, 이내 읊조렸다.

"미친놈."

짧은 욕설과 함께 그는 옆에다 자신의 검을 비스듬히 세워둔 뒤 무엇인가를 생각하는 듯하더니.

"사후死後의 제자라. 뭐."

이내 피식 웃으며.

"나쁘지 않군."

그렇게 중얼거렸다.

황금 원숭이의 재림再臨

미국 워싱턴에 있는 국제헌터협회의 지하 별관. 그곳은 마치 군대의 작전실처럼 꾸며져 있었다. 정면에는 벽 한 면을 덮을 정도로 거대한 디스플레이가 걸려 있었고, 그 디스플레이에는 지도와 함께 이런저런 상황판이 띄워져 있었다. 그 아래에 놓여 있는 수십 개의 책상 위에는 컴퓨터와 서류가 어지럽게 놓여 있고 그 사이로는 협회원들이 돌아다니며 무엇인가를 하고 있었다.

그렇게 혼잡한 상황실의 맨 뒤.

"……."

불과 두 달 전, 김현우의 도움으로 국제헌터협회의 실세를 완전히 거머쥔 남자 리암은, 조금 전 들어온 협회원에게 현 상황에 대한 보고를 받고 있었다.

"……4개라고?"

"예, 지금으로부터 31시간 전, 미국 몬타나주에서 첫 '재앙' 이상이 감지되었고, 그 뒤로부터 24시간 전과 17시간 전에 각각 태국과 멕시코 지역에서 재앙이 감지되었습니다."

"……그래, 그것까지는 들어서 알고 있지. 그런데 또 하나가 추가되었다고?"

"예. 이번에는 한국에서 이상이……."

"돌겠군."

협회원의 말에 리암은 인상을 찌푸리며 한숨을 내쉬었다.

불과 이틀 전에 나타났던 첫 재앙 경고. 사실 그때까지만 해도 리암은 그리 큰 걱정을 하진 않았다. 그도 그럴 것이, 리암에게는 김현우가 있었으니까.

도대체 무슨 이유에선지 모르겠으나, 김현우는 평소 행보와는 다르게 재앙이 벌어지는 상황에 한해서 재앙을 처리해준다. 물론 재앙을 처리한 뒤 그에게 지급되는 보상액은 상당히 거대했으나 그럼에도 상관없었다. 도시 하나가 통째로 날아가는 것보다는 김현우 개인에게 보상을 지급하는 게 더 싸게 먹혔으니까.

물론 김현우를 믿는다고 해서 재앙에 대한 준비를 소홀히 한 것은 아니었으나 김현우 덕분에 걱정거리가 확실히 줄기는 했다.

그런데.

"……4곳에서, 연속으로?"

지금 디스플레이에 띄워져 있는 4개의 재앙 경고는 그의 머리를 무척이나 복잡하게 했다.

"각 나라 상황은?"

"우선 사전에 재앙 경고를 받은 태국과 멕시코에서는 대형 길드와 상위권 S등급 헌터들을 초빙해 재앙을 막으려고 하는 것 같습니다. 그리고."

뜸을 들이며 서류판을 바라보던 협회원은 계속해서 말했다.

"저희 쪽에서는 '에단 트라움'과 '라일리', 그리고 몬타나주의 대형 길드인 이클립스 길드가 재앙에 대비하고 있습니다."

"재앙 출현 시간은?"

"추정 예정 시간은 지금으로부터 10분 내외입니다."

그의 대답에 리암은 무거운 한숨을 내쉬며 생각을 정리했다.

'그래, 지금 상황에서는 몬타나주에 있는 재앙을 우선으로 생각한다.'

태국과 멕시코는 재앙 경고를 일찍 접할 수 있었기에 나름대로 준비를 한 상태였다. 재앙 경고가 조금 늦게 발령이 난 한국이 원래라면 걱정이었겠지만, 한국에는 김현우가 있다.

공식적으로 재앙을 혼자서 두 번이나 물리친 그. 그렇기에 리암은 한국에 대한 걱정을 슬쩍 지워내고는 이내 시선을 돌려 지도 위에 실시간으로 촬영되고 있는 영상에 시선을 주었다.

그렇게 리암이 이제 막 영상을 바라보기 시작할 때.

몬타나주의 거대한 상급 미궁의 입구에는.

"……."

침묵이 가득했다.

S등급 랭킹 4위인 에단 트라움은 자신의 투핸디 소드를 쥔 채, 긴장한 표정으로 떨림이 멈춘 미궁 앞을 바라보고 있었고. 그것은 라일리도 마찬가지였다. 이 미궁 앞에 서 있는 수백의 이클립스 소속의 헌터들도 각자의 무기를 쥔 채 미궁의 안쪽을 바라보고 있었고.

"조준, 준비."

혹시나 도움이 될까 싶어 지원을 받은 탱크와 각종 화력 무기도 미궁 안에서 빠져나올 재앙에 대비하고 있었다. 그렇게 에단 트라움이 조그마한 목소리로 시스템에 각인되어 있는 자신의 스킬을 사용하고 있을 때.

"저건."

그는, 아니 수인은 빠져나왔다.

머리에 쓴 금고아. 분명 바람이 불지 않는데도 불구하고 그의 등 뒤에 있는 망토는 마치 바람이 부는 것처럼 펄럭였고, 그가 손에 들고 있는 여의봉은 금빛으로 빛나고 있었다.

"오."

그래. 그 남자, 아니 그 수인.

하늘을 다스리는 큰 성인이자.

"이번에는 저번 계층이랑은 다르게."

제천대성 미후왕이라고 불리는 그는.

"뭔지는 모르겠지만, 환영 인사가 거한데?"

장난스레 자신의 앞에 펼쳐져 있는 많은 헌터를 보며 중얼거렸고.

툭!

자신의 손에 쥐고 있는 여의봉을 어깨춤에 짊어진 제천대성은 이내 장난스러운 미소를 지우지 않은 채 입을 열었다.

"원래라면 빨리 위로 올라가야 해서 전부 분신술分身術로 쓸어버리릴 예정이었는데, 이렇게 나를 환영해준다면 또 마음이 흔들리네."

그는 그렇게 말하더니 마주 보고 서 있는 에단을 향해 걸음을 옮기며 무언가를 생각하는 듯하더니.

"좋아, 정했다."

이내 씩 웃으며 말했다.

"분신술 말고 내가 직접, 너희들을 상대해주도록 하지."

그의 오만하고도 광오한 말. 이 압도적인 숫자의 차이를 보고서도 무척이나 느긋하게 그런 말을 내뱉은 수인. 그 모습에 몇몇 이클립스 길드 소속의 헌터들은 인상을 찌푸리기도 했으나, 에단과 라일리는 아니었다. 그리고 몇몇 헌터를 제외한 대부분의 헌터도 그저 굳은 표정으로 그를 바라보고 있었다.

왜냐? 그들은 이미 학습을 했으니까.

재앙은 이번이 처음이 아니다. 일본에서 일어났던 재앙도 있었고. 독일에서 일어났던 재앙도 있었다.

두 번의 재앙. 그 두 번의 재앙에서, 적어도 이곳에 있는 헌터들은, 미궁 속에서 걸어 나온 저것들이 얼마나 말도 안 되는 강함을 가졌는지 간접적으로 학습했다.

그렇기에 그들은 그런 제천대성의 느긋한 말투에도 불구하고 굳은 표정을 유지하며 명령을 기다렸다.

그리고, 에단이 입을 열려던 그 순간.

"자, 그럼 너희들을 전부 상대하기 전에 말이야. 그래도 약한 놈은 걸러야겠지?"

제천대성은 그리 말하며 자신의 어깨춤에 대고 있던 여의봉을 집어 들었다.

"일일이 상대하려면 좀 많잖아? 그러니까."

도경道經이 적혀 있는 여의봉.

"우선 좀 거르고 시작하자."

그것을 들어 올린 제천대성은 이내.

"커져라, 여의如意."

"!!!"

꽈아아아아아아!!

아파트와 비견해도 될 정도로 거대해진 여의를, 에단의 머리 위로 찍어 내렸다.

◆ ◆ ◆

태국 방콕 외곽의 중급 미궁의 주변.

"살려줘! 살려줘! 제발…… 제발 살려줘! 꺽!"

등 뒤에 붉은 홍익紅翼을 달고 있는 대붕은 자신의 앞에서 무릎을 꿇고 있는 헌터의 몸을 그대로 부숴버리며 주변을 둘러보았다.

그야말로 엉망진창인 주변.

중급 미궁을 중심으로 만들어져 있던, 방콕 특유의 헌터 거리는 완전히 무너진 공사판처럼 박살이 나 있었고, 그 주변으로 사람들의 시체가 보였다. 수많은 시체가.

대붕은 자신이 만들어낸 그 처참한 광경을 아무런 감흥도 없이 멍하니 바라보다 이내 한숨과 함께 몸을 움직이며 생각했다.

'전 계층보다는 괜찮지만. 그래도 미개하군.'

대붕은 죽어 있는 헌터들의 모습을 바라봤다.

처음 자신이 미궁에서 빠져나온 그 아주 잠깐의 타이밍에 9계층인들은 달려들었다. 그리고 그렇게 달려드는 이들 중에는 대붕 입장에서는 나름 이 정도면 괜찮다는 수준의 실력을 가지고 있는 이들도 있었다.

물론, 어디까지 전 계층인과 비교했을 때 그렇다는 것이지 대붕의 힘을 막기에 헌터들의 힘은 역부족이었다. 아니, 역부족을 넘어서 절망적이었다. 태국에서도 나름 제일간다는 헌터들이 모여 일제히 그를 공격했지만, 정작 그는 단 하나의 상처도 입지 않았으니까.

'뭐, 나쁘지 않군.'

대붕은 만족했다.

자신은 다른 형제처럼 동등한 상대와 싸움을 벌이는 것보다는 오히려 약자들을 학살하는 데 더 재미를 느끼는 쪽이라는 것을 알고 있었으니까.

'이번에도 나름대로 즐길 수 있겠어.'

대붕은 쓰러져 있는 헌터들의 시체를 보며 조금 전을 회상했다. 그가 휘두른 날갯짓 한 번에 불타오르거나, 몸이 절단되어 애처로운 비명을 지르며 죽어 나가던 그 모습들.

대붕은 저도 모르게 미소를 지었다.

'역시 그런 분위기가 좋단 말이야.'

그는 아까 전 헌터들이 비명과 절망으로 만들어낸 기억을 떠올리며 낄낄거렸고, 걸음을 옮긴 지 얼마나 되었을까.

"……?"

대붕은 곧, 아무도 없는 거리에 홀로 서 있는 남자를 볼 수 있었다. 제대로 관리를 하지 않은 듯 이리저리 뻗쳐 있는 삐죽 머리. 도대체 몇 년이나 입은 것인지 완전히 넝마가 되어 있는 옷을 입고 있는 남자. 그 누가 봐도 비렁뱅이라고 할 수 있을 정도로 너덜거리는 옷을 입고 있는 그는, 묘한 표정으로 주변을 둘러보다 이내 대붕과 눈이 마주쳤다.

짧은 정적.

그리고.

"넌 또 뭐야?"

남자의 입에서, 짜증스러운 목소리가 튀어나왔다.

"뭐?"

한순간 들린 목소리에 대붕은 어처구니없다는 표정으로 비렁뱅이를 바라보았으나 그는 오히려 대붕의 얼굴을 마주 보며 입을 열었다.

"귀 먹었냐? 너 뭐냐고!"

비렁뱅이의 말에 대붕은 잠시 멍하니 그를 바라보았다.

'미친 건가?'

그의 머릿속에 잠시간 떠오른 생각.

대붕은 어처구니없는 웃음을 짓고는 비렁뱅이의 말에 대답했다.

"나는 대붕이다."

"뭐? 대붕이? 뭐 이름이 그따위야?"

비렁뱅이의 말. 분명 그의 신경을 거슬리게 하는 말이 분명한데도 불구하고 대붕은 입가에 미소를 지우지 않았다.

'저런 놈일수록 죽이기 전에 보이는 모습이 더 간절하지.'

그렇기에 대붕은 딱히 인상을 찌푸리지 않은 채, 그가 죽음 직전에 보일 모습을 생각하며 비렁뱅이에게 다가갔고.

활짝! 콰드드드드득!!!

비렁뱅이에게 다가간 대붕은 이내 그의 앞에서 자신의 홍익을 활짝 펼쳤다. 그리고 그와 함께, 수십, 수백 개의 깃털이 일제히 김현우를 노리기 시작했다.

화르르륵!

조금 전 미궁에 모여 있던 헌터들을 모조리 죽였던 그 기술이 다시 한번 그의 날개에서 재현되고, 대붕은 이제 곧 변할 비렁뱅이의 표정을 기대하며 입가를 비틀었지만.

"뭐 하냐?"

비렁뱅이는 심드렁한 표정으로 대붕에게 대꾸했다.

"뭐, 뭐?"

그제야 대붕은 당황했고, 그는 자신에게 겨누어져 있는 수십, 수백 개의 불타는 깃털들을 보며 짧게 읊조린 뒤.

"뭐 하냐고."

대붕의 얼굴에 망설임 없이.

"이 씹새끼야!"

꽈아아아앙!!!

"끄게에에!"

일권을 내질렀다.

마치 폭음이 터지는 것 같은 소리와 함께 순식간에 튕겨 나가는 대붕의 몸, 그는 콘크리트에 처박힐 때까지 본인이 무슨 일을 당한 것인지 인지조차 하지 못했고.

"헉!"

온몸에 거적때기를 입고 있는 비렁뱅이가 자신의 앞에 나타난 뒤에야 자신이 맞았다는 것을 깨닫고는 곧바로 반격을 준비했으나.

"이미 늦었어."

병신아.

이미 비렁뱅이, 아니.

파지지지직!!!

김현우의 발은 그의 심장을 향해 쏘아지고 있었다. 검붉은 뇌기가 서린 김현우의 발이 그 어떤 헌터도 제대로 건드리지 못했던 그의 심장을 뚫어버리고.

알리미

등반자 사타동의 세 마왕 '대붕'을 잡는 데 성공하셨습니다.

위치: 태국 방콕

[등반자 '상상의 새' '대붕大鵬'을 잡는 데 성공하셨습니다!]

[정보 권한의 실적이 누적됩니다.]

[현재 정보 권한은 중위입니다.]

김현우는 눈앞에 떠오른 로그를 바라보고는 이내 어처구니없다는 듯 중얼거렸다.

"아니 썅 내가 왜 태국에 있어?"

◆ ◆ ◆

한국, 의정부 미궁의 앞.

"큭!"

이미 그곳은 아수라장이 된 지 오래였다.

"일검!"

김시현의 손에서 무섭도록 빠르게 빠져나오는 발도가 청사의 옆구리를 향해 날아간다.

콰득!

그대로 옆구리에 직격한 김시현의 일검.

하지만.

"고작 이런 걸로 내 가죽을 뚫을 수 있다 생각하는 거냐?"

"끅!?"

조금 전까지 한석원을 한입에 씹어 삼키려던 청사는 곧바로 몸을 돌려 김시현에게로 몸을 틀어 거대한 앞발을 들어 올렸고.

꽝!

"큭!"

이내 푸른 사자는, 바로 앞에서 나타난 미령의 일격을 맞고 자신의 몸을 뒤로 뺐다. 그런 미령의 뒷모습과 함께 보이는 정경.

"하⋯⋯."

김시현은 저도 모르게 탄식을 내뱉었다.

세 시간 전에 헌터협회를 통해 내려진 재앙 경고. 그 재앙 경고를 듣고 서울 길드와 고구려 길드, 그리고 아랑 길드는 재앙을 막기 위해 의정부 미궁 앞에 모였으나, 그 결과는.

"끅."

처참했다.

김시현은 허망한 표정으로 주변의 정경을 눈에 담았다. 당장 보이는 눈앞의 한석원은 완전히 박살 나버린 자신의 방패를 든 채, 무릎을 꿇고 있었다. 저편의 부서진 건물 근처에는 건물 더미에 처박혀 정신을 잃고 있는 이서연이. 그리고 그 주변에는 죽었는지 살았는지 분간도 가지 않을 만큼 많은 헌터의 모습이 보였다.

그리고.

콰드드득!

"큭!"

"크하하하! 네 녀석은 여기에 있는 떨거지들과는 다르구나! 하지만."

누가 보아도 처참해 보이는 그 정경 속에서, 미령은 미궁 속에서 나타난 푸른 사자와 전투를 벌이고 있었다. 그러나, 그것은 겉으로 봤을 때일 뿐.

"너도 결국에는 다른 놈과 마찬가지다."

"!"

쾅!

미령은 순간적으로 거대해진 청사의 꼬리를 막아내기 위해 양손을 치켜들었으나, 결국 그녀는 청사의 꼬리를 전부 막아내지 못했다.

볼품없이 튕겨나가는 미령.

"아······."

김시현은 저도 모르게 탄식을 내뱉으며 미령이 날아간 곳을 바라보다 숨을 삼켰다.

최악으로 치닫는 상황. 그 상황 속에서 김시현은 저도 모르게 고개를 떨구며 한 사람을 생각했다.

'현우 형은 도대체 어디에······!'

김현우.

불과 한 달 전, 갑작스레 천마의 검을 들고 사라져버린 김현우는 지금 이 상황이 될 때까지도 모습을 드러내지 않고 있었다.

'도대체 어디서 뭘 하는 거야……!'

그렇기에 김시현은 상황이 이 지경이 되도록 오지 않는 김현우를 살짝이지만 원망했다. 물론 김시현 스스로도 깨닫고 있기는 했다. 애초에 지금은 김현우를 원망할 상황도 아니라는 것을. 오히려 원망해야 하는 것은 언제까지나 현실에 안주해 힘을 키우지 않았던 본인이라는 것을. 그렇기에 그는 눈앞의 광경을 눈에 담지 못하고 고개를 숙였고.

후드드득…….

그런 상황에서 콘크리트 바닥에 박혀 있던 몸을 일으킨 미령은 붉은 피가 스며 나오는 옆구리를 부여잡은 채 청사를 바라보며 힘겨운 한숨을 내뱉었다.

"……."

그녀는 청사를 마주 보며 자세를 잡으면서도 끊임없이 생각을 이어나갔다.

'기술이 전부 통하지 않아.'

기술이 통하지 않는다.

기본인 박투술부터, 마력을 사용해야만 할 수 있는 패왕류의 모든 기술들.

스승인 김현우에게 전수받은, 그녀의 자신감의 원천이 되는 기술들은, 저 푸른 사자에게는 전혀 먹히지 않았다.

그래, 전혀. 그 어떤 기술도 푸른 사자에게 유효타를 먹일 수 없었다.

'……왜?'

미령은 그 이유를 생각했다. 저 사자에게 유효타가 먹히지 않는 이유.

그 주제와 함께 머릿속에 떠오르는 수많은 생각. 그러나 그 생각들은 얼마 가지 않아 하나로 일축됐다.

'……내가 약해서.'

그래, 그 하나로.

미령은 자신만만한 표정을 짓는 청사의 미소를 보며 자신의 스승을 떠올렸다. 정확히는 그가 했던 말을 떠올렸다.

'패왕류는 약하지 않다. 만약 네가 배운 무武가 다른 사람에게 통하지 않거든, 그것은 네가 배운 무가 약한 것이 아니라 네 배움이 아직 부족한 것이다.'

그녀가 한창 탑에서 스승님에게 무를 배우고 있을 때 들었던 말. 미령은 언젠가 그가 했던 말을 떠올리며 탄식했다.

'역시 나는 아직 약하다.'

미령은 스스로가 강하다고 생각해본 적은 없었다. 그녀가 생각하는 강함의 기준은 스승님이고, 자신보다 약한 이들은 미령의 눈에는 그저 한심한 머저리로 보였을 뿐이었으니까. 그렇게 생각하고 있었기에, 그녀는 자신이 더 나약해졌다는 사실을 그제야 깨달았다.

강함을 동경하기만 했기에, 자신이 그 자리에 서 있기만 했었다는 것을, 그녀는 청사와 싸워보고 난 뒤에야 깨달았다.

"자, 이제 충분히 즐겼으니 깔끔하게 먹어치워주도록 하지."

그런 깨달음과 함께 들리는 청사의 목소리.

미령이 청사의 모습을 바라보자 청사는 씨익 웃으며 말했다.

"영광으로 알아라. 내가 너희들에게 보여줄 것은 십만 천병天兵을 먹어치운 나의 업적이니까."

그와 함께, 그의 아가리가 벌어지기 시작했다. 크게, 더 크게. 마치 하늘을 삼켜버릴 듯 크게 벌어지는 청사의 아가리.

김시현은 그 모습을 보고 절망감을 느끼며 고개를 떨궜고. 한석원은 망연하게 거대해지는 청사의 아가리를 바라보았다.

그리고.

도움이 필요한 것 같구나.

"!"

미령의 귓가에.

그렇지?

목소리가, 들렸다.

그것은 미령이 한 달 전에 들었던 목소리. 그녀는 어렵지 않게 이 목소리가 어디서 흘러나오는지 알 수 있었다. 그것은 바로 김현우가 천마의 검과 함께 사라질 때 그 자리에 남아 있었던 주머니에서 흘러나오는 목소리였다. 이 급박한 상황과는 다르게 목소리는 무척이나 여유로운 느낌으로 미령에게 속삭였다.

자, 내가 도와주마. 너는 내 힘을 받기만 하면 된다.

목소리의 속삭임. 하나 미령은 고개를 저었다. 그에, 목소리는 의문이 가득 찬 느낌으로 물었다.

어째서 힘을 받지 않는 것이냐?

그 물음에 미령은 자신의 머릿속 깊은 곳에 새겨져 있는 말을 꺼냈다.

"대가 없는, 힘은 없으니까."

그것은 언젠가 김현우가 미령에게 했던 말이었다.

대가 없는 힘은 없다. 시간을 투자하든, 그 어떤 것을 희생하든,

힘의 대가는 존재한다는 스승님의 말. 미령은 그 사실을 잘 알고 있기에 목소리의 말을 거절했다.

그에 목소리는 재미있다는 듯 답했다.

그래서, 그 대가가 무서워서 힘을 받지 않겠다. 그 말이냐?

미령은 대답하지 않았다.

그리고 그렇게 목소리와의 대화를 이어가는 와중에도, 청사의 입은 실시간으로 커져, 이제 이 근처를 한 번에 집어삼킬 수 있을 정도로 거대해졌다. 눈으로 보고 있지만, 비정상적인 풍경.

그리고.

좋다.

구우우우우!!

그와 함께 미령의 뒤에 묶여 있던 주머니가 반응하기 시작했다. 순식간에 주변으로 빛을 퍼트리는 주머니. 미령은 곧 자신의 몸 안으로 침투해오는 이질적인 마력에 소스라치게 놀라며 입을 열었으나.

"무슨!"

네가 그렇게까지 말하니, 이번에는 대가를 받지 않겠다. 그래, '이번에는'.

그와 함께 미령이 무엇을 할 새도 없이 푸른 마력은 미령의 몸 아래로 빨려 들어가기 시작했고.

이번에는 한번 느껴보기만 하거라.

그녀의 모습이 변하기 시작했다.

모든 이매망량魑魅魍魎의 정점이자.

분명 칠흑 같은 흑발이었던 그녀의 머리가 새하얀 백발로 변하고. 그녀의 홍안이 핏빛처럼 짙어진다.

또한 백귀야행의 두목인.

계속해서 피를 흘리고 있던 옆구리는 마치 처음부터 상처가 없었다는 듯 재생되기 시작했고.

나.

그녀의 오른쪽 이마에는 붉은색의 뿔이 솟아났다.

그와 함께.

괴력난신의 힘을 말이다.

씨익.

그녀는 웃음을 지으며 말했다.

◆ ◆ ◆

시스템 룸.

"지금 전 세계에서 등반자가 나타나서 개판을 벌이고 있다 이 말이야?"

"네, 맞아요."

아브의 말에 김현우는 머리가 아프다는 듯 인상을 찌푸리더니 이내 무엇인가를 생각하는 듯 고민하다 말했다.

"좋아, 대충 상황은 이해했어."

김현우는 아까 전, 태국에서 대붕을 죽인 뒤 시스템 룸에 들어와 아브에게 들었던 이야기를 하나씩 정리하곤 이내 이해가 되지 않는다는 듯 슬쩍 인상을 찌푸리며 말했다.

"그런데, 좀 이상한데?"

"네? 뭐가요?"

"아니, 보통 등반자가 이렇게 네 명이나 한 번에 올라올 수 있어?"

김현우의 의문은 바로 그것이었다.

지금까지 나타난 등반자들은 모두 개인이었다. 맨 처음 만났던 홍마도 몬스터를 끌고 왔지만 혼자였고. 천마도 혼자였다. 괴력난신도 휘하의 부하들이 있기는 했으나 마찬가지였다.

그런 김현우의 물음에 아브는 답했다.

"아뇨, 그건 불가능해요. 엄청난 우연이 겹치면 모르겠지만……."

"그럼 이 상황은 뭔데?"

김현우의 물음에 아브는 슬쩍 고민하는 듯하다 답했다.

"아마 이건 '본체'가 있을 확률이 높아요."

"……본체가 있다고?"

"제가 저번에 한번 말씀해드린 적 있죠? 등반자는 자신의 업적에 따라 다른 이들을 데리고 올 수 있다고."

"……설마."

아브의 말에 김현우는 아브가 예전에 했던 말을 떠올리며 인상을 찌푸렸고, 아브는 고개를 끄덕이며 답했다.

"아마, 지금 미궁에서 빠져나온 네 명 중 이 집단을 이끄는 본체가 있을 거예요."

"……등반자를 세 명이나 끌고 다닌다고?"

허.

김현우가 어처구니없다는 듯 웃자 아브는 굳은 표정으로 무언가를 생각하는 듯하더니 답했다.

"상위 등반자라면 가능해요. 그들의 힘은 말도 안 되는 재앙 수준
이니까요."

아브의 말에 김현우는 한숨을 내쉬며 이마에 주름을 만들었다.

'안 그래도 갑자기 태국으로 나와서 혼란스러운데.'

김현우는 슬쩍 그 의문을 뒤로 접어넣었다. 지금은 의문을 풀기
보다는 당장 앞에 있는 일들을 해결해야 할 때였으니까. 그는 그렇
게 생각을 일축하곤 곧바로 아브에게 질문했다.

"그럼 그 본체만 잡으면 나머지 등반자는 자연스럽게 없어지는
거야?"

"예. 아마 그럴 거예요."

"그럼 그 본체로 보이는 놈은 지금 어디에 있는데?"

김현우의 물음에 아브는 슬쩍 허공을 보는 듯하다 답했다.

"제가 볼 때 본체로 보이는 등반자는 미국이라는 나라에 나타난
등반자예요."

"그래? 그럼 그곳에 있는 놈을 잡으면 나머지 등반자들이 전부
사라진다 이거지?"

"네, 맞아요."

아브의 말에 김현우는 고민했다.

"미국, 미국이라."

상식적으로 생각해보면 가디언의 입장에서는 미국에 있는 본체
를 잡아 빨리 다른 등반자를 없애는 게 훨씬 이득이었다.

그래. 가디언의 입장으로만 생각해보면.

'하지만.'

김현우의 입장으로 생각해볼 때.

알리미
통로를 통해 새로운 등반자가 9계층에 도착했습니다.
남은 시간 [00 : 00 : 00]
위치: 미국 몬타나

알리미
통로를 통해 새로운 등반자가 9계층에 도착했습니다.
남은 시간 [00 : 00 : 00]
위치: 멕시코시티

알리미
통로를 통해 새로운 등반자가 9계층에 도착했습니다.
남은 시간 [00 : 00 : 00]
위치: 한국 경기도

'……한국에 등반자가 출현했다.'

지금 미국으로 갈 수는 없었다. 그도 그럴 것이, 한국에는 김현우의 동료들이 있으니까.

'미령이 있기는 하지만.'

그래도 안심이 되지는 않는다. 그녀는 분명 강했지만, 김현우가 생각하기에 등반자를 상대할 수 있을 정도는 아니었으니까. 그렇기에 김현우는 그 로그를 번갈아 보며 고민했고.

"어?"

곧, 자신의 앞에 떠오르는 로그를 보며 저도 모르게 멍한 소리를 냈다.

◆ ◆ ◆

거대해지고 있던 청사의 아가리가 돌연 팽창을 멈춘다.

"무슨?"

아니, 아니다. 정확히 말하면, 그의 입은 팽창을 멈춘 것이 아닌, 더 이상 팽창을 하지 못하고 있었다. 이 주변에 갑작스레 흩뿌려진 마력 때문에. 갑작스러운 상황에 청사의 눈가가 찌푸려지고, 그의 시선이 마력의 근원을 찾아 나선다.

그리고.

"너는…… 뭐지?"

그는 보았다. 아까 전, 자신과 싸움을 벌이던 그 계층인을. 하나 모순되게도, 그 소녀는 이전과는 달랐다. 모든 것이 달라져 있었다. 핏빛처럼 진하게 바뀌어 있는 홍안도. 백발처럼 새하얗게 변해 있는 그 머리칼도. 이마 위에 나 있는 붉은 뿔도.

그리고.

"이 마력은 대체!"

자신의 업業을 누를 정도로 기이한 이 마력까지도, 아까 전의 그 계층인과는 너무나도 달랐다. 완전히 달라진 그녀의 모습에 청사는 당황했으나, 이내 빠르게 마음을 진정시키고 이미 거대해진 자신의 아가리를 벌렸다. 순식간에 이 세상을 혼자 집어 먹을 수 있을 정도로, 거대하게 벌어지는 아가리. 이빨 하나하나가 소형 빌라와 같은 크기를 가지고 있는, 그야말로 비현실적인 상황.

그에 청사는 찌푸리던 인상을 펴고는 입을 열었다.

"혹시라도 막는 방법을 알았다고 해도 늦었다!"

이미 청사의 능력은, 그의 업은 이 세상에 모습을 드러냈으니까.

혼자서 10만 명의 천병天兵을 먹어치운 그만의 업은, 완벽하지는 않아도 완벽에 가깝게 그 모습을 갖추고 있었다. 그렇기에 청사는 자신만만하며 아가리를 들이밀었고. 자신에게로 들이밀어진 아가리를 본 미령은, 이내 상어의 그것처럼 날카롭게 벼려진 이빨을 드러내며.

크구구구궁!

1보를 걸었다.

"!"

그와 함께, 청사는 본능적으로 무엇인가를 감지했다. 순간적으로 청사의 눈이 다시 찌푸려지고, 그의 가슴이 크게 한번 두근거린다. 청사가 그 본능적인 감정을 떠올리기도 전에, 그녀는 또 한 보를 내디뎠다.

2보.

주변의 대기가 변화한다. 분명 겉으로 보기에는 아무런 변화도 없는 세상. 하나 청사는 느낄 수 있었다. 그 무언가, 저 자그마한 한 걸음으로 인해 바뀌어가고 있다는 것을. 그렇기에 더욱더 크게 입을 벌렸고. 저 소녀를 조금이라도 빨리 먹어치우기 위해 조금 더 빠르게 나아갔다.

3보.

소녀가 한 걸음을 더 움직였다. 그리고 그제야 청사는 자신의 머릿속에 본능적으로 떠올랐던 감정의 실체를 떠올릴 수 있었다.

그것은 '위기감'. 그래, 그것은 틀림없는 위기감이었다.

4보.

그가 그것을 깨달았을 때.

"!!!"

그는 움직임이기를 그만두었다. 아니, 움직임을 그만둔 것이 아니었다.

'몸이 움직이지 않는다!!'

그는 움직이는 것을 제지당했다. 당장이라도 소녀를 집어삼키기 위해 쩍 벌어졌던 입은 그 상태로 고정됐고, 그의 몸은 그녀의 4보를 기점으로 이 이상 움직일 수 없게 되었다.

그리고, 그 모습을 보며.

"별 볼 일 없는 업을 가지고 그렇게 무게를 잡아서야 되겠느냐?"

그녀가 입을 열었다.

"뭐라고?"

청사는 벌어지지 않는 입을 억지로 벌려가며, 목소리로서 그 활자를 만들어냈다. 그것이 그가 움직일 수 있는 최선. 그 모습을 보며 그녀는 깔깔거리더니 말했다.

"보아하니, 제대로 입을 열 수조차 없는 모양이구나, 우둔한 괴이怪異야."

그녀의 말에 그의 눈에 힘이 들어갔다.

"괴이라고? 웃기지 마라! 나는 괴이가 아니라 사타동의 세 마왕 중 한 명인 청사다!"

이전과는 다른, 사자의 포효 같은 말. 그러나 그럼에도 그녀는 입가를 비틀어 올렸다.

"사타동의 세 마왕이라, 고작 내 기술 하나조차 막지 못하는 네가, 마왕이라는 이름을 쓸 자격은 없다고 보인다만."

비웃음을 잔뜩 머금은 그녀가 한 보를 더 내디뎠다.

5보.

그와 함께, 청사의 아가리가 닫히기 시작한다. 소형 빌라와 같은 크기인 거대한 이빨이 서서히 사라지기 시작하고, 청사의 몸이 마치 짓눌리듯, 그 피부가 찌그러지기 시작한다. 그에, 청사는 화가 난 듯 또 한번 포효했다.

"네 녀석! 내 업적만 제대로 인정되었다면 네 녀석 따윈!"

그녀에게 막힌 것이 천추의 한이라는 듯 이제는 그 푸른 눈까지 붉게 충혈된 청사의 모습. 하지만 그녀의 표정은 변하지 않았다. 오히려 그녀는 더더욱 진한 미소를 지으며 입을 열었다.

"정말로 그렇게 생각하느냐? 네가 이 '탑'에게 나머지 업적을 인정받으면 나를 이길 수 있다고?"

그녀는 한 보를 더 내디뎠다.

6보.

꾸드드드득!!

청사의 몸이 찌그러진다. 마력의 팽창으로 인해 찌그러진 피부에서는 이제 피가 흘러나오기 시작했고, 청사의 몸은 팽창한 마력을 견디지 못한 듯 여기저기 삐거덕거리는 소리가 들리기 시작했다.

그런 상황에서 그녀는 이제 말조차도 하지 못하게 된 그에게 말했다.

"아니, 아니지. 네가 설령 네 모든 업적을 인정받는다고 해도 나를 이길 수는 없다. 왜냐?"

왜냐하면.

"나도 너와 같거든."

7보.

우드득! 우드드드득!

삐거덕거리던 청사의 뼈가 부서진다. 순식간에 부서지고 갈린 그의 몸은 넝마가 된 채 차가운 땅바닥에 몸을 누이고, 그녀는 어느새 청사의 앞까지 다가가 입을 열었다.

"이 세상에 업적을 인정받지 못한 등반자가 너만 있을 줄 알았나?"

8보.

청사의 눈알이 터져 나간다. 그의 몸은 이미 완전히 짜부라져 살아 있는 게 의심이 될 정도로 심각해 보였다.

그녀는 완전히 박살이 난 청사의 귓가에 속삭였다.

"만약 내가 모든 업적을 인정받았다면, 아마 나는 네게 괴력난신이라 소개하지 않았을 거다. 만약 내가 모든 업적을 인정받았다면."

9보.

주변의 세상이 터져 나간다.

하늘도. 땅도. 주변에 존재하는 그 모든 것들이 하얀빛을 발광하며 터져 나간다.

"나는 괴력난신이 아닌."

그 속에서, 청사는 이제 마지막으로 남은 한 줄기 정신을 통해, 그녀의 목소리를 들을 수 있었다.

10보.

"모든 괴이들의 신이라고 불렸을 것이다."

우매한 짐승아.

◆ ◆ ◆

미국 몬타나주 중심지에 위치한 도시 빌링스. 아니, 그것은 이제 도시라고 말할 수 없었다. 분명 찬란한 인류 문명의 꽃을 피우고 있던 그것들은 이제 남아 있지 않았다.

남아 있는 것은 폐허. 고층 빌라들은 이미 완전히 박살 나 조금이라도 세월이 지나면 그 마모를 견디지 못하고 무너질 것만 같았고. 그것은 다른 것들도 마찬가지였다. 집, 차, 나무, 그 이외에 도시 내에 존재하는 그 모든 것들은 철저하게 파괴되고 부서져 더 이상 제 기능을 하기 힘들 정도로 망가져 있었다.

그래.

단 한 사람. 아니, 단 한 명의 수인 때문에.

"흐음."

그는 거대한 고층 빌라에 앉아 있었다.

이클립스라는 영문 표기가 멋들어지게 장식되어 있었던 그 고층 빌라 위에. 그는. 제천대성은 앉아 있었다. 그는 아직도 완전히 박살난, 그리고 실시간으로도 계속해서 박살 나고 있는 도시를 보며 생각했다.

'내가 잘못 생각했나?'

그가 만든 총 300기의 분신. 그것들은 분명 본체인 자신보다는 못했으나, 9계층의 도시를 부수기에는 한없이 적격이었다. 상위 등반자인 그의 분신만은 못해도 하위 등반자와 비슷할 정도의 힘을 가지고 있으니까. 그런데도 그가 그런 생각을 하는 이유.

그것은 바로 자신이 이 도시를 파괴하기 위해 풀어놓은 분신들의 숫자가, 어느 순간을 기점으로 줄어들고 있기 때문이었다. 서서히 줄어드는 것도 아니었다.

불현듯 갑자기. 이 도시에 온 지 이제 하루가 살짝 지나는 시점부터, 그의 분신은 줄어들고 있었다. 엄청난 속도로.

'……순식간에 150기가 사라진다고?'

기본적으로 자신의 분신은 자신과 비슷한 성격을 가지고 있기에 서로 시비가 붙어 한두 명이 사라지는 경우는 종종 있었다. 하나 이렇게 빨리, 그것도 150에 달하는 분신이 사라지는 경우는 없었다. 그렇기에 그는 이 상황을 의문스럽게 생각했고.

"네가 본체냐?"

"!"

그 상황은 갑작스럽게 찾아왔다.

순식간에 자신의 뒤쪽에서 들린 목소리에 제천대성은 깜짝 놀라며 본능적으로 몸을 앞으로 숙였고, 그 위로 살벌한 바람이 지나갔다. 그와 함께 시작된 갑작스러운 싸움. 제천대성이 몸을 숙인 상태로, 여의를 위로 올려치며 자세를 바로잡는다. 공격과 방어가 순식간에 이뤄진 제천대성의 한 수.

그러나.

"큭!?"

이미 제천대성이 그 여의봉을 제대로 사용하기도 전에 그는 제천대성의 반보 앞에 서 있었다. 그는 뒤늦게 반응이 늦었다는 것을 깨닫고 몸을 뒤틀었으나.

씨익.

그의 앞에 서 있는 김현우는 곧바로 주먹을 비틀어 올리며 자신의 주먹을 그의 앞에 가져다 대었다.

영거리零距離.

꾸우우웅!

'극살極殺.'

김현우의 주먹이 제천대성의 배를 후려치자마자 마치 포탄처럼 쏘아져 나간 그는 부서진 빌라들을 뚫고 땅바닥에 처박혔고.

쿠구구구구구구궁!

제천대성이 뚫고 들어간 빌라들은, 그 충격을 끝으로 모든 내구도가 마모되었는지 무너져 내리기 시작했다. 마치 다이너마이트를 터트린 것처럼 무너져 내리는 대형 빌라들.

그 사이로.

"커져라, 여의."

제천대성의 거대한 봉이 무너지고 있는 빌라의 잔해를 밀어 올리며 나타나고.

쿠그그그그그그가가각!!!

"!"

그와 함께 거대한 봉은 김현우의 머리통을 깨트려버릴 기세로 내리쳐지기 시작했다.

그에 김현우는 곧바로 몸을 움직여 거대한 여의봉을 피해냈고.

콰가가가가강!!

그 대신, 그가 서 있던 빌라는 거대해진 여의에 의해 완전히 박살이 나버렸다.

그리고.

"이 새끼."

제천대성이 걸어 나왔다.

그는 갑작스러운 공격에 당한 것이 무척이나 거슬렸는지 흉신악살凶神惡殺처럼 인상을 찌푸리곤 마주 본 김현우를 노려봤고, 김현우는 씩 웃으며 말했다.

"새끼는 너 같은 놈들 아들딸을 새끼라 하는 거고. 나는 사람인데?"

그의 장난 어린 말투에 그의 표정이 더더욱 찌푸려졌다.

"너 뭐 하는 새끼야?"

제천대성의 이어지는 말.

그의 앞에 서 있는 남자의 외형은 볼품없어 보였다. 완전히 찢어져 옷이라고도 보기 힘든 거적때기를 입고 있었고, 신발은 어디에다 팔아먹었는지 맨발이었다. 그런 모습으로 제천대성의 앞에 서 있는 남자, 김현우는 말했다.

"뭘 굳이 그걸 물어보고 그래?"

김현우는 그렇게 혼자 말하고 낄낄거렸으나 제천대성은 굳은 표정을 풀지 않았고, 그는 여전히 웃는 얼굴로 대답했다.

"뭐, 진짜 모르겠다면 알려줄게."

"……."

"나 사육사야."

"뭐라고?"

"사육사 몰라? 동물 키우는 사람? 응? 너처럼 동물원에 갇혀 있다가 도망쳐서 세상에 민폐 끼치는 짐승들 키우는 사람이라고."

김현우의 말에 그는 한순간 말을 이해하지 못했는지 멍한 표정을 짓다, 이내 어이없다는 듯 웃음을 지었다.

"이 새끼가 계층인 주제에 한번 일격을 먹였다고 간댕이가 부어올랐네?"

"간댕이는 내가 부은 게 아니라 네가 부은 거지, 어디서 원숭이 주제에 사람처럼 옷 입고 다니면서 깝쳐?"

제천대성의 말에 오히려 더 세게 받아치는 김현우.

"네 녀석, 죽여버리겠다."

그에 제천대성은 망설임 없이 자신의 여의를 들어 올렸고.

"그래 빨리 와라, 나도 원숭이는 처음 패보는데."

손맛이나 한번 보자.

김현우는 입가를 비틀어 올리며 자세를 잡았다.

◆ ◆ ◆

완전히 부서진 멕시코시티의 외곽.

사람 한 명도 제대로 살아 있을 것 같지 않은 그 화마가 덮친 폐허 속. 그곳에는 한 명의 여성이 서 있었다. 회색의 도포를 입고, 손에는 채찍을 들고 있는 여성. 그녀의 쇄골이 있어야 하는 부분에는 마치 코끼리의 상아와도 같은 날카로운 무엇인가가 역곡선으로, 마치 그녀를 감싸듯 나 있었다.

"……."

그녀는 바로 휘감는 코와 뿔로, 신화 속의 신수神獸를 잡아먹는다는 업적을 가지고 있는 백상이었다.

그녀는 그 자리에서 움직이지 않은 채, 불타는 도시를 바라봤다.

그래. 움직이지 않은 채. 정확히는.

'왜 몸이 움직이지 않는 거야?'

움직이지 못한 채, 그녀는 머릿속에서 오만 가지 생각을 하고 있었다.

처음 미궁에서 빠져나와 이 도시를 파괴할 때까지만 해도 그녀는 자신의 몸을 뜻대로 움직였다. 그렇지만 어느 순간. 아니. 정확히는 어느 한 목소리가 들린 뒤부터, 그녀는 몸을 움직일 수 없게 되었다.

'도대체 왜!!!'

쿵!

순간 그녀의 몸 주변으로 백색의 마력이 퍼져 나간다. 그와 함께 슬쩍 움직여지는 그녀의 몸. 하지만, 그것이 끝이었다.

그래. 고작 그것이, 몸을 슬쩍 움직이는 것이 그녀가 할 수 있는 전부였다.

그리고.

"너무 화려하게 한 거 아니야?"

목소리가 들렸다.

그 목소리를 듣고, 그녀는 소스라치게 놀라며 그나마 움직일 수 있는 눈알로 목소리가 들려온 곳을 보았다.

그리고.

완전히 불타기 시작한 화마 사이로, 누군가가 걸어 나왔다. 온몸에는 자신의 몸을 가릴 수 있는 두꺼운 외투를 입은 채. 어깨에는 금방이라도 부서질 것 같은, 가면을 달고 있는 여자. 백상은 그녀를 노려봤다. 그도 그럴 것이 그녀가 조금 전 들려준 목소리는.

'아까 전의 그!!'

아까 전, 자신의 움직임을 멈추게 했던 그 목소리였으니까.

백상이 노려보고 있음에도 불구하고, 그녀는 별다른 위협을 느끼지 않는다는 듯 앞으로 걸어와서는 말했다.

"설마 지금 말도 못 하나?"

"!"

"눈알을 이리저리 굴리는 걸 보니까 맞나 보네?"

그녀는 그렇게 말하곤 슥 웃더니 말했다.

"그러면, 입은 *자유롭게 움직일 수 있게 해줄게.*"

"이!!?"

그녀의 말과 함께, 턱 막혔던 입이 움직이는 것을 보며 백상은 경악한 눈으로 그녀를 바라봤고, 그녀는 만족하듯 고개를 끄덕거리며 말했다.

"어때? 이제 말할 수 있지?"

그녀의 물음에 백상은 인상을 찌푸리며 대답했다.

"네년, 도대체 나한테 무슨 짓을 한 거냐!?"

백상의 앙칼진 대답.

도시를 파괴할 때 지었던 미소하고는 썩 다른 모습이었으나 그녀는 개의치 않는 듯 말했다.

"간단한 실험."

"뭐라고?"

"말했잖아? 실험이라니까? 실은 내가 얼마 전에 꽤 괜찮은 '능력'을 얻어서 말이야."

"이런 미친년."

백상의 욕설에 그녀는 바로 답했다.

"글쎄, 갑자기 미궁에서 나타나더니 이 도시를 전부 박살 내버린 괴물한테는 그다지 듣고 싶지 않은 말인데 말이야. 뭐 그래도."

씨익.

"네 덕분에 얻을 게 좀 많으니까, 나는 고맙다고 말해둘게."

"뭐라고⋯⋯?"

백상은 이해하지 못하겠다는 표정으로 그녀를 바라보았다.

현재 자신의 눈앞에 있는 그 여자의 반응은, 백상이 여태껏 보아왔던 계층인들의 반응과는 판이하게 달랐으니까.

대부분의 계층인들은 자신에게 분노를 표출했다. 그것은 굉장히 당연한 이치와도 같은 것이었다. 탑을 오르기 위해 계층인들의 세계를 멸망시키는 등반자들. 계층인들의 시선이 고울 리 없었다. 그렇기에 백상은 계층인들의 여러 마이너스적인 감정들이 담긴 시선을 받아왔고, 지금껏 그것을 무척이나 당연하게 생각해왔다.

하지만 눈앞의 여자는 어떤가. 그녀의 눈에는 딱히 분노라고 할 만한 것은 들어 있지 않았다. 오히려 가벼운 웃음마저 띠고 있었고, 입은 호선을 그리고 있었다. 진심으로, 이 도시가 어떻게 되든 상관없다는 듯, 그녀는 가벼운 표정으로 이 참극을 일으킨 백상을 보고 있었다.

그렇기에, 백상은 소름이 돋았다. 다른 계층인들하고는 전혀 다른 그녀의 반응에.

백상이 소름을 느끼고 있을 때, 그녀가 다시 입을 열었다.

"얻을 게 정말 많았어. 우선 당장 내가 이번에 처리하려고 했던 녀석들이 이번 습격으로 죄다 죽어버렸거든."

게다가.

"마침, 이 '능력'에 대해 제대로 된 실험까지도 할 수 있게 되었잖아?"

그녀의 말에, 백상은 저도 모르게 입을 다물었다.

부드럽게 웃고 있는 그녀의 눈가에는 얼핏 광기가 엿보였으니까.

그리고 그렇게 백상이 아무런 말도 하지 못할 때, 그녀는 말했다.

"자 그럼 말은 더 이상 필요 없을 것 같고. 이번에는 실험을 해볼까?"

"실험이라고?"

"그래, 실험이야. 솔직히 사부님을 만날 수 있는 시간을 압도적으로 줄여줘서 너무 고맙기는 한데."

그와는 별개로 이 '능력'이 어느 정도인지는 실험해봐야 하지 않겠어?

그렇게 중얼거리며 낄낄거리는 그녀, 아니.

"자, 그래도 실험체가 실험의 내용을 모른다는 건 좀 불쌍하니까 내가 특별히 실험의 내용을 알려줄게."

S등급 세계 랭킹 2위.

"실험의 내용은 네가 이 언령에 얼마나 충실하게 잘 따르느냐야. 알았지?"

'암중비약暗中飛躍'은.

"자, 그럼."

웃으며.

"두 눈부터 시작하자?"

백상에게 언령을 내뱉었다.

◆ ◆ ◆

제천대성의 여의가 김현우의 대가리를 쪼개기 위해 내리쳐진다.

그러나.

꽝! 꽈가가가강!

휘둘러진 여의는 김현우의 머리 대신 애꿎은 땅을 때렸다. 그 여파로 주변의 지반이 모두 다 드러났으나, 김현우와 제천대성은 그런 지형의 변화에 신경 쓰지 않고 연속으로 공격을 주고받았다.

꽝!

김현우의 발이 제천대성의 오른발을 건다. 여의를 지지대 삼아 공격을 피한 제천대성이 역으로 다리를 휘두른다.

쿵!

휘두른 다리를 피해낸 김현우는 그가 지지대로 사용한 여의의 끝부분을 발로 차 그의 균형을 흩트리려 했으나.

씨익.

"!"

"커져라, 여의!"

김현우가 후려치자마자 거대해지는 여의봉에 김현우의 공격은 그대로 힘을 잃었고.

콰드득! 꽝!

그의 몸은 제천대성의 주먹에 맞아 저 멀리 날아갔다. 순식간에 주변의 빌라들을 망가뜨리며 땅바닥에 몸을 굴리는 김현우.

"!"

김현우의 앞에 나타난 제천대성이 또 한 번 여의를 휘두르지만.

"속았지?"

"!!"

조금 전까지 땅바닥을 구르고 있던 김현우는 제천대성이 여의를 내리치는 그 순간, 자연스럽게 자세를 바로잡으며 그의 턱을 올려쳤다.

턱이 들리는 제천대성.

한순간 체공하는 제천대성의 몸에, 김현우는 곧바로 돌려차기를 먹였다.

꽝! 콰드드득!

포탄처럼 날아가는 제천대성.

그리고.

"!"

김현우는 곧 눈 깜짝할 새에 길이가 늘어나 자신의 몸을 찔러오는 여의를 피했다.

지속되는 싸움.

꽝!

김현우의 주먹이 제천대성의 갑옷을 찌그러뜨리고.

콰드드드득! 콰지지직!

제천대성의 여의봉이 그나마 남아 있던 주변 도시를 완전히 박살 내놓는다. 그야말로 공격 한 번에 도시가 들린다는 말이 어울릴 정도로 파괴적인 제천대성과 김현우의 싸움.

그리고.

"끅!"

그 힘의 균형에서 밀리기 시작한 것은.

"후읍!"

꽝!

바로 제천대성이었다.

그는 여의봉으로 주르륵 밀려 나가는 자신의 몸을 부여잡고 이내 잔뜩 인상을 찌푸린 채로 김현우를 마주 봤다.

'이 녀석, 도대체 정체가 뭐지?'

제천대성은 여의를 잡고 있는 손이 저릿한 것을 느끼며 김현우를 바라봤다.

자신과 어느 정도 싸움을 이어갔음에도 별다른 무리가 없어 보이는 그를 보며 제천대성은 기묘한 표정을 지었다.

'어디서 저런 괴물이……?'

1계층부터 이전 계층인 8계층까지, 제천대성은 별다른 무리 없이 탑을 올랐다. 그리고 그의 예상대로라면 지금 그가 오르고 있는 9계층부터 시작해서 12계층까지, 자신은 별다른 무리 없이 탑을 오를 수 있어야 했다. 그래, 별다른 무리 없이. 순조롭게 탑을 오를 수 있어야 했다.

그도 그럴 게 그는 맨 처음 탑을 오를 때도 별다른 위기 없이 탑을 오를 수 있었고. 그로서, '손오공'으로서의 모든 업적을 인정받은 지금은 더 탑을 오르기 쉬워야 하는 것이 정상이었다.

그래, 그게 정상이었어야 했다.

'그런데 저놈은 대체.'

제천대성은 어처구니없는 표정으로 김현우를 바라봤다.

그의 힘은 9계층에서 볼 수 있는 힘이라기에는 말도 안 될 정도로 강했다. 그래, 대부분의 업적을 인정받은 자신이 밀릴 정도로.

제천대성이 끊임없이 김현우에 대해 생각하고 있을 때쯤, 김현우는 조용해진 제천대성을 보며 이죽거렸다.

"왜 갑자기 조용해졌어? 쫄았냐?"

금방이라도 달려들듯, 자세를 바로잡는 김현우의 모습.

"건방진 새끼."

그 모습에, 제천대성은 인상을 찌푸리며 자신의 여의를 고쳐 쥐었다.

"조금 강하다고 해서 안하무인으로 날뛰는구만."

"그건 내가 아니라 너지. 너 때문에 도시 박살 난 거 안 보이냐, 이 원숭이 새끼야?"

김현우의 받아침에 제천대성의 인상이 찌푸려졌다.

"후회하게 해주마."

"지랄."

김현우의 이죽거림을 들은 제천대성은, 자신의 여의봉을 붙잡고 그를 노려보며.

'9계층에서 '개방'하기에는 조금 자존심이 상하지만, 어쩔 수 없지.'

짧게 생각한 뒤 입을 열었다.

"네 녀석에게 보여주기는 아까운 기술이나, 보여주도록 하지."

"보여주기 아까운 기술이 아니라 지금 보여주지 않으면 오지게

털려서 그런 게 아닐까?"

김현우의 이죽거림에도 제천대성은 담담하게 입을 열었다.

"입을 많이 놀려두는 게 좋을 거다, 더 이상 그 입도 열지 못할 테니까."

그리고.

"업적 개방."

쿠그그그그그그궁!!!

제천대성의 몸에, 황금빛 오라가 몰아치기 시작했다.

순식간에 그의 주변에서 퍼지기 시작한 황금빛 오라가 부서진 도시에 뿌려지고, 황금빛 오라에 파직거리는 전류가 내리기 시작한다.

그와 함께 바뀌는 제천대성의 외형. 머리에 쓰고 있던 금고아의 위로 거대한 금 원이 만들어지고, 분명 흑안이었던 그의 눈동자는 밝디밝은 금안金眼이 되어 이 세상을 바라보고 있었다. 그가 쥐고 있는, 도경道經이 새겨진 여의봉은 붉은색과 황금색이 뒤섞여 이전에 들고 있던 일반적인 여의봉과는 다르게 변했다.

순식간에 변해버린 제천대성의 모습.

"네 녀석에게 내 모든 업을 보여줄 줄은 몰랐지만. 이렇게 됐으니 잘 봐두도록 해라."

그는.

"나, 하늘을 다스리는 큰 성인."

그렇게 말하며.

"제천대성 미후왕의 진정한 힘을 말이다!"

완벽하게 개화한 자신의 무기인 금강여의봉金剛如意棒을 땅바닥에 내리꽂고는 외쳤다.

"쳐라!"

"!"

그와 함께, 대기가 변했다. 순식간에 김현우의 위에 몰려들기 시작하는 먹구름. 김현우가 그 사실을 깨달았을 때, 이미 먹구름은 김현우의 주변을 완전히 감싸고 있었고, 그가 시선을 하늘로 올렸을 때.

쾅! 콰쾅!

제천대성이 불러낸 황금빛 번개는, 김현우의 몸을 내리치고 있었다. 반응할 새도 없이 순식간에 내리친 번개를 맞은 김현우. 제천대성은 곧바로 땅에 박아놓았던 자신의 금강여의봉을 들고 조금 전 번개가 내리친 그곳을 향해 달려 들어갔고. 곧 그 흙먼지 사이에서 아무런 대처도 취하지 못하고 서 있는 김현우를 보며 여의봉을 휘둘렀다.

그리고.

쾅!

"!!!"

검붉은 번개가, 제천대성의 움직임을 막아냈다. 그와 함께 사방으로 걷히기 시작하는 흙먼지. 그 흙먼지 속에서, 김현우가 모습을 드러냈다. 검붉은 흑 원과, 검은 흑익을 가진 채로.

경악하는 제천대성.

그 모습을 보며, 김현우는.

"이거 미안해서 어쩌지?"

입가를 비틀어 올리며.

"그거."

말했다.

"나도 할 수 있는데?"

파직……. 파지지지직!! 쾅 콰광!!!!

그 말과 함께, 검붉은 번개가 내리치기 시작했다.

◆ ◆ ◆

국제헌터협회 지하의 상황실.

"……."

그곳에 있는 협회원들은 조금 전까지만 해도 시끄럽게 떠들며 혼잡하게 움직이고 있었다. 전 세계에 일어난 4개의 재앙 때문에 무척이나 바빴으니까.

국제협회로부터 오는 수십, 수만 가지의 보고는 업부 과부하를 만들기에 충분했고, 그 와중에도 실시간으로 일어나고 있는 도시의 파괴는 그들의 일손을 부족하게 만들었다.

미국 몬타나주에 나타난 재앙을 막으려다 사망한 헌터들의 신원을 제대로 파악할 새도 없이 그들은 업무에 집중했다.

그래. 그랬을 텐데.

"……."

그들은 움직이지 않았다. 조금 전까지 전화를 받으며 시끄럽게 떠들고 있던 협회원. 서류를 받아 들며 컴퓨터에 이런저런 전산 정보를 입력하던 협회원. 상황실 여기저기를 쏘다니며 종합적인 명령을 내리는 팀장. 그리고 상황실의 끝부분에 앉아 있는 '리암. L. 오르'까지.

그들은 누구하나 움직이지 않았다. 그저 그들은 아무런 말도 없이, 모든 업무를 멈춘 채 상황판을 바라보고 있었다.

그들이 바라보는 상황판.

분명 아까 전가지만 해도 전 세계의 지도 상황과 일반인이라면 제대로 알아보지도 못할 수십 가지 어려운 전산 정보가 쓰여 있던 그곳. 그 상황판에는 한 가지의 영상이 띄워져 있었다.

그것은 바로 헌터의 전멸로 인해 급하게 등반자의 동태를 살피기 위해 날려 보냈던 무인 드론. 그 드론은 성공적으로 몬타나주의 도시에 도착해 자신이 보고 있는 것들을 영상으로 만들어 국제헌터협회의 메인 데이터베이스에 보냈고. 협회원들은 그 장면을 생생하게 볼 수 있었다.

완전히 폐허가 되어버린, 도저히 도시라고는 부를 수 없게 되어버린 그 모습에 협회원들은 할 말을 잃어버렸으나, 그들이 입을 다문 것은 그것 때문이 아니었다.

꽝! 꽈가가가강!

그들이 숨을 멈추고 그 영상을 바라보고 있는 이유.

그것은 바로 싸움 때문이었다.

그 영상에 찍혀, 실시간으로 송출되고 있는 싸움 때문에.

파직! 파지지지직!

영상에서는 그 싸움이 제대로 보이지 않는다. 영상에 찍혀서 보이는 것이라고는 그저 황금빛 번개가 수시로 내리치며 폐허가 된 건물을 아예 박살 내는 것과, 검붉은 번개가 사방으로 내리치는 것. 그 이외에는 가끔가다 어디선가 나타난 거대한 여의봉이 주변을 박살 내는 것뿐이다.

그럼에도 협회원들이 그 상황을 전투라고 인식할 수 있었던 이유는, 먼저 그들을 보았기 때문이다. 이 전투를 시작하기 전, 흑익을 달고 있는 한 남자와, 온몸을 황금빛 오라로 두른 수인을.

쾅! 콰아아아아아.

드론에서 소리를 제대로 출력하지 못해 상황실에 기분 나쁜 기계음이 들렸으나 그들은 신경 쓰지 않았다.

그들은.

"……."

그저 숨을 죽인 채로 그들의 전투를 바라보고 있을 뿐이었다.

그렇게 상황실이 드론이 송출하는 영상으로 인해 조용해져 있을 때.

"커져라 여의!"

"유성각流星脚!"

이미 폐허가 되어버린 도시에서는, 멈추지 않는 싸움이 벌어지고 있었다. 제천대성의 여의봉이 김현우의 몸을 터트리겠다는 듯 거대해지지만, 김현우는 그 공격에 당황하지 않고 제천대성의 앞으로 이동해 발을 차올렸다. 그와 함께 만들어지는 검붉은 유성.

제천대성은 그 살벌한 유성을 가소롭다는 듯 피하며 오른손으로 김현우의 얼굴을 후려치기 위해 움직이고, 김현우는 그것을 받아친다.

쾅!

주먹과 주먹이 마주쳤을 뿐인데도 귀가 울릴 정도의 소음이 터져 나오고, 그럼에도 전투는 계속해서 이어진다.

"매우 쳐라!"

하늘에서 황금 번개가 내리치지만.

"흡!"

김현우는 검은 흑익으로 황금 번개를 막아내곤 제천대성의 앞에 또 한번 도달해.

"한 방 가지고 되겠어?"

쾅! 꽝! 우르르르 쾅!

검붉은 번개를 제천대성의 머리 위로 내리꽂았다.

황금빛 번개에 전혀 밀리지 않는, 말도 안 될 정도로 수많은 붉은 번개의 폭격에 제천대성이 인상을 찌푸리며 여의를 휘두른다. 순식간에 사라지는 검붉은 번개들.

그리고.

"!!"

"번개에 신경 쓰면."

제천대성이 아차 했을 때.

"내 공격은 어떻게 하려고?"

김현우는 이미 제천대성의 얼굴에 주먹을 꽂아 넣고 있었다.

꽝!

깔끔한 타격.

"끅!"

제천대성의 입가에서 신음이 터져 나오고, 김현우의 입가에는 비틀린 웃음이 진해진다.

쾅! 콰그그극! 쾅!

순식간에 바닥을 구르는 제천대성.

김현우는 곧바로 따라붙었다.

제천대성은 자신의 몸을 지킬 요량으로 바닥에 누운 채 금강여의봉을 굵게 만들어 그의 공격을 차단했으나.

"왜? 또 예전처럼 돌부처 안에 갇히고 싶어?"

"!!!"

"원한다면 그렇게 해주지!"

김현우는 제천대성의 몸을 방패처럼 막은 여의봉을 힘차게 내리찍었다.

꽝!

"칵!"

김현우의 공격 한 번에 순식간에 땅바닥으로 파고들어 가는 제천대성의 몸, 그가 뒤늦게 이 선택이 잘못되었다는 것을 알고 여의봉을 줄였으나.

"이미 늦었어."

"!"

김현우는 어느새 자신의 흑 원 뒤에, 3개의 만다라를 만들어내고 있었다.

개화하기 직전의 연꽃은 주변으로 농밀한 마력을 흩뿌리고, 제천대성은 뒤늦게 일어나려 했으나 일어날 수 없었다.

'마력 팽창!?'

자신의 몸과 피부를 짓누르고 있는 마력 팽창 덕분에.

김현우의 입가에 미소가 지어지고, 제천대성이 반대로 인상을 찌푸렸을 때. 만다라가 개화하기 시작했다. 이전과는 다르게 검붉은 뇌기를 만들어내며 개화한 만다라는 보는 것만으로도 소름 끼치는 붉은 마력을 내뿜으며 제천대성의 몸을 그 팽창 속에 완전히 가두는 데 성공했고.

"수라."

김현우는 어느새 등 뒤에 만들어져 있는 6개의 팔을 한 손에 뭉쳐.

"무화격!"

바닥에 처박혀 있는 제천대성의 명치에 꽂아 넣었다.

콰아아아아아아!

그와 함께 터져 나가는 주변, 검붉은 마력이 시야와 청각을 빼앗고, 이 도시에 남아 있는 문명의 이기를 완전히 지워버린다.

그래, 하나도 빠짐없이, 완전히.

그리고.

"이…… 개새끼……!"

그 엄청난 폭발 속에서 문명의 이기가 전부 지워져버렸을 때, 제천대성은 거친 숨을 내쉬며 김현우를 바라보고 있었다.

그는 멀쩡했다. 변한 게 있다면 누더기 같은 거적때기 중 상의가 날아가 상체가 훤히 보인다는 것뿐.

그에 반해 제천대성의 상태는 아까와는 달랐다. 분명 푸른 윤이나 어느 흠집도 나지 않을 것 같던 그의 갑주는 일그러지고 망가져 마치 패잔병의 그것처럼 찌그러져 있었고, 그의 머리 위에 떠오른 황금빛 링은 제한 시간이 다 되었다는 것처럼 그 빛을 잃어가고 있었다. 그 상황에서 제천대성은 자신의 금강여의봉을 꾹 쥐며 생각했다.

'말도 안 된다, 내가 진다고?'

패배.

'고작 계층인에게?'

제천대성은 아직도 여유로워 보이는 김현우를 바라보았다. 아직

도 여유가 느껴지는 표정으로, 마치 제천대성의 다음 수를 기다리
듯 팔짱을 끼고 있는 그 모습에 제천대성은 속에서 끓어오르는 화
를 참지 못했다.

"감히!"

"감히 뭐?"

"그 누구도 나, 칠성왕 제천대성을 무시할 수 없다는 말이다!"

그의 노성怒聲.

김현우는 웃었다.

"좆 까고 있네. 나한테 있어서 너는 그냥 말 안 듣는 원숭이 새끼
일 뿐이야."

이 머저리 새끼야.

노골적인 비아냥과 욕설.

그에 제천대성은 이를 악물었지만, 이내.

"끅."

"?"

"끅끅끅!"

끅끅거리면서 웃기 시작했다.

갑작스러운 분위기 변화.

김현우가 인상을 찌푸리며 제천대성을 바라봤을 때, 그는 이내
입가를 비틀어 올리며 말했다.

"오냐, 이 개새끼. 내가 이 이상 탑을 오르지 못하더라도 네 녀석
은 반드시 데리고 가겠다……!"

그와 함께, 제천대성의 몸에서 또 한번 황금빛 오라가 터져 나오
기 시작했다. 주변에 황금색 번개가 사방으로 내리치고, 그의 머리

위에 불투명했던 링이 다시 찬란한 빛을 발하기 시작한다.

그리고.

"!"

제천대성의 몸이 불어나기 시작했다. 분명 하나였던 그의 분신은, 순식간에 둘이 되었고, 그것은 점점 수를 불려나가기 시작했다.

둘이 넷으로.

넷이 여덟으로.

여덟이 열여섯으로.

순식간에 제천대성의 분신이 늘어나고, 분신들이 완전히 사라져 버린 문명의 위를 가득 채우기 시작한다.

그리하여.

"이거 원숭이 밭이네?"

김현우는 제천대성에게 둘러싸였다. 백을 넘었을 때부터 순식간에 불어나기 시작한 제천대성의 분신은 어느새 김현우를 둘러싸고 있었고.

제천대성은 일제히 입을 열었다.

"죽여버리겠다!"

그와 함께, 수천은 되어 보이는 제천대성들이 김현우에게 달려들기 시작했다. 하늘 위에 거대한 황금색 번개와 검붉은 번개 들이 내리친다. 그 사이에서 움직이는 김현우의 신형. 여의봉을 내리치는 제천대성의 움직임을 피하고 동시에 전방위로 공격하는 제천대성을 막아낸다. 미처 막아내지 못한 제천대성의 공격은 등 뒤에 달린 흑익으로. 외부에서 여의를 길게 늘이는 것으로 공격하려 하는 이들은 번개로 요격한다.

끊임없는 전투.

그 짧은 시간을 또 조각내, 그 속에서 김현우는 사고하고, 명령하고, 움직인다. 천마와 함께하면서 느꼈던 그 시간의 압축 속에서, 김현우는 그의 분신이 얼마 남았는지조차 중요하게 여기지 않고, 오로지 분신들을 없애나갔다.

없애고.

없애고.

또 없앤다.

그리고.

"금강."

어느 순간 김현우의 시선이 슬쩍 위로 들렸을 때.

"십팔+八."

김현우는 자신의 머리 위로, 말도 안 될 정도로 거대한 여의들이 떨어져 내린다는 것을 깨달았다.

"뇌격!"

주변의 공격을 막느라 눈치채지 못한 그 사이, 제천대성의 말도 안 될 정도로 거대해진 여의봉은 김현우를 노리고 내리쳐지고 있었다.

거대한 여의가 제공권을 막고. 수많은 제천대성이 그의 움직임을 막는다. 검붉은 번개를 내리쳐도 수많은 제천대성이 전부 막아낸다. 그야말로 모든 공격이 막히고, 오롯이 그의 공격을 받아쳐야 하는 상황.

'이걸로 끝이다!'

그 최후의 상황에 제천대성은 입가에 회심의 미소를 지으며 김현우를 바라보았고.

"!"

씨익.

김현우는 웃고 있었다. 그것은 틀림없는 미소였다. 김현우는 하늘에서 내리쳐진 금강여의봉을 보며 천마의 말을 떠올렸다.

'정말 올바른 반反의 묘리는 '겉'이 아닌 '속'에 존재한다.'

그것은 바로 올바른 반의 원리.

그리고.

황금색의 뇌전이 잔뜩 깃든 여의봉이 김현우의 위로 떨어져 내린 그 순간.

꽈아아아앙!

거대한 소리가, 청력을 잡아먹었다.

여의봉이 떨어짐과 동시에 바닥에 내리치는 수만 줄기의 황금빛 번개가 이어서 시력을 잡아먹고. 주변의 지반이 모조리 사라짐에 따라, 공감각을 잃어버린다.

그리고 그런 상황에서.

"!!!!"

제천대성은 보았다. 그의 등 뒤에 달려 있던 시커먼 흑익이, 마치 성운처럼 밝게 빛나는 것을.

그와 함께.

"무."

그 감각이 없어진 공간 속에서, 김현우의 신형이 제천대성의 앞에 나타난다. 수만 줄기의 번개를 아무렇지도 않게 피해내며 그의 앞에 도달한 김현우. 말도 안 된다는 듯 그 입을 쩍 벌리고 있는 제천대성을 보며, 김현우는 천마의 또 다른 말을 떠올렸다.

'극極이라는 것은 모든 것을 쏟아붓는 것이 아니다.'

성운처럼 빛나는 그의 날개가 넓게 펴진다.

'극이라는 것은 철저하게 절제하고 계산해.'

그와 함께 성운처럼 빛나는 황금의 빛이 그의 뒤에 있던 흑 원으로 옮겨가기 시작한다.

'그 심心마저도 모조리 통제했을 때 얻을 수 있는 것이다.'

발광하던 흑 원이 김현우의 몸속으로 마치 녹아들 듯 사라지고.

'그것이, 바로.'

김현우의 몸이 움직인다.

'진짜 극이라는 것이다.'

제천대성이 방어를 위해 금강여의봉을 치켜든다. 순식간에 커지는 여의가 김현우와 제천대성의 사이에 벽을 만들었으나.

"멸滅."

김현우는 그런 벽 따위는 아무런 관계가 없다는 듯.

격擊.

금강여의봉을 향해 황금빛 일격을 휘둘렀다.

!!!

세상이 빛으로 물들었다.

◆ ◆ ◆

알리미

등반자를 찾아 처치했습니다!

위치: 미국 몬타나주 빌링스

[등반자 '제천대성' '손오공'을 잡는 데 성공하셨습니다!]

[정보 권한의 실적이 누적됩니다!]

[정보 권한의 실적이 '중위' → '중상위'로 변경됩니다!]

[현재 정보 권한은 중상위입니다.]

문명의 이기라고 불리던 고층 빌라는 이미 사라졌고, 그런 도시를 잡아먹고 있던 진득한 화마도 사라졌다.

인간들이 만들어낸 무언가도. 자연이 만들어낸 무언가도. 깨끗하게 사라졌다. 마치 지도에서 깔끔하게 지워버린 것처럼 아무것도 존재하지 않는, 완전한 폐허가 되어버린 도시 빌링스.

그저 무언가가 있었다는 것만 알려주는 검은색의 재와 문명의 이기였던 '것'만이 남아 있는 그곳에서 김현우는 앞에 떠오른 알림창을 바라보곤 한숨을 내쉬었다.

파직 파지직 파직.

김현우가 한숨을 내쉬자마자 그의 몸에서 일어나던 검붉은 전류가 하나둘 사라지고, 그의 몸에서 전류가 완전히 사라졌을 때.

"후우."

김현우는 한숨을 내쉬었다.

그는 그 뒤 몇 번이고 자신의 몸을 움직여본 뒤, 이내 만족스러움에 입가에 미소를 지었다.

'이번에는 별 피해 없이 등반자를 꺾었다.'

그동안 김현우는 등반자를 한번 상대하고 난 뒤에는 2, 3일 정도 굉장한 후유증을 앓았다. 처음 흑마와 싸울 때는 아니었지만, 그다음 천마와 싸웠을 때는 온몸의 혈도 덕분에 개고생을 해야 했고. 괴력난신 때에는 혈도의 고통과 더불어 전신 타박상까지 당했다. 그 뒤를 이어서 상대했던 하수분이나 무신도 김현우는 한 명 한 명을 상대할 때마다 죽을 고비를 넘겨왔다. 김현우가 상대하는 등반자들은 그 정도로 강했으니까.

하나 지금은 어떤가?

'마력도 잘 돈다. 게다가 상처가 있기는 해도 예전처럼 심하지 않아.'

제천대성과 싸워 이겼음에도 불구하고 그의 마력은 아직도 상당히 남아 있었고, 그의 몸에 나 있는 상처는 이전의 싸움에서 얻었던 상처에 비교하면 굉장히 사소한 것이었다. 그렇기에 김현우는 거듭 만족감을 느꼈다. 천마와 했던 수련들이 전혀 잘못되지 않았다는 그 하나의 사실. 그것이 김현우에게 더 큰 만족감을 주었고, 한동안 그는 나쁘지 않은 만족감에 취해 괜스레 실실거리는 웃음을 만들어 냈다.

그러나 그것도 잠시.

김현우는 이내 만족감을 마음 한편으로 미뤄두고 그가 있던 곳에 널브러져 있는 하나의 물건을 바라보았다. 그것은 바로 제천대성이 사용했던 여의봉. 김현우가 여의봉을 주워 들자 그의 위로 로그가 떠오르기 시작했다.

여의봉如意棒

등급: Ss

보정: 없음

SKILL

[봉인 해제] [반응]

[정보 권한]

제천대성 미후왕이자, 하늘을 다스리는 큰 성인이라고도 불렸던 '손오공'
이 사용하던 무기다.

여의봉은 손오공이 용궁에서 자기가 쓸 무기를 달라고 하면서, 다른 무기
들은 가볍고 손에 안 맞는다는 이유로 퇴짜를 놓으며 깽판을 치다가 가지
고 나온 것으로, 처음에는 그저 신물이었으나 손오공이 (권한 부족)을 하
게 되며 무기로 바뀌었다.

여의봉은 사용자의 명령에 반응해 자신의 몸을 길어지거나 짧아지게, 혹
은 커지거나 매우 작아지게 할 수 있으며, 그 한계는 제대로 측정되지 않
았다.

또한 여의봉은 (권한 부족)과 (권한 부족), (권한 부족)이 총족될 경우 일
시적으로 봉인을 해제해 '금강여의봉金剛如意棒'으로 개화시킬 수 있다.

여의봉을 개화시킬 경우, 모든 보정이 올라가며 등급의 추가와 본체인 제
천대성의 힘을 빌려서 사용할 수 있게 된다.

그러나 (권한 부족)과 (권한 부족), (권한 부족) 중 단 하나라도 총족되지
않는다면 능력을 사용할 수 없다.

김현우는 앞에 떠오른 로그들을 차근차근 읽어보고는 이내 여의
봉을 들어 올렸다. 일반적으로 보이는 봉치고는 상당히 묵직하게
느껴지는 무게.

후웅!

김현우는 봉을 몇 번 휘둘러보고는 만족스럽게 고개를 끄덕인 뒤, 이내 로그의 설명과 아까 전 제천대성이 했던 말들을 떠올리며 말했다.

"길어져라, 여의!"

그의 말이 끝나자마자 순식간에 길어지기 시작하는 여의.

"오!!"

그것을 보며 김현우는 외마디 감탄사를 토해내더니 이내 다시 외쳤다.

"줄어라, 여의!"

그가 입을 열자마자 순식간에 줄어들어 원래의 크기로 바뀌는 여의를 보고 김현우는 만족한 듯 고개를 끄덕이곤 이내 뒤쪽에 있던 주머니를 향해 손을 내뻗다가 깨달았다.

'아, 그리고 보니까 나 주머니 사라졌지.'

생각해보니 처음 천마가 있던 허수공간에 들어갔을 때 김현우는 자신의 허리춤에 달아놓았던 주머니가 사라진 것을 알았다. 뭐, 굳이 찾지는 않았지만.

'중요한 게 들어 있던 것도 아니었으니까.'

하수분의 주머니나 거검 기간토마키아, 그리고 괴력난신의 정수를 '중요하지 않은 것'으로 치부해버린 김현우는 잠시 생각했다.

'어쩔까.'

우선 제천대성을 죽이면서, 당장 할 수 있는 일은 다 끝난 상태였다. 남은 것은 집으로 돌아가는 것뿐.

"스읍."

김현우는 괜스레 주변을 돌아보며 침을 삼키다 문득 자신의 손에 쥐어진 여의봉을 말없이 바라보았다.

그러기를 얼마쯤 지났을까.

"괜찮겠는데?"

갑작스레 의미 모를 말을 중얼거린 김현우는 어느새 입가에 미소를 지으며 여의봉을 꾹 붙잡았다.

'우선은 당장 연락이 되는 곳으로 가야 하니까. 이 도시를 벗어나자.'

김현우는 그렇게 짧게 생각하고는 곧바로 몸을 움직이기 시작했다. 그의 몸이 순식간에 앞을 향해 달려 나가기 시작하고, 그의 신형이 한순간 제대로 쫓을 수 없을 정도로 빨라진다. 그와 함께, 김현우는 여의봉을 고쳐 잡기 시작했다. 도경이 새겨져 있는 여의봉의 끝부분을 양손으로 부여잡는 김현우. 곧 그는 입가에 진득한 미소를 지으며 힘차게 여의봉을 들어 올리고는.

쫘아아앙!

자신이 들고 있던 여의를 그대로 땅바닥에 찍어 내렸다.

그리고.

"길어져라."

그의 신형이.

"여의!!!"

순식간에 길어지는 여의를 타고 하늘로 치솟아 올라가기 시작했다.

팡! 파아아아앙!!!

마치 소닉붐같이 엄청난 소리를 내며 여의를 타고 하늘로 날아오른 김현우는 순식간에 멀어지기 시작하는 지상을 보며 입가에 미소를 지었다.

◆ ◆ ◆

국제헌터협회의 외각 쪽에 있는 별관.

"고마워요, 잘 입을게요."

김현우는 자신에게 옷을 내어준 리암에게 짧은 감사를 전했고, 그는 멍하니 고개를 끄덕이면서 김현우의 모습을 바라봤다.

'허……'

리암은 이제 막 검은색 추리닝으로 갈아입은 김현우를 보며 불과 한 시간 전, 그가 헌터협회에 왔을 때를 떠올렸다. 그가 국제헌터협회에 온 것은 여러모로 충격이었다.

아니, '김현우'가 국제헌터협회에 온 것이 충격이 아니라, 그 먼 몬타나주에서 이 워싱턴주까지 온 방법이 충격이었다.

여의봉을 타고 국제헌터협회에 도착했으니까.

"허……"

말없이 그가 책상 옆에 세워둔 여의봉을 바라보자 아까 전 그의 모습이 떠올랐다. 갑자기 미확인 비행물체가 날아온다는 소리에 또 다른 등반자인가 싶어 긴장하던 협회원들. 순식간에 협회 내에 있던 모든 헌터들이 소집되었다. 그렇게 소집된 헌터들 사이에 떨어져 내린 김현우. 그때의 그 느낌이, 아직도 리암은 생생했다.

그렇기에 그는 저도 모르게 중얼거렸다.

"정말……"

"?"

"정말, 대단하군."

리암이 멍하니 내뱉은 말에 김현우는 문득 그를 바라보다 이내 어깨를 으쓱하더니 대답했다.

"뭐, 이 정도가지고."

김현우의 대답에 리암은 멍하니 그를 바라봤다. 그는 딱히 피곤해 보이지 않았다. 그렇다고 어딘가 크게 다친 곳이 있는 것도 아니었다.

그 정도의, 도시 하나를 전부 날려버릴 정도의 격한 싸움을 벌였으면서도 그는 아무렇지도 않게 리암의 앞에 앉아 있었다.

'……인간이 맞는 건가?'

그렇기에 문득 리암은 그런 생각을 했다. 아까 전, 상황실에서 드론을 통해 봤던 그의 전투는 '재앙'이 보여주는 전투, 그 이상이었으니까.

"그래서."

리암은 한동안 그를 멍하니 바라보고 있다, 이내 김현우의 말에 정신을 차리곤 대답했다.

"응?"

"지금 상황은 어때요?"

"지금 상황?"

"예. 등반자들은 전부 사라졌어요?"

김현우의 물음에 리암은 그제야 알겠다는 듯 고개를 끄덕이며 현재 상황에 대해 간략히 설명해주었다. 태국과 한국, 그리고 미국과 멕시코의 등반자가 전부 사라졌다는 것. 그리고 그 이외에 추가적인 이야기들.

"그러니까 한국은 별 피해가 없었다는 소리예요?"

"정확히는 다른 나라에 비해서, 일세. 당장 미국만 하더라도 도시 하나에 대형 길드 중 하나인 이클립스를 잃었지, 그나마 에단과 라일리는 기적적으로 살아남았지만."

"……에단과 라일리?"

"아, 자네도 무신 사건 때 봤던 이들일세."

리암의 설명에 김현우는 곧 에단과 라일리가 누구인지 알 수 있었다.

그 뒤로 리암의 설명을 모두 들은 김현우는 이제 돌아가는 상황을 알겠다는 듯 고개를 끄덕였다.

"그보다."

"?"

"혹시 자네가 아까 타고 온 것 말일세."

"타고 온 것……?"

김현우는 그의 말을 되묻다 곧 리암이 여의봉을 말한다는 것을 깨닫고는 벽에 기대두었던 여의봉을 흔들거렸다.

"아, 이거 말하는 겁니까?"

"그래, 맞네."

"네, 그런데요?"

"그건, 재앙에게서 나온 아이템인가?"

리암의 물음에 김현우는 고개를 끄덕였다.

"네, 맞아요."

그의 대답에 리암은 또 잠시 고민하는 듯하다가 물었다.

"그럼 혹시, 자네는 지금 한국에 돌아가기 위해 이곳에 온 거겠지?"

"그렇죠?"

김현우가 군이 국제헌터협회에 온 이유. 그것은 리암에게 대충 현재 상황을 듣기 위해서이기도 했으나 정확히는 이 국제헌터협회에 새겨놓은 아냐의 마법진 때문이었다. 마법진만 있다면 김현우는 곧바로 한국으로 돌아갈 수 있으니까.

김현우의 대답에 리암은 잠시간 무엇을 고민하는 듯하다 말했다.

"혹시, 실례가 되지 않는다면, 그 봉을 좀 두고 가줄 수 있겠는가?"

"뭐라고요……?"

리암의 물음에 순간 김현우는 인상을 찌푸렸고, 리암은 곧바로 대답했다.

"아니, 자네가 생각하는 그런 건 아닐세."

그는 김현우에게 그 이야기를 설명하기 시작했고, 잠시간 인상을 찌푸린 채 리암의 이야기를 듣고 있던 김현우는 이내 되물었다.

"그러니까, 우선 절차 때문에 과정이 꼬이지 않으려면 이곳에 두었다가 찾아가는 게 낫다는 말이에요?"

"짧게 요약하면 그러네."

리암은 곧바로 말을 이었다.

"물론 이건 절대 협박할 생각으로 말하는 건 아니지만, 이런 식으로 절차를 밟는 게 자네가 별문제 없이 쉽게 보상금을 탈 수 있는 길이기도 하네."

"……만약 제가 여의봉을 들고 가면요?"

김현우의 말에 리암은 무거운 표정으로 입을 열었다.

"달라지는 건 없네, 좀 시간이 걸리긴 해도…… 보상금은 받게 될 걸세. 말 그대로 결국 절차상의 문제니까."

리암의 말에 김현우는 잠시 고민했다.

상관은 없지만 결국 리암이 해야 하는 일이 좀 귀찮아진다는 느낌인 것 같았다.

"흐음."

한동안 고민하던 김현우는 이내 어깨를 으쓱하더니 입을 열었다.

"뭐, 그런 거라면야 그냥 두고 갈게요."

"오, 그래주겠는가?"

눈에 띄게 반색하는 리암을 보며 김현우는 피식 웃은 뒤 말했다.

"그 대신 보상금은 잘 챙겨주세요."

118살 김현우

※ 이 글은 베스트 게시물로 선정되었습니다.

제목: 지금 기점으로 2일 전에 일어난 의정부 재앙부터 해서 싹 정리해
준다 ㄱ.
글쓴이: 원스틸러트

지금 헌터킬 이슈 게시판 하루에 이슈가 수십 개씩 올라와서 내가 다른
건 모르겠고, 팩트 정리만 오지게 해준다.
자 첫 번째로, 3일 전에 4개 지역에 재앙이 나타남.
지역은 각각 한국 경기도, 태국의 방콕, 미국 몬타나주, 멕시코시티임.
그 4개 지역에서는 각각 재앙이 나와서 도시를 개때려부숨. 그리고 지
금 현재 존나 불타고 있는 '도대체 어디가 가장 많이 피해를 봤는가?'에

대한 건데.

제일 많이 좆 된 곳은 미국임, 미국은 그냥 도시 하나가 통째로 날아감, 물론 도시가 날아간 만큼의 인명 피해는 안 났는데, 아무튼 피해는 심각하다고 들었음.

그다음이 멕시코시티임, 멕시코시티는 그냥 수도가 전부 불바다가 됨, 주요 길드들도 모조리 다 박살 났고, 협회도 박살 남.

그다음은 태국 방콕, 근데 얘들은 좆 될 만했던 게 미궁 근처에 상업권을 형성해놓은 데다가 대피 발령 나도 꿋꿋하게 장사하는 사람들이 있어서 인명 피해가 좀 많이 났다고 들었음.

그리고 제일 마지막이 우리 한국이다. 우리 한국은 의정부시에서 재앙이 나타났는데 그냥 3대 길드가 전부 막아버림, 정확히는 3대 길드가 막은 게 아니라 S등급 세계 랭킹 5위, 아니 지금은 3위인 패룡이 막았지.

www.youtube.com/dwrdgwetwd232 << 여기 가서 패룡 싸우는 거 봐라. 괜히 김현우 제자라고 말하고 다니는 거 아니더라. 미쳤음. ㅋㅋㅋㅋ 아무튼 패룡의 빛나는 활약으로 한국은 인명 피해가 다른 곳에 비해서는 그리 크게 없었음, 헌터 피해도 마찬가지고.

여기까지가 이제 '도대체 어디가 가장 많이 피해를 봤는가?'의 팩트.

그리고 이다음은 그거임. '그렇다면 저렇게 엄청난 피해를 입힌 재앙들은 결국 누가 막았냐?'지.

너희들도 알고 있을 거임, 생각해보면 지금 헌터들은 다 뒤졌잖아?

한국은 아니더라도 태국, 미국, 멕시코는 전부 미궁을 막던 헌터가 죽어버려서 답이 없던 상황이었음.

그럼 누가 막았을까?

답은 '김현우가 막았다'다.

못 믿겠다고?

www.youtube.com/eoiwttertww42 <<< 들어가서 확인해라.

솔직히 이 오피셜 세 시간 전부터 떠 있었는데 아직도 다들 재앙이 지들끼리 처싸우다 뒤졌니 뭐니 하는 거 보면서 어처구니 터지더라. ㅎㅎ…….

사실 이거 올리려고 팩트 정리 글 쓴 거다.

자, 그래서 결론이 뭐냐고?

주모! 국뽕 한 사발 추가요~~~~~~~~~~~~~(펄럭)(펄럭)

ps. 아, 멕시코는 빼고, 보니까 멕시코는 아직 누가 그 재앙을 막았는지 모른다더라.

추천 11125 반대 1

댓글 33,523개

S등급헌터: 키야아아아아아 주모!!!!!!!!!!!! 여기 국뽕 하나 추가요! 국뽕 도랏누!!!!!!!

 ㄴ 호고고곡: ㄹㅇ국 뽕 좆 된 ㅋㅋㅋㅋㅋㅋㅋㅋ 어떻게 김현우 혼자 재앙 막아보더니 이제 두 명을 혼자 막누

 ㄴ 주모123: 으어어어어이것이 뭐시여!? 뭔데 계속 들어오는 거!

 ㄴ 경기도안양의이창연: 아아, 그것이 바로 '국뽕'이라는 것이다.

기모리모리앙기모리: 야 근데 진짜로 신기한 게 김현우는 결국 한국 말고 미국이랑 태국을 지켰네, 이거 머냐 시발. ㅋㅋㅋㅋㅋ

 ㄴ 아롱이: ㄴㄴ 이번에 인터뷰한 거 보니까 김현우가 태국에 볼일 있

어서 잠깐 갔다가 막은 거라고 하더라, 그 뒤에 곧바로 미국 달려간 건 패룡이 한국 이미 막아서. ㅇㅇ

ㄴ기모리모리앙기모리: 아 ㄹㅇ? 몰랐네. 알려주셔서 ㄱㅅ.

내인생이유머: 와 씨발 지금 김현우 싸우는 거 영상 보고 온 사람? 이거 유튜브 1위인 게 괜히 1위가 아니다. ㅋㅋㅋㅋㅋㅋㅋㅋㅋㅋㅋㅋㅋㅋㅋㄹㅇ 초대박이네. 어떻게 사람이 저렇게 싸우지?

ㄴ오롱이: 솔직히 사람이 저렇게 싸운다는 게 나는 아직도 이해가 안 된다. 저건 인간의 영역이 아니라고 생각하는데.

ㄴ리샛하고싶다: 설마 김현우가 아직도 인간이라 생각함? ㅋㅋㅋㅋ 그는 'KING GOD' 현우다.

ㄴ아슬로테: ㅋㅋㅋㅋㅋㅋㅋ 킹 갓, 네이밍 센스 ㅆㅎㅌㅊ인 거 실화냐. ㅋㅋㅋㅋ

그 이외에도 복잡하게 댓글이 달려 있는 글들을 스마트폰으로 보고 있던 김시현은 이내 한숨을 내쉬며 옆에 있던 김현우를 바라봤다.

"형."

"응? 왜?"

소파에 느긋하게 늘어져 있는 김현우. 그리고 그렇게 늘어져 있는 김현우의 팔에 인형처럼 안겨 있는 미령. 그녀의 얼굴이 터질 듯 붉어져 있는 것을 잠시 감상한 김시현은 이내 시선을 돌려 김현우에게 물었다.

"그래서, 진짜 태국에는 왜 있었던 거예요?"

"나도 모른다니까?"

"아니, 진짜로요?"

"진짜로, 내가 말했잖아! 네 검 빌려서 수련하러 들어갔다 나와 보니까 태국이었다니까?"

김현우의 말에 김시현은 묘한 표정으로 머리를 긁적이다 말했다.

"그럼 미국은 어떻게 간 거예요?"

"미국?"

"네, 제가 어제 들었을 때는 그냥 그러려니 했는데 도대체 어떻게 미국에 간 거예요? 태국이랑 미국 몬타나주랑 차이 엄청 나는 건 알죠?"

"아~ 그거?"

"네, 그거요."

"뛰었어."

김현우의 별것 아니라는 듯한 말.

김시현은 그의 자연스러운 말에 흐음~ 하고 고개를 끄덕거리려다가 멈칫했다.

"뭐라고요?"

"뛰었어."

"뭐라고요?"

"뛰었다고."

"뭐라고요……?"

"에이 씨, 뛰었다니까? 이 새끼가 등반자한테 처맞더니 고막 나갔냐."

"웃!"

김현우가 슬쩍 짜증을 내며 미령을 끌어당기자 묘한 소리를 내

며 얼굴을 붉히는 미령. 김시현은 마치 돌처럼 아무런 행동도 하지
못하는 미령을 뒤로한 채 이어 말했다.

"아니, 뛰었다고요?"

"그래."

"대체 왜······?"

"왜긴 왜야? 한국은 등반자를 잡았다고 해서 나머지 다른 등반
자를 막으러 가야 하는데 미국에 뭘 타고 갈 만한 여건이 안 되더라
고. 아니 뭐 있기는 있었지."

그런데.

"그런 거 타려면 또 절차고 뭐고 해야 하고 그러다 보면 더 늦을
것 같아서 그냥 뛰었지."

"······."

분명 엄청난 사실을 아무렇지도 않게 말하는 김현우를 보며 할
말을 잃은 김시현은 이내 무엇인가를 말하려다 입을 다물었다.

잠깐의 침묵.

잠시 뒤 김시현은 다른 화제로 입을 열었다.

"그런데 형."

"왜?"

"그 검 안에 들어가서 수련했다고 했잖아요?"

"그렇지?"

김시현이 퇴원한 어제, 그는 집에 돌아온 김현우에게 여러 가지
이야기를 들을 수 있었다. 김현우가 어디 있었는지부터 무엇을 하
고 있었는지까지.

물론 어제는 김시현도 김현우도 피곤해서 대부분의 이야기를 그

냥 스르륵 넘기고 말았기에 자세한 이야기는 듣지 못했다.

"형."

"왜?"

"그럼 거기에서 천마를 만나서 수련을 하고 온 거예요?"

"뭐, 그렇지…… . 그걸 수련이라고 하기에는."

김현우는 말을 하다 말고 뭔가를 생각하는 듯했으나, 이내 어깨를 으쓱이며 말했다.

"뭐, 수련이라고 치자."

김현우의 긍정에 김시현은 곧바로 말했다.

"그럼."

"……?"

"저도 거기 들어갈 수 있어요?"

김시현의 물음에 김현우는 묘한 표정으로 그를 바라봤다.

"들어갈 수 있냐고?"

"네."

"갑자기?"

"네."

"……아니, 왜 갑자기?"

김현우의 물음에 김시현은 약간 우물쭈물하는 듯하다가 대답했다.

"……좀."

"좀?"

"너무 무력해서요."

김시현이 김현우에게 그런 물음을 던진 이유. 그것은 그가 2일

전 있었던 전투에서, 극도의 무력감을 느꼈기 때문이다. 그나마 초반에 마법을 사용하다 리타이어당한 이서연은 그저 안 좋은 추억 정도로 여기는 듯했으나, 청사와의 전투를 모두 본 김시현은 압도적인 무력감을 느꼈다.

청사에게도 그렇고.

'……패룡에게도.'

김시현은 슬쩍 시선을 돌려 미령을 바라보았다. 그녀는 김현우의 손길 덕분에 정신을 못 차리는 듯 어버버거리고 있었으나, 청사를 죽이며 보여주었던 그녀의 압도적인 무력은, 김시현에게 압도적인 무력감을 선사해주었다.

그렇기에, 그는 생각했다.

'조금이라도, 더 강해져야 해.'

조금이라도 더 강해져야 한다고.

예전에는 그저 김현우가 비이성적으로 강한 것이라며 스스로에게 되지도 않는 위로를 했으나 재앙을 겪어보고 나서 김시현은 그렇게 생각을 달리했다. 결국 최후에 자기가 생각한 소중한 것들을 지킬 수 있는 것은 자신뿐이라는 것을 깨달았으니까.

그런 결심을 담은 김시현의 말에 김현우는 잠시 그를 보다 말했다.

"뭐, 가능하기는 하지."

"진짜요?"

"근데……."

'천마가 제자를 제대로 가르쳐주기나 할까?'

김현우는 자신이 보았던 천마를 떠올렸다. 말하는 싸가지라고는

248

자신에게 뒤지지 않는 데다가, 허수공간이라고 사람을 망설임 없이 죽이는 천마의 모습.

"……."

김현우는 멍하니 천마의 모습을 생각하다 이내 고개를 저으며 그 생각을 지웠다.

'……뭐, 어떻게든 되겠지.'

어차피 이런 건 생각해봤자 별 의미가 없다는 것을 알고 있는 김현우는 이내 고개를 슬쩍 저으며 말했다.

"아니, 뭐 내가 갔던 곳에 갈 수는 있어."

불완전한 악천의 원천의 미궁석 게이지는 이미 전부 떨어져버렸지만, 그거야 미궁을 잠깐 내려갔다 오면 다시 채울 수 있다.

김현우는 자신의 주머니, 정확히는 어제 미령에게 돌려받은 주머니 안에서 악천의 원천을 김시현에게 내주려다.

"어차피 당장 갈 건 아니지?"

"……그렇죠?"

"그럼 내가 언제 한번 미궁석 게이지 다시 채워서 줄게."

"……게이지요?"

김현우는 고개를 끄덕이며 대답했다.

"네가 들고 있는 천마의 검 속으로 들어가려면 미궁에서 몬스터를 사냥해야 하거든."

"아, 그래서 그때 미궁에 같이 내려간다고……."

그의 말에 김시현은 그렇게 중얼거리며 고개를 끄덕였고, 이내 김현우는 느긋하게 앉아 있다 떠올랐다는 듯 탄성을 터뜨렸다.

"아."

"왜요?"

"그러고 보니까 나 원숭이 새끼 패주고는 정보창을 본 적이 없어서."

김현우는 그렇게 답하며 이참에 확인이라도 하겠다는 듯 정보창을 띄웠고.

이름: 김현우 [9계층 가디언]

나이: 118

성별: 남

상태: 매우 양호

능력치

　근력: S+

　민첩: S++

　내구: Ss

　체력: S+

　마력: S+

　행운: B

SKILL -

　정보 권한 [중상위]

　알리미

　출입

　심리

멍하니 시선을 내려 능력치를 바라보다가.

"?"

자신의 나이를 본 김현우가 중얼거렸다.

"뭐야 씨발?"

그의 욕설이 퍼져 나갔다.

◆ ◆ ◆

"……제천대성이 당했나?"

형체도 제대로 보이지 않는 그의 말에 고개를 숙이고 있던 남자는 입을 열었다.

"아무래도, 그런 것 같습니다. 게다가."

"……게다가?"

"아무래도 그가 허수 공간에 갔다 온 것 같습니다."

남자의 말에 형체 없는 그가 일순 아무런 말도 하지 않았다.

툭 툭 툭.

들려오는 것은 그가 손가락으로 소파를 치는 소리뿐.

그런 침묵이 얼마 정도 지속되었을까.

형체조차 존재하지 않는 그는 이내.

"이건, 좀 심하군. 그래도."

약간 웃음기가 섞인 목소리로 중얼거렸다.

"이것은 이것대로 나쁘지 않군. 이제는 오히려 어지간한 어중이 떠중이보다는 저 이레귤러에게 눈이 가."

그는 거대한 공동 안에 있는 김현우의 모습을 바라보았다. 한없이 느긋해 보이는 김현우의 모습. 그것을 보며, 형체 없는 그는 조용히 읊조렸다.

"과연 너는 어디까지 할 수 있을까."

◆ ◆ ◆

김현우가 정보창에 표기된 자신의 나이를 묻기 위해 들어온 시스템 룸은 상당히 바뀌어 있었다.

"여기 왜 이래?"

김현우의 물음에 아브는 답했다.

"이번에 세 명의 등반자를 잡아서 가디언의 정보 권한이 '중상위'가 됐거든요. 그 덕분에 다시 이 방의 크기가 넓어졌어요."

"……아니, 뭐 넓어진 것 같기는 한데."

김현우는 시선을 돌려 넓어진 공간을 바라봤다.

"……좀 많이 넓어진 것 같은데?"

그렇다.

시스템 룸은 김현우의 말대로, '상당히'라는 말이 부족할 정도로 굉장히 넓어져 있었다. 분명 중하위에서 중위로 오를 때만 해도 방의 크기가 1.5배 정도밖에 안 늘었던 것 같은데.

"이건."

최소 2배…… 아니 3배?

아무튼 엄청나게 넓어져 있었다.

김현우가 멍하니 넓어진 시스템 룸을 바라보고 있자 아브가 답했다.

"저도 잘 몰랐는데, 중위 이상부터는 시스템 룸의 크기가 비약적으로 커지는 것 같아요."

"……그래?"

김현우는 넓어진 시스템 룸을 한동안 바라보다가, 붉은 버튼을
눌렀다.

딸깍.

붉은 버튼을 누르자마자 예전의 시스템 룸처럼 가구가 재배치되
기 시작했으나.

"……너무 휑해 보이네."

방의 크기가 너무 커져서 휑해 보였다.

"저기."

한동안 방을 어떻게 꾸밀까 생각하던 김현우는 아브의 부름에
시선을 돌렸고, 아브가 이어 말했다.

"혹시 지금 이 방을 어떻게 꾸며야 할지 걱정이라면, 저렇게 바꿔
보는 건 어떨까요?"

아브의 말에 김현우는 시선을 돌렸다. 그곳에 있는 것은 컴퓨터.
김현우는 말없이 걸어가 컴퓨터 모니터에 띄워져 있는 것을 보았고.

"……."

"어때요……?"

이내 피식 웃으며 모니터 화면에 띄워진 방의 모습을 바라보았다.

굉장히 꽉꽉 들어차 있는 모습. 분명히 방 자체는 넓어 보였으나,
온갖 게임 용품이 무척이나 꽉꽉 들어차 있었다. 플라이스테이션부
터 시작해서 김현우가 듣도 보도 못한 게임 용품들이 이리저리 늘
어져 있었고, 한쪽에는 VR 기기와 최신 휠 컨트롤러가 놓여 있었다.
그 이외에도 벽장에는 게임 CD가 빽빽할 정도로 들어차 있는 방.

"네 취향이 아주 적나라하게 반영된 집이구나."

"안 될까요……?"

은근히 조심스럽게 물어오는 아브의 모습에 김현우는 피식하며 대답했다.

"뭐, 이 정도야."

딸각.

"와!"

김현우가 버튼을 누르자마자 순식간에 변하기 시작하는 주변 풍경. 10초도 지나지 않아 시스템 룸은 조금 전 모니터에서 보았던 방 안의 모습이 되었고, 그에 아브는 굉장히 기뻐하며 주변을 뛰어다니기 시작했다. 그 모습을 한동안 피식하며 바라보고 있던 김현우는.

"아."

자신이 시스템 룸에 들어온 이유를 상기하고는 이야기를 시작했다.

아브는 김현우의 이야기를 전부 다 듣고 나서 입을 열었다.

"그러니까…… 나이가 118살로 표시된다고요?"

"그래."

김현우가 그렇게 말하며 정보창을 띄우자 아브는 신기하다는 듯 정보창을 보며 고민하는 듯하더니 이내 답했다.

"저번에 가디언은 죽였던 천마를 만나셨다고 했잖아요?"

"그렇지."

"그리고 허수 공간에도 갔다 오셨다고."

"그것도 맞아."

김현우의 말에 아브가 답했다.

"그럼 아마 정보창은, 허수공간에 있던 가디언의 나이도 센 것이 아닐까요?"

"……허수 공간에 있던 내 나이?"

아브가 고개를 끄덕이자 김현우는 이상하다는 듯 재차 물었다.

"아니, 그건 좀 이상한데? 분명 여기에서는 내가 들어갔다 나왔을 때 지난 시간이 한 달 정도밖에 안 됐는데?"

"제 생각에는 그 허수 공간과 실제 탑의 시간에 괴리가 있는 거 아닐까요?"

"괴리?"

"네, 그러니까…… 이쪽에서의 하루가 저쪽에서는 1년이라든가, 그런 거 있잖아요?"

"그게 말이 돼?"

"……시스템은 거짓말을 하지 않으니까, 가디언이 갑자기 팍 늙어버 아니, 나이가 늘어버린 이유를 설명하려면 그것밖에……."

아브가 슬쩍 눈치를 보며 말을 바꾸자 김현우는 흠, 하며 뭔가를 고민하는 듯하더니 이내 쯧 하고 혀를 차고는 고개를 저었다.

'그럼 내가 거기에서 100년 있었다는 거야?'

100년.

'사람 한 명이 태어나서 죽을 수도 있는 그 시간까지 천마와 치고받고를 반복했다고?'

솔직히 김현우는 아직도 본인이 그 허수공간에서 100년 가까이 지냈다는 사실이 믿기지 않았다. 그도 그럴 것이 그곳에서는 모든 것이 멈춰 있었으니까. 그나마 시간의 흐름을 알 수 있는 것은 본인의 죽음뿐이었다.

한동안 그 허수공간에 대해서 고민하던 김현우는 이내 고개를 저으며 그 생각을 지워냈다.

'뭐 어때.'

나이상으로 118살이 찍혀 있기는 했지만 자신의 몸은 아직 스물네 살 그대로였다.

'아무렴, 나는 틀딱이 아니야.'

혼자 그렇게 생각한 김현우는 말을 돌렸다.

"그래, 그건 됐고, 이제 정보 권한이 중상위가 되었다 그랬지?"

"네, 가디언이 제천대성을 죽인 뒤부터 정보 권한이 중상위로 올라갔어요."

"그래서, 튜토리얼 탑에 대한 건 뭔가 알아냈어?"

김현우의 질문. 아브는 탄성을 내뱉으며 답했다.

"아! 그거!"

"왜? 뭔가 알아낸 게 있어?"

"안 그래도 그에 관해서 새롭게 알아낸 사실이 하나 생겼어요."

"진짜?"

"네."

"뭐야, 그럼 왜 안 불렀어?"

김현우의 물음에 아브는 답했다.

"저는 또 저번처럼 등반자를 처리한 뒤에 곧바로 오실 줄 알았거든요, 가디언은 정보 권한이 오르면 상당히 빨리 오니까요."

"뭐, 그건 맞는 말이지만."

사실 제천대성을 죽인 직후 정보 권한이 중상위로 오른 것을 알고 있기는 했으나, 일이 바쁘다 보니 오지 않았다.

……정확히 일이 바쁜 것은 어제였고, 오늘은 잊어버린 것이었으나 김현우는 굳이 그 이야기를 꺼내지 않았다.

"아무튼, 그 알아냈다는 게 뭔데?"

"튜토리얼 탑의 제작자에 대해서예요."

"튜토리얼 탑의 제작자?"

"예, 제가 말했다시피 가디언이 원하는 거의 대부분의 정보는 정보 권한이 상위가 되어야 열람할 수 있는데, 이 정보는 끝자락이나마 열람할 수 있었어요."

"그래서 그게 뭔데?"

김현우의 되물음.

아브가 답했다.

"튜토리얼 탑을 제작한 제작자는, '제작자'예요."

"오! 그래?"

"네!"

"그래서?"

"네?"

"그래서?"

"……?"

"?"

"?"

김현우와 아브가 서로를 마주 보기를 잠시, 김현우가 설마 하는 표정으로 물었다.

"그게 끝?"

"네, 끝인데요?"

"……그게 정보냐?"

김현우가 인상을 꽉 찌푸리며 묻자 아브는 당황한 듯 눈을 돌리다 말했다.

"아, 아니 그냥 저는 가디언이 튜토리얼 탑에 대해 너무 궁금해해서 어떻게든 정보를 쥐어짜낸 건데."

아브가 뒤늦게 변명하듯 입을 열자, 김현우는 이내 무어라 하려다가 짧게 한숨을 내쉬었다.

"에휴, 됐다."

김현우의 노골적인 실망이 서린 모습에 아브는 괜히 당황하는 듯한 모습을 보이다 말했다.

"5일!"

"?"

"저한테 5일에서 일주일 정도만 주시면, 그 탑의 제작자가 어디에 있는 것까지는 찾을 수 있을 것 같아요."

"뭐라고……?"

김현우가 아브를 돌아봤다.

"물론 저도 확신할 수 없는데, 이건 그냥 이제부터 제가 정보 권한을 돌아다니면서 정보를 짜 맞추고 추론하려는 거라."

아브는 이어 말했다.

"하지만 만약 잘되면 그 '제작자'가 있는 곳을 알 수 있을 거예요."

김현우는 굉장히 흥미가 동한다는 표정으로 아브를 바라보았다.

◆ ◆ ◆

김현우가 아브에게 그 말을 들은 다음 날.

2층 저택 구석에 만들어져 있는 서재에서, 김현우는 미령에게 이야기를 듣고 있었다.

이름: 미령 [계승자]

나이: 21

성별: 여

상태: 양호

능력치

   근력: S++

   민첩: S++

   내구: S++

   체력: S++

   마력: S++

   행운: A++

성향: 절대 헌신 주의 성향

SKILL -

[정보 권한이 부족해 열람할 수 없습니다.]

"그러니까, 이 괴력난신의 정수가 너한테 말을 걸었고, 네게 힘을 빌려줬다고?"

"예, 스승님."

김현우가 미령의 정보창을 열어보며 묻자 미령은 공손하게 고개를 숙이며 답했고, 그는 미묘한 표정으로 정보창을 바라봤다.

'……계승자?'

김현우는 고개를 갸웃했다.

뭐, 상황상으로 봤을 때 '계승자'라는 것이 무엇을 의미하는지는 대충 짐작하고 있었다.

김현우는 어제 아브의 말과 더불어, 미령이 청사와 싸울 때 짤막하게 찍혀 있는 영상들을 보았으니까. 그녀의 이마 위에 돋아났던 붉은 뿔과 새하얀 백발이 되어버린 머리를 봤을 때 짐작 할 수 있는 녀석은 한 명밖에 없었다.

'괴력난신의 계승자……라는 건데.'

김현우는 반대로 고개를 갸웃했다.

'그러면 또 아브가 했던 말이랑 좀 연결되지를 않는데.'

그는 어제, 아브에게 나가기 전 들었던 말을 상기했다.

탑을 만든 녀석의 이름이 '제작자'라는 어처구니없는 사실을 알게 된 뒤, 김현우는 아브에게서 그의 위치를 찾을 수 있을 거라는 이야기와 함께 하나의 이야기를 더 들었다. 그것은 바로 등반자에 관한 내용.

아브는, 김현우에게 아직 이 세계에 등반자의 힘이 남아 있다는 말을 했다. 그 이유는 바로, 제천대성이 데려온 세 명의 힘 이외에도 9계층에서 다른 등반자의 힘이 느껴졌기 때문이다. 하나는 한국에서. 그리고 또 하나는 멕시코에서.

멕시코에서 느껴진 힘도 김현우가 제천대성을 잡기 전에 아브가 느꼈다고 했다.

'아마, 아브가 한국에서 느낀 등반자의 힘은 미령이 사용한 괴력난신의 것인 것 같은데, 그럼 멕시코는?'

그는 슬쩍 시선을 좌우로 돌리며 고민을 하기 시작했고.

'……멕시코와 등반자가 관련이 있나?'

그렇게 고민을 하던 중.

'아, 그러고 보면.'

문득, 김현우는 언젠가 자신이 보았던 알리미의 문구를 떠올렸다. 더 정확히는 천마를 만나기 직전 김현우의 손에서 빠져나간 등반자.

'언령사 메이슨, 생각해보면 그 녀석이 멕시코시티에서 죽었다고 떴던 것 같은데.'

김현우는 그 사실을 깨닫자마자 본능적으로 메이슨의 죽음과 아브가 느꼈다는 그 등반자의 힘이 연관되어 있음을 직감했다.

김현우는 슬쩍 시선을 돌려 왠지 굉장히 시무룩해 있는 미령을 보았다. 혼날까 봐 고개를 숙이고 있는 그녀의 모습.

김현우는 피식 웃은 뒤 그녀의 머리에 손을 올렸다.

턱.

"!"

"잘했다, 제자야."

"!!"

"너 없었으면 다 죽을 뻔했단 거 아니야? 그러니까."

잘했어.

김현우의 한마디에 대번에 얼굴이 밝아지는 미령. 그녀를 바라보며 머리를 몇 번 쓰다듬은 김현우는 이내 자신이 해야 할 일을 짧게 정리하기 시작했다.

'우선, 알아봐야 하는 건 '계승자'에 대해서, 그리고 그다음으로는 멕시코 쪽에 한번 들러서 등반자의 힘을 쓴 녀석을 찾아보는 것 정도인가.'

순식간에 끝난 정리. 하지만, 김현우는 곧바로 아브를 만나러 가지 않았다. 그도 그럴 것이 김현우에게는 당장 정리할 일 말고도 급하게 처리해야 할 일이 하나 더 있었으니까.

김현우는 자리에서 일어나며 스마트폰 화면에서 나오고 있는 헤드라인을 바라봤다.

[김현우, 어째서 한국은 구하지 않았나? '논란']
[정부, 이번 김현우의 대처에 굉장한 유감 표명]

"그래, 제대로 일을 하기 전에는."

귀찮은 것들부터 전부 치워버려야지.

김현우는 쓱 웃으며 스마트폰의 전원을 껐다.

여의봉은 내 거다

[김현우는 영웅이다]

[의정부의 재앙을 막은 것은 바로 김현우의 제자!]

[소문만 무성하던 패룡, 정말로 김현우의 제자였다?]

[중국 패도 길드의 길드장이자 S등급 세계 랭킹 5위 '패룡'은 김현우의 제자다?]

지난 4일 전 세계에서 일어났던 4개의 재앙은 4개의 국가에 엄청난 피해를 입혔다. 미국의 경우 도시 하나가 사라졌으며 태국의 경우 방콕이 초토화되었다. 멕시코의 경우 멕시코시티가 완전히 화재로 전소되고, 한국도 만만찮은 피해를 보았다.

일어난 4개의 재앙 중 김현우는 무려 2개의 재앙을 막아냈으나 그것은 한국의 재앙이 아닌 태국과 미국의 재앙.

한국의 재앙을 막은 건 유감스럽게도 김현우가 아닌, 패도 길드의 길드장 '패룡'이었다. 그에 누리꾼들이 나름대로 아쉬움을 토로하는 도중, 의정부 재앙을 막은 패룡이 김현우의 제자라는 것이 사실로 드러났다.

……

……

……

(후략)

"뭐지?"

명동의 한 일식집.

어제, 이서연의 퇴원을 끝으로 간만에 점심을 같이 먹기로 한 김현우와 동료들은 코스 요리가 나오는 단독 룸에 자리를 잡았고, 김현우는 어제와는 전혀 달라져 있는 이슈들을 보며 묘한 표정으로 스마트폰을 바라봤다.

"왜 그래요?"

어제 퇴원한 것치고는 상당히 멀쩡해 보이는 이서연이 김현우의 그런 표정을 보며 질문하자 김현우는 곧바로 답했다.

"아니, 이슈가 갑자기 손바닥 뒤집듯 바뀌어서."

김현우의 말에 김시현은 말했다.

"아, 저도 그거 느꼈는데."

"뭘 느껴?"

이서연이 궁금하다는 듯 묻자 김시현이 대답했다.

"너는 어제 퇴원해서 모르겠지만, 분명 어제까지만 해도 좀 악의적인 뉴스가 많이 퍼졌거든."

"……악의적인 뉴스?"

"그거 말하는 거지? '김현우가 왜 한국을 먼저 구한 게 아닌 태국과 미국을 구했느냐'라고 언론에서 떠들었던 그거?"

한석원의 말에 김시현은 고개를 끄덕였고 이서연도 마찬가지로 고개를 끄덕이며 말했다.

"맞아, 그거라면 나도 병원에서 봤었어, 덕분에 오빠가 또 한번 TV 나가서 깽판 치나 생각했는데."

그녀의 말에 김현우는 마찬가지로 고개를 끄덕거리며 대답했다.

"맞아 원래 진짜로 그러려고 했는데……."

김현우는 뉴스의 헤드라인을 쭉 내려 보았다.

아무리 내려도 어제 김현우의 눈에 거슬리던 뉴스들은 없었다. 있는 것이라고는 거의 대부분이 자신을 찬양하거나 미령을 찬양하는 뉴스뿐.

"뭔가 이상한데."

김현우는 그렇게 중얼거렸다.

뭔가 이상하다.

그도 그럴 것이 김현우가 어제 보았던 뉴스들은 어제만 떠 있던 헤드라인들이 아니었으니까. 김현우가 제천대성을 잡고 한국에 돌아오고 나서부터 기자들은 자극적인 기사를 위해 또 김현우를 팔아먹기 시작했다. 거기에 정부는 무슨 생각인지 오피셜로 김현우에게 유감까지 표했다.

그런 상황이었기에 김현우는 먼저 자신이 정한 일을 해결하기 전에 이것부터 정리를 시작하려고 했던 것이었는데.

"이렇게 빨리 사라졌다고?"

적어도 김현우의 지금까지 경험상 기자들이 이렇게 맛있는 기삿거리를 이렇게 쉽게 내릴 리가 없었다. 오히려 어제처럼 이슈가 한창 뜨거워지고 있을 때 어떻게든 그 화제를 조금 더 불태우려 장작을 넣는 게 기자들이다. 게다가 정부의 대형 장작도 들어왔으니 오늘은 더더욱 불타는 게 맞다. 아니, 그냥 확실하게 불타야 한다.

그렇기에 이상했다.

'……이거 뭐 있는 거 아니야?'

김현우가 그렇게 스마트폰을 보며 고민하자 옆에 있던 김시현도 그런 김현우의 뜻에 동조한다는 듯 말했다.

"확실히 좀 이상하긴 하죠."

"그렇지?"

"네, 기자들이 보통 놈들이 아니잖아요? 제가 볼 때 몇몇 기자는 자기 목숨이랑 기사 조회 수랑 바꾸자 그러면 바꿀 정도잖아요."

"……맞아, 그렇지."

한석원이 맞는다는 듯 피식 웃으며 고개를 끄덕였다.

그들도 대형 길드의 길드장이라 기자들에게 이런저런 이슈로 시달려본 게 한두 번이 아니라 기자들에 대해서는 어느 정도 이해하고 있었다.

김시현은 스마트폰을 통해 이것저것을 검색하는 듯하더니 이내 진짜 신기하다는 듯 중얼거렸다.

"아니 근데…… 진짜 뉴스가 밀린 게 아니라 아예 여론이 그냥 물갈이 된 것처럼 조용해졌네요?"

"그러니까 이상하다는 거지."

"……음, 혹시 그 패도 길드장이 그랬을 확률은?"

한석원이 묻자 김현우는 조금 전까지만 해도 같이 있다가 잠시 볼일이 있다며 하남 쪽으로 간 미령을 떠올렸다.

"확실히⋯⋯."

미령이 은근슬쩍 그럴 수도 있었을 것 같기는 한데, 미령은 어제 자신과 떨어진 적이 없었다.

'아니, 어제 조금 더 뭔가 질척했던 것 같은데.'

평소에는 옆에 있는 정도였다면 어제는 기묘할 정도로 김현우의 옆에 붙어 있었다. 뭐, 딱히 불편하지는 않아서 놔뒀지만.

"그것도 아닌 것 같은데⋯⋯."

미령은 어제 김현우의 곁을 떠난 적이 없다. 그렇기에 더 이상했다.

잠시간의 침묵.

"⋯⋯에이, 시발."

문이 열리고 음식이 들어올 때까지 스마트폰을 바라보던 김현우는 이내 스마트폰을 집어넣으며 쯧 하고 혀를 찼다.

'뭐, 뭔가가 있겠지.'

솔직히 찝찝하기는 했지만 또 왜 기사가 안 떴는지 알아보는 것도 조금 웃긴 일이라고 생각했기에 김현우는 이내 하루 만에 바뀐 기사들을 그냥 무시하기로 했다.

'뭐, 나한테는 좋은 거니까.'

뭐 지랄하는 데 힘이 드는 것은 아니었지만 귀찮았다. 김현우는 그리 생각하며 이제 막 애피타이저로 나온 디저트를 입에 가져갔고, 곧 김시현이 물었다.

"아, 형."

"왜?"

"그건 그렇고, 그건 어떻게 할 거예요?"

"그거?"

"그, 손오공? 아니, 제천대성의 전유물로 나온 여의봉이요. 보니까 국제헌터협회에서 소유권은 김현우에게 있다고 공표했던데."

"아, 그러고 보니까."

김현우는 김시현의 말에 고개를 끄덕였다.

그때 당시에 제천대성을 처리한 뒤, 그 녀석이 죽고 나서 남긴 여의봉을 가져오려다 리암의 말 때문에 잠시 협회에 여의봉을 맡겨두었다.

"그것도 찾으러 가야 하네."

어째…… 할 일이 점점 많아지는 것 같은데?

김현우는 그렇게 중얼거리면서도 미국에 찾아가는 것을 머릿속에 체크해두며 마지막 한입 남은 디저트를 입에 집어넣었다.

◆ ◆ ◆

국제헌터협회의 메인 홀.

이전, 무신과 김현우의 싸움으로 완전히 반파되었던 메인 홀은 그 짧은 시간 사이에 이전과 달리 더 크고 화려하게 만들어져 있었다.

뉴스에서는 백악관과 비교할 수 있을 정도라고 말하는 국제헌터협회의 메인 홀 건물.

그런 건물의 3층 홀에는 두 명의 남자가 서로를 마주 보고 있었다. 국제헌터협회의 한 명밖에 없는 최고의원이자 현 헌터협회의 정권을 잡고 있는 남자 리암 L. 오르. 그리고 다른 한편에 앉아 있는 남자는 바로.

"여의봉은 몬타나주의 소유라고 말하지 않았나?"

미국 몬타나주의 의원인 '아탈렉 포트'였다.

리암은 이틀 전부터 헌터협회에 와서 말도 안 되는 소리를 지껄이기 시작하는 아탈렉 포트를 보며 머리가 아프다는 듯 이마를 부여잡았다.

'도대체 어떻게 이런 새끼가 의원인 거지?'

리암은 복잡한 눈으로 당당하게 자신을 마주 보고 있는 말쑥한 느낌의 의원을 바라봤다.

미국 몬타나주 의원 아탈렉 포트, 그는 정계에서도 그리 좋은 취급을 받는 의원은 아니었다.

'아니 좋은 취급 정도가 아니라 그냥 떨거지지.'

정치당의 떨거지.

적어도 리암의 머릿속에서 그의 이미지는 그 정도였다. 하나 그런데도 그를 무시할 수 없는 이유. 그것은 그가 가지고 있는 굉장한 자본 때문이었다. 대형 길드까지도 혼자 움직일 수 있을 정도의 엄청난 자본. 그것이 그에게는 있었다.

물론 그 자본은 그가 직접 일궈낸 것이 아닌 그의 아버지에게 물려받은 것이었으나, 이미 말도 안 될 정도의 자본을 가지고 있는 그의 힘은 미국 내에서 꽤 상당했다. 몇몇 고위 국회의원과 대형 길드들 중에서 그의 스폰을 받지 않은 이들이 없을 정도였으니까.

리암은 한숨을 내쉬며 말했다.

"다시 한번 말씀드리겠지만, 이번 미국 몬타나주에서 나타난 재앙을 처리한 것은 '김현우'입니다."

"그래서?"

"……의원님도 아시겠지만 크레바스나 이번 재앙 같은 경우 그 사건을 처리한 사람에게 모든 소유권이 이전되게 되어 있습니다."

리암의 설명에 포트는 고개를 끄덕였다.

"그렇다면 자네 말은 몬타나주에서 차출되었던 이클립스 길드가 재앙의 처치에 아무런 기여도 하지 못했다, 이 말인가?"

그의 물음에 리암의 입이 멈췄다.

명확하게 말하자면, 이클립스 길드원들은 재앙을 막는 데에 별 도움이 되지 못했다. 그건 사실이었다. 하나, 그 사실을 아는 것과 인정하는 것은 또 다른 문제였다. 마음속으로 생각하기만 하는 것과 밖으로 내뱉는 것은 다른 문제인 것처럼. 그러나 한 가지 확실하게 말할 수 있는 것은 그 말은 포트가 할 말은 아니라는 것이었다. 그는 재앙이 나왔을 때 딱히 한 것도 없었고, 이클립스 길드와 접점이 있기는 했으나 그건 말 그대로 그저 외부적으로 보여주기식의 접점일 뿐이었다. 한마디로 포트가 이클립스의 이야기를 꺼낸 것은 그들의 죽음을 그저 리암을 압박하기 위해 사용하고 있다는 소리였다.

리암이 아무런 말도 하지 않고 가만히 있자. 포트는 슥 웃더니 이어서 말했다.

"뭐, 나도 이클립스 길드가 그리 '큰' 공헌을 세웠다고는 말하지 못하겠군. 그래 어디까지나 작은 부분 정도겠지."

"……."

"그러니까, 말하고 있는 걸세, 어느 정도의 대가를 지불하겠다고."

"그건 제 선에서 말씀드릴 수 있는 문제가 아니라고 했을 텐데요."

"그러니 말했지 않은가? 자네는 그저 김현우와 나를 독대시켜주게. 그렇다면 내가 알아서 하도록 하지."

'지랄하고 있네, 미친 영감 새끼.'

그의 당당한 말에 리암은 욕설을 내뱉었다.

김현우를 만나게 해주는 것? 어렵지 않았다. 그런데도 리암이 포트와 김현우를 연결시켜주지 않으려는 이유는 순전히 김현우가 두렵기 때문이었다. 정확히는 김현우의 성격이, 리암은 두려웠다.

그의 성격은 불과 같았다. 어디서든 자기가 생각한 말은 꼭 하는 편이고, 당하는 것을 죽기보다 싫어하는 타입이었다. 게다가, 한번 꼭지가 돌면 앞뒤를 가리지 않는 것으로 유명했다.

당장 아레스 길드와 김현우가 싸운 흔적들만 쫓아가봐도 그가 얼마나 노 빠꾸로 인생을 살고 있는지를 간접적으로 체험할 수 있었다. 아레스 길드 한국 지부의 헌터들을 전부 뿅망치로 박살 내고, 어떨 때는 짱돌로도 박살 낸다. 기자들한테도 세간의 시선은 신경 쓰지 않고 욕이란 욕은 전부 다 박는다. 그게 무엇인가의 '권력'이나, 눈앞의 의원처럼 '자금'을 기반으로 한 자신감이라면 리암도 그를 그렇게까지 두려워할 이유가 없으나 그의 자신감의 근원은 달랐다.

힘.

도시 하나를 순식간에 말아먹어버릴 수 있는 재앙을 때려잡을 수 있을 정도로 압도적인 힘이 그의 기반이라는 것이, 리암을 두렵

게 했다. 그의 성격상 그를 수틀리게 하면 앞뒤 안 보고 달려들 테니까.

누군가는 '설마 미국의 의원, 더 나아가서 미국을 적으로 돌릴 짓을 하겠냐?'라고 생각하겠지만 리암의 생각에는 충분히 가능성이 있었다. 신인일 때도, 그는 헌터 업계에서 TOP 5 안에 드는 아레스 길드를 적으로 만들고 시작했으니까.

'더 강해진 지금은…….'

굳이 미국이라고 해서 사정을 볼까? 적어도 리암의 머릿속에서 나오는 대답은 '아니오'였다. 그렇기에 리암은 한숨을 내쉬면서도 다시 한번 입을 열기 위해 입가를 움직이려 했으나.

"저 빼고 무슨 이야기를 그렇게 재미있게 합니까?"

"……헉."

곧, 리암은 거대한 방문 앞에 있는 김현우를 볼 수 있었고.

"다시 한번 말해봐요."

김현우는.

"내 여의봉을, 뭐 어쩌겠다고?"

입가에 미소를 지으며 물었다.

◆ ◆ ◆

공기가, 얼어붙었다.

리암.

적어도 리암은 마치 정말로 공기가 얼어붙은 듯한 착각이 들었다. 분명 조금 전까지만 해도 그의 폐부에 들어찬 공기들이 급속

냉각된 듯 그의 몸을 차갑게 만들었고, 그런 상황에서 김현우가 물었다.

"저기요, 제 말 안 들려요?"

김현우의 입가에 웃음이 더해진다. 리암은 그 말과 함께 순식간에 멈췄던 사고를 이어나감과 동시에 입을 열었다.

"아니, 이건 그런 이야기가 아니라."

급한 수습을 위한 리암의 목소리.

"오! 마침 잘 왔네. 자네가 김현우인가?"

그러나 리암의 앞에 앉아 있던 아탈렉 포트는 그의 말을 끊고는 이내 미소를 지으며 김현우를 돌아보았다.

김현우는 여전히 웃는 표정으로 포트를 바라보더니 말했다.

"내가 김현우가 맞기는 한데, 당신은?"

"나는 아탈렉 포트라고 하는 사람이지, 몬타나주의 의원이기도 하고 말이야."

그의 말에 김현우는 피식 웃더니 이내 걸음을 옮겨 그들이 앉아 있는 테이블로 향하기 시작했다.

탁 탁.

그가 신고 있는 삼선 슬리퍼가 대리석 바닥을 때리고, 마침내 김현우는 그들이 앉아 있는 테이블에 도달해 옆에 있는 의자를 하나 빼내 앉았다.

"그래서? 무슨 이야기를 하고 있었는데요?"

김현우의 물음.

포트는 망설임 없이 입을 열었다.

"자네가 가져온 재앙의 물건에 관한 이야기를 하고 있었지."

"아~ 그래요?"

무척이나 당당하게 입을 여는 포트의 말에 김현우는 재미있다는 듯 말을 늘이며 대답했고, 포트는 이어서 말하기 시작했다.

"사실 이번 재앙인 제천대성을 자네가 잡은 것은 맞지만, 그 재앙은 몬타나주에서 나온 것이 아닌가?"

"그래서요?"

"물론, 재앙을 잡은 건 자네지만 우리 몬타나주는 큰 피해를 봤지, 게다가 자네도 알다시피 몬타나주에 속해 있는 거대 도시 빌링스는 완전히 궤멸했네."

"그래서?"

"거기다 덤으로 자네는 혼자 재앙을 잡았다고 생각하고 있는 것 같지만, 실질적으로 몬타나주의 이클립스 길드는 자네가 오기 전 그의 힘을 어느 정도 빼놓았지."

"그건!"

리암은 급하게 포트의 말을 듣고 반박하기 위해 입을 열려 했으나, 김현우는 오히려 재미있다는 듯한 미소를 지은 채 반박하려는 리암을 제지하듯 손을 올리곤 말했다.

"뭐, 재미있네. 계속 말해봐, 아니 내가 맞혀볼까?"

어느새 존댓말에서 반말로 바뀐 김현우.

그가 말했다.

"그러니까 아무튼 재앙을 잡은 건 나지만 자기들이 피해도 봤고, 내가 모르는 사이에 딜을 조금이라도 넣기는 넣었으니까. 너희들에게도 소유권이 있다."

뭐 이런 말 하려고 하는 거지?

김현우가 피식 웃으며 말하자 포트는 만족한 듯 입가에 진한 웃음을 지으며 말했다.

"자네도 잘 알고 있군."

김현우는 그런 포트를 보고 마주 웃으며 다시 물었다.

"그래서, 지금 나보고 여의봉 내놓으라고 하는 거야?"

"아니지, 물론 그냥 맨입으로 내놓으라는 것은 아닐세. 당연히 우리 쪽에서도 소정의 보상금을 지급할 예정이지."

"그래?"

"물론일세."

"만약 내가 싫다면?"

"?"

"만약 내가 여의봉을 넘기기 싫다고 말한다면 어떻게 할 거지?"

김현우의 물음.

포트는 김현우를 바라보다 어깨를 으쓱이며 말했다.

"뭐, 만약 자네가 우리의 소유권을 인정하지 못하겠다면, 우리도 우리 나름대로 또 손을 써야 하지 않겠나?"

포트의 대답에 리암의 표정이 굳어졌고, 오히려 김현우의 입가는 더더욱 올라갔다.

"어떻게 손을 쓸 건데? 응? 너도 아레스 길드처럼 암살자 보내려고?"

김현우의 말에 포트의 눈이 일순 슬쩍 떠졌으나, 그는 이내 고개를 저으며 대답했다.

"나는 그렇게 격조 없는 짓은 하지 않는다네."

"그럼 어떻게 하게?"

그의 물음에 포트는 입가의 미소를 지우지 않은 채 입을 열었다.

"글쎄, 어떻게 할까?"

질문에 질문으로 답하는 포트.

그 모습을 보며 리암은 망연한 한숨을 내쉬었다.

'끝이군.'

김현우와 포트는 서로를 마주 보며 웃고 있었다.

하나 그 웃음의 의미가 철저하게 뒤틀려 있다는 것을, 리암은 알고 있었다.

'저런 명청한 새끼.'

포트는 현재 김현우를 압박할 수 있다는 사실 그 자체로 이겼다는 생각을 하고 있는 것 같았다.

'만약 다른 사람이라면 포트의 저 말에도 설설 기었겠지만.'

그는 몬타나주의 의원이다. 거기에 더해서 그가 가지고 있는 자금은 엄청날 정도였고, 엄청날 정도의 자금이 있다는 것은 그와 연결된 사람이 많다는 것을 의미했다. 고위 의원들부터 시작해 대형 길드들, 거기에 언론까지.

그는 자신의 자본금을 기반으로 미국뿐만 아니라 타국에서도 어느 정도 영향력을 발휘할 수 있었다. 그렇기에, 다른 헌터라면 포트의 말에 압박감을 느낄 수 있었다. 포트를 적으로 돌린다는 것은, 그와 연관되어 있는 모든 사람들을 적으로 돌린다는 것과 같은 것이었으니까. 그리고 그런 기반이 있었기에, 포트는 김현우의 웃음을 '억지웃음'으로 보고 있었다. 그래, 자신이 졌다는 것을 숨기기 위한 '억지웃음'으로.

애초에 그는 협상을 할 때 '거부'라는 단어를 들어본 적이 없었기에, 착각을 하고 있었다. 김현우의 '웃음'의 의미를.

방 안에 침묵이 돈다.

리암은 시선을 돌려 김현우를 바라보았다.

김현우의 입가에 지어져 있는 웃음, 그것은 순수한 웃음이 아닌 어딘가가 비틀려 있는 웃음이었다. 마치 금방이라도 미소에서 분노로 변할 수 있을 것 같은, 그런 표정.

리암은 그런 김현우의 모습을 보며 몇 번이고 다른 말을 하려 했으나 이내 입을 다물었다. 왠지 이곳에서 괜히 입을 열었다가는 불똥이 튈 수 있다는 걸 깨달았기에, 그는 입을 다물었다. 다만 그는 굉장히 걱정된다는 눈빛으로 포트를 바라보았다. 김현우의 지금까지의 행보를 보아왔을 때, 리암은 절대 포트가 오늘 정상적으로 집에 돌아가지 못한다는 것을 알고 있었으니까.

물론 지금까지 일방적으로 찍어 누르는 식으로밖에 협상을 해보지 않은 포트는 자기가 그런 위험한 상황에 놓여 있다는 것을 생각하지 못할 테니까. 뭐, 리암 본인이라도 저 정도의 위치에 서 있으면 그런 걱정을 안 할 것 같기도 했다.

그리고 리암의 생각과 함께 침묵이 지속되고 있을 때쯤.

짜악!

건물 안에 경쾌한 소리가 터져 나왔다.

소리의 진원지는 김현우의 손.

그리고.

"무슨?"

포트의 뺨이었다.

짜아악!

"끄아아악!"

한 번 더 경쾌한 소리가 터져 나간다.

그와 함께 뺨에서 고통을 느낀 포트가 의자에서 굴러떨어져 땅바닥에 고개를 처박고, 김현우는 자리에서 일어나 의자를 걷어찼다.

와장창!

순식간에 저 멀리 날아가 박살 난 의자.

김현우는 답했다.

"이 새끼가 봐주니까 기어오르네?"

"지, 지금 이게 무슨 짓."

짜악!

"끄아악!"

우당탕탕!

포트는 입안에서 터져 나오는 피를 보며 곧바로 입을 열려 했으나 김현우가 다시 손을 휘둘러 그의 뺨을 후려쳤다. 얼마나 세게 후려쳤는지 순간적으로 허공에 몸이 떠오른 포트는 테이블 위에 처박혔고, 김현우는 그런 그의 모습을 보며 말했다.

"무슨 짓이기는 씨발아, 너는 강도한테 손속 두는 거 봤어?"

"가…… 강도라고?"

"왜? 아니야?"

"그게 무슨 개소리!"

"지랄 좆 까고 있네, 남이 가지고 있는 물건 빼앗으려고 협박하는 게 강도 아니야? 응? 아니냐고 이 씨발아!"

빠아아아악!

이번에는 손바닥이 아닌 주먹으로 포트의 머리를 후려친 김현우.

그의 몸이 테이블에서 굴러떨어져 마치 만화처럼 대리석 바닥을 몇 번이고 빙글빙글 돌았다.

포트는 얼굴과 머리에서 느껴지는 고통에 정신을 제대로 차리기도 전에 본능적으로 자리에서 일어나 악을 쓰기 시작했다.

"네 녀석! 나는 분명 합당한 보상을 제안했을 텐데!?"

"뭐라고 씨발아?"

살벌한 김현우의 말에 그는 움찔하면서도 입을 열었다.

"나는 분명히 말했다! 부산물을 넘기면 우리 쪽에서도 나름대로 사례를 하겠다고?"

"뭐? 사례? 돈으로?"

"그래!"

아주 당당하게 눈깔을 치켜뜨고 말하는 포트를 보며 김현우는 어처구니없다는 듯 웃더니, 고개를 끄덕거리며 입을 열었다.

"그래, 맞네."

조금 전까지와는 달리 갑작스레 순순히 고개를 끄덕거리는 김현우.

"……?"

그에 포트는 알 수 없는 위화감을 느꼈고, 김현우는 이내 그가 굴러간 곳까지 다가와.

"!!"

그의 멱살을 잡아 들었다. 김현우는 포트의 얼굴을 자신에게 가까이 대고는 말했다.

"그래 맞아, 내가 아주 대단한 착각을 했네. 아주 대단한 착각을 했어."

"그…… 그게 무슨."

"나는 분명 아까 강도인 줄 알았거든? 근데 이제 보니까 강도 새끼가 아니라 그냥 양아치 새끼였네?"

"야…… 양아치라고?"

쫘아아악!

"끄아아아악!"

"씨발 새끼야, 네가 문방구 뒤에서 초딩들 삥 뜯는 일진들이랑 뭐가 달라, 이 개새끼야."

쫘아아악!!!

"어? 초딩 지갑에서 5,000원 빼 간 다음에 지갑 돌려주는 새끼들이랑 뭐가 다르냐고 이 씹새끼야!!!"

빡! 와장창창!

"끄에에엑!!"

또 한번 테이블로 날아가 이번에는 테이블을 박살 내버리는 포트.

김현우는 또 한번 포트에게 다가가기 시작했고, 리암은 완전히 개박살이 난 포트의 모습을 보며 서둘러 김현우에게 입을 열었다.

"이, 이 이상은 그만두는 게 좋을 걸세! 이러다가 죽기라고 하면!"

리암이 어떻게든 포트를 살리기 위해 김현우를 설득하려 했으나.

"네 녀석! 이번 일이 밖으로 새 나가면 어떻게 될지 알고 이런 짓을 하는 거냐!!"

"아……."

리암은 부서진 테이블 너머에서 들려온 포트의 목소리에 저도 모르게 한숨을 내쉬었다.

"뭐?"

"이, 일이 밖으로 나가게 된다면 너도 무사하지 못할 거다 그, 그리고!"

"그리고 뭐?"

"그…… 네, 네 가족들도! 네 가족들도 무사하지 못할 거야!"

"뭐?"

김현우가 살짝 멈칫하자 포트는 곧바로 입을 털기 시작했다.

"과연 이 일이 새어 나가고도 네가 정상적으로 헌터 생활을 할수 있을 것 같나? 천만에! 너는 헌터 생활은 제대로 못 할 거다! 게다가 네 가족도 마찬가지야!"

순식간의 포터의 입에서 나온 악의가 가득 찬 말들.

그에 김현우는 한동안 포트를 멍하니 바라봤고, 포트는 힘겹게 자리에서 일어나며 그를 바라봤다.

짧은 침묵.

곧.

"나, 부모님 없는데?"

"무…… 뭐?"

"나 부모님 없다고."

포트는 김현우의 입안에서 나온 말에 저도 모르게 할 말을 잃은 채 그를 바라봤다.

"그리고."

그렇게 아무런 말도 하지 못 하고 망연하게 김현우를 바라보고 있는 포트를 보며 김현우는 입가에 진득한 미소를 지은 채 입을 열었다.

"나는 이미 많이 벌어서 헌터질 더 이상 안 해도 돼!"

이 개새끼야!!

빠아아악!

김현우는 그렇게 말하며 이제야 일어난 포트의 몸을 발로 후려차버렸고, 이내 그는 대리석 바닥을 훑고 날아가 외벽에 처박혔다.

"끄학!"

그와 함께 땅바닥에 처박히는 포트. 김현우는 그 모습을 보고 쯧하고 혀를 찬 뒤, 걱정하는 듯한 표정으로 포트를 바라보고 있는 리암을 향해 말했다.

"걱정 마요. 안 죽었으니까."

"아니……."

'안 죽었다고 걱정 안 할 그런 상황이 아닌 것 같은데?'

리암은 완전히 엉망진창이 된 포트의 모습을 보며 짧게 생각했고, 이내 김현우에게 물었다.

"아니…… 그."

"왜요?"

"수습을 어떻게 하려고……."

여러 가지 의미가 담겨 있는 리암의 걱정 어린 말투에 김현우는 대답했다.

"그건 신경 쓰지 마요, 제가 알아서 할 테니까. 그보다."

김현우는 추리닝 바지에 손을 집어넣으며 말했다.

"제 여의봉이나 돌려주세요."

미국의 주 의원을 개박살 내놓고 아무렇지도 않게 말하는 김현우의 모습에 리암은 저도 멍한 표정으로 김현우를 바라봤다.

그다음 날.

"이 개새끼!"

워싱턴의 주립 병원의 특 VIP실. 병실이라고 하기에는 굉장히 넓고 고풍스럽게 꾸며져 있는 방 안에서, 포트는 성을 내며 자신의 손에 잡히는 것을 모조리 집어 던지고 있었다.

깡! 쨍그랑!

철제 수납장과 접시가 벽에 맞아 찌그러지고 깨지며 날카로운 소리를 냈으나 포트는 분이 풀리지 않은 듯 몇 번이고 거친 숨을 내뱉고는 침대를 내리쳤다.

쿵!

치유 능력을 가지고 있는 헌터에게 치료받은 덕분에 어제의 심각했던 상황에서 몸을 움직일 수 있을 정도까지 빠르게 호전된 포트는 두 눈을 부릅뜨며 이를 갈았다.

'나를 가지고 놀아?'

포트는 자신이 기억을 잃기 전, 그러니까 어제의 일을 떠올리며 씩씩거렸다.

'또라이 새끼……!'

포트는 아직까지도 턱이 얼얼한 것 같아 턱을 몇 번이고 움직였다.

다그락다그락.

아직 후유증이 전부 가시지 않은 것인지 달그락거리는 미세한 소리를 들으며 그는 이를 악물었다.

'이러고도 무사할 것 같아!?'

포트는 김현우에 대한 분노가 계속해서 끓어오르는 것을 느꼈다.

물론 엄연하게 잘못을 따져본다면 애초에 헌터협회에서 정해놓은 규정을 깨려 한 아탈렉 포트의 잘못이었다. 그가 김현우에게 하려던 일은 어떻게 보면 정말 김현우가 말했던 것처럼 '강도'나 '양아치' 짓에 가까웠으니까.

"으으으……!!"

그러나 포트에게 딱히 그런 것은 중요하지 않았다. 중요한 것은 자신이 무언가를 '잘못했다'는 것이 아닌, 김현우가 자신에게 모욕감을 주었다는 것. 거기에 더해서 자신에게 엄청난 상해를 입혔다는 것.

자신이 잘못한 일 따위는 신경 쓰지 않은 채 오로지 자신이 당한 것만을 생각한 포트는 김현우에 대한 적개심을 불태우며 소리쳤다.

"밖에 아무도 없나!?"

그의 외침에 정장을 입은 한 남자가 문을 열며 들어왔다.

"부르셨습니까, 의원님."

"에반인가?"

"그렇습니다."

그 남자의 이름은 에반으로, 포트가 처음 정계에 입문한 뒤로 쭉 그를 보좌하고 있는 보좌관 중 한 명이었다. 또한 그는 포트가 긴 시간 동안 알고 지내며 상당히 믿고 의지할 수 있을 정도로 신뢰가 쌓인 사람이기도 했다.

에반이 정중하게 다가가 고개를 숙였다.

"현재 상황은?"

"우선, 의원님이 깨어나시기 전이라 딱히 지시를 내리진 않았습니다만 준비는 전부 시켜놨습니다."

에반의 말에 포트는 비틀린 웃음을 지으며 고개를 끄덕거리더니 말했다.

"내가 뭘 시킬 줄은 알고 있겠지?"

"뿌리면 되겠습니까?"

"아니, 그냥 뿌려대서는 안 되지. 자금도 전부 가져다 써. 김현우에 대한 추문과 논란, 만약 만족할 만한 게 없다면 만들어서라도 전부 뿌려버려!"

"알겠습니다."

에반은 고개를 숙이며 대답하자 포트가 이어서 말했다.

"그리고 길드 쪽이나 김현우에게 피해를 입은 녀석들을 조사해봐. 김현우에 관해서 안 좋은 이야기가 나올 수 있는 곳은 전부 조사해!"

"의원님 뜻대로 하겠습니다."

에반이 고개를 끄덕거리자 포트는 이가 부스러질 정도로 입을 다문 채 부서진 접시를 보며 생각했다.

'나를 건드린 것을 땅을 치고 후회하게 해주마, 김현우……!'

그런 포트 의원을 한동안 바라보던 에반은 그에게 허락을 구하고 병실을 나섰다. 그는 고급스러운 병원의 복도로 나오자마자 어딘가로 걸음을 옮기기 시작했다.

뚜벅뚜벅.

고풍스러운 건물의 복도에 그의 발걸음 소리가 울리고, 잠시 뒤 그는 지하로 내려가기 위해 엘리베이터를 탔다. 14층에서 에반이

탄 엘리베이터는 버튼을 누르지 않았음에도 지하로 내려가기 시작한다. 병실이 있던 상층을 출발하여. 카운터가 있는 1층을 지나고. 주차장이 있는 지하 4층에 멈춰 선 엘리베이터.

에반은 주차장에 나오자마자 걸음을 옮기기 시작했고, 정말로 익숙하다는 듯 바로 앞에 주차되어 있는 한 밴 앞에 멈춰 섰다.

말없이 열리는 문. 에반은 아무런 말도 없이 그 차 안에 올라탔고, 그 차에 앉자마자.

"그래서, 이야기는 어떻게 끝났지?"

운전석에서, 남자의 목소리가 들려왔다. 에반은 남자의 목소리에 조금의 지체도 없이 답했다.

"명령을 받았습니다."

"명령?"

"김현우에 대한 추문을 뿌리라는 명령입니다."

에반의 말에 운전석에 앉은 남자는 웃으며 대답했다.

"추문이라고?"

"예, 김현우와 관련해서 논란이 되는 것들은 모조리 찾아서 언론에 뿌려버리라는 명령을 하더군요."

에반의 담담한 고백.

"추문…… 추문이라……."

남자가 조용히 중얼거리자, 에반이 말을 이었다.

"어떻게 하면 되겠습니까?"

에반의 물음.

그에 남자는 이런 경험이 한두 번이 아니라는 듯 당연하게 대답했다.

"너도 알겠지만 우리 '보스'는 굉장히 김현우 성애자인 거 알지?"

"알고 있습니다."

"그래, 모를 리가 없지. 김현우 그 작자 덕분에 우리가 미국에서 작업 친 게 몇 개인데 말이야."

남자는 그렇게 중얼거리면서 키득거리곤 에반을 돌아보며 말했다.

"그래서, 너는 생각해둔 거라도 있어?"

그의 물음에 에반이 거침없이 대답했다.

"처리할까요?"

"오우, 그렇게 빠르게 결단하는 거야? 네가 10년 동안이나 옆에서 보좌했던 사람인데?"

에반은 시니컬한 표정을 지으며 대답했다.

"10년 동안 보좌했지만 그에게서 받은 건 단 하나도 없군요. 제가 이곳에서 받은 것에 비하면 말이죠."

에반의 말에 그는 씩 웃었다.

"그래, 뭐 네 말대로 처리하는 것도 좋겠지만, 그래서야 오히려 일을 키우는 꼴이지."

"그렇다면?"

"우선 그냥 뿌리는 척만 해."

"……뿌리는 척만?"

"그래, 말 그대로 추문과 논란을 찾아서 뿌리는 척만 하라고. 그렇게 해서 어느 정도 시간이 지나면."

남자는 핸들 손잡이를 잡았다.

"그때 슥 처리하는 거지, 응? 그 편이 더 낫지 않아?"

"물론, 가능합니다. 어차피 그의 권력은 제가 통제하고 있는 것과 다름이 없으니까요."

에반의 말에 만족스럽게 고개를 끄덕인 남자는 시선을 앞으로 돌리고는 조용히 중얼거렸다.

"모든 것은 우리의 보스를 위해, 또."

그리고, 두 남자는.

"우리의 조직."

각각 자신의 오른 팔뚝과 목 뒤에 있는.

"일루미티를 위해."

삼각형 안에 눈이 들어 있는 기묘한 문신을 서로에게 보이며 조용히 자신들만의 구호를 읊조렸다.

◆ ◆ ◆

다음 날.

"자."

"이게, 그거예요?"

하남에 위치한 거대한 장원. 김현우는 김시현에게 불완전한 악천의 원천을 넘겨주며 고개를 끄덕였다.

"맞아, 그 천을 천마의 검에 가져다 대면 시스템 창이 뜰 거야."

그 안에 들어가면 천마를 만날 수 있지.

김현우의 말에 김시현은 그것을 마치 소중하다는 듯 자신의 주머니에 챙겨 넣었고, 이내 시선을 돌리다가 장원 한쪽의 1층 건물 안에서 무엇인가를 열심히 그리고 있는 아냐를 보고는 물었다.

"그래서, 이번에는 멕시코에 간다고요?"

"응, 확인할 게 좀 생겼거든."

"확인할 것이요?"

"그래."

김현우의 말에 김시현은 잠시 고민하는 듯하다 말했다.

"형."

"왜?"

"거기 다 박살 난 건 알죠?"

김현우는 고개를 끄덕였다.

"당연."

"그런데 거기에서 확인할 게 있다고요?"

정말로 궁금하다는 듯 물어보는 김시현. 물론 그의 물음은 더없이 합당한 것이었다. 그도 그럴 게 김현우가 현재 가려고 하는 멕시코시티는 그가 얼마 전 제천대성과 싸움을 벌였던 빌링스와 비슷한 처지였으니까.

물론 빌링스보다는 낫다. 빌링스는 그냥 존재 자체가 지도에서 사라진 것처럼 깔끔하게 없어졌고. 멕시코시티는 건물의 흔적이라도 조금 남아 있으니까. 하지만 절대로 거기에서 무엇인가를 할 수는 없는 상태였다. 지금 가봤자 볼 수 있는 것은 수많은 헌터와 인력이 합쳐서 멕시코시티를 재건하는 모습뿐일 것이다.

아니, 재건 작업을 시작하긴 했을까? 오히려 그대로일 수도 있었다.

그런 김시현의 여러 가지 생각이 담긴 물음에 김현우는 심플하게 답변했다.

"있어."

"……그래요?"

김시현은 그 확인할 게 뭐냐고 물어보고 싶었으나 딱히 대답을 해줄 것 같지 않아 그 이상 묻지는 않았다.

"흐음."

한편, 김현우는 아냐가 건물 한쪽에서 열심히 마법진을 그리는 것을 보며 어제 아브와 했던 이야기를 떠올렸다.

여의봉을 찾아온 뒤, '계승자'에 대해서 묻기 위해 시스템 룸에 들어갔던 김현우는 그가 원하는 대로 계승자에 대한 정보를 얻을 수 있었다.

'어디로 튈지 모른다……라.'

다만, 아브가 준 정보는 굉장히 미묘했다.

아브가 기록을 뒤져본 결과 계승자는 꽤 많았다고 한다. 그러나 여기에서 문제는, 계승자들은 딱히 일관적이지 않다는 것이었다.

'등반자'는 탑을 오른다. '가디언'은 탑을 오르는 등반자를 막는다. 두 개의 역할은 이렇게 정해져 있다. 그러나 계승자는 아니었다. 아브의 말에 의하면 지금까지 탄생하고 기록된 계승자들은 모두 제각각의 목표 의식을 가지고 있다고 했다.

어느 계승자는 가디언처럼 자신의 세계를 지키려 하고. 또 어느 계승자는 등반자가 되어 탑을 올랐다고 한다. 또 계승자가 되었지만 아무런 일도 하지 않은 녀석들도 있고. 계승자가 되어 자신의 세계에 군림하던 녀석들도 있다고 들었다.

그야말로 제각각.

'뭐, 아무튼 결국 계승자라는 게 나쁜 건 아니라는 건데.'

김현우는 슬쩍 미령을 바라보았다. 부쩍 거리가 가까워져, 예전에는 분명 뒤에 서 있던 것 같은데 요즘에는 바로 손이 닿을 수 있는 거리까지 서 있는 그녀. 그는 살짝 고민하는 듯하다 이내 미령을 불렀다.

"제자야."

"예, 스승님?"

"받아라."

김현우는 미령에게 괴력난신의 정수를 넘겨주었다.

그녀는 잠시 자신의 손 위에 올라온 것이 무엇인지를 가늠하는 듯하다 이내 눈을 휘둥그레 뜨며 입을 열었다.

"스승님 이건……!"

"이제 네 거다."

계승자가 위험하지 않다는 것을 알게 된 이상 미령에게 정수를 넘기지 않을 이유는 없었다.

'이번처럼 이곳저곳에서 등반자가 올라올 경우를 생각해보면 무조건 등반자를 막을 사람이 많은 게 이득이지.'

게다가 자신의 제자인 미령은 갑자기 힘을 얻었다고 날뛰지는 않을 것 같다는 계산이 들어 있었기에 망설임 없이 그녀에게 정수를 넘길 수 있었다.

"저…… 저는."

"마법진 전부 다 완성됐습니다, 길드장님!"

미령이 더듬거리며 김현우에게 입을 열려는 도중 들려온 아냐의 목소리. 그는 그 목소리에 걸음을 옮기면서도 미령을 향해 말했다.

"나는 너를 믿는다."

"!!"

김현우의 말 한마디에 한순간 숨을 삼킨 채 홍조를 띠는 미령.

"그럼, 내가 다녀올 때까지 잘 기다리고 있어라."

"네에에……."

힘없이 쫑알거리는 미령의 목소리를 들으며 피식 웃던 김현우는 이내 마법진 쪽에서 대기하고 있는 아냐를 향해 걸어가다 고개를 돌려 김시현을 바라봤다.

"시현아."

"왜요, 형?"

"너 바로 들어갈 거지?"

김현우의 물음에 김시현은 고개를 끄덕거리며 대답했다.

"예, 아마 그럴 것 같아요."

그의 대답에, 김현우가 말했다.

"그럼 그 안에 들어가면 천마에게 전해줘라."

"네? 천마한테요?"

"그래, 그 녀석한테 좀 전해줘."

"뭐라고요?"

그의 물음에 김현우는 순간 말을 멈추고 무엇인가 고민하는 듯하다, 이내 피식 웃곤 이야기했다.

"댁이 가르쳐준 무술 아주 잘 써먹고 있다고 말이야."

그 말을 끝으로, 김현우는 아냐가 만들어놓은 마법진 위에 섰다.

두 번째 제자도 제정신이 아니다

"후······."

김현우가 아냐의 마법진을 타고 사라진 뒤, 김시현은 나름대로 준비를 끝낸 채, 며칠 전을 기점으로 다시 지어진 자신의 아파트로 돌아왔다. 가구가 하나도 없어 적적하지만 그래도 기본적인 생활 가전 정도는 갖춰져 있었다.

그 아파트의 거실 한가운데에서, 김시현은 앞에 떠오른 로그를 보았다.

[악천의 원천을 '천마검天魔劍'에 사용하시겠습니까? Y/N]

단출한 한 줄짜리 로그.

'혹시나 싶어서 만날 사람은 전부 만나고 왔다.'

게다가 이미 이곳에 들어갔다 나온 김현우에게 이런저런 이야기와 더불어 주의점 아닌 주의점을 듣기도 했다.

'천마의 성격이 개차반이니까 되도록 안 개기는 게 좋다……라.'

그리고 그중에서도 김현우가 몇 번이고 강조한 말을 떠올리며 김시현은 저도 모르게 머리를 긁적였다.

'……현우 형이 개차반이라고 말할 정도의 성격이면, 도대체 어느 정도인 거지?'

딱히 동료들에게 그러지는 않지만, 김현우의 성격은 확실히 개차반이 맞기는 했다. 당장 그가 걸어온 행보만 보더라도 절대로 평범한 일반인의 것이 아니었으니까. 그런데 그런 김현우가 천마의 성격을 비유해 개차반이라고 한다면.

'현우 형 이상의 개차반……'

김시현은 저도 모르게 몸에 소름이 돋는 것을 느끼다 이내 크게 한숨을 내쉬었다.

"후우."

큰 한숨과 함께 김시현은 로그의 버튼을 눌렀고.

"!"

세상이 일그러지기 시작했다.

순식간에 일그러지기 시작한 세상은 그가 제대로 공간을 인지하기 시작했을 때 바뀌어 있었다.

"이건."

김시현의 눈에 거대한 장원이 보였다. 땅바닥에는 잘 깔아놓은 흙바닥이, 그리고 그 주변으로 고풍스러운 중국풍의 담들이 늘어서 있다.

순식간에 일변한 세상.

김시현은 고풍스러운 문양을 가진 중국풍의 담들을 바라보다, 이내 장원 대문 위에 쓰여 있는 문패를 읽었다. 天魔殿(천마전)이라는 한자가 거대하게 쓰여 있는 문패의 아래에 있는 목제 의자에.

"네 녀석은 또 뭐냐?"

그는, 앉아 있었다.

무료한 표정으로 장원 가운데에 서 있는 김시현을 바라보고 있는 그. 흑의를 입고, 자신의 검을 의자에 걸쳐놓은 채 앉아 있던 그는 갑작스레 나타난 김시현의 모습에 인상을 찌푸리곤 말했다.

"네 녀석은 또 뭐냐고 물었을 텐데?"

천마.

그의 물음에 김시현은 순간 생각했다.

'어떻게 대답해야 하지?'

김현우에게 소개를 받고 왔다고 해야 할까?

아니면 그런 말 없이 그냥 순수하게 무공을 배우고 싶어서 찾아 왔다고 해야 할까? 그것도 아니면?

김시현의 머릿속에서 순식간에 여러 생각이 떠올랐다 사라지고, 천마의 얼굴에 슬슬 주름이 잡힐 때쯤.

"무공을 전수받고 싶습니다!"

김시현은 생각을 마쳤다는 듯 고개를 숙였고.

"넌 또 뭐 하는 새끼지?"

"……."

곧 그의 반응에 저도 모르게 입을 다물고 천마를 바라봤다. 그는 뭔가 묘하게 심기가 거슬린 듯 인상을 찌푸리고는 짜증을 냈다.

"도대체 너 같은 새끼들은 어디서 오는 거냐?"

"그…… 아티팩트를 통해서 왔는데요."

천마의 물음에 무엇이라고 답할까 하다 이내 사실대로 말하는 김시현.

그는 인상을 찌푸렸다.

"뭐? 아티팩트?"

"예, 지금 당신이 옆에 두고 계시는 천마의 검 덕분에 이곳에 올 수 있었습니다."

김시현의 말에 그는 잠시 사색에 빠졌다가 말했다.

"설마 네 녀석, 김현우와 관련되어 있나?"

천마의 물음에 김시현은 순간 대답을 망설이다 이내 조심스레 고개를 끄덕였다.

"네."

"이런 개새끼."

김시현의 대답이 끝나자마자 욕을 내뱉으며 인상을 찌푸린 천마. 김시현은 그런 천마의 모습에 놀랐고 천마는 인상을 찌푸리며 말했다.

"안 그래도 그 개새끼가 오가고 난 뒤, 잠이 들지 못해서 이제야 겨우 잠에 빠져들었는데, 또 이런 식으로 나를 엿 먹여?"

굉장히 심기가 불편해 보이는 천마의 모습에 김시현은 저도 모르게 김현우의 말을 떠올렸다. '천마의 성격은 개차반이다'라는 김현우의 말을.

김시현은 한동안 중얼거리는 천마의 눈치를 보며 순간 김현우가 자신에게 전했던 말을 떠올렸다. "댁이 가르쳐준 무술 아주 잘 써먹고 있다고 전해줘"라고 말했던 김현우. 하지만 김시현은 그런 김현우의 말을 조용히 묻어두기로 했다. 적어도 지금 굉장히 심기가 나빠져 있는 천마에게 김현우가 전해달라는 말을 하면 딱히 뒤가 좋지 않을 것 같다는 것을 직감했기 때문이다.

그렇게 천마가 혼자 짜증을 낸 지 얼마나 되었을까. 천마는 김시현을 바라보며 입을 열었다.

"꺼져라."

"예?"

"꺼지라고."

"아니 그게……."

"내 말 못 들었나? 어차피 네 녀석은 내 무공을 제대로 배우지도 못한다."

천마의 막말에 김시현은 할 말을 잃은 듯한 표정으로 천마를 바라봤으나, 그는 완강한 듯 김시현을 못마땅한 표정으로 바라봤다.

그리고 그때, 김시현은 김현우에게 들었던 또 하나의 말을 기억해냈다.

'만약 천마가 안 가르쳐준다고 뻐기면 그냥 그 자리에서 무공 배우고 싶다고 계속 밀어붙여라.'

김현우는 김시현에게 그렇게 말했다. 무공을 배우는 것을 허락하지 않으면 포기하는 게 아니라 그가 허락해줄 때까지 밀어붙이라고.

'그래, 여기까지 와서 그냥 갈 수는 없지.'

게다가 김시현은 이전의 무력감을 다시는 느끼고 싶지 않았기에 망설임 없이 김현우의 말을 떠올리고.

"그러지 말고 한 번만 알려주십쇼!"

실행했다.

"꺼지라고 했을 텐데?"

"제발!"

"꺼져라."

"제발!"

"꺼져."

"제발!"

"꺼."

"제발요!"

김시현의 말에 일순 천마의 표정이 굳어졌다. 김시현은 고개를 바닥에 처박고 있다 더 이상 들리지 않는 천마의 목소리에 슬쩍 시선을 올렸고.

"헉!"

천마는 어느새 김시현의 앞에 서 있었다.

그는 입가에 비웃음을 머금은 채 말했다.

"하는 꼬라지가 그 또라이 새끼의 지인이라고 할 만하구나. 그러니까 내 그놈과 똑같이 대해주마."

"네. 네?"

"나를 이겨봐라, 그럼 네게 무武를 전수해주지."

천마는 그렇게 말하며 망설임 없이 김시현의 얼굴을 발로 뚜드려 찼고.

빠아아아악!

"께에에에엑!"

그것이, 김시현의 첫 번째 죽음이었다.

◆ ◆ ◆

"……진짜 아무것도 없네."

김현우는 멕시코시티의 전경을 보고 저도 모르게 중얼거렸다. 아냐의 마법진을 타고 멕시코로 넘어온 그는 정말로 아무것도 없는 멕시코시티를 바라봤다.

아니, 정확히 말하면 있기는 있다. 분명 조금 전 멕시코에 도착했을 때는 헌터협회가 임시로 세워져 있었으니까. 물론 건물이 아니라 텐트였지만. 근데 그것 빼고는 아무것도 없었다.

"……."

보이는 것은 그저 시커멓게 불탄 흔적들. 저 멀리로는 그나마 검게 불탄 흔적이 남아 있기도 하고, 또 어디는 그나마 서 있기는 한 빌라들이 눈에 보였다.

뭐, 그래봤자 언제 무너져도 이상하지 않을 정도로, 남아 있는 건물들은 그 내구성이 위태로워 보였다.

김시현의 의문대로, 도대체 이곳에서 무엇인가를 확인한다는 게 웃긴 상황 속에서 김현우가 머리를 긁적이는 도중.

"?"

"안녕하십니까, 김현우 님."

그의 앞에, 한 남자가 나타났다.

아니, 정확히 말하면 갑자기 나타난 것은 아니었다. 그는 이미 저 편에서부터 그가 이 주변을 돌아다니고 있다는 것을 알고 있었으니까. 다만 김현우는 그가 협회원인 줄 알았다.

실제로 이 불타버린 멕시코시티 곳곳에서는 협회원과 헌터 들이 혹시 모를 생존자 구출 작업을 펼치고 있었으니까.

남자를 바라봤다.

모든 게 전소되어버린 도시에서 어울리지 않게 검은색의 양복을 입고 팔자 좋게 검은색 선글라스까지 끼고 있는 그의 모습. 게다가 마치 김현우를 기다렸다는 듯 입을 여는 모습에 그는 물었다.

"넌 뭐야?"

"기다리고 있었습니다."

"뭐? 나를?"

"그렇습니다."

"……."

남자의 말에 김현우는 요상한 표정으로 그를 바라봤다.

"사실 잘 이해가 가지 않으시는 것도 이해는 갑니다. 게다가 저도 '혹시' 김현우 님이 오실지도 모르니 대기하고 있으라는 소리를 들었기 때문에……."

선글라스를 낀 그의 말에 김현우는 입을 열었다.

"누가 대기하고 있으라고 했는데?"

"저희 보스입니다."

"뭐? 보스?"

"예."

김현우의 말에 담담하게 대답하는 남자. 그는 김현우가 이어서 질문을 하기도 전에 제안했다.

"이곳에서 이야기를 하려면 좀 길어질 것 같은데, 제가 안내를 좀 해드려도 되겠습니까?"

"안내?"

"예, 허락하신다면 저희 보스가 있는 곳으로 김현우 님을 안내해 드리도록 하겠습니다."

예의 바르게 슬쩍 고개를 숙이는 남자의 모습에 김현우는 묘한 표정으로 그를 보다 말했다.

"싫다면?"

"만약 거절하시겠다면 저로서는 어쩔 도리가 없기에, 우선 보스에게 새로 연락을 드려 명령을 하달받아야 할 것 같습니다."

"……."

김현우는 미심쩍은 표정으로 남자를 바라보곤 물었다.

"그 보스가 누구인데?"

"그건 제가 말씀드릴 수 있는 게 아니라, 직접 김현우 님이 가셔서 보셔야 할 것 같습니다."

김현우는 입을 다물고 생각했다. 따박따박 존댓말을 하고 있기는 했으나 결국 그 내용의 요지는 여기서는 딱히 어느 정보도 알려줄 수 없다는 소리였다.

'따라가봐야 하나?'

뭐, 사실 따라간다고 해도 자신에게 피해를 줄 것 같지는 않았다. 만약 자신을 공격한다고 해도.

'내가 이 녀석들에게 당할 것 같지는 않고. 게다가.'

김현우는 정장을 입고 있는 남자를 보며 생각했다.

'어쩌면 저놈의 보스라는 놈이 아마 아브가 말한 그 녀석일 수도 있다.'

아니, 확률이 상당히 높았다.

적어도 김현우가 생각하기에 자신이 오고 있었다는 것을 예상하고 있었다는 것. 그것은 곧 김현우가 가디언이거나, 혹은 등반자와 관계있다는 사실을 어느 정도 인지하고 있다는 소리였으니까.

"좋아."

잠시간 고민을 끝낸 김현우의 대답에 남자는 굉장히 만족한 표정으로 미소를 짓더니 이내 몸을 돌렸고, 김현우는 그를 따라 걷기 시작했다.

그리고 얼마 지나지 않아.

"……이건?"

"저희 기지와 직통으로 연결되어 있는 엘리베이터입니다."

김현우는 완전히 폐허가 되어버린 건물의 지하에서, 멀쩡하게 가동하고 있는 고풍스러운 엘리베이터를 보았다. 엘리베이터가 뭐라고 흑요석을 여기저기 박아 넣은 사치스러운 모습.

김현우는 곧 그 남자와 함께 엘리베이터에 탔고.

위이이잉.

문이 닫히고, 엘리베이터는 내려가기 시작했다.

그리고.

"!"

김현우는 엘리베이터가 어느 정도 내려가자마자 엘리베이터 너머로 보이는 풍경에 저도 모르게 깜짝 놀랐다. 분명 지하로 내려가고 있던 엘리베이터의 밖.

"이게 뭐야?"

그곳에는 거대한 외성이 있었다. 그래. 마치 지하 세계의 왕궁을 연상하게 할 정도로 거대한 외성이.

김현우가 멍하니 거대한 외성을 바라보면서 입을 벌리고 있을 때.

띵!

경쾌한 소리를 낸 엘리베이터의 문이 열렸고 곧.

"……."

김현우는 엘리베이터 앞에 좌르륵 도열해 있는 사람들을 보았다.

마치 어딘가 영화에서 나오는 조폭의 등장 신처럼, 양쪽에 서서 도열해 있는 남자들은 하나같이 고개를 숙이고 있었고, 그런 그들의 앞에.

"……어?"

그녀가 있었다.

두꺼운 외투를 뒤집어쓴 채, 어깨에는 이미 낡을 대로 낡아버린 가면을 달고 있는 그녀가, 무척이나 환한 웃음을 지은 채 서 있었다.

김현우는 멍하니 그녀의 얼굴을 바라봤고. 그녀, S등급 세계 랭킹 2위이자 '암중비약暗中飛躍'이란 이명을 가지고 있는.

"기다리고 있었습니다."

김현우의 두 번째 제자는.

"사부님."

엘리베이터에서 내려온 김현우를 보며 요염한 미소를 지었다.

◆ ◆ ◆

김현우에게는 두 명의 제자가 있었다. 한 명은 바로 김현우가 탑 안에서 한창 은거 기인이라는 콘셉트 플레이를 하며 무술을 가르쳤던 미령이었고.

나머지 한 명은.

"그러니까, 메이슨을 네가 죽였다고?"

"네, 사부님. 원래라면 사부님한테 해를 끼치기도 전에 죽이고 싶었는데, 그때는 아직 힘이 조금 모자라서요."

바로 그의 앞에서 요염한 미소를 흘리고 있는 그녀, '하나린'이었다.

김현우는 스읍 하고 저도 모르게 입술을 핥고는 묘한 표정으로 그녀를 바라보고, 이내 자신이 앉아 있는 주변 풍경을 바라보았다. 마치 판타지 세계에 나오는 왕성의 모습을 그대로 표현해놓은 것 같은 내부, 고풍스러운 바닥 타일과 머리 위에는 딱 봐도 고급스러워 보이는 샹들리에가 달려 있었다.

게다가 더 놀라운 건, 이 왕성의 모습을 그대로 표현해놓은 거대한 건물이 전부 '지하'에 있다는 것이었다.

김현우는 몇 번이고 주변을 돌아보다가 갑작스럽게 든 궁금함에 물었다.

"그런데."

"말씀하세요, 사부님."

"왜 이 지하에다가 거대한 왕성을 지어놓은 거냐?"

김현우의 물음에 하나린은 웃으며 말했다.

"사부님이 탑에 있었을 때 말씀하셨잖아요?"

"뭘?"

"지하 왕성 같은 게 있으면 멋질 것 같지 않냐고."

"……"

'내가 그런 말을 한 적이 있었나?'

김현우가 일순 기억의 혼란을 겪고 있는 와중에도 그녀는 계속 해서 내뱉었다.

"그 이외에도 사부님이 원하시는 것은 전부 준비해두었어요."

"……뭐? 내가 원하는 거?"

김현우는 '얘가 무슨 소리를 하는 거지?'라는 표정으로 그녀를 바라봤으나 그녀는 담담히 입을 열었다.

"미국에 땅이 5만 평 정도 있었으면 하셔서 준비해두었습니다."

"뭐?"

"거기에 유럽 쪽에 별장을 가지고 싶다고 하셔서 우선 유럽이라 고 규정되어 있는 모든 나라에 별장을 하나씩 만들어두었습니다."

"……."

"그 밖에도 평생 써도 마르지 않을 돈도 이미 준비되어 있고, 카 지노에 꼭 가고 싶다고 말씀하셨기에 카지노를 하나 만들어두었습 니다. 그것 말고도."

그녀의 입에서 쏟아져 나오는 수많은 이야기. 김현우는 그녀의 이야기가 진행될수록 요상한 표정을 지으며 과거의 기억을 떠올리 려 애썼다.

'내가 정말로 그런 이야기를 했나?'

그는 하나린과 만났던 과거의 기억을 떠올렸다.

과거, 그가 아직 탑에 있었을 때. 정확히는 그가 탑에서 은거 기 인 놀이를 그만두고 미령을 밖으로 내보냈을 때, 김현우는 그녀를 만났다.

물론 좋은 만남은 아니었다. 김현우가 처음 그녀를 만났을 때, 그녀는 같이 탑을 오르던 낙오자들에게 강간을 당하기 직전의 상황이었으니까.

낙오자. 이것은 튜토리얼 탑에 들어왔으나 탑을 오르는 것을 포기한 녀석들을 일컬어 부르는 말이었다. 그런 낙오자들에게 강간당하려던 것을 구해주었던 것이 그녀와 김현우의 첫 만남이었다.

그 뒤, 이미 은거 기인 콘셉트를 그만둔 지 한참 된 김현우는 더이상 제자가 필요 없었기에 그녀를 탑을 오르고 있는 헌터들 사이에 던져두려 했다. 하나 그녀는 오히려 김현우에게 붙어 있기를 원했고, 어쩌다 보니 김현우는 그녀를 다시 제자로 받게 되었다. 사실말이 제자지 그녀와의 관계는 좀 기묘했다. 굳이 비유하자면 그냥말동무 같은 느낌이었을까?

'뭐, 결국 훈련을 할 때면 뚜드려 패긴 했지만.'

물론 미령 때처럼 은거 기인 콘셉트를 잡으려고 멀쩡한 제자를잡은 게 아닌, 말 그대로 정말 잘 알려주려다 보니까 사용하게 된어쩔 수 없는 폭력이었다.

어쩔 수 없는 폭력……이었을까?

'……'

아무튼, 처음 말했다시피 그녀와의 관계는 수련할 때를 제외하고는 말동무의 느낌이 강했다. 처음부터 말동무의 느낌이 강했다기보다는 그녀가 김현우를 따라 탑에서 도저히 나가지를 않다 보니 자연스럽게 나누는 이야기가 많아졌던 것이었다.

하나린은 자그마치 1년 반 동안이나 탑을 나가지 않고 김현우를따라다녔으니까. 딱히 나쁘지는 않았다. 이미 5년 차가 넘었을 때,김현우에게 탑의 생활은 지루하기 짝이 없었으니까.

결국 그런 식으로 김현우와 1년 반 가까이 탑 생활을 지속하던 하나린은 결국 그다음 회차의 헌터들이 왔을 때, 그들과 함께 탑에서 빠져나갔다. 원하는 것을 모두 준비해놓겠다는 말을 남기고.

'아.'

김현우는 거기까지 생각한 뒤, 문득 시간의 움직임 속에 묻혀 있던 하나의 기억을 떠올렸다. 하나린이 김현우를 떠나기 얼마 전의 기억.

'사부님.'

'왜?'

'사부님은 밖에 나가면 뭘 하고 싶나요?'

'나가면 하고 싶은 거?'

'예.'

'존나 많지. 우선 잠도 좀 퍼질러 자고 싶고, 잠 좀 다 퍼질러 자고 나면 일 안 하면서 살고 싶네. 재벌의 삶, 그런 거 있잖아?'

'돈이 많은 것을 원하시는 건가요?'

'그렇지, 게다가 별장도 좀 있었으면 좋겠네.'

'별장?'

'그래, 재벌들처럼 일은 좆도 안 하고 맨날 여행 가서 별장에서 신나게 놀고,'

'예.'

'거기에 좀 특별하게 지하 별장 같은 것도 있으면 좋겠네, 막 왕궁 같은 느낌으로다가.'

'그렇군요.'

'또, 카지노도 한번 가보고 싶네, 라스…… 라스베이거스? 거기 카지노에 가서 한번 도박도 해보고 싶어.'

그 이외에도 그냥 망상으로 치부해도 될 법한 어이없는 소리들을 그저 생각나는 대로 지껄였던 예전의 기억.

'미친.'

그저 망상으로 점철되어 있었을 뿐인 허언들을.

"사부님이 원하시는 것은 거의 대부분 준비해놓았답니다."

그녀는 실제로 재현해내고 있었다.

"……."

김현우는 생글생글 웃고 있는 그녀를 바라보다 '심리' 스킬을 사용했다.

그리고.

[사부님]

'얘도 제정신은 아니군.'

김현우는 곧 그녀의 머리 위에 떠오르는 말풍선을 보며 그녀가 제정신이 아니라는 것을 확신했다.

이름: 하나린 [계승자]

나이: 24

성별: 여

상태: 매우 환희 중

능력치

　근력: S-

　민첩: S++

　내구: S+

　체력: S+

　마력: Ss

　행운: A+

성향: 절대 헌신 주의 성향

SKILL -

[정보 권한이 부족해 열람할 수 없습니다.]

　그와 함께 확인한 하나린의 정보창.

　'……어째 미령의 능력치와 비슷한 것 같은데.'

　어디서 본 것과 굉장히 흡사해 보이는 그녀의 정보창을 보며 김현우는 묘한 표정을 지우지 않은 채 하나린을 바라봤다.

　온몸을 두꺼운 외투로 가린 채, 어깨에는 그녀가 기념품으로 가져가겠다던 김현우의 가면을 달고 있는 그녀. 김현우는 한동안 그것을 바라보다 이내 그녀의 이름 옆에 있는 [계승자]라는 글자를 보고는 짧게 생각했다.

　'궁금한 건 많지만, 우선 해야 할 일 먼저 하자.'

　뭐, 하나린이 계승자인 것을 봐서는 대충 전후 상황을 짐작할 수 있기는 했으나, 역시 짐작보다는 본인에게 말을 듣는 게 확실하니까.

"야."

"네, 사부님."

"내가 여기까지 온 이유는 너도 잘 알고 있는 것 같은데. 맞지?"

"정확히 아는 것은 아니지만, 그래도 어느 정도는 짐작하고 있어요."

그녀의 대답에 김현우는 고개를 끄덕였고, 하나린은 잠깐 생각을 정리하는 듯 잠시 말을 멈추었다 이내 입을 열었다.

이야기는 그녀가 메이슨을 죽였을 때부터 시작했고, 메이슨의 품에서 나온 '책'을 통해 그녀가 계승자로 각성했다는 이야기까지 이어졌다.

"……그럼 네가 그 등반자를 죽인 거야?"

"예. 계승자의 능력을 실험해보기에는 딱 알맞은 상대였어요."

농익은 미소를 짓는 그녀의 미소.

"흠……."

그녀의 설명으로 대충 확인은 끝났다.

아브가 느낀 멕시코시티에서 일어난 힘은 김현우의 제자인 하나린의 힘이었다.

문제는 이제 이다음.

김현우는 물었다.

"그래서, 너는 어떻게 할 생각이냐?"

"예?"

"네가 가지고 있는 힘 말이야. 어떻게 쓸 거지?"

본질적인 문제는 이것이었다. 이제 계승자가 된 그녀가 그 힘을 어떻게 사용하느냐.

　계승자는 딱히 목적의식을 가지지 않은 이들이었다. 그렇기에 등반자도 될 수 있고, 가디언도 될 수 있었다. 물론 그녀의 성향이나 심리로 그녀의 생각을 읽었을 때, 그녀가 김현우에게 반하는 짓을 하지 않을 거라는 짐작을 할 수 있었으나 뭐든지 만약이라는 게 있었다.

　정보창은 완벽하지 않으니까.

　"어떻게 쓸 거냐니……."

　"말 그대로의 질문이야."

　김현우의 물음에 한동안 멍한 표정으로 그를 바라보던 하나린은 이내 이상하다는 듯한 표정으로 말했다.

　"그야 당연히 제 모든 능력은 사부님을 위한 것이니, 사부님을 위해 쓸 거예요."

　"아…… 그래."

　아무래도 만의 하나라는 가정은 없었던 것 같았다.

　"……."

　'이걸로 끝인가?'

　끝이었다.

　이제 궁금증은 풀렸고, 이로써 멕시코에 있을 이유도 없어졌다. 남은 것은 멕시코에 와서 새로 생긴, 말 그대로 개인적인 용무.

　"야."

　"네, 사부님."

　"너는 근데 대체 왜 여기 있냐?"

　그것은 바로 그녀의 과거에 대해 듣는 것이었다. 생각해보면 그녀가 여기에 있는 것은 좀 이상했다.

김현우의 물음에 하나린은 기다렸다는 듯 웃음을 짓더니.

"지금부터 말씀드리도록 하겠습니다."

이내 그녀는 꽤 긴 이야기를 풀어나가기 시작했다.

이야기의 시작은 바로 그녀가 김현우의 품을 떠나 탑 밖으로 나왔을 때부터였다. 그때부터 주르륵 이어진 그녀의 이야기는 흔하다면 흔했으나 중반부터는 그렇지 못했다.

"……네가 2위라고?"

"예, 어쩌다 보니 그 순위에 올라 있었거든요."

"……그래서, 메이슨이 너한테 '조직'을 키울 힘을 준 거고?"

"그렇죠? 뭐, 사실 저는 동조하는 척하면서 지원만 좀 받았어요."

그렇게 그녀의 이야기가 막바지를 향해 흘러갈 때쯤.

"결국 재앙은 순수하게 그 능력을 사용해서 잡은 거야?"

김현우가 묻자 그녀는 슬쩍 고개를 저으며 말했다.

"아뇨, 정확히는 제 고유 능력인 '중첩'을 같이 사용해서 잡았어요. 지금 제가 계승한 이 능력은 좋기는 하지만 출력이 약하거든요."

"그럼 싸우는 데 힘 좀 들었겠네?"

"아뇨?"

"별로 안 힘들었어?"

김현우의 물음에 그녀는 고개를 끄덕이며 말했다.

"그다지 힘들지는 않았어요. 그 재앙은 제 언령에 꼼짝도 못 했으니까요."

"그런데 왜 멕시코가 개판이 된 거야?"

김현우의 물음에 그녀는 아, 하고 탄성을 내뱉고는 대답했다.

"제가 일부러 늦게 잡았거든요."

"……뭐?"

김현우의 반문에 하나린은 부드러운 미소를 지은 채.

"사부님이 저번에 원하셨잖아요? 돈만 많으면 아예 도시 하나를 통째로 사서 도시를 제멋대로 만들어보고 싶으시다고."

"설마……."

"네, 돈도 있고, 자원도 있어요."

그러니까.

"이제부터 사부님이 원하시는 대로 심시티를 하시면 돼요."

입을 열었다.

김현우는 저도 모르게 멍하니 그녀를 바라보다가.

빡!

"꺄웃!?"

'이거 이제 보니까 초기의 미령보다 미친년이네!?'

저도 모르게 그녀의 머리를 후려치며 소리 없는 경악을 내질렀다.

◆ ◆ ◆

"쯧."

그 뒤로 어느 정도 시간이 지났을까.

김현우는 하나린의 이야기를 전부 듣고 난 뒤 저도 모르게 혀를 차고는 자신의 이마를 만지작거리더니 중얼거렸다.

"그러니까. 뭐 지금까지 나를 만나러 오지 않았던 이유는."

"저는 되도록 사부님이 원하는 걸 전부 준비한 뒤에 뵙고 싶었거든요."

"거기에 나에 대한 음모론이나 험담이 거의 나오지 않았던 것도."

"어느 정도 제가 컨트롤하고 있었어요."

'어때요? 저 잘했죠?'라는 표정으로 자신을 바라보는 하나린의 표정에 김현우는 묘한 표정으로 그녀를 바라보다 문득 궁금증이 생겼다.

"그럼 도대체 이 조직은 얼마나 큰 거야? 비밀결사라며?"

"네 맞아요, 일루미티는 오로지 제가 사부님을 위해 만든 조직이니까요. 딱히 외부에 알려질 필요는 없잖아요?"

"왜 외부에 알려지면 안 되는데?"

"그럼 은밀한 일은 잘 못 하게 되잖아요? 요컨대 뭐 마음에 안 드는 녀석들을 죽인다든가."

하나린의 입에서 아무렇지도 않게 나오는 불법적인 이야기에 김현우는 한 번 더 확신했다.

'역시 애도 제정신은 아니다.'

짧은 한숨.

'도대체 왜 내 제자들은 이런 거지?'

김현우는 자신의 남은 제자 중 한 명인 미령을 떠올렸다.

'어째서 나는 멀쩡한데 제자들은 멀쩡한 녀석들이…….'

끼리끼리 논다고, 애초에 김현우 본인부터가 '멀쩡하다'라는 의미와는 크게 동떨어져 있었지만 본인은 전혀 그것을 파악하지 못한 듯 한참이나 그 생각을 이어나갔다.

하나 그것도 잠시.

한참이나 하나린이 자신이 거대하게 키운 조직을 이야기하고 있을 때 김현우는 이내 손사래를 치며 자리에서 일어났다.

"이제 됐어."

"어디 가시나요?"

하나린의 물음에 그는 대답했다.

"어딜 가기는 어딜 가. 이제 볼일 다 봤으니까 돌아가야지."

"돌아가신다고요?"

"그래. 계승자의 힘이 누구한테서 나왔는지도 알았고, 딱히 위협이 안 된다는 것도 알았으니까."

"제가 준비해놓은 것들은 언제 즐길 생각이신지……?"

"그건 나중에."

대충 대답하는 김현우의 모습에 하나린은 잠시 뚱한 표정을 지었으나 이내 입가에 미소를 머금으며 말했다.

"알겠습니다. 그렇다면 다시 밖으로 안내해드리면 될까요?"

김현우는 고개를 끄덕이는 것으로 대답하면서도 하나린을 바라보았다.

'……더 달라붙을 줄 알았는데?'

생각 외로 무척이나 깔끔하게 자신을 보내주는 하나린의 모습에 김현우는 이상하다는 생각을 하면서도 이내 그 생각을 지우고 하나린의 뒤를 따랐다. 그녀의 뒤를 따라 지하 왕성을 지난 김현우는 또 한번 일자로 도열해 있는 사람들을 보았고, 이내 그들을 넘어 자신이 타고 왔던 엘리베이터에 도착했다.

위이잉.

하나린과 탑승하자마자 기계음 소리를 내며 순식간에 올라가기 시작한 엘리베이터는 김현우와 그녀를 순식간에 지상으로 올려주었고. 김현우는 얼마 지나지 않아 마법진이 그려져 있는 협회의 임시 캠프에 도착할 수 있었다.

"야."

"예, 사부님."

하나린과 함께.

김현우는 슬쩍 하나린을 돌아보며 물었다.

"근데 너는 왜 따라오냐?"

김현우의 물음에 하나린이 답했다.

"당연한 소리를, 제가 있을 곳은 예전처럼 사부님의 옆뿐이잖아요?"

"아니, 네가 이끄는 조직은?"

"이미 많이 키워놔서 저 없어도 알아서 돌아간답니다."

"……."

'……데자뷔인가.'

김현우는 분명 이런 대화를 어디선가 한 적이 있었던 것 같다는 생각을 하며 하나린에게 입을 열려다 이내 후, 한숨을 내쉬며 몸을 돌렸다.

'나도 모르겠다.'

어차피 하나린이 따라온다고 해도 뭔가가 바뀌지는 않을 테고. 거기에 더해서 하나린은 계승자니 전력 면에서 상당히 도움이 될 것 같았다.

결국 그렇게 생각을 일축한 김현우는 자신의 뒤를 졸졸 따라오는 하나린을 신경 쓰지 않고 걸음을 옮긴 뒤, 이내 마력진 위에 올라서며 말했다.

"마법진 중앙에 서야 하니까 붙어 있어라."

김현우의 검붉은 마력이 사방으로 퍼져나가기 시작했다.

지금까지는 아냐가 직접 수동으로 마력을 조작해야 마법진을 사용할 수 있었으나. 아냐가 마법진을 개조한 뒤로는 마력을 지정된 곳에 흘려 넣는 것만으로도 마법진을 사용할 수 있게 되었다.

우우웅.

검은 마력이 안으로 빨려 들어가기 시작함과 동시에 반응한 마법진은 큰 공명음을 내며 검붉은 빛을 내뱉기 시작했고. 시야에서 빛이 점멸하기 시작하자 김현우는 눈을 감았다.

◆ ◆ ◆

하남에 지어놓은 거대한 장원, 마법진이 그려져 있는 건물 안쪽.

이보거라.

"……."

내 말을 제대로 듣고 있기는 한 것이냐?

자신에게 실시간으로 말을 거는 붉은색의 뿔과 함께.

[아이야, 설마 지금 안 들리는 척을 하고 있는 것이냐?]

자신을 괴이라고 소개한 괴력난신의 물음에 미령은 답했다.

"아니."

그럼 왜 이 몸의 말을 들은 체하지 않는 것이지?

"생각 중이다."

미령의 말에 괴력난신은 잠시 말을 멈추었다가 말을 이었다.

무슨 생각을?

"네가 내게 건 조건에 대해서."

조건? 그거야 들어볼 필요도 없이 네게 유리한 조건일 텐데?

괴력난신의 말에 미령은 아무런 말도 하지 않고 그녀의 정수를 바라봤다.

김현우가 아냐의 마법진을 타고 멕시코로 날아간 지 아홉 시간째, 한국은 이제 늦은 오후를 향해 달려가는 시간대.

스승인 김현우가 정수를 주었을 때부터, 미령은 괴력난신에게서 들었던 제안을 몇 번이고 다시 생각하고 있었다.

"……네 조건이 뭐라고 했었지?"

미령의 몇 번째인지 모를 질문에 그녀는 한숨을 쉬며 말했다.

혹시 내 진을 빼려고 일부러 그러는 것이냐? 아이야.

"아니."

…….

괴력난신의 깊은 한숨.

그녀는 곧 계약의 조건을 말했다.

첫 번째, 너와 계약하는 순간, 나는 너와 모든 시야와 감각을 공유하겠다.

"그리고?"

둘째, 네가 나와 계약하는 동안에 만약에라도 '괴신'을 만난다면 몸의 통제권을 '그때'에 한정해서 나에게 넘겨라.

"……흐음."

미령의 모습에 그녀는 빡이 친 듯 인상을 찌푸리며 말했다.

도대체 여기서 어디에 고민할 구석이 있다는 것이냐!!

"……전부?"

전부!? 말도 안 되는 소리 하지 마라! 지금 이게 얼마나 좋은 조건인지 모르는 것이냐!?

"아니, 알고 있기는 한데."

그러면 도대체 왜!

괴력난신이 도무지 이해가 안 된다는 듯 비명 어린 샤우팅을 질렀으나 미령은 담담하고도 침착하게 입을 열었다.

"만약이라는 게 있으니까."

도대체 어디에서 그 만약이라는 게 나오는 것이냐!

"예를 들면 맨 첫 번째에서."

첫 번째?

"시야와 감각을 공유한다는 건, 내 몸을 언제라도 빼앗을 수 있다는 소리 아니야?"

불가능하다! 내가 말했을 텐데? 계약이라는 것은 절대적인 것이다! 그걸 어떻게 어기겠느냐!

"만약에 그렇게 되면?"

?

"만약에 그렇게 되면?"

아니, 그러니까 만약이라는 게 불가능하다 이 말이다!

"그러니까 만약에."

야 이 개새.

미령의 말에 그녀는 저도 모르게 쌍욕을 내뱉으려다가 이내 긴 한숨을 내쉬고는 마음을 진정시키려는 듯 큰 호흡을 했다. 그러나 그런 괴력난신의 노력을 아는지 모르는지, 미령은 계속해서 괴력난신이 내건 조건들을 생각해보고 있었다.

'확실히, 나쁘지 않은 제안이야.'

괴력난신이 내건 조건이 나쁘지 않은 제안이라는 것은 미령도 확실히 깨닫고 있었다.

하나 그녀가 고민을 하는 이유.

'너무 나쁘지 않은 제안이라 문제야…….'

그것은 바로 괴력난신이 내건 조건이 너무나 좋기 때문이었다.

옛날 김현우의 가르침 중에서도 '대가 없는 힘은 없다'라는 말을 항상 가슴속에 새겨두고 사는 미령에게 있어서 괴력난신의 조건은 너무나도 좋았고, 또 수상했다.

'이 정수 안에 있는 힘은 말도 안 될 정도로 강하다.'

그녀는 괴력난신의 힘을 실제로 느껴본 적이 있다.

일반적인 인간의 몸으로는 절대 따라 할 수 없을 것 같은 압도적인 강함이, 이 정수 안에 있었다. 그렇게 말도 안 되는 힘이 있기에 미령은 지금까지 그녀의 조건을 계속해서 고민하고 있는 것이었다.

그리고.

아이야―

우웅.

"!"

괴력난신이 다시 말을 꺼내려는 그 순간, 마법진이 발광하기 시작했다. 검붉은 색의 마력을 토해내기 시작한 마력진은 순식간에 주변의 대기를 잠식하기 시작했고.

곧.

쿵!

무엇인가 땅에 떨어지는 묵직한 소리와 함께, 김현우가 나타났다. 어렴풋이 보이는 김현우의 모습에 미령은 저도 모르게 밝아진 얼굴을 하며 자리에서 일어났고.

"어?"

곧, 미령은 같이 순간이동을 한 것이 자신의 스승인 김현우뿐이 아니라는 것을 깨달았다. 그렇게 그녀의 움직임이 멈추고, 사방으로 튀어 올랐던 검붉은 마력이 잠잠해지기 시작했을 때, 미령은 볼 수 있었다.

"!!"

김현우와 팔짱을 낀 채 마법진에서 나타난 한 여자를.

"무슨……?"

그 모습을 봄과 함께, 순식간에 밝았던 미령의 얼굴에 금이 가기 시작했고.

김현우는 마력이 전부 그친 후에야 미령을 발견하고는 물었다.

"뭐야, 기다리고 있었어?"

"스, 스승님."

"응?"

"그, 옆에…… 여자는?"

김현우는 갑작스레 굉장히 무감정한 표정으로 말을 내뱉는 미령을 보며 잠깐 고개를 갸웃거리다 시선을 옆으로 돌렸고.

"너는 왜 그러고 있냐?"

"하지만 사부님이 말씀하셨잖아요? 꼭 붙어 있으라고."

"꼭 붙어 있으라는 소리가 이렇게 붙어 있으라는 소리는 아니었던 것 같은데."

김현우가 하나린을 보며 말하자 그 모습을 확인한 미령이 급하게 입을 열었다.

"떠, 떨어져라!"

"사부님, 이 애는 누구?"

"애…… 애라고!?"

"……?"

평소와는 다르게 굉장히 격하게 반응하는 미령의 모습에 김현우는 고개를 갸웃하면서도 이내 입을 열었다.

"뭐, 이렇게 됐으니 서로 인사해라. 이쪽은 내 첫 번째 제자, 미령. 그리고 애는 내 두 번째 제자 하나린이다."

"두…… 두 번째 제자!?"

"사부님, 저 애가 제자예요?"

"사부님!?"

미령은 김현우와 하나린의 말을 들으며 소리 없는 경악을 내질렀고, 이내 김현우는 평소와는 전혀 다르게 뜨악한 표정을 짓고 있는 미령을 보며 물었다.

"……제자야, 갑자기 왜 그러냐?"

"아, 아니. 그게…… 그…… 스승님에게 다른 제자가 있다는 이야기는 듣지 못해서."

미령이 슬쩍 하나린을 보며 이야기하자 하나린은 실풋한 웃음을 짓고는 미령을 마주 봤다.

그리고.

"!!!"

하나린은 미령에게 보란 듯 김현우의 팔을 끌어안았다.

"야, 하지 말라니까?"

"오랜만에 사부님을 만나서 좋아서 그래요."

김현우의 타박에도 아무렇지 않은 듯 미소를 지으며 응답하는 하나린의 모습에 미령은 저도 모르게 멍하게 서 있었다.

"하."

이내 그녀의 눈빛에서 느껴지는 명백한 도발의 감정을 느끼며 비틀린 미소를 지었다.

"괴력난신."

왜 그러느냐.

"조건을 받아들이겠다."

그게 갑자기 무슨 소리더. 아니, 이게 아니라!! 왜 갑자기 마음이 바뀐 것이냐!?

괴력난신의 물음에 미령은 분노하는 것인지 웃는지 모를 표정으로 하나린을 바라보고는 조용히 중얼거리며, 미소를 짓고 있는 그녀를 바라보았다.

"그냥."

이제 힘을 쓸 일이 생길 것 같아서.

[허.]

그리고 괴력난신은, 자신이 한나절이 넘도록 설득해도 꿈쩍도 하지 않았던 미령을 몸짓 몇 번으로 움직이게 한 하나린을 보며 소리 없는 감탄을 터트렸다.

　　　　　◆ ◆ ◆

다음 날, 하남에 있는 장원.

김현우에게 볼일이 있어 찾아온 이서연은.

쫘아아아아아앙!!!

"오빠."

"왜."

꽝! 쾅! 쫘가가가각!!!

"저기."

"……."

꽝! 꽝! 꽝! 콰지지지지직!

"도대체 저거, 뭐 하는 거예요?"

연무장을 손가락질하며 김현우에게 물었고.

그런 이서연의 물음에 김현우는 왠지 깔끔하게 포기한 것 같은 얼굴로 멍하니 연무장을 바라보며 말했다.

"대련."

"대련!?"

"자기들 말로는 대련이래."

이서연은 멍하니 입을 벌리며 김현우의 시선이 향하는 연무장을 바라보았다.

쫘지지직!

"이 개년이!"

"말하는 싸가지가 없구나?"

"네년, 분명히 스승님의 첫째 제자는 나다!"

"그거랑 이거랑 뭔 상관이라는 거야? 이 꼬맹아!"

"으아아아아!!"

그곳에서는 전투가 일어나고 있었다. 아니, 전투라고 말하기에는 너무 어감이 미묘했다. 전투보다도 더 강렬한 어감이 어울릴 것 같았다. 그래, 그냥 순수하게 전투라고 칭하기보다는.

"생사결生死結⋯⋯?"

생사결이라는 단어가 더 어울릴 정도로 굉장히 험악한 싸움이었다.

꽈가가가강!

머리를 새하얀 백발로 물들이고, 왼쪽 이마에는 붉은 뿔을 단 미령이 망설임 없이 하나린의 머리에 발차기를 꽂아 넣고.

멈춰라.

"큭!"

검은 책으로 발차기를 막아낸 그녀가 입을 열자 순간적으로 경직된 미령의 몸이 땅으로 낙하한다.

꽈드득! 우지지지직!

그 찰나의 순간에 미령의 명치에 내리꽂히는 거대한 일격. 그와 함께 지반이 폭발하듯 사방으로 터져나가고, 이미 반쯤 무너져 있는 장원의 담을 전부 무너뜨린다.

꽈드드득 우당탕탕!!!

장원의 입구까지도.

"아니, 저기 패룡과 싸우고 있는 헌터는 누구⋯⋯? 그보다 이거 말려야 되는 거 아니에요?"

이서연은 장원이 실시간으로 공사판이 되는 것을 보며 호들갑을 떨었으나 김현우는 에휴, 하는 한숨을 내쉬며 입을 열었다.

"말을 하면 뭐 하냐, 안 들어 처먹는데."

그랬다.

그들은 지금, 김현우가 몇 번이고 멈추라고 했음에도 그의 말은 안중에도 없다는 듯 개싸움을 이어나가고 있었다.

'처음부터 대련을 허락했으면 안 됐나?'

김현우는 짧게 탄식했다.

하나린을 데리고 온 그다음 날, 갑작스레 하나린과 미령은 누가 먼저라고 할 것도 없이 둘이 대련을 해보겠다고 말했고, 김현우는 별생각 없이 그것을 허락했다.

뭐, 그냥 대련이라고 했기 때문에.

그런데.

꽝!

지금 그녀들은 진심으로 서로를 죽이기 위해 최선을 다하고 있는 듯했다. 하나하나가 목숨을 빼앗을 수도 있는 공격을 열심히 주고받는 둘의 모습.

괴력난신의 힘을 계승받아 말도 안 되는 완력으로 주변을 죄다 때려 부수고 있는 미령을, 하나린은 메이슨의 언령과 자신의 고유 능력을 합쳐 받아내고 있었다.

꽈아아아아아아앙!

미령의 일격에 하남시 전체가 흔들리는 것 같은 거대한 지진이 느껴지고.

"아니 오빠! 저거 막아야 되는 거 아니에요!? 진짜 서로 죽이겠는데요!?"

"안 그래도 슬슬 말릴 거야."

이서연의 호들갑스러운 목소리가 김현우의 귓가에 꽂히자 그는 자리에서 일어났다. 처음에는 그리 위험해 보이지는 않았으나 아무래도 이 이상은 좀 위험할 것 같다는 생각이 들었기 때문이다. 그렇게 김현우가 둘을 말리기 위한 행동을 취하기 직전에도, 하나린과 미령의 싸움은 멈출 줄을 몰랐다.

꽈득!

하나린의 칼을 막아낸 미령이 이를 앙다문 상태로 말했다.

"갑자기 어디서 너 같은 년이 튀어나와서⋯⋯!"

"너 같은 년이 아니라 사부님한테 잘 맞는 한 짝이 튀어나온 거겠지!?"

"지랄하지 마라! 스승님은 내 거다!"

꽝!

"지랄하지 마! 이 땅딸보 같은 년이!"

콰드드득!

몇 번의 공격으로 인해 순식간에 사방으로 터져나가는 벽과 흙먼지들, 미령과 하나린은 서로에게 데미지를 입힌 채 밀려났으나.

"이이익!"

곧바로 서로를 향해 달려 나가기 시작했다.

그리고.

빠아아아아아악!

"꺄악!?"

"끄아아앗!?"

"그만해, 이 미친년들아!"

그대로 놔뒀으면 장원을, 아니 하남시를 통째로 날려버릴 수 있을 정도로 격한 싸움은, 김현우에 의해 저지당했다.

김현우의 주먹질에 의해 머리를 부여잡고 땅바닥을 구르는 미령과 하나린을 보며 김현우는 한숨을 내쉬곤 말했다.

"너희들 눈에는 이게 대련으로 보이냐?"

김현우는 주변을 돌아봤다. 보이는 것은 거대한 장원이 아니라 웬 공사판. 그나마 이 둘이 의식하면서 싸웠는지 김현우의 주변은 별 피해가 없었으나 그 이외의 주변은 아니었다.

폐허.

그냥 폐허라는 말이 어울릴 정도로 장원은 완전히 작살 나 있었다.

'좀 빨리 말릴걸.'

아니, 말리기는 조금 더 빨리 말리기는 했다, 다만 제자들이 말을 안 들었을 뿐.

'어째 내 제자들 중에 제대로 된 놈이 없지?'

김현우는 그런 생각을 하며 이마를 부여잡았다.

어차피 김현우의 돈으로 지어진 것은 아니었으나 그럼에도 부서진 장원을 보니 마음이 아팠다.

"······."

그는 한동안 부서진 장원을 바라보다 이내 시선을 돌려 자신의 제자들을 돌아봤다. 자신이 잘못했다는 것을 확실히 인지한 것인지 풀이 죽은 채 시선을 흘끔흘끔 돌리고 있는 미령과 은근히 시선을 다른 곳으로 돌리는 하나린. 마치 개와 고양이의 모습을 단적으로 보여주는 것 같은 그 행동거지에 김현우는 허, 하는 웃음을 짓고는 말했다.

"야, 너희들 조용히 하고 본궁 안에 들어가서 내가 올 때까지 반성하고 있어."

"예······."

"예······."

그래도 잘못한 것은 아는지 김현우의 말에 조용히 대답한 그녀들은 슬쩍 김현우의 눈치를 보다가 본궁 쪽으로 걸음을 옮겼다.

"오빠."

그렇게 일을 처리하고 한숨을 돌리려니 들리는 이서연의 목소리.

"왜?"

"저 사람은 누구예요?"

"뭐? 누구?"

"저 사람이요? 아까 전 패룡이랑 싸웠던 그 여자요."

"걔는 왜?"

김현우의 물음에 이서연은 대답했다.

"아니, 조금 전 저 여자 패룡이랑 싸웠잖아요? 게다가 그, 등반자를 죽였을 때의 모습을 하고 있는 패룡이랑요. 저 사람은 대체 누구예요?"

이서연은 그때 당시에 기절해 있었으나, 영상을 통해 패룡과 등반자가 싸우는 것을 보았다. 자신은 제대로 된 한 방조차도 먹이지 못했던 등반자를 압도적인 무력으로 찍어 누르는 패룡의 모습을 보았기에, 그녀는 깜짝 놀란 것이었다. 그런 패룡과 비슷하게 싸울 수 있는 헌터가 있다고는 생각하지도 못했으니까.

그런 생각을 담은 이서연의 물음에 김현우는 별거 아니라는 듯 대답했다.

"두 번째 제자."

"……네?"

"내 두 번째 제자라고, 조금 전까지 미령이랑 싸우고 있던 녀석 말이야."

김현우의 말에 이서연은 저도 모르게 입을 벌렸다.

◆ ◆ ◆

시스템 룸 안.

"……개판이네."

"아, 오셨나요?"

김현우는 바닥에 이리저리 널려져 있는 게임팩들을 한번 바라보고는 주변 풍경을 바라봤다.

지난번 시스템 룸에 왔을 때, 김현우는 아브의 바람대로 거대한 시스템 룸을 모니터에서 본 게임 폐인의 방으로 바꾸어주었다.

그 결과.

"정리 좀 하지? 또 없애버린다?"

"알겠어요!! 그러니까 그 버튼만은 제발!"

시스템 룸은 완전히 더러워져 있었다. 저번에 만들어줬던 그 게임 폐인의 방은 뭔가 정신없이 많았지만 그래도 더럽지는 않았다. 그런데 지금 이 방은?

우직.

"……."

김현우는 자신의 발에 밟힌 게임 소프트를 한번 보고는 쯧 하고 혀를 찬 뒤 아브를 향해 시선을 돌려 입을 열었다.

"그래서, 찾았어?"

"예? 찾았다니 뭘."

딸깍.

"아, 아아아아아아!! 아니 찾았어요! 찾았다고요! 제작자에 대해 말하시는 거죠? 네?"

아브의 비명 어린 말투에 김현우는 고개를 끄덕였다.

김현우가 오늘 시스템 룸에 들어온 이유. 그것은 바로 아브가 얼마 전 김현우에게 말해주었던 '튜토리얼 탑'의 제작자 정보를 듣기 위해서였다.

"찾아봤어?"

김현우의 물음에 아브는 필사적으로 고개를 끄덕였다.

"네, 찾아봤어요!"

"그래서? 어떻게 됐는데?"

아브는 슬쩍 시선을 돌리더니 입을 열었다.

"그."

"그?"

"그러니까, 제작자의 위치에 대해서 저도 나름대로 찾아봤거든요?"

"못 찾았지?"

"아니, 그."

딸깍.

"아니! 아니라고요! 못 찾은 건 아니라니까요!? 정말로요! 애초에 게임도 이제 막 켠 거란 말이에요! 가디언이 오기 직전까지 저 계속 정보 찾고 있었어요! 정말이에요!"

아브의 필사적인 변명에 김현우는 마뜩잖다는 듯한 표정으로 그녀를 바라보곤 물었다.

"정말?"

"정말이에요! 진짜 게임 켠 지 두 시간도 안 됐어요!"

"그럼 바닥이 이렇게 난장판인 이유는 뭔데?"

"그건 제가 원하는 게임 소프트를 찾다 보니까 본의 아니게 방이 좀 어질러져서."

슬쩍 눈치를 보는 아브를 한동안 바라보던 그는 손에 들고 있던 빨간 버튼을 내려두었다.

"후……."

그제야 살았다는 듯 안도의 한숨을 내쉰 아브를 보며 김현우는 질문했다.

"그래서, 정보는 어떻게 된 거야?"

"아, 그건 지금부터 말씀드릴게요."

아브는 할 말을 정리하는 듯 잠시 고개를 위로 들었다가 말하기 시작했다.

"우선, 유감스럽게도 제작자의 현 위치는 찾지 못했어요. 아무리 찾아보려고 해도 '제작자'라는 이름 석 자만 있을 뿐이지 나머지는 전부 '권한 부족'이 걸려 있더라고요."

"……그럼 못 찾은 거 아니야?"

김현우의 맥 빠진 듯한 말투에 아브는 고개를 도리도리 저었다.

"아뇨, 제작자의 위치는 결국 권한 부족으로 찾지 못하기는 했지만, 그 대신 다른 단서를 찾았어요."

"다른 단서?"

"네."

"그게 뭔데?"

아브는 슬쩍 뜸을 들이는 듯한 느낌으로 눈치를 보다 말했다.

"솔직히 확신한다고는 말 못 하지만, 제작자의 위치를 알 수 있게 해줄 만한 아티팩트의 위치를 찾았어요."

"……제작자의 위치를 알 수 있게 해줄 만한 아티팩트?"

"네."

"그 아티팩트는 또 어디에 있는데?"

"8계층에요."

"뭐?"

"제작자의 현재 위치를 알 수 있을 만한 아티팩트인 '진실의 구'는 8-35계층에 있어요."

아브의 말에 김현우는 잠시 멍한 표정을 짓다 이내 인상을 찌푸리며 입을 열었다.

"8-35계층? 그건 뭐야? 8계층이란 소리야?"

"네. 이건 저도 정보 권한이 중상위에 오르고 나서야 알게 된 건데."

아브는 그렇게 말하며 김현우에게 자신이 새로 알게 된 사실에 대해 말하기 시작했고.

"그러니까, 1계층부터 9계층까지의 생김새가 다 다르다고?"

"네, 기본적인 골자, 그러니까 계층마다 문명이 존재한다는 것은 다 똑같지만, 그 구조가 달라요."

"예를 들면?"

"제가 조금 전 말했던 8계층을 예로 들면, 다중 차원이라는 걸로 나누어져 있고, 1계층부터 3계층은 '문명'이 정착되어 있기는 하지만 그 대지가 턱없이 작아요."

아브는 그 뒤로 김현우에게 다른 계층을 설명해주었고, 한동안 그 설명을 듣고 있던 김현우는 이내 고개를 끄덕이며 말했다.

"뭐, 대충 이해했어. 그런데 지금 요점은 그게 아니잖아?"

김현우의 말에 아브는 앗, 하고 짧은 신음을 터트렸다.

"그렇네요."

"……그래서 내가 그 8계층에 갈 수는 있는 거야?"

다시 한번 나온 본론.

그 말에 아브는 답했다.

"결론만 말하면, 가능해요."

제자 경쟁

"그러니까, 이 아티팩트들이 필요하다고?"

"네."

아브의 긍정에 김현우는 그녀가 스크랩해놓은 기사들을 바라봤다.

"이거 총 몇 개야?"

"대충 5개 정도 되는 것 같아요."

"……5개?"

김현우가 마뜩잖다는 듯 아브를 돌아보자 그녀는 곧바로 대답했다.

"그, 그래도 찾는 건 금방 찾을 수 있을 거예요!"

"5개나 되는데?"

"그렇기는 한데, 여기 보면 5개 중 3개는 한 사람이 들고 있고, 나머지 2개도 소재지가 명확하거든요. 여기 보세요."

아브는 손가락으로 50인치 모니터의 한쪽을 가르쳤고, 김현우는 아브의 손가락이 있는 곳으로 시선을 돌려 기사를 읽어나갔다.

[이번 국제헌터협회 주최의 프랑스 경매장에 나온 '거인의 심장'은 약 5,000만 달러에 낙찰되었다. 거인의 심장을 낙찰한 사람은 바로 몬타나주 의원인 아탈렉 포트로, 그는 헌터는 아니지만 평소에도 아티팩트를 수집하는 취미가 있다.]

그 이외에도 아브가 스크랩해놓은 기사들을 하나하나 바라보던 김현우는 마치 확인한다는 듯 물었다.

"그러니까, 지금 네가 말한 아티팩트를 전부 모으면, 다른 계층으로 넘어갈 수도 있다, 이거지?"

아브가 대답했다.

"방금 말했듯이 8계층으로 내려가는 건 지금도 가능해요. 다만, 길을 잃지 않고 정확히 8-35계층으로 가기 위해서는 제가 말씀드린 아티팩트들이 필요해요."

그녀의 말에 김현우는 고개를 끄덕거리곤 다시 한번 모니터로 시선을 돌려 물었다.

그리고.

"어?"

김현우는 아브가 스크랩해놓은 기사에서 무척이나 익숙한 얼굴을 찾을 수 있었다. 비교적 최근에 일어난 일이라 아직 김현우의 머릿속에도 선명하게 기억되어 있는 익숙한 얼굴. 그는 피식 웃음을 지은 뒤 자리에서 일어나 말했다.

"아티팩트 전부 모아서 올게."

"네, 시간은 어느 정도 걸릴 것 같은가요?"

"글쎄다……. 근데, 뭐 그렇게 오래 걸리지는 않을 것 같네."

김현우는 그렇게 말하고는 망설임 없이 문 쪽으로 걸음을 옮겼고, 그렇게 김현우가 시스템 룸에서 빠져나오고 있을 때.

미령과 하나린에 의해 반쯤 작살이 나 있는 장원의 본궁에서는.

"네가 어떻게 스승님의 가면을!?"

"이거? 사부님이 내가 탑을 빠져나갈 때 선물로 준 건데?"

"뭐라고!?"

미령과 하나린이 말싸움을 벌이고 있었다.

"어머? 너는 설마 탑에서 나올 때 선물 하나 받지 못한 거야?"

"이이익……!!"

하나린의 노골적인 놀림이 섞여 있는 말에 미령은 그녀가 꺼내 든 나무 가면에서 애써 시선을 돌리며 말했다.

"나는 스승님에게 무武를 배웠다!"

"그래? 좋겠네? 너는 평생 가르침이나 받으면서 제자로 남으면 되겠는데?"

"이년이 정말……!"

그녀의 말에 미령이 저도 모르게 인상을 찌푸렸으나, 하나린은 그런 미령을 도발하듯 김현우가 예전에 썼던 나무 가면을 가볍게 쓰다듬으며 미소를 지었고.

"죽여버릴!"

미령의 손이 다시 한번 나아가려 하는 그 순간.

"반성하고 있으랬더니 또 싸우려고 하냐?"

김현우의 목소리에, 미령은 재빨리 하나린에게 휘두르려던 손을 멈추고 면목이 없다는 듯 입을 다물었다. 하나린은 슬쩍 변명할 타이밍을 찾는 듯 김현우의 눈치를 보았으나, 김현우의 한심하다는 눈빛에 시선을 내렸다. 그 모습에 김현우는 머리가 아프다는 듯 머리를 부여잡았다.

'하나린을 데려오면 안 됐나.'

어째 행동하는 게 서로 비슷해서 잘 맞을 줄 알았더니 전혀 아니었다. 김현우는 그녀를 데려오고 나서부터 몇 번째인지도 모를 한숨을 내쉰 뒤, 서로 보기도 싫은 듯 반대쪽으로 시선을 돌리고 있는 그녀들을 보다 말했다.

"너희들이 해줬으면 하는 게 있다."

"말씀하세요, 사부님."

"하명하십시오, 스승님."

찌릿.

'대답하면서 눈싸움은 왜 하는 거야.'

김현우는 그렇게 생각하곤 이내 시스템 룸에서 적어 온 종이를 꺼낸 뒤 입을 열었다.

"미령은 홍콩 쪽에 가서 '취안'이라는 녀석이 가지고 있는 '맹인의 나침반' 좀 가지고 와."

"예."

"그리고 하나린은 멕시코 쪽에 무슨…… 무슨 카르텔? 카르텔인지 마피아 보스인지 하는 놈 중에 한 명이 '은색 시침'이라는 아티팩트를 가지고 있다니까 그것도 좀 가지고 오고."

"그것만으로 충분하시나요?"

하나린의 물음에 고개를 끄덕인 김현우는 이내 입을 열었다.

"아, 말해두지만 뭐 내가 가져오라는 게 그냥 일방적으로 뺏어 오라는 소리가 아니라 최대한 예의를 지켜서 가져오라는 거 알지?"

김현우의 말에 그녀들은 명심했다는 듯 고개를 끄덕였고, 김현우는 그 모습을 보며 만족스럽게 고개를 끄덕이곤 말했다.

"시간이 되면 아탈렉 포트에 대해서도 좀 조사해봐."

◆ ◆ ◆

몬타나주, 헬레나에 있는 거대한 3층 저택.

돈을 얼마나 처바르면 이런 저택에 살 수 있을까, 라고 생각할 정도로 굉장히 럭셔리한 분위기를 풍기고 있는 저택 안쪽.

"도대체 왜 안 된다는 거지!?"

고풍스러운 방 한가운데에 놓여 있는 소파에 앉아 있는 남자, 아탈렉 포트는 자신의 손에 쥔 스마트폰에 열심히 소리를 치고 있었다.

"내가 말했을 텐데!? 자본이 모자라나!? 얼마든지 내주도록 한다고 했지 않나!!"

그의 고함에 스마트폰 너머의 목소리는 답했다.

그래 그 말을 듣기는 했지.

"그래! 듣지 않았나!"

그래도 그건 불가능하네.

남자의 말에 포트는 인상을 구기고는 외쳤다.

"불가능? 말도 안 되는 소리를 하고 있군! 미국 최대 방송국으로 손꼽히는 'TCN'의 국장이 불가능하다는 소리를 한다고? 말이 된다고 생각하는가!?"

그렇다.

현재 아탈렉 포트가 스마트폰 너머로 이야기를 하고 있는 남자. 그는 바로 미국 방송계에서도 최고로 크다고 할 수 있는 TCN 방송국의 국장인 '아틀 론'이었다.

미안하지만 내 대답은 변하지 않을 것 같군.

뿌득.

그의 정중한 거절에 포트의 이가 갈리는 소리가 났고, 곧 포트는 스마트폰을 향해 소리를 지르기 시작했다.

"자네! 지금 나를 등지겠다는 건가!? 어! 이 아탈렉 포트를!? 네가 나에게 얻어먹은 것들이 어느 정도인지 모르는 건가! 어!?"

아틀렉 포트의 협박에 일순 스마트폰 너머는 조용해졌지만.

자네가 협박을 하더라도 내 대답은 마찬가지일 것 같군.

그에게서 나오는 대답은 한결같았다. 그 말에 크게 역정을 내려던 아탈렉 포트는 어느새 충혈까지 된 눈으로 이를 갈고는 마치 말을 짓이기듯 뱉어냈다.

"나를 등지다니, 무조건 후회하게 해주지……!"

포트의 말에 한순간 조용해진 스마트폰 너머. 하나 목소리는 곧 다시 말을 내뱉었다.

미안하네. 하나 그 일은 내게는 불가능한 일일세. 그리고.

"……."

이건 자네라서 해주는 말이네만, '그'에 관해서는 더 이상 관여하지 않는 게 자네에게도 무조건 좋은 일이.

빡! 빠드드득! 픽!

폰 너머로 들려오는 말이 전부 끝나기도 전에, 그는 신경질을 내며 스마트폰을 허공에 집어 던졌다. 그와 함께 개박살이 나 땅바닥을 구르는 스마트폰을 보며 한동안 씩씩거리던 아탈렉 포트는 테이블 위에 놓여 있는 와인을 마시려다.

"이런 씨발!"

쨍그랑!

이내 땅바닥에 와인 잔을 던지며 저도 모르게 욕을 내뱉으며 생각했다.

'씨발, 그 같잖은 헌터 새끼가 도대체 왜!'

으득!

그는 시선을 내려 스마트폰을 바라봤다. 완전히 박살 난 스마트폰.

'도대체 왜 아무도 그 녀석을 공격하려 하지 않는 거야!'

아탈렉 포트가 분노하는 이유. 그것은 바로 김현우 때문이었다. 아니, 더 정확히 말하면 김현우를 공격하기를 두려워하는 언론들 때문이었다.

"씨발."

처음, 그가 김현우에게 맞은 그다음 날. 포트는 자신의 보좌관인 에반에게 김현우를 조지라고 명했고, 에반은 그 말에 충실히 따라 그와 연이 닿아 있는 각 언론사에 포트의 바람을 전달했다. 그러나 돌아온 것은 철저한 무관심.

"내가 너희들한테 뿌린 돈이 얼마인데……!!"

그렇기에 처음 포트는 굉장한 충격을 받았으나, 이내 어느 정도 그들의 반응을 이해할 수는 있었다. 그도 그럴 것이 자신이 직접 마주한 김현우는 정말 미친놈이라는 말이 어울릴 정도로 세상을 제멋대로 사는 놈이었으니까. 그것을 바로 앞에서 느꼈던 포트이기에 어느 정도 이해할 수 있었고, 그것 또한 충분히 자신의 힘으로 해결할 수 있다고 생각했다. 조금 높은 직위에 올랐다 싶은 이들 중 포트의 '호의'를 받지 않은 이들은 없으니까.

그런데.

"어떻게 대형 저널들이나 방송국의 국장들도⋯⋯!"

포트가 직접 전화를 해도 그들의 마음은 돌릴 수 없었다. 그들은 분명 포트에게 호의라는 약점이 잡혀 있는 상황임에도 불구하고 그것만은 절대로 안 된다는 듯 포트의 요청을 완벽하게 거절했다. 김현우를 사회적으로 말살시켜달라는 포트의 요청을.

'도대체 그 새끼가 뭐길래⋯⋯! 그 새끼가 아무리 강하다고 해도 일개 헌터일 뿐이라고!'

그가 그렇게 혼자 지랄을 하고 있을 때쯤.

"의원님."

저택의 문이 열리며 그의 보좌관인 에반이 들어오자 포트는 그를 향해 시선을 돌리며 말했다.

"왜 그러지? 혹시 헌터들 중에 내 제안을 받을 녀석들이 있나?"

포트는 혹시나 하는 마음에 그에게 물었으나 에반은 고개를 저으며 말했다.

"유감스럽지만 아무래도 김현우를 건드리려고 하는 길드는 없는 것 같습니다."

"뭐? 없어?"

"예."

"단 한 명도?"

"예."

그의 말에 포트는 깊은 한숨을 내쉬며 두 눈을 감았고, 그런 포트의 모습을 한동안 바라보고 있던 에반은 말했다.

"의원님."

"왜?"

짜증이 잔뜩 묻어 있는 그 목소리에도 불구하고 에반은 평온한 표정을 풀지 않은 채 말했다.

"현재 밖에 만나실 분들이 대기하고 있습니다."

포트는 인상을 찌푸리며 물었다.

"뭐?"

에반의 말에 순간 포트는 잡은 약속이 있나 생각했으나, 이내 고개를 저었다. 적어도 오늘, 그에게 약속 같은 것은 없었으니까. 그렇기에 포트는 인상을 찌푸린 채 말했다.

"무슨 소리야? 오늘 약속 같은 건 잡은 적이 없을 텐데?"

"아."

그의 말에 에반은 그걸 말하지 않았다는 듯 짧게 탄성을 내지른 뒤 대답했다.

"그러고 보니까 말씀드리지 않았군요."

"뭘?"

"이건 약속이 아닙니다."

에반의 한마디. 그에 포트는 그 눈가에 짜증 대신 노기를 드러내며 에반을 나무랐다.

"그게 무슨 소리야? 약속이 아니라니, 지금 나랑 말장난 치는 거야!?"

순식간에 노기를 드러낸 포트. 그러나 그런 포트의 모습에도 에반은 별다른 반응을 하지 않은 채 그저 담담하게 입을 열었고.

"이건, 일방적인 통보입니다."

"이 새끼가 진짜 무슨……."

포트가 마저 입을 열기도 전에.

"!!!!"

꽈아아아앙!

저택의 한쪽이 터져나가며, 그 잔해가 포트를 덮쳤다.

"끄아아아아아악!?"

순식간에 일어난 일.

포트는 순간 쏟아지는 잔해를 맞으며 비명을 질렀고, 이내 그렇게 비명을 지르며 쓰러진 포트의 앞에.

"왜 이렇게 시끄럽게 비명을 지르냐? 귀청 떨어지게, 응?"

"기, 김현우……!!"

김현우가 나타났다.

◆ ◆ ◆

취안.

그는 이전 IT업계 쪽에서도 상당히 유명했으나 지금에 와선 헌터 업계의 마석 정제 사업으로 상당히 많은 돈을 혼자 쓸어 담고 있는 부호 중 한 명이었다. 딱히 재벌들하고 비교해도 그리 꿀릴 것이 없기에 그 누구에게도 고개를 숙이지 않는 그, 취안은.

"'맹인의 나침반' 내놔라."

"예……?"

쫘직!

"히익!"

오늘 낮, 불현듯 자신을 찾아온 이에게 고개를 90도로 수그리고 있는 중이었다. 취안은 자신 앞에 놓인 사치스러운 테이블이 반으로 쪼개진 것을 보며 마른침을 꿀꺽 삼키고는 시선을 올렸다.

그곳에는 소녀가 있었다. 머리를 한쪽으로 내린 채, 홍안으로 냉정하게 자신을 쳐다보고 있는 소녀.

하나 그녀가 바로 패도 길드의 길드장인 패룡이라는 것을 알고 있었기에 취안은 고개를 정신없이 끄덕였다.

"그, 아, 알겠습니다. 빠른 시일 내로 준비하겠습니다……!!"

"빠른 시일?"

"예, 예! 3일 정도만 주시면 곧바로."

취안의 말에 미령은 입을 열었다.

"세 시간."

"예?"

"세 시간 내로 가져와라."

취안은 말도 안 된다는 듯한 표정을 지었다. 그도 그럴 게 '맹인의 나침반'은 자신이 가지고 있기는 했지만 홍콩이 아닌 광저우의 비밀 별장에 전시해놨기 때문이다. 거리가 있기에 지금 당장 찾으러 간다고 해도 절대 세 시간 내에 가져올 수는 없었다.

"그, 세 시간 내는 조금 힘들. 히익!"

그렇기에 취안은 조금만 더 말미를 달라고 말하기 위해 입을 열려 했으나, 곧 말을 멈출 수밖에 없었다. 미령의 이마에, 붉은색의 뿔이 자라나기 시작하는 것을 보았기에. 그녀가 극도로 분노한 게 눈에 보이자마자 취안은 고개를 폭 숙이며 외쳤다.

"조…… 죄송합니다! 지, 지금 당장 출발하겠습니다!"

취안은 그렇게 말하며 순식간에 차오른 공포에 미령의 답을 듣지도 않고 자신의 집무실에서 뛰쳐나갔고, 미령은 입을 열었다.

"1호."

"예."

"저놈을 따라가서 도와라."

"알겠습니다."

그녀의 말에 순식간에 나타났다 사라지는 가면 무사. 미령은 사라진 가면 무사를 보며 인상을 찌푸리고는 이내 아까 전 마법진을 통해 사라진 하나린의 말을 떠올렸다. 넉넉잡아 다녀오라는 김현우의 격려에 세 시간 내로 아티팩트를 들고 오겠다고 답한 하나린의 말.

'무조건, 그년보다는 일찍 가져가야 한다……! 반드시!!'

그녀는 조용히 다짐했다.

◆ ◆ ◆

"왜? 반가워?"

실실거리며 쪼개는 김현우의 모습을 본 포트는 입을 뻐끔거리며 그를 쳐다보다 이내 경악하며 소리쳤다.

"네가 도대체 어떻게 여기에!?"

"왜? 나 여기에 있으면 안 돼?"

김현우의 실실거리는 말투에 포트는 저도 모르게 하던 것처럼 역정을 내려 했으나.

"네 녀석!! 여기가 어딘 줄 알……고……."

얼마 전 김현우의 주먹 맛을 뼈가 시릴 정도로 경험했던 포트는 저도 모르게 음량을 줄였다. 그 모습에 삼선 슬리퍼에 들어간 흙을 털어내던 김현우는 입가에 미소를 지우지 않은 채 소파에 앉고선 물었다.

"내가 여기에 왜 왔을 것 같아?"

"무, 무슨……."

"에이~ 모르는 척하지 말자, 나도 알고 있고 너도 짐작하고 있으면서 왜 슥 빼려고 해? 응?"

김현우의 말에 포트의 얼굴에 두려움이 비치기 시작했다.

'이…… 이 새끼……!'

그것은 바로 김현우의 입가에 지어져 있는 비틀린 웃음 때문이었다. 그가 국제헌터협회에서 김현우에게 맞을 때, 그는 그런 웃음을 짓고 있었다. 포트는 두려움을 느꼈으나, 이내 마음을 다잡고는 생각했다.

'이건 가택침입죄야. 엄연한 불법이라고!'

마치 자기 암시를 걸듯 몇 번이고 그 생각을 반복한 포트는 이내 소파에 앉아 있는 김현우와 그 뒤에 완전히 박살 나 뻥 뚫려 있는 저택을 보며 입을 열었다.

"지금 자네가 하는 일은 엄연한 불법이라는 걸 알고는 있나……!"

그럼에도 이전처럼 크게 고함을 칠 깡은 없는지 조심스레 말을 내뱉은 포트.

김현우는 같잖다는 듯 답했다.

"불법?"

"그래, 지금 네가 저지른 일은 엄연한 불법이다. 법률상에도 명시되어 있는 범죄라고……!"

"지랄하고 있네. 아주 세상 좋다고 지 좆대로 날뛰던 새끼가 어디서 불법을 들먹여?"

김현우는 소파에서 일어나 땅바닥에 엉거주춤한 자세로 앉아 있는 포트의 앞에 쭈그려 앉아 그와 시선을 맞췄다.

"그럼 네가 한 짓은 불법이 아닌가 보지?"

"뭐라고?"

"당장 저번에도 내 여의봉 빼앗으려고 강도 아니, 양아치 짓 했잖아?"

"그건 결국……!"

"이 씨발 새끼야, 네가 그것만 그랬어? 찾아보니까 뒷돈 처먹이고 길드랑 헌터, 그리고 경매장에서 빼앗은 아티팩트가 한가득이더만? 그건 양아치 짓 아니냐?"

김현우의 으르렁거리는 말투에 시선을 아래로 내리는 포트. 김현우는 포트의 머리에 손을 대며 말했다.

"그래, 뭐 사실 그건 그럴 수 있어. 사람이 양아치 짓 좀 할 수 있는 거지, 안 그래?"

"……."

"근데 문제는 말이야."

꽈악.

"……끄……아아아아악!!!"

포트의 머리 위에 올라가 있던 김현우의 손에 힘이 들어가자마자 그는 비명을 질러댔지만, 김현우는 그저 담담하게 말했다.

"네가 그 양아치 짓을 아무한테나 했다는 게 문제야."

"제발, 제발 이것 좀!! 끄아아아악!!"

꽝!

김현우는 시끄럽게 비명을 지르는 포트의 머리를 그대로 바닥에 박아버리곤 들어 올렸다.

"끄아아악!!"

억눌린 신음을 흘리는 포트.

김현우는 말했다.

"그러니까 상대를 잘 봐가면서 양아치 짓을 했어야지, 응?"

"도대체 나한테 왜 이러는 건가……!"

"뭐? 너한테 왜 이러느냐고?"

김현우가 어처구니없다는 듯 반문하자 포트는 인상을 찌푸리고는 소리쳤다.

"그래! 양아치 짓을 했다고 하더라도 네게는 피해가 없지 않았나! 나는 네게 일방적으로 두드려 맞고 쫓겨났을 뿐이란 말이다!"

포트의 필사적인 변명에 김현우는 멍하니 그 말을 듣다, 이내 피식하고 웃더니 말했다.

"그래, 잘 알고 있네."

"그럼 대체 왜!"

"뭐, 네가 그걸로 일을 깔끔하게 끝냈다면 이렇게 올 일도 없었어. 나도 그렇게 뒤끝 있는 성격은 아니거든. 그런데."

사실 그 누구보다도 뒤끝이 강한 그였으나 아무렇지도 않게 거짓말을 한 김현우는 계속해서 말을 내뱉었다.

"설마 아까도 경고했지만, 진짜 내가 모를 거라고 생각한 건 아니지?"

"대체 뭘……!"

포트의 반문에 김현우는 그의 머리를 놓아준 뒤, 자신의 추리닝 바지에서 종이 하나를 꺼내더니 말했다.

"미국 헌터 업계 저널 중 제일 큰 메인 저널인 '킬링 데이'."

"!!"

"공중파 방송국 'AAC'."

"무…… 무슨……!"

김현우의 입에서 나온 익숙한 이름. 그에 포트의 입이 벌어졌다. 그도 그럴 것이 지금 김현우가 종이를 보며 내뱉고 있는 것은.

"미국 동부 신문사 '오웬. TW'."

전부 포트가 김현우를 조지려고 도움을 요청한 곳이었으니까.

"자, 잠깐!"

포트가 뒤늦게 무엇인가를 이야기하기 위해 입을 열었으나, 김현우는 그런 포트의 말은 들을 생각도 하지 않은 채 오히려 미소까지 지어가며 목소리를 내뱉었고.

"이야, 더럽게도 많네? 일주일 동안 쎄빠지게 전화만 했냐?"

종이에 적혀 있는 언론사를 모두 내뱉은 김현우는 이내 땅바닥에 고개를 처박고 있는 포트를 바라봤다. 그리고 포트는 현재 일어난 상황을 어떻게든 이해하기 위해 머리를 최대치로 굴리고 있었다.

'도대체 왜? 어떻게 알아챈 거지? 도대체 어떻게……!'

설마 자신의 '호의'를 받은 언론사가 전부 김현우와 엮여 있다는 말인가?

'아니, 아니야. 그럴 리가 없다.'

그것은 불가능한 일이었다. 아탈렉 포트 자신만 해도 언론과 이런 식으로 거대한 네트워크를 구축하는 데 걸린 시간은 엄청났다. 거의 자신의 인생의 절반을 쏟아 넣었다고 봐도 무방했다. 그런데 이제 막 탑에서 나온 헌터가 자신과 비슷한 네트워크를 가지고 있다? 그것은 말도 안 되는 일이었다. 그의 무력이 강하고, 그의 권력이 얼마나 대단하냐의 문제가 아니었다. 그것은 말 그대로 시간만이 해결해줄 수 있는 문제였으니까.

'그렇다면 대체 누가……!'

포트는 머리를 처박은 채 끊임없이 고민했다. 자신이 김현우를 까 내리려는 것을 알고 있고, 그 정보를 고스란히 김현우에게 넘겨줄 만한 사람을.

그리고.

"……!!"

포트는 시선을 돌렸다. 그것은 자신의 옆에 있는 김현우를 향해서가 아니었다. 포트가 시선을 돌린 것은 바로 그의 뒤쪽.

"설마…… 설마……!!"

바로 자신과 10년을 넘게 함께하고 있는 보좌관이 있는 쪽이었다.

"……!"

에반이 있는 쪽을 바라본 포트는, 곧 조금 전 그가 했던 말들을 다시 한번 떠올렸다.

'이건 약속이 아닙니다.'

'일방적인 통보입니다.'

김현우가 들어오기 직전, 에반이 그에게 했던 말들을 떠올린 포트는 이내 치솟아 오르는 배신감에 외쳤으나.

꽝!

"에반! 어떻게 네가! 끄에에엑!"

"왜 갑자기 나랑 이야기하는 도중에 시선을 다른 곳으로 돌려?"

그는 소리를 지르지도 못한 채 김현우에 의해 땅바닥에 얼굴이 처박혔고. 그런 모습을 바라보던 에반은 조용히 김현우의 옆으로 다가와 고개를 숙이며 무언가를 건넸다.

"이건?"

"이자가 김현우 님을 음해하기 위해 섭외한 길드들입니다."

"얼씨구. 길드까지 준비했어? 아레스 길드처럼 만들어주려고?"

김현우의 비아냥거리는 발언. 하나 포트는 그런 김현우의 비아냥에 답하지 않고 그저 땅바닥에 고개를 처박았다. 이미 모든 게 전부 까발려진 마당에 이 이상 변명할 거리도 없었기 때문이다. 압도적인 무력감. 아탈렉 포트로서는 한 번도 느껴보지 못했던 압도적인 무력감이 그의 전신을 감싸 안았다. 만약 김현우가 일반적인 상식을 가진 헌터라면 말이나 회유를 통해 어떻게 할 수 있었겠지만, 적어도 포트가 보기에 김현우는 이미 한참 전에 상식의 범주를 뛰어넘었다. 그는 적어도 법에 속박되기보다는 법 위에서 놀고 있었으니까. 인류가 만들어놓은 것들을 아무렇지도 않게 깨부수는 그에게 있어서 포트의 권력은 무의미나 다름이 없었다.

그렇게 포트가 절망할 무렵.

"야."

김현우의 부름에 포트는 그를 돌아봤다.

그리고, 김현우는 얼굴에 비틀린 웃음을 띤 채 입을 열었다.

"솔직히 원래라면 이 사실을 온 동네방네에 뿌린 다음에 완전히 너를 사회적으로 죽이고 그 외적으로 죽여버리고 싶은데, 그럼 좀 너무 냉정하지?"

"……?"

"응? 아니야?"

"마, 맞네……."

대답을 촉구하는 김현우의 말에 화들짝 대답하는 포트. 김현우는 만족스럽다는 듯 웃고 있는 입가에 미소를 더하며 말했다.

"그러니까, 거래를 하자."

"거, 거래?"

"그래, 거래. 내가 여기저기서 좀 듣다 보니까, 네가 그렇게 아티팩트 수집에 환장한다며?"

"마, 맞네."

"그 아티팩트 중 내가 원하는 것들 나한테 넘겨. 그럼 내가 이번 일은 아주 깔끔하게 묻어주도록 할게."

어때?

비틀린 웃음이 비릿하게 바뀌고, 김현우의 눈이 초승달처럼 휘어지기 시작할 때, 그는 비로소 깨달을 수 있었다. 자기가 지금까지 남에게 해온 짓들을. 거부 권한 따위는 없는, 손해를 보더라도 무조건 수락해야 하는 '거래'를.

그리고.

"어때, 정말 평화적인 해결 방법이지?"

"……."

김현우의 물음에, 포트는 그저 멍하니 고개를 끄덕이며 거래를 수락할 수밖에 없었다.

◆ ◆ ◆

맹인의 나침반

등급: S

보정: 없음

SKILL -

　　탐색(-)

[정보 권한]

맹인이었으나 능력으로 인해 모든 것을 꿰뚫어 본 남자 (권한 부족)이 자신의 동료를 위해 능력으로 만들어냈던 물건이다.

하나 사용자가 원하는 목적지라면 어느 곳이라도 찾을 수 있는 '맹인의 나침반'은 (권한 부족)에 의해 계층이 멸망할 때 분해되어 제대로 된 능력을 발휘할 수 없게 되었다.

"그래서, 이걸 전부 이틀 만에 모아 온 거예요?"

시스템 룸.

아브는 테이블 위에 놓여 있는 5개의 아티팩트를 보며 깜짝 놀랐다는 듯 김현우를 바라보며 물었고.

"뭐, 어쩌다 보니까 그렇게 됐어."

김현우는 조금 전까지 자신이 바라보고 있던 아티팩트를 내려놓으며 대답했다.

"아니, 그래도 생각보다 모으는 속도가 빠른데요? 저는 최소 일주일 정도는 걸릴 줄 알았는데……."

아브의 중얼거림.

"뭐, 사실 나도 그 정도는 걸릴 줄 알았는데. 생각보다 일이 좀 잘 풀렸지."

말 그대로, 김현우가 이 5개의 아티팩트를 이렇게 빨리 모을 수 있었던 건 아다리가 잘 맞았기 때문이다.

'아탈렉 포트가 아티팩트를 세 개나 가지고 있어준 덕분에 쉽게 빼앗을 수 있었지.'

조금 더 정확히 말하면 별다른 양심의 가책 없이 빼앗을 수 있었다는 게 더 맞는 말이었다.

아무리 김현우라고 해도 자신에게 별짓을 저지르지도 않은 녀석들에게서 강제로 무엇인가를 뜯는 사이코 같은 짓은 내키지 않는 일이었으니까. 하지만 그 대상이 김현우와 어느 정도 악연이 있는 인물이라면 이야기는 달라졌고. 그 대상이 김현우가 찾아가는 그 시점에도 김현우를 엿 먹이기 위해 무언가를 꾸미고 있었다면 이야기는 더더욱 달라졌다.

'하나린 덕분에 일이 좀 쉽게 풀렸지.'

김현우는 하나린을 생각하며 피식하는 미소를 지었다. 아탈렉 포트에 대해 묻자마자 김현우는 그녀에게서 정보를 들을 수 있었다.

기본적으로 그가 어느 정도 위치에 있는 사람인지부터 시작해, 아탈렉 포트가 현재 무슨 일을 꾸미고 있는지까지. 그 덕분에 김현우는 간을 볼 필요도 없이 아탈렉 포트의 집 안으로 쳐들어가 그를 협박해 아티팩트를 뜯어 올 수 있었다.

그렇게 해서, 김현우는 아브의 말을 듣고 밖으로 나온 그날 3개의 아티팩트를 획득했고, 그날 밤엔 자신의 제자들에게서 나머지 2개의 아티팩트를 받았다.

'솔직히 3일 정도는 걸릴 거라 생각했는데⋯⋯.'

하나린은 김현우가 아티팩트를 가지고 한국으로 돌아오고 난 뒤 한 시간도 걸리지 않고 한국으로 돌아와 그에게 아티팩트를 가져다주었고.

미령의 경우는 하나린보다는 약간 늦었으나 마찬가지로 얼마 지나지 않아 그에게 나머지 한 개의 아티팩트를 가져다주었다.

그 뒤에 마치 승부라도 벌이듯 서로의 모습을 노려본 두 제자를 생각하던 김현우는 이내 어깨를 으쓱이며 말했다.

"아무튼, 이걸로 준비는 끝난 거지?"

김현우의 물음에 아브는 고개를 끄덕거리며 긍정을 표했다.

"네, 이제 준비는 끝났어요. 남은 건 이걸 조립하기만 하면 돼요."

"응? 조립?"

"네, 조립이요."

"아티팩트도 조립이 돼?"

김현우의 물음에 아브는 고개를 끄덕이며 이야기를 이어나갔다.

"네, 모든 아티팩트가 조립이 가능한 건 아니지만, 원래부터 하나였던 것들이 나누어져 있는 경우는 조립할 수 있어요."

아브의 말에 김현우는 뚱한 표정을 짓다 조금 전 보았던 '맹인의 나침반'의 설명을 떠올리고는 그제야 고개를 끄덕거렸다.

"그럼 조립은 어떻게 하는데?"

"아, 간단해요. 그냥 하면 되는 거예요."

"……그냥?"

그의 물음에 가볍게 고개를 끄덕인 아브는 이윽고 허공으로 시선을 들어 무언가를 검색하는 듯한 제스처를 취한 뒤 테이블 위에 있는 '맹인의 나침반'을 들어 올렸다.

그리고.

"오……!"

아브는 마치 이 일을 몇 번이라도 해본 듯 '맹인의 나침판'을 분해하기 시작했다. 분명 드라이버나 다른 공구들이 필요할 것 같은데도 불구하고 아브는 아티팩트의 여기저기를 가볍게 만지작거리는 것만으로도 맹인의 나침반을 아무렇지도 않게 분리했다.

"……아티팩트가 원래 그렇게 쉽게 분리되는 거야?"

"아니에요. 이 아티팩트가 상당히 특이한 거죠."

"……그런 거야?"

"네."

아브는 그렇게 말하면서도 분해된 '맹인의 나침판'에 김현우가 가져왔던 나른 아티팩트들을 조합하기 시작했다. 맨 처음에 아브가 집어 든 것은 '사계의 톱니바퀴'.

투르르륵 탁!

아브가 '사계의 톱니바퀴'를 '맹인의 나침반'에 가져다 대자, 신기하게도 그대로 나침반에 빨려 들어가 스스로 조합하기 시작했다.

그것은 아브가 그다음으로 집어 든 '은색 시침'도 마찬가지였고.

탁! 촤르르르륵! 다그락!

김현우가 가지고 온 모든 아티팩트들은 그저 아브가 손을 가져다 대는 것만으로도 제멋대로 움직여 자동으로 맞춰지고 조립되었다. 그리고 그렇게 모든 아티팩트들이 '맹인의 나침반' 안으로 들어가자, 아브는 아까 전과 마찬가지로 아티팩트를 조립하기 시작했다. 그녀의 손에 의해 분해되었던 부품들이 하나둘 다시 제자리를 찾아 맞춰지고, 곧 그녀의 손에서 또 한번 조립을 끝마친 '맹인의 나침판'은.

화아아악!

새하얀 마력을 흩뿌리며 그 외관을 바꾸기 시작했다.

그렇게 흐른 시간이 30초쯤 되었을까?

"다 됐어요!"

새하얀 빛이 서서히 점멸하기 시작하는 것을 바라본 아브는 이내 김현우에게 '맹인의 나침반'을 건네주었다. 그리고 김현우는 아까와는 다르게 떠오르는 나침반의 정보를 보며 눈을 휘둥그레 떴다.

맹인의 나침반 [완성형]

등급: Ss

보정: 없음

SKILL -

　길찾기[+] 탐색[+] 감지[+]

[정보 권한]

맹인이었으나 능력으로 인해 모든 것을 꿰뚫어 본 남자 (권한 부족)이 자신의 동료를 위해 능력으로 만들어냈던 물건이다.

'맹인의 나침판'은 (권한 부족)이 자신의 능력과 더불어 다른 이들의 능력을 자신의 숙련된 솜씨를 발휘해 집어넣었고 (권한 부족)으로 그 능력을 더더욱 극대화시켰다.

그렇기에 '맹인의 나침판'은 사용자가 원하는 목적지라면 그 어느 곳이든 자동으로 찾을 수 있게 해주고, '시침'을 이용해 항상 사용자가 원하는 목적지를 가리킨다.

또한 '맹인의 나침판'은 '톱니바퀴'와 '시침 소리'를 통해 사용자의 등급에 맞추어 위협이 될 만한 것들을 감지해주는 기능을 가지고 있다.

"아까랑은 설명이 완전 바뀌었네?"

분명 김현우가 처음 볼 때와는 완전히 달라져 있는 아이템 설명에 아브는 왠지 의기양양한 표정으로 대답했다.

"그게 '맹인의 나침반'의 진짜 능력이에요."

"이것도 정보 권한에서 얻은 정보야?"

"네."

아브의 말에 김현우는 또 한번 나침반을 바라봤다. 분명 이전에는 어딘가가 망가진 낡은 나침반으로 보였던 그것은 그 모습이 완전히 바뀌어 있었다. 아무것도 없었던 밋밋한 외형에는 고급스러운 물결 나무 모양이 음각되어 있고, 나침반의 안쪽은 마치 회중시계처럼 만들어져 있었다. 은색 시침 아래에서 딱히 어떠한 동력이 존재하지 않음에도 끊임없이 돌아가고 있는 수십 개의 크고 작은 톱니바퀴들.

'……'

분명 나침반이라는 아티팩트 이름이 붙어 있기는 했으나 어째서인지 회중시계라고 말하는 게 더 어울릴 것 같은 모습으로 변해버린 '맹인의 나침반'.

"그럼, 이제 이것만 있으면 그 8-35계층으로 갈 수 있는 거야?"

"네, 길 찾기 능력을 사용하시면 아마 나침반이 8-35계층으로 가는 길을 안내해줄 거예요."

"정리하면, 내가 이제 8-35계층으로 넘어가서 '진실의 구'를 가져오기만 하면 끝난다 이거지?"

"네! 아마 그것만 있으면 튜토리얼 탑을 만든 제작자의 위치도 알 수 있을 거예요. 덤으로 제작자가 무엇을 하는 사람인지도요."

아브의 확신 어린 말에 김현우는 '맹인의 나침반'을 추리닝 바지에 집어넣고 자리에서 일어나곤.

"그럼 좀만 기다리고 있어봐."

바로 갔다 올 테니까.

그렇게 말하며 시스템 룸의 출구 쪽으로 걸음을 옮겼다.

◆ ◆ ◆

미궁에 내려가기 전 잠깐 들른 가디언 길드 사무실이 있는 빌딩 내부.

"야."

"네?"

"여기."

8계층으로 내려가기 전 너무 오래 들르지 않아 한번 들르기라도 할 겸 찾아왔던 가디언 길드의 사무실은.

"왜 이렇게 변했어?"

커져 있었다.

그래. 엄청나게 커져 있었다.

"아니, 뭔데?"

분명 김현우가 처음 가디언 길드의 사무실을 구할 때, 빌딩 전체가 아니라 한 층이었다.

그래, 딱 한 층.

게다가 사무실의 크기도 그렇게 넓지 않았다. 애초에 김현우는 딱히 가디언 길드를 거대 길드로 만들고 싶은 욕심도 없었을뿐더러 그가 길드를 만들었던 이유는 말년을 대비한 던전의 고정 수입 때문이었으니까. 그런데 지금 김현우의 눈에 보이는 길드 사무실의 모습은 어떤가? 이미 이건 길드 사무실이 아니라 엄연한 대형 길드의 본거지라고 해도 될 정도로 거대해져 있었다.

분명 가디언 길드는 한 층만을 사용했었는데 지금은 그 자그마한 건물이 사라지고 무척이나 거대한 빌딩이 만들어져 있었다. 그리고 그 빌딩 위에 거대하게 박혀 있는 가디언이라는 이름.

김현우가 뭔가 찝찝한 표정으로 아냐에게 묻자 아냐는 되레 모르겠다는 듯한 표정으로 김현우를 돌아보며 말했다.

"아니 그게……."

"그게 뭐?"

"길드장님이 시키셨다고……."

"뭐? 내가?"

김현우의 물음에 아냐는 고개를 끄덕거리더니 말했다.

"네, 몇 달 전에 패도 길드와 관련된 길드원들이 오셔서 건물을 새롭게 리모델링 했었는데…… 그때 듣기로는 분명 길드장님이 허락했다고……."

"……."

아냐가 은근슬쩍 눈치를 보며 말하자 김현우는 곧 멍하니 생각하다 이내 머릿속을 스치는 기억에 저도 모르게 탄성을 내뱉었다.

분명 몇 달 전, 그러니까 미령과 막 같이 다니게 되었을 즈음에 그녀가 대충 그런 말을 한 적이 있는 것 같기는 했다. 정확한 기억은 아니었으나 어렴풋이 나는 기억에 김현우는 기묘한 표정으로 고개를 끄덕거리곤 왠지 자괴감을 느꼈으나.

'생각해보면 내가 길드장인데, 처음 만들 때를 제외하고는 들르지도 않았었네…….'

이내 고개를 저었다.

'뭐, 그래도 상관없지. 애초에 내가 길드를 제대로 운영하려고 만든 것도 아니고…….'

꽤나 가볍게 자괴감을 털어버린 김현우가 이내 아냐의 너머로 시선을 돌려 이것저것 꾸며진 집무실 안을 바라보고 있을 때쯤.

"응?"

아냐의 책상 옆에 있는 검은 흑도黑劍를 보았다.

'어디선가 본 것 같은데……?'

분명 상당히 눈에 익어 보이는 흑도의 모습에 김현우는 슬쩍 고개를 갸웃했으나 이내 어깨를 으쓱이고는 아냐에게 물었다. 어차피 오늘 목적은 그냥 길드가 잘 돌아가고 있나 적당히 물어보러 온 것이었으니까.

"그래서 요즘 길드 상태는 어때?"

"아, 요즘은."

아냐는 김현우가 묻자마자 그가 제대로 물어보지도 않은 것들을 하나하나 나열하며 설명하기 시작했고, 잠자코 그 이야기를 듣고 있던 김현우는.

'……뭐, 잘 돌아가고 있나 보네.'

자세히는 모르겠지만 나름대로 길드가 잘 돌아가고 있다는 것을 알 수 있었다.

그렇게 아냐와의 이야기가 거의 막바지에 다다를 때쯤.

"저기, 길드장님."

"응?"

불현듯 아냐는 김현우에게 물었다.

"저기."

"왜?"

"그……."

물어보기가 좀 꺼려진다는 듯 눈을 여기저기 돌리는 아냐의 모습에 김현우는 고개를 갸웃했고, 아냐는 그런 김현우의 눈치를 보다 이내 조심스레 물었다.

"혹시…… 김시현 길드장님은 언제 돌아오는지…… 알 수 있을까요?"

"……?"

할 일만 하고 온다

호주, 캔버라 외각에 위치한 상급 미궁 지하 심계층. S등급 헌터들도 아직 제대로 뚫지 못했던 그곳에서.

짜드드드득!

김현우는 미궁 안에서 끊임없이 쏟아져 나오는 몬스터를 학살하고 있었다.

"키에에에엑!"

언데드 중에서도 상위 10퍼센트 이내에 드는 몬스터 중 하나인 '데스나이트'가 일제히 김현우를 향해 칼을 내지른다.

순식간의 연격.

죽은 자라고는 생각할 수 없는, 빠른 기동력에 김현우는 순간 눈을 크게 떴으나.

씨익.

그것뿐이었다.

꽝!!

전후좌우에서 김현우를 향해 칼을 뻗고 있는 그 찰나의 시간에, 김현우는 힘껏 땅을 박찼다. 그로 인해 부서지는 미궁의 바닥. 그 짧은 한순간, 중심을 잃어 칼의 방향이 비틀린 데스나이트들의 사이에서 김현우의 신형이 쏘아졌다.

쾅! 꽈지지지직!

순식간에 데스나이트 앞에 나타난 김현우가 리치의 우위를 점하며 그의 철갑을 박살 내버린다.

촤작!

뒤늦게 중심을 잡은 다른 데스나이트들은 김현우를 잡기 위해 급하게 도약했으나.

꽝!

이미 바로 앞에 다가온 김현우를 막아내는 것은 무리였다.

꽈드드득!

순식간에 또 하나의 데스나이트가 철갑이 빠그라져 기동을 중지한다. 그 짧은 시간 사이, 콤마로 나누라면 제대로 나눌 수 있을까 싶은 짧은 시간에, 그의 주변을 점하고 있던 데스나이트들이 진정한 안식을 맞이한다.

구워어어어어어!!

데스나이트들이 쓰러짐에 따라 그 뒤를 따라오던 거대한 체구의 '플래시 골렘'이 김현우를 짓누르기 위해 다가왔지만.

"패왕격."

플래시 골렘이 김현우를 짓누르는 것보다, 김현우가 그의 배에 거대한 구멍을 뚫어버리는 것이 먼저였다. 미궁을 가득 울릴 정도로 거대한 소음을 내며 쓰러진 플래시 골렘을 슥 바라본 김현우는 이내 자신의 팔에 감고 있던 맹인의 나침반을 흔들었다.

화아아악!

순식간에 터져 나온 빛은 그대로 나침반의 밖으로 빠져나와 마치 가야 하는 곳이 이쪽이라는 듯 저 너머로 사라졌다. 그리고 김현우는 곧바로 빛이 있는 쪽으로 움직이며 허리춤에 묶어놨던 하수분의 아공간을 확인했다.

하수분河水盆의 아공간

등급: S++

보정: 없음

SKILL -

　아공간

소지할 수 있는 물품 14/15

　- 거검 기간토마키아

　- 여의봉

　- 이터널 플레이백 대용량 가방

　- 이터널 플레이백 대용량 가방

　- 이터널 플레이백 대용량 가방

　- 이터널 플레이백 대용량 가방

　- 이터널 플레이백 대용량 가방

　- 이터널 플레이백 대용량 가방

　- 이터널 플레이백 대용량 가방

- 이터널 플레이백 대용량 가방

- 이터널 플레이백 대용량 가방

- 이터널 플레이백 대용량 가방

- 이터널 플레이백 대용량 가방

- 이터널 플레이백 대용량 가방

[정보 권한]

하수분은 '전설'의 구전으로 삶을 시작했다. 이지를 가지기 시작할 때부터 모든 물건의 골자를 탐하고 성분을 분석하려는 욕망을 가졌던 그.

시간이 지나 하수분은 마침내 자신의 계층에 있는 모든 물건들의 골자와 성분을 파악하는 데 성공해, 물건을 보는 것만으로도 복제할 수 있는 '눈'을 얻게 된다.

하나 그의 이지異志가 죽음으로써, 그는 다시 '전설'의 구전으로 돌아가 본연의 능력을 잃고 무언가를 담을 수 있는 '물건'이 되었다.

그는 '기만자'를 탐구하기 위해 (권한 부족)에 오르게 되었고 (권한 부족) (권한 부족)

(권한 부족)의 (권한 부족) 좌를 위해, (권한 부족).

김현우는 하수분의 로그를 들여다본 뒤 아무것도 없는 미궁의 주변을 돌아봤다. 보이는 것은 그저 차가운 흙바닥과 도대체 무엇인지 모르겠으나 은근히 푸른색으로 빛나고 있는 미궁 내부뿐. 그나마 미궁 내부가 파랗게 빛나고 있기에 시야에 불편함이 없어서 나쁘지 않았으나.

"도대체 언제까지 내려가야 하는 거야?"

그는 끝도 없이 이어지고 있는 길을 보며 혀를 찼다.

"쯧."

김현우가 벌써 이 미궁 안에 들어온 지도 꽤 시간이 흘렀다. 물론 미궁 안에 들어온 뒤부터는 제대로 날짜를 셀 수가 없어 정확히 며칠이 지났는지는 알 수 없었으나 확실한 건 시간이 꽤 지났다는 것이었다. 그도 그럴 것이 혹시 모를 일을 대비해 준비해놓은 대용량 백팩의 식량 중 하나를 전부 까먹었기 때문이다.

'뭐, 식량은 여유롭지만…… 위가 걱정이네.'

김현우는 미궁에 들어오기 전, 마지막까지 자신을 따라왔던 미령과 하나린을 떠올렸다.

'불안한데.'

끝까지 자신을 따라오겠다고 하는 것을 말리고 혹시 모를 사태에 대비해 여기에 남아 있으라고 말해두긴 했으나…….

'그럼 저만 데리고 가시면 되겠네요?'

'뭐?'

'그렇지만 그렇죠? 우리 '사저'가 자랑스러운 스승님의 첫째 제자니까 저보다는 더 강하지 않을까요?'

''사매'야, 그 아가리를 닫거라, 모름지기 스승의 보조를 맞출 수 있는 것은 첫 번째 제자인 나뿐이다.'

'어머~ '사저'. 분명 스승님이 이곳을 지키는 게 더 중요하다고 말씀하셨지 않나요? 그러니 아주 '강한' 사저께서는 여기서 집 지키는 개……가 아니라 이곳을 지키셔야죠?'

'사매야 지금 당장 네 몸을 찢어버리고 싶은데, 그리해도 되겠느냐?'

"……."

김현우는 미궁에 내려가기 직전, 은근히 신경전을 벌이고 있던 그 둘을 생각하며 한숨을 내쉬었다. 그가 호주에 있는 미궁에 도착하기 전, 서로 싸우지 말라고 말해놨더니 갑자기 그녀들은 서로를 사매와 사저로 부르기 시작했다.

그래, 문제는 그것뿐이었다는 것이다. 그냥 서로를 사매와 사저로 부를 뿐, 어째서인지 말투는 이전보다 조금 더 격앙되어 있었다. 미령은 살기를 풀풀 내뿜으며 입을 열고, 하나린은 그런 미령을 조롱하며 화를 부추긴다.

'잘못된 선택을 했나?'

그런 생각을 하다 보니 김현우는 괜히 8계층이 걱정되기 시작했다. 분명 그 둘을 남겨둔 것은 김현우가 아래 계층으로 내려가 있는 동안 다른 등반자가 올라와 세계를 멸망시키는 것을 대비하기 위해서였는데…….

'어째 올라가보면 자기들끼리 싸우느라 도시를 박살 내고 있는 거 아니야?'

"……."

왠지 그럴 가능성이 없지 않다는 것에 김현우는 괜스레 나오는 한숨을 막지 않고 들고 있던 '맹인의 나침반'을 흔들었다. 그와 함께 번쩍이며 또 한번 길을 제시하는 새하얀 빛.

김현우는 그 빛을 따라 계속해서 걸음을 옮겼다.

계속.

계속.

눈앞에 나타나는 몬스터들을 모조리 분쇄하면서 나침반에서 나오는 빛을 따라간 지 얼마나 되었을까. 김현우는 어느 순간부터 약

한 등급의 몬스터가 나오고 있다는 것을 깨달았다. '오우거'가 튀어
나오고. 그다음에는 '트롤'이 그의 앞을 가로막았다.

그래.

어느 순간을 기점으로, 내려가면 내려갈수록 김현우의 앞에 나타
나는 몬스터의 등급은 점점 약해지기 시작했고.

케륵! 케르르륵! 케륵!

김현우의 앞을 막은 것이 수십, 수백은 넘어 보이는 고블린 무리
가 되었을 때.

"거의 다 왔네."

김현우는 씨익 웃으며 고블린에게로 달려 나갔다.

◆ ◆ ◆

아틀란테 제국의 수도인 '타틀란' 앞에 있는 '괴수의 숲'.

"끄아아악!"

그곳에는 그로테스크한 풍경이 펼쳐지고 있었다.

"컥!"

숲 사방에는 시체들이 즐비해 있었다. 머리가 깨져 죽은 병사도
있었고. 두 팔이 사라지고 가슴에 거대한 구멍이 뚫려 죽은 기사도
있었다. 또한 시체 자체가 성하지 않게 죽은 이도 있는가 하면. 뼈
가 피부를 뚫고 나와 죽음을 맞이한 병사도 있었다. 그리고 그 모든
것은, 조금 전 미궁에서 빠져나온 한 남자에 의해 벌어지고 있었다.
그래, 도끼를 쥐고 있는 한 남자에 의해.

"살려주세요! 살려!!!!!"

파삭!

창을 들고 있는 병사의 머리가 어느 한 남자의 발에 의해 수박 깨지듯 터져 나가고, 그는 비릿한 미소를 지은 채 병사들이 몰려 있는 쪽을 향해 고개를 틀었다. 마치 충혈된 듯 보이는 붉은 자위로 보이는 검은 망막이 두려움에 떠는 병사들을 스캔하고, 그가 쥐고 있는 거대한 도끼가 그의 움직임에 따라 자연스럽게 움직인다.

그리고 그 모습을 보며, 병사들의 앞에서 검을 들고 있는 남자. 아틀란테 제국의 제일 검이라고 불리고, 변방의 야만족들에게는 '심판자'라고 불리기도 하는 제국의 공작. 검劍을 통달했다고 전해지는 경지 '소드 마스터'에 올라 있는 그, '스윌로츠'는 앞에 보이는 남자를 보며 인상을 찌푸렸다.

'괴물이다.'

괴물.

그는 괴물이었다.

'여태까지 봤던 녀석들 중 제일가는 녀석이야……!'

그동안 제국에서는 저 미궁에서부터 올라오는 상상 이상의 강함을 가진 괴물들을 세 차례 이상 쓰러뜨렸다.

눈알이 하나밖에 없는 괴물도. 비대한 몸을 이끌고 나타난 거인도. 그 이외에 미궁에서 빠져나온 다른 괴물들도, 제국에서는 막아 냈다.

'시스템의 축복' 덕분에. 10년 전, 그들에게 불현듯 찾아온 시스템의 축복은, '불가능'을 '가능'하게 할 정도로 그들에게 많은 힘을 선사해주었고, 특히 스윌로츠나 다른 몇몇은 인간으로서는 도달할 수 없는 경지에 오르기도 했다.

일검으로 태산을 가르고, 한 번의 도약으로 영지를 횡단할 수 있는 괴물 같은 경지를 가지게 해준 시스템의 축복.

물론 그런 경지에 오르지 못하더라도 누구든 시스템의 축복을 받은 이들은 다른 일반인들과는 비교할 수 없을 정도로 강해졌고, 제국은 그렇기에 지금까지 버틸 수 있었다. 시스템의 축복을 받은 이들을 이용해 만든 군단은, 그리고 그런 군단을 이끌고 있는 제국의 삼검은, 적어도 제국이 있는 대륙 내에서는 상대할 수 있는 적수가 없었으니까.

"큭큭, 이게 전부냐?"

"……."

비아냥거리며 웃음을 짓는 남자. 그가 입고 있던 붉은 장포가 붉은 피로 물든 것을 보며, 그는 이 참담한 광경을 눈에 담았다. 눈알이 하나밖에 없는 괴물의 몸을 묶어놓을 수 있었던 병사들은 그의 장난과도 같은 손짓에 전부 목숨을 잃었고. 거인의 몸에 상처를 입힐 수 있었던 '기사'들은 그의 도끼질에 모두 목숨을 잃었다. 그리고 지금까지 올라온 괴물들을 언제나 같이 죽여왔던, 제국의 이검二劍과 삼검三劍도 마찬가지로, 그의 백 합을 견디지 못하고 모두 그에게 목숨을 내주었다.

스월로츠는 슬쩍 시선을 돌려 아직 살아 있는 병사들을 바라봤다.

"으…… 으으……."

"……."

그들의 눈에 들어차 있는 확연한 공포감. 병사들은 이검과 삼검의 죽음으로 더 이상 싸울 수 있는 상태가 아니었다.

'어떻게 해야……'

그렇기에 스월로츠는 빠르게 상황을 판단하기 위해 머리를 굴려 봤으나, 도저히 답이 나오지 않았다.

억지로 공격한다? 쓸데없는 사상자를 늘릴 뿐이었다.

만약 후퇴한다면?

'만약 저 괴물이 이 '괴수의 숲'에서 빠져나간다면……'

제국의 수도는 물론이고 이 세계가 완전히 개박살이 나버릴지도 모르는 일이었다. 그 어느 것을 선택해도 '최선'의 선택이라고 할 수는 없는 그 속에서 스월로츠가 고민하고 있을 때.

"아무래도 재롱은 전부 끝인 것 같군."

그가 입을 열었다.

남자는 거대한 도끼를 몇 번이고 슥슥 휘두르더니 이내 입가에 진한 웃음을 지으며 병사들에게로 걸음을 옮기며 입을 열었다.

"그러니까 이번에는 나, '아귀餓鬼'가 너희들에게 재미있는 걸 보여주도록 하마."

내 포식飽食을 말이야.

아귀의 중얼거림이 끝남과 동시에, 그의 도끼가 고도를 높이고 병사들이 겁먹은 표정으로 몸을 주춤거린다. 그 모습에 아귀가 입가를 찢으며 도끼를 내리찍으려 할 때.

콰아아아아앙!

거대한 봉棒이. 떨어져 내렸다.

◆ ◆ ◆

　시간의 흐름이 멈춘 허수 공간. 하늘에서는 언제나 기분 좋은 햇살이 내리쬐고 있고. 나선의 하늘은 유유자적하게 떠다니는 것이 아닌 그저 그 장관인 풍경만을 만들어낸 채 멈춰 있다. 그 이외의 다른 생물이나 벌레 또한 존재하지 않는, 그 모든 것이 멈춰 있는 세상.

　그곳에서.

　"끄학!"

　김시현은 죽음을 맞이하고 있었다.

　몇 번째일까?

　수십 번? 수백 번? 수천 번?

　그런 객관적인 물음에, 김시현은 답을 내릴 수 없는 상태였다.

　그도 그럴 것이, 김시현은.

　"쯧, 이래서야 지체아가 따로 없군."

　"크ㅎㅇㅇ윽!"

　입에서 침을 질질 흘린 채 멍한 눈으로 자리에서 일어나고 있었으니까. 분명 검을 들어 올리고 있기는 했으나, 그의 손에는 힘이 없었고, 또 그 의지 또한 없었다. 시간으로 환산되는 수백, 수천 번의 죽음은 그의 정신을 어그러뜨렸고, 그 결과 그는 이런 상태가 되었다. 기계적으로 몸을 일으키기는 하지만 딱 그뿐인. 마치 좀비 같은 김시현의 모습.

　"쯧."

　천마는 그런 김시현의 모습을 보며 혀를 찼다. 처음 그가 수십 번의 죽음을 맞이했을 때, 그는 스스로에게 의지를 불어넣었다. 죽어도 죽지 않는 공간이라는 것은 그에게 용기를 불어넣어주었고, 강해지고 싶다는 욕구는 그의 의기를 채워주었다.

그가 수십 번을 넘어 수백 번에 달하는 죽음을 맞이했을 때, 김시현은 스스로에게 집념을 불어넣었다. 언제까지고 버티란 말을 하던 김현우의 말을 따라, 김시현은 어떻게든 천마를 이기기 위해 검을 휘둘렀다. 그리고 수백 번을 넘어 수천 번에 달하는 죽음을 맞이했을 때, 김시현은 그저 집착으로 몸을 움직이고 있었다. 처음에 불어넣었던 용기와 의기는 없다. 그 뒤에 따라붙었던 집념도 없다. 좀비처럼 일어나 천마에게 다가오는 김시현에게는 오로지 집착만이 남아 있었다.

공허한 집착.

마치 좀비처럼 허우적거리며 검을 휘두르는 김시현의 모습에 천마는 혀를 차며 김시현의 배를 걷어찼다.

뻥!

마치 축구공이 날아가는 듯한 소리와 함께 저 멀리 처박히는 김시현. 그럼에도 또다시 기어 나와 검을 쥐는 김시현의 모습을 보며 천마는 허, 하는 웃음과 함께 생각했다.

'그 새끼의 지인 아니랄까 봐 저 새끼도 미친 건 똑같군.'

그가 보았던 김현우는 괴물이었다. 그는 수백, 수천, 수만 번의 죽음에도 아랑곳하지 않고 천마에게 덤볐으니까.

아무리 허수 공간이라고 해도 정신 데미지가 쌓이지 않는 것은 아니었다. 고통은 똑같이 느껴지고, 죽음의 그 순간은 어떻게 미화에도 좋게는 표현할 수 없으니까. 그런데도 김현우는 그 수만 번의 죽음을 통한 싸움을 이어가는 동안 오로지 무武에 광적인 집중력을 드러내며 결국에는 그의 무를 배웠다. 천마의 뇌령신공을.

그러나 그의 지인은 어떤가? 그도 김현우와 마찬가지로 집념이 강했으나.

"쯧."

집념뿐이었다. 그의 정신은 이미 힘을 잃었고, 눈가 또한 흐리멍덩하다.

그렇기에 천마는 말했다.

"이제 그만해라, 머저리. 너는 나를 못 이긴다는 것을 알 텐데?"

수천 번의 죽음 속에 흘러나온 천마의 목소리에, 김시현의 눈가가 돌아온다.

"아직, 아니야……."

"뭐가 아직 아니라는 거지? 지금 네 꼴을 봐라. 그 꼴로 나를 이길 수 있다고 말하는 거냐?"

"그건, 해봐야 아는 거 아니야?"

김시현의 어리석은 말에 천마는 혀를 찼다.

"헛소리하지 마라. 그건 단 1퍼센트나마 네가 나를 이길 수 있다는 가능성이 전제되어야 한다는 걸 모르나?"

천마의 한마디. 그의 말이 맞았다. 김시현은 수천 번의 죽음을 겪고 있는데도 불구하고, 여태까지 천마와 1합을 제대로 겨루지도 못했으니까. 누가 봐도 승률이 제로인 싸움. 그것은 천마도 잘 알고 있었고, 김시현 또한 잘 이해하고 있었다.

그럼에도.

"무공을 배우기 전까지는, 절대 안 가."

김시현은 그렇게 말하며 자신의 검을 부여잡았다.

"허⋯⋯."

그런 김시현의 모습에 천마는 어처구니없는 듯 웃음을 짓다가, 이내 의미 모를 미소를 지었다.

'그 미친 새끼의 지인 아니랄까 봐.'

완전히 또라이 새끼가 따로 없군.

그는 그렇게 평가하면서도, 어느새 입가에 지어진 미소를 지우지 않은 채 김시현에게 답했다.

"그래, 그럼 와봐라."

천마의 한마디.

"흡!"

그에, 김시현은 또 한 번, 자신의 죽음과 같은, 수천 번째의 검을 휘둘렀다.

◆ ◆ ◆

아귀라는 것은 무엇인가? 그들은 바로 탐욕에 빠진 자들을 일컫는 말이었다. 재화욕에 빠진 자. 권력욕에 빠진 자. 살육에 빠진 자. 강함에 빠진 자. 그 수많은, 인간에게서 일어날 수 있는 모든 종류의 부정한 탐욕을 극한까지 추구한 이들.

그들은 생전에는 여러 가지 이름으로 불렸다. 그 누군가는 손가락을 흔드는 것만으로도 경제를 일변시킬 수 있는 거상巨商. 그 누군가는 한 제국의 황제. 또 어떤 이는 정체불명의 '연쇄살인마'라고 불렸고. 어떤 누군가는 전쟁의 투신鬪神으로 불리기도 했다.

하나 그렇게 생전에 다양한 이름을 가지고 있다고 해도, 그들은 사후엔 모두 같은 이름을. 아니 명칭을 부여받는다. 아귀라는 명칭을. 남의 재산을 탐내는 '확신아귀鑊身餓鬼'부터 시작해 침구아귀針口餓鬼, 식법아귀食法餓鬼, 식혈아귀食血餓鬼, 식육아귀食肉餓鬼……. 그 외의 수많은 명칭.

그것들은 생전에 그들이 쌓은 업적들을 먹어치우고, 그들을 일개 아귀로 전락시킨다. 1,000명을 죽인 살인마도. 전쟁에서 무패를 하던 투신도. 어처구니없을 정도로 많은 돈을 벌어들인 거상도. 권력으로 세상을 아래 두던 황제도. 모두가, 사후에는 그저 아귀가 될 뿐이었다.

그리고 그곳에 있는 모두가 빼앗긴 자신의 업적을 뒤돌아보며 피눈물과 실의, 좌절을 느끼고 있을 때. 그 아귀는 나타났다. 그는 이들과 똑같이 모든 업적을 빼앗기고, 그저 불우하고 불완전한 아귀가 되어버린 남자였으나. 딱 하나. 그는 다른 것이 있었다. 그것은 바로, 그의 탐욕이 사그라지지 않았다는 것. 그렇기에 그는 그 사라지지 않은 탐욕을 원동력 삼아, 그곳에서 빼앗긴 업적을 다시 만들어나가기 시작했다. 아귀밖에 없는 아귀도餓鬼道에서. 자신과 같은 아귀들을 먹어치우며. 그는 '업적'을 만들어냈다.

식육아귀를 먹어치워 빼앗긴 전투의 업적을 채워 넣고. 확신아귀를 먹어치워 빼앗긴 전투의 업적을 채워 넣었으며. 식법아귀를 먹어치워 빼앗긴 자신의 이름을 다시 새겼다. 그래, 그렇게 해서.

"……."

한때, 투신이라고 불렸던 그는 자신이 새롭게 쌓은 업적으로, 탑을 오를 수 있게 되었다. 아귀도에 있는 모든 아귀들을 학살해, '탐식食食의 아귀'라는 이름을 인정받아서.

"……!"

그리고. 그, 아귀는 지금껏 느끼지 못했던 섬찟한 느낌에, 저도 모르게 무언가가 떨어져 내린 자신의 뒤쪽으로 시선을 돌렸다. 탑을 오르면서 여태껏 느껴보지 못했던, 피부를 찌르는 듯한 기시감. 그는 저도 모르게 자신이 쥐고 있던 도끼를 그쪽으로 돌렸고. 곧, 아귀의 뒤에 박힌 거대한 봉棒이 사라짐과 함께.

"이건 또 뭐야?"

흙먼지 속에서, 김현우가 걸어 나왔다. 몸에는 검은색의 추리닝을 걸친 채 주변을 돌아본 김현우는 혹시나 싶은 마음에 '맹인의 나침반'을 흔들어보았고.

화아아악!

'맹인의 나침판'에서 나온 빛은 이 이상 어딘가로 가지 않은 채 제자리에서 하얀빛을 터트리고는 사라졌다.

'제대로 온 것 같네.'

김현우는 '맹인의 나침반'을 보며 자신이 제대로 찾아왔다는 사실을 깨달으며 안도의 한숨을 내쉬었다.

그것은 바로 아까 전 있었던 일 때문이었다.

고블린 군단을 학살하며 앞으로 나아가고 있을 때 보인 환한 빛. 김현우는 그곳이 출구임을 믿어 의심치 않은 채 힘차게 미궁 밖으로 뛰쳐나왔고.

'씨발, 출구가 하늘일 줄이야.'

그 상태에서 고공낙하를 경험했다.

상상할 수 없을 정도로 높은 고도에서 제대로 생각할 시간도 없이 자유낙하를 경험한 김현우는 처음에는 당황했으나 그것은 잠시뿐. 김현우는 곧바로 정신을 차리고, 자신이 떨어져 내리고 있다는 것을 자각했다. 그 뒤로 그는 곧 자신의 몸이 땅에 가까워질 때쯤, 하수분의 주머니에서 여의봉을 꺼내 들어 그대로 여의봉을 길게 만들어 안전하게 지상으로 내려올 수 있었다.

'그래서, 우선 도착을 하기는 했는데…….'

김현우는 시선을 돌려 주변을 돌아보았다. 보이는 것은 잔인하게 죽어 있는 인간들의 시체. 앞에 보이는 것은 거대한 도끼를 든 거구의 남자. 그리고 그런 거구의 남자 뒤로, 마치 중세 시대의 기사같이 갑옷을 입고 있는 남자들이 눈에 보인다.

그리고 그 짧은 한 번의 눈짓과.

[확인 불가.]

눈앞에 떠오르는 로그 하나로 김현우는 이 상황을 간단하게 파악할 수 있었다.

"거 타이밍 한번 기가 막히네."

그렇기에, 김현우는 쯧 하고 혀를 차며 중얼거렸고.

팟!

김현우는 순식간에 자신의 앞으로 달려 나온 아귀를 눈으로 좇았다.

한순간.

그를 상대하고 있던 병사와 소드 마스터조차 따라가지도 못하고 제대로 보지 못할 정도로 짧은 찰나의 순간 도약. 하나 김현우만은 그런 아귀의 도약을 단 하나도 빠짐없이 '보았다'.

그가 무릎을 굽히고, 땅을 박차고, 손에 쥔 도끼를 짧게 쥐고, 어깨를 뒤틀고, 오른 다리를 이용해 도약하고, 자신의 머리를 향해 도끼를 조준하는 그 모든 모습을. 김현우는 하나도 빠짐없이 보았고, 파악했다.

그렇기에.

빡!

"끅!"

도약한 것은 아귀였으나.

꽈아아아앙!

맞는 것 또한 아귀였다.

눈에 보이지도 않을 것 같은 아귀가 김현우의 머리 위로 도끼를 내리찍을 때, 김현우는 몸을 가볍게 옆으로 훑는 것만으로도 그의 도끼를 피해냈다.

그때 이어진 한 번의 단타. 천마에게 배웠던 반보半步의 박투술은 아귀의 안면을 뭉개버렸고.

그 뒤, 자세가 흐트러진 아귀의 명치에 박아 넣은 일격은, 그의 몸을 날려버렸다.

꽈드드드드드득!

사방으로 흙먼지가 튀어 오른다. 포탄으로 변한 아귀를 막지 못한 나무들이 속수무책으로 무너지고, 그의 머리와 몸에 터져나간 지반이 나무의 뿌리들을 드러낸다.

한순간 지도에 일자를 그려야 할 정도로 개박살이 난 '괴수의 숲'. 그 모습을 바라보던 병사와 스월로츠의 눈이 믿을 수 없다는 듯 크게 떠지고.

콰아앙!!

무너진 나무들을 박살 내며 아귀가 나타난다. 지형을 이렇게 만든 것치고는 딱히 별다른 상처도 입지 않은 아귀의 모습에 김현우는 완전히 박살 난 괴수의 숲을 보며 말했다.

"자연을 좀 아껴야 되는 거 아니야?"

김현우의 비아냥거림에 아귀의 인상이 찌푸려졌으나, 그는 섣불리 김현우에게 다가서지 않았다. 오히려 그는 자신의 거대한 도끼를 양손으로 잡고 김현우의 움직임을 신중하게 관찰하듯 몸을 낮추었다. 아귀의 본성은 지금 당장 김현우의 머리를 쪼개라고 비명을 지르고 있었으나, 투신으로서의 이성은 김현우를 주의하게 만들었으니까.

그런 신중한 아귀의 모습에 김현우는 슬쩍 놀랐다는 듯 눈을 치켜떴으나, 이내 그는 미소를 지우지 않은 채 입을 열었다.

"왜? 안 될 것 같으니까 한번 각 좀 재보려고?"

김현우의 말에 대답하지 않은 채 등 뒤에 있는 소드 마스터는 안중에도 없다는 듯 그에게 집중하는 아귀의 모습.

그리고.

"그럼."

김현우는, 순식간에 움직였다. 아니, 움직였다는 표현은 이상했다. 아귀는 그 모습을 보지 못했으니까.

"이제."

그래, 김현우는, 마치 처음부터 거기에 있었다는 것처럼 자연스러운 자세로.

"내가 가야겠네?"

아귀의 명치에 주먹을 꽂았다.

◆ ◆ ◆

가디언 길드 꼭대기 층의 집무실. 원래라면 길드장이 써야 하는 집무실에는 아냐와 이서연이 앉아 있었다.

"그래서, 뭐 도와줄 건 없고?"

"네, 괜찮아요, 처음에는 조금 힘들었는데 지금은 괜찮거든요."

아냐의 대답에 이서연은 고개를 끄덕이며 그녀가 내온 커피를 한 모금 마셨다.

이서연이 오늘 가디언 길드에 온 이유는 바로 던전 문제 때문이었다. 김현우가 아레스 길드의 던전을 잔뜩 빼앗은 뒤 가디언 길드는 길드원보다도 던전의 숫자가 더 많아지게 되었다. 물론 아냐가 김현우의 명령에 따라 길드원을 꾸준히 뽑고 패도 길드가 도와주고 있다고는 해도 그것은 딱히 계약상 이루어진 관계가 아니기에 주먹 구구식인 경우가 많았다.

그렇기에 아냐는 가디언 길드의 던전 중 몇몇 던전의 보스를 아랑 길드를 포함한 고구려 길드, 서울 길드와 공동으로 운영하려는 계획을 세웠다. 우선 그렇게 만들어두면 쓸데없이 놀리는 던전이 줄어들 테니까. 한마디로 서로에게 그다지 나쁠 것 없는 계획이었기에 이야기는 매우 잘 풀렸다.

이서연은 만족하며 커피를 마셨고, 곧 자신이 이곳에 올 때부터 품었던 궁금증에 대해 물어볼 기회를 잡았다.

"그래서."

"네?"

"지금 양옆에는 무슨 공사를 하고 있는 거야?"

"공사……요?"

이서연의 물음에 아냐는 슬쩍 고개를 갸웃하다, 이내 입을 열었다.

"아, 지금 저희 건물 양쪽에 공사하는 거요?"

"그래, 그거."

아냐의 말에 그녀는 고개를 끄덕였다.

오늘 와보니 분명 이 사무실의 양 건물은 올린 지 얼마 되지 않은 신식 빌딩이었을 텐데도 불구하고, 새롭게 건물을 올리고 있었다. 그것도 무척이나 높게.

이서연은 궁금했다.

"아마 왼쪽은 패도 길드의 한국 지부일 거고, 오른쪽은 이번에 새로 만든 신생 길드……의 사무실이라고 하는데 잘 모르겠어요."

이서연은 패도 길드라는 말에 고개를 끄덕이면서도 그 뒤에 나온 신생 길드라는 말에 고개를 갸웃했다. 보통 신생 길드에서 저렇게 건물을 올리지는 않기 때문이었다. 게다가 굳이 가디언 길드와 패도 길드가 건물을 짓고 있는 이곳에 말이다.

"……아."

한동안 그 신생 길드에 대해 생각하던 그녀는 문득 하남의 장원에서 봤었던 여자를 떠올렸다. 오빠의 두 번째 제자라고 말했던 그 여자.

'설마…….'

그녀는 슬쩍 시선을 돌려 오른쪽을 바라보았다. 그리고 이미 창문에서 공사 현장이 보일 정도로 건물이 높게 올려지고 있는 것을 보며 이서연은 저도 모르게.

"정말, 대단하네⋯⋯."

여러 가지 의미가 담긴 중얼거림을 내뱉었다.

◆ ◆ ◆

꽈아앙!

김현우의 일격이 아귀의 명치를 후려치기 위해 움직였으나, 유감스럽게도 그의 주먹은 아귀의 도끼를 후려쳤다.

찰나의 순간에 이뤄진 방어.

김현우는 명치로 들어오는 공격을 방어한 아귀를 놀랐다는 듯 바라보곤 공격을 이어나갔다.

오른 다리를 짧게 차 아귀의 정강이를 노리고. 왼손을 비틀어 그의 얼굴을 노린다. 반보도 남지 않은 초단거리에서 이뤄진 두 번의 격투술. 천마에게 배운, 군더더기라고는 단 하나도 없는 움직임이 그의 머리와 다리를 노렸으나.

꽝!

꽈드드득!

그의 공격은, 또 한번 아귀에 의해 막혔다.

'또?'

김현우는 다시 한번 막힌 공격에 이상함을 느끼며 거대한 도끼 너머로 서 있는 아귀를 바라봤다. 분명 그의 눈은 자신의 움직임을 따라오지 못했다. 물론 어느 정도는 자신의 움직임을 볼 수 있는 것 같기는 했지만, 그것은 말 그대로 어느 정도. 이런 초를 단위로 쪼개야 하는 싸움 속에서, '어느 정도'라는 말은 지극히 효용성이 없는 말과도 같았다.

김현우의 공격이 이어진다.

왼쪽 팔. 오른쪽 정강이. 명치. 머리. 김현우의 몸이 그 잔상을 남기며 움직인다. 콤마 단위의 짧은 시간에 만들어진 네 번의 연격.

하나 아귀는 막아낸다. 왼쪽 팔을 노리는 공격은 도끼의 대부분을 이용해 막아내고, 오른쪽 정강이는 도끼의 면을 이용해 막아낸다. 명치와 머리도 마찬가지. 아귀는 그 짧은 시간 내에 도끼를 움직여 막아냈다.

"허."

그 모습에 김현우가 재미있다는 듯한 미소를 지었다.

"이 새끼 봐라?"

그와 함께 또 한번 이어진 김현우의 연격. 그의 공격이 아귀의 몸을 노리고 순식간에 쏟아져 나간다. 빈틈이 있는 곳이라면 어김없이 김현우의 주먹과 발이 들어갔고, 빈틈이 없는 곳이라도 허초를 위해 그곳을 후려친다. 몇 초도 되지 않는 짧은 시간이지만, 김현우의 공격은 이미 가볍게 수십 합을 넘어서고 있었고, 초침이 열 번을 까딱였을 때, 김현우의 공격은 백번을 가볍게 넘어가고 있었다.

그리고.

"……."

김현우는 그 짧은 시간, 아귀를 때리며 그가 어떻게 자신의 공격을 막아내는지에 대해 깨달을 수 있었다.

아귀는 김현우의 움직임을 제대로 따라오지 못한다. 그것은 맞다. 하나 아귀는 아주 어렴풋하게나마 김현우의 움직임을 볼 수는 있었다. 그리고 아귀는 놀랍게도 그 어렴풋하게나마 보이는 김현우의 움직임을 특정해서 공격을 막고 있었다.

저 자세를 통해서.

김현우는 그가 취하고 있는 자세를 바라봤다. 양발은 언제라도 전방위의 공격을 방어할 수 있게 자연스럽게 펴놓고, 양팔은 자신의 몸을 가볍게 가릴 수 있는 도끼를 역수로 잡고 있었다. 언뜻 보기만 해도 도끼로 몸의 절반을 가리고 있는 아귀.

그는 일부러 저 거대한 도끼를 자신에게 밀착시킴으로써, 도끼를 움직이는 동선을 최대한으로 자제함으로써 김현우의 공격을 막고 있는 것이었다. 어렴풋하게 보이는 움직임을 보고, 최대한 짧은 동선으로 도끼를 움직이며.

"……."

절대로 부서지지 않을 것 같은 도끼를 쥔 채 여전히 방어적인 자세를 취하고 있는 아귀를 보며 멍한 표정을 짓고 있던 김현우는 생각했다.

'어디로 공격해도 저 도끼에 막힌다…….'

김현우는 조금 전, 그의 사각이 있는 곳에는 망설임 없이 공격을 때려 넣었다. 도끼가 방어하지 못하는 앞부분은 당연하고, 그가 제대로 대비하고 있지 못하는 뒤는 더더욱 당연했다. 그러나 아귀는 그가 몸을 돌리자 자신도 마찬가지로 귀신같이 몸을 돌리며 움직임을 쫓았기에 김현우는 결국 일격을 맞출 수 없었다. 그야말로 놀라운 방어 능력에.

'그렇다면.'

김현우는 입가에 웃음을 머금으며.

'그 방어를 부숴버리면 될 뿐이지.'

자신의 마력을 사방으로 흩뿌리기 시작했다.

파직.

파지지직!

검붉은 마력이 김현우의 의지에 따라 혈도를 달린다. 그와 함께 밖으로 내뿜어지는 검붉은 마력. 대기를 타고 허공을 유영하는 마력들 사이에 검붉은 스파크가 튀어 나간다. 천마에게 뇌령신공을 배우고 난 뒤부터는 자연스럽게 튀어나오는 스파크. 순식간에 바뀌어 나가는 모습에 아귀는 눈을 휘둥그레 떴으나 이내 눈가를 굳히며 자신의 도끼를 잡았다. 지금 자세를 풀지 않겠다는 듯, 오히려 몸의 근육을 경직시키는 아귀의 모습.

파지지직! 꽝!

내리 떨어지는 번개와 함께, 김현우는 또 한번 아귀에게 달려들었다. 아귀는 순식간에 달려오는 김현우의 모습에 긴장하며 도끼를 들어 올렸으나, 그가 긴장하고 있었던 김현우의 연격은 찾아오지 않았다.

그 대신.

촤아아아악!

흑익이, 그 날개를 드러냈다.

아귀의 눈이 크게 뜨이고, 김현우의 입에 미소가 지어진다. 검붉은 마력이 폭발적으로 증폭하며 사방에 붉은 번개를 떨궈대고, 검은 날개가 그 사이에서 위용을 과시하듯 펴진다.

그리고.

"우선 한 방!"

김현우는 당황한 눈빛이 역력해 보이는 아귀를 향해, 아니.

"패왕."

정확히는, 그가 자신의 몸을 방어하고 있는 도끼를 향해, 자신의 일격을.

"괴신격!"

내질렀다.

콰아!!!

검붉은 번개가 사방으로 떨어지며 순간 마력이 폭사한다.

김현우의 다리가 도끼의 면을 후려치고, 그 뒤를 이어 김현우의 뒤에 펼쳐져 있던 날개가 그의 마력으로 치환되어 김현우의 발에 몰려든다. 마치 기관 열차가 연료를 녹여 힘을 내는 것처럼, 김현우의 다리가 검은 마력을 연기처럼 토해내고.

콰아아아아앙!!!

거대한 폭음이, 세상을 울렸다.

지반이 부서진다. 아니, 부서진다는 말은 옳지 않았다. 지반이 사라지고. 나무가 사라진다. 괴수의 숲을 조성하는 그 모든 것들이, 검붉은 마력에 먹혀 사라진다.

그리고.

"크하악!"

아귀는, 그 검붉은 재앙 속에서 살아남았다. 이미 그의 몸은 여기저기 화상을 입은 듯 그을린 자국이 있었고, 김현우의 공격을 받아냈던 도끼는 이미 도끼의 날 부분이 박살 나 제대로 사용할 수 없게 되었다.

"이런 말도 안 되는……!"

아귀가 부서진 자신의 도끼를 확인하며 소리 없는 경악성을 내뱉었다. 아귀가 쥐고 있는 도끼는 아귀도를 지키는 지천대군支天大君을 죽이고 빼앗은 무기였다.

'그 도끼가…… 한 방에?'

그가 믿을 수 없다는 듯 대만 남은 도끼를 쥐고 있을 때.

"야."

김현우의 목소리가 들려왔다.

그와 함께 아귀의 시선이 김현우를 향해 돌아갔고, 그는 곧 눈을 크게 뜰 수밖에 없었다.

"너 뭐 하냐?"

"무, 무슨!"

그곳에는 김현우가 있었다. 등 뒤에 세 개의 만다라를 가진 채. 그 모습에 아귀가 입을 벌리며, 본능적으로 몸을 움직이려 했으나.

"큭!?"

아귀의 몸은, 이미 움직일 수 없는 상태가 되었다. 당황하는 아귀의 모습에 김현우는 여유로운 표정을 지으며 입을 열었다.

"설마 그 한 번으로 끝날 거라고 생각한 건 아니지?"

김현우의 말에도 아귀는 그의 말에 관심 따위는 없는 듯 그곳을 빠져나가기 위해 몸을 비틀었으나, 유감스럽게도 아귀의 몸은 이미 마력 팽창의 영향권 내에 들어가 있었다.

김현우의 등 뒤에 검은 만다라가 개화하기 시작한다.

"크하아악!"

그와 함께 사방으로 뿌려지기 시작하는 검붉은 마력. 검붉은 스파크가 사방으로 방전하며 자신의 존재감을 내뿜고, 김현우는 어느새 아무 움직임도 취하지 못하는 아귀의 앞으로 다가와 여유롭게 자세를 잡았다. 그 모습에 아귀의 눈에 다급함이 깃든다. 그의 근육이 팽창하듯 부풀어 오르고, 그의 붉은 자위가 붉은 것을 넘어 검게 물들어간다.

그런 상황에서, 김현우는 입가에 비틀린 미소를 지으며.

"이제 한번 제대로 맞아봐."

마치 선고하듯 중얼거렸다.

"안 돼에에에에에!!!!"

그와 함께 지금까지 아무런 말도 하지 않던 아귀의 입에서 비명 같은 괴성이 튀어나왔으나, 이미 김현우는 몸을 움직이고 있었다. 그의 등 뒤에 빙그르르 돌던 연꽃들이 완전히 개화하기 시작하고, 그와 함께 검붉은 마력을 전방으로 쏘아댄다.

그와 함께.

"수라."

김현우는 등 뒤에, 자신의 마력을 먹어치우고 만들어 낸 6개의 팔을 한곳으로 모았고.

"무화격."

삐!!

곧 아귀는, 이번에야말로 검붉은 재앙에 먹혀들어 가기 시작했다.

그 검붉은 재앙이 끝난 뒤.

알리미

등반자를 찾아 처치했습니다!

위치: 아틀란테 제국 괴수의 숲

[등반자 '탐식의 아귀' '개의'을 잡는 데 성공하셨습니다!]

[정보 권한의 실적이 누적됩니다!]

[현재 정보 권한은 중상위입니다.]

김현우는 어김없이 떠오르는 로그에 만족스럽다는 듯 고개를 끄덕이다.

"자네는…… 누구지……?"

문득 뒤에서 들리는 목소리에 고개를 돌렸고, 이내 그곳에서 김현우는 무척이나 긴장한 목소리로 자신을 부르는 스월로츠 공작을 볼 수 있었다.

◆ ◆ ◆

'진실의 구'.

그것은 바로 아틀란테 제국의 황궁 창고에 있는 진귀한 아티팩트 중에서도 그 값어치를 매길 수 없는 아티팩트였다. 그도 그럴 것이 아틀란테 제국이 이 정도로 성장할 수 있었던 이유가 바로 '진실의 구' 때문이기도 했으니까. 대가만 지불하면 그 어느 진실이든 알 수 있는 '진실의 구'는 딱히 외적인 힘은 없지만, 잘만 사용한다면 한 제국을 부강하게 만들 수 있을 정도로 엄청난 힘을 가지고 있었다.

그렇기에.

"그건 불가능한 말이다."

아틀란테 제국의 7대 황제, '아클라스 타틀란'은 스윌로츠 공작의 말에 반대했다.

"하지만!"

"공작, 자네도 잘 알고 있겠지만, 우리 아틀란테 제국에 있어 진실의 구는 마치 구심점과도 같은 것일세. 자네도 알고 있을 텐데?"

아클라스의 말에 스윌로츠는 고개를 숙였다. 확실히, 스윌로츠는 그 점을 인지하고 있었다. '진실의 구'는 제국을 성장할 수 있도록 도와준 아티팩트가 맞았다. 그러나 스윌로츠가 아클라스와 다르게 생각하는 것 하나.

'그건 예전 이야기일 뿐……!'

'진실의 구'가 제국에게 도움을 주었던 것은 바로 예전 일이라는 것이었다. 왜 예전의 일일 뿐일까? 그것은 바로 스윌로츠의 앞에 앉아 있는 황제 때문이었다.

"아무튼, 그건 안 될 말이지."

지금 황좌에 앉아 스윌로츠와 대면하고 있는 아클라스 타틀란. 그 때문에 '진실의 구'는 더 이상 제국의 성장을 돕지 않았다.

맨 처음, 선대들이 제국을 세웠을 때, 1대에서 6대까지의 왕들은 모두 현명하게 '진실의 구'를 사용했다. 어떤 왕은 제국을 부유하게 만들기 위해 사용했고. 또 다른 왕은 제국을 강성하게 만들기 위해 사용했다. 그 이외에도 아틀란테 제국의 황좌에 오른 이들은 그 누구라도 제국의 안녕과 번영만을 위해 그 아티팩트를 사용했다. 하지만 지금 아틀란테의 황좌에 앉아 있는 7대 왕, 아클라스는?

아틀란테 제국의 6대 황제인 '오트록스 타틀란'이 갑작스레 별세한 뒤 그 자리에 앉게 된 그는 '진실의 구'를 제대로 사용하지 못하고 있었다. 아니, 정확히 말하면 '진실의 구'를 제국이 아닌 자신을 위해 사용하고 있었다.

"그러고 보니, 이번에 아르반테 공작의 움직임이 심상치 않아 보이는데, 그자에게 진실의 구를 사용해봐야겠군."

"폐하, 말씀드렸지만 진실의 구는 그렇게 사용하는 것보다는 이번 북방에서 일어날 일을 조사해보시는 게 옳지 않겠습니까?"

스윌로츠의 말에도 그는 고개를 저으며 말했다.

"북방에는 이미 방위군이 있지 않은가?"

"그렇다고 해도 최근 북방의 야만족들의 움직임이 심상치 않다는 것을 아시지 않습니까? 진실의 구를 사용해 그들의 전력을 가늠하고 인원을 적절하게 배치하는 게."

"그것보다는 짐의 안위가 더 중요하지 않겠나?"

그 발언이 부끄러운 것인 줄도 모르고 단호하게 내뱉는 아클라스. 그 모습에 스윌로츠는 고개를 숙이고는 인상을 찌푸렸다.

'이런 멍청한……!'

황제로 재위하고 있는 아클라스. 그는 자신의 두려움을 해소하기 위해 반동분자들을 뿌리 뽑겠다는 말도 안 되는 명분을 앞세워 '진실의 구'를 어처구니없는 곳에 사용하고 있었다. 그래, 자신의 두려움과 불안감을 해소하기 위해서.

그 덕분에 '진실의 구'를 사용해 큰일에는 항상 한 수 앞을 내다보던 제국은 아클라스가 재위하면서부터 서서히 무너져 내리고 있었고.

'이젠 정말로 위험하다.'

괴물을 막는 전투로 제국의 중심을 잡고 있던 스윌로츠를 포함한 세 구심점 중 두 명이 이번 전투에서 전사함으로써 상황은 크게 악화될 예정이었다.

'허······.'

하나 그런 것 따위는 안중에도 없다는 듯 행동하는 황제의 모습.

제국의 기둥 중 두 명이 전사하고, 괴물에 의해 병사와 기사 들이 억 소리 날 정도로 쓸려 나갔음에도 그는 심드렁했다.

거기에 더해서.

'분명 말을 했는데도······!'

스윌로츠는 오늘, 제국의 이검과 삼검을 아무렇지도 않게 죽이고, 자신의 목숨을 위협했던 아귀를 죽인 그를 떠올렸다. 제국의 이검과 삼검이 죽고 난 뒤, 이제 패배하는 미래밖에 보이지 않던 절망적인 상황에서 갑작스레 나타난 그. 그는 절대로 이길 수 없을 것만 같던 아귀를 손쉽게 죽여버렸다.

그야말로 '압도적'이라고 표현하는 게 맞을 것 같은 무력으로.

"······."

스윌로츠는 문득 아까 전 김현우가 보여줬던 무력들을 떠올리며 한차례 소름을 느꼈다.

압도적인 무력.

1권에 지반과 나무가 사라지고. 그가 사용한 기술에 괴수의 숲이 일부분 날아가버릴 정도로, 그의 능력은 강대했다. 하나 스윌로츠가 황제에게 아무리 그에 대해 설명하고 그가 '진실의 구'를 원하는 것을 알려주었는데도 불구하고 황제는 그 일에 대해 깊게 생각하지 않는 듯했다. 아니, 애초에 '진실의 구'를 넘겨주는 것에 대해서는 생각 자체를 하지 않는 듯했다.

그렇게 무거운 침묵이 흐를 때쯤.

"아, 그리하면 되겠군."

아클라스가 문득 탄성을 터트리며 입을 열었다.

"무엇을……?"

그의 탄성에 왠지 본능적으로 그가 멍청한 생각을 하고 있다는 것을 알아챈 스윌로츠는 불안한 눈빛으로 그를 바라보며 물었고.

"북방의 야만족들이 날뛴다고 했지?"

"……."

"그렇다면, 제국을 구해준 그에게 부탁하는 건 어떤가?"

"그게 무슨……!!"

"'진실의 구'를 원한다고 하지 않았나? 그가 원하는 것을 알고 있으니 그것으로 그를 이용하자 그 말일세."

스윌로츠는 자기 생각이 맞았다는 것에 절망 어린 표정을 지으며 고개를 숙였다.

◆ ◆ ◆

아틀란테 제국 황궁 외부의 별채.

아귀의 탐욕

등급: S++

보정: [특수 조건 만족 시 발동]

SKILL -

　탐식

[정보 권한]

생전, 수많은 전쟁에 참가해 수천의 목숨을 벤 투신은 사후 아귀가 되었으나 힘에 대한 탐욕을 잃지 않고 다른 아귀들을 잡아먹으며 힘을 길렀다.

다른 아귀들을 먹어치우며 그들의 탐욕까지 모조리 흡수한 그, 탐식의 아귀는 (권한 부족)에게 인정받아 탑을 오를 수 있는 권한을 얻게 되었고, 아귀는 (권한 부족)에 탐욕을 느꼈기에 탑을 올랐다.

아귀의 탐욕을 사용할 경우, 사용자는 일정 시간 동안 탐식의 아귀의 능력을 그대로 계승하게 되며 그 상태에서 누군가를 먹어치울 시, 그의 능력치 중 일부를 자신에게로 가져온다.

그러나, 아귀의 탐욕을 제대로 사용한 시점에서, 사용자는 아귀와 같은 탐욕을 느끼게 되어, 종내 아귀와 다를 바 없게 변한다.

"이쪽입니다."

자신을 안내하는 시녀를 따라 앞에 연못이 있는, 고풍스럽다 못해 사치스럽게 지어진 2층 저택을 나서며 김현우는 자신의 손에 들려 있는 '아귀의 탐욕'의 로그를 읽었다.

마치 눈알 같은 모양새를 하고 있는 '아귀의 탐욕'을 아공간 주머니에 집어넣은 김현우는 어제의 기억을 떠올렸다. 8계층에 내려오자 등반자를 마주쳤던 것부터 시작해, 등반자를 죽이고 난 뒤 처음으로 이 세계인과 만나게 되었을 때.

'솔직히 말이 안 통하면 어쩌나 했는데.'

김현우가 끼고 있던 번역 반지의 힘은 위대했다는 말로 언어 통역 부분은 이야기를 끝낼 수 있었다.

아무튼 그렇게 이야기가 통했기에 김현우는 그들에게 곧바로

'진실의 구'의 출처를 물었고, 기가 막힌 아다리로 '진실의 구'가 어디에 있는지 알 수 있었다.

'아다리 잘 맞아서 좋네.'

솔직히 아무것도 모른 채 여기에 떨어졌으면 '진실의 구'를 찾는 것도 꽤 힘들었을 것이고, 설령 '진실의 구'를 찾았다고 해도 가져가기가 쉽지 않았을 것이었다.

그래, 마음이 쉽지 않았을 것이다.

'뭐, 딜은 최대한 쳐보겠지만.'

만약 그 딜을 다 쳐내고 그를 배척하면 김현우로서도 어쩔 수 없는 선택을 해야 할 것이었다. 그도 그럴 것이 김현우에게는 '진실의 구'가 필요했고, 최대한 빨리 9계층으로 돌아가야 하기도 했다.

'뭐 미령이랑 하나린을 세워두고 오기는 했어도……'

안심할 수는 없었다. 적어도 김현우가 볼 때 미령과 하나린은 계승자가 되어 분명히 인외의 능력을 갖추게 되었으나 상위 등반자와 비교해보면 빛이 바랜다. 한마디로 세상일이라는 게 어떻게 돌아갈지 모르니 최대한 빠르게 '진실의 구'를 챙겨서 돌아가는 것이 김현우의 목적이었다.

'뭐 지금 와서는 그 걱정을 할 필요는 없지.'

그도 그럴 것이 김현우는 아무도 막지 못한, 제국을 멸망시킬 뻔한 괴물을 잡아주었고, 그것으로 어느 정도의 조건은 만들어진 것과 다름이 없었으니까.'

김현우가 그렇게 생각하고 있을 때쯤.

"이곳입니다."

시녀의 말에, 김현우는 자신이 어제 보았던 거대한 황성 내부로 들어왔다는 것을 알 수 있었다. 정말 중세 시대의 드라마나 만화처럼 각 기둥에 병사들이 서 있고, 김현우의 앞에는 사치스러운 장식이 가득한 문이 있었다.

끼이이익.

이윽고 문이 열린 뒤, 김현우는 그 안쪽으로 걸어 들어갔고, 그곳에서 두 명의 남자를 볼 수 있었다. 한 명은 굉장히 사치스러운 옷을 걸치고, 사람 한 명이 앉기에는 무척이나 넓어 보이는 황좌에 앉아 있는 남자. 또 다른 한 명은 그 아래에서 왠지 낙담 어린 표정으로 자신을 바라보고 있는, 어제 봤던 그 남자였다.

'뭐, 예법이라도 지켜야 하나?'

김현우는 머릿속에 일순 그런 생각이 떠올랐으나 이내 고개를 저었다. 애초에 예법은 알지도 못할뿐더러, 어색하게 해봤자 더 이상할 것 같았다. 그렇기에 김현우는 당당히 걸음을 옮겨 딱 봐도 황제로 보이는 이의 앞에 섰고, 아클라스는 그런 김현우를 보며 물었다.

"자네인가? 제국을 위협하던 괴물을 잡아줬다던 자가."

황제의 물음.

김현우는 순간 말투를 어찌 해야 하나 생각하다 그냥 말했다.

"그래."

단답.

그런 김현우의 대답에 아클라스의 인상이 슬쩍 찌푸려졌으나, 그는 이내 인상을 펴고는 슬쩍 생각하는 듯하다 말했다.

"우선, 감사하도록 하지."

아클라스의 감사 인사.

하나 김현우는 그 말에 아무런 대답 없이 황제의 다음 말을 기다렸고. 아클라스는 슬쩍 김현우의 눈치를 보는 듯하더니 입을 열었다.

"스월로츠 공작에게 자네가 원하는 것을 들었네. 자네는 '진실의 구'를 원하는 것 같더군."

"맞아. 내가 원하는 건 더도 말고 덜도 말고 딱 그거지."

김현우의 말에 황제는 고개를 끄덕이곤 말했다.

"하지만 정말 유감스럽게도, 우리 제국에서는 자네에게 '진실의 구'를 넘겨줄 수 없네."

"……뭐?"

김현우가 슬쩍 인상을 찌푸렸으나, 아클라스는 자신의 페이스대로 이야기를 풀어나갔다. '진실의 구'가 제국의 귀중한 아티팩트인 것부터 시작해서, 제국에서 얼마나 큰 의미를 가지는지까지. 별다른 이야기 없이 그냥 '아 우리 아티팩트는 무지 소중하다'는 이야기를 길게 펼쳐서 말하고 있는 아클라스를 보며 김현우의 인상이 찌푸려질 때쯤.

"그렇기에 자네의 공은 충분히 인정할 만하나, '그것만'으로는 우리 제국의 수호자와도 같은 아티팩트를 넘길 수는 없네."

아클라스의 입에서 나온 결론에 김현우는 진한 한숨을 내쉬었다. 한마디로 등반자를 잡은 것만으로는 아티팩트를 못 넘겨주겠다는 황제의 말에 김현우는 어처구니없는 표정으로 그를 바라봤고.

"하지만, 만약 자네가 북방의 일을 해결한다면, 또 모르겠군."

아클라스의 추가적인 요구에 김현우는 어처구니를 넘어 저도 모르게 얼 탄 표정을 짓다, 문득 시선을 돌려 낙담한 표정으로 슬쩍 눈을 돌리고 있는 스월로츠 공작을 볼 수 있었고.

그런 그의 모습에 김현우는 문득 이상함을 느끼곤 황제에게 자신의 '스킬'인 '심리'를 사용했다.

그리고 떠오르기 시작한 로그에.

"야, 이 씨발 새끼야. 양심 뒤졌냐?"

김현우는 황제에게 욕을 박았다.

◆ ◆ ◆

영물靈物이라는 것은 무엇인가. 그들은 영험한 기운과 능력을 가진 것들을 말한다. 하늘의 뜻을 거부하는 것이 아닌, 오히려 하늘의 선택을 받아 죽지 않고 오랜 시간을 지상에서 살아남은 그것들은 안에 영기를 쌓는다. 그렇게 해서 곧 동물로서의 본성을 억누를 수 있는 힘을 얻게 되고, 그와 함께 스스로 이성을 만들어낸다.

이성을 만들어낸 그들은 스스로가 누구인지 학습하고 배워나가며 점점 인간에 필적하거나 그보다 높은 지성을 가지게 된다. 그렇게, 오랜 시간 살아남은 동물들은 결국 영물이 된다. 그리고.

"후."

지금 당장 탑을 오르고 있는 한 마리의 '여우'는 장장 1800년이라는 세월을 살며 영물의 경지에 올라선 케이스 중 하나였다.

그녀가 푸르게 빛나는 바닥을 걸을 때마다 엉덩이 뒤에 달려 있는 아홉 개의 꼬리가 요사스럽게 흔들렸고. 그런 그녀의 꼬리 위에 만들어져 있는 아홉 개의 푸른 불은 침침한 어둠을 환하게 비추고 있었다.

아홉 개의 꼬리를 가지고 있는 여우이자, 탑을 오르기 전에는 세상에서 구미호九尾狐라는 이름으로 불렸던 그녀는 이제 슬슬 보이기 시작하는 9계층의 입구를 보며 미소를 지었다.

'이제 9계층.'

9계층을 포함해 탑의 꼭대기로 가는 계층이 얼마 남지 않았다는 생각에 그녀는 절로 자신의 꼬리를 살랑살랑 흔들며 자신의 목적에 대해 상기했다.

'올라가서 좌座를 받기만 한다면 내 목적을 이룰 수 있어.'

아직 9계층을 전부 클리어하지도 않았건만 그녀는 벌써 꼭대기 층에 올라가 목적을 이루는 자신의 모습을 떠올리고 있었다. 그도 그럴 것이 구미호는 지금까지 딱히 어려움을 겪은 계층이 없었기 때문이다. 그렇기에 구미호는 다른 계층들과 마찬가지로 이번 9계층도 간단하게 클리어하고 다음 계층으로 올라갈 수 있다고 생각했고.

곧 9계층의 입구에 다다르자.

찌르르.

"!!!!"

그녀는 느낄 수 있었다.

자신의 털을 곤두서게 할 정도로 엄청난 마력이 9계층의 입구 쪽에서 나타나고 있다는 것을.

'이…… 무슨……!'

1800년 동안 살아온 그녀가 품기만 해도 숨이 버거울 것 같은 마력에 그녀는 소스라치게 놀라며 몸을 움츠렸다.

'이 말도 안 되는 마력은 뭐야!?'

그야말로 소름이 끼치는 마력이 외부에서 부딪히고 있었다. 그것도 한 번도 아니고 몇 번이나, 연속으로. 그에 구미호는 본능적인 위협을 느꼈으나, 그렇다고 9계층으로 나가지 않을 수는 없는 노릇이었다.

구미호는 밖으로 걸음을 옮겼고.

"아가리 닥쳐라, 이 개년아!"

"뭐라는 거야? 키도 조그만한 찐따가!"

그곳에서, 구미호는 그녀들을 볼 수 있었다. 오른쪽 이마에 붉은 뿔을 달고 있는 소녀와. 검은 책을 든 채 그녀와 싸움을 벌이고 있는 한 여자를.

"너는 저기 찌그러져 있어! 등반자는 내가 잡을 테니까!"

"웃기지 마라, 이 요망한 계집아! 보나 마나 등반자를 잡고 스승님에게 그 어쭙잖은 가슴을 비벼대려 하려는 걸 다 알고 있다!"

"너는 사부님에게 비빌 가슴도 없어서 좋겠다, 꼬맹아!"

"이 쌍년이 진짜!"

꽝!

미령의 발이 하나린의 머리를 후려갈기고, 하나린의 발이 그녀의 얼굴을 후려친다.

콰가가가강!

양쪽으로 날아가 서로 벽에 처박히는 미령과 하나린.

구미호가 멍하니 그 상황을 바라보고 있을 때, 미령은 어느새 상어의 이빨처럼 날카롭게 벼려진 이를 드러내곤 입을 열었다.

"정했다, 내가 스승님한테 미움받는 한이 있어도 네년은 지워버리고 말겠다!"

"우연이네……. 나도 그렇게 생각했거든, 이 꼬맹아!!!"

사매와 사저라는 표현은 이미 어디다 갖다 버린 건지 악의적으로 외치며 서로를 부른 그 두 명은 곧바로 자신의 마력을 끌어올리기 시작하다.

"……!"

"헉……!"

미궁 밖으로 빠져나온 구미호를 보았다.

한순간의 어색한 대치.

미령과 하나린이 구미호를 바라보고, 구미호는 어찌할 바를 모른 채 눈알을 여기저기로 굴렸다.

그리고.

"내 거!"

"내 거다!"

"히이이익!"

마력을 모으고 있던 미령과 하나린은 곧바로 몸을 돌려 왠지 공포의 눈빛을 띠고 있는 구미호에게로 달려 나가기 시작했다.

◆ ◆ ◆

김현우의 욕설에 한순간 적막감이 감돈 황궁 내부. 스월로츠 공작은 얼빠진 표정으로 욕설을 내뱉은 김현우를 바라보았고, 그것은 황제 또한 마찬가지였다. 물론 애초에 문화부터 다른 그들은 9계층에서나 사용하는 김현우의 욕설을 이해할 수 없었으나, 김현우의 번역 반지는 매우 훌륭하게 김현우의 욕설을 번역해 그들에게 들려주었고.

"무- 무슨……!"

"뭐? 내가 틀린 말 했어?"

아클라스가 노기를 띤 얼굴로 분노하려 했으나 김현우는 그런 그의 말을 듣기도 싫다는 듯 잘라버렸다.

'이 새끼들 봐라……?'

김현우가 분노한 이유. 그것은 바로 황제가 어처구니없이 김현우의 요구를 거절한 것도 있었다. 김현우는 제국을, 더 미래를 보면 이 대륙을 위협하는 등반자를 처리해주었다. 그리고 그것은 분명 저 황제도 알고 있을 것이 분명했다. 스윌로츠와 황성 내부로 오며 나눴던 말에 의하면, 제국에서 가장 강했던 이들도 등반자의 100합을 버티지 못했다고 한다. 누가 봐도 김현우가 등반자를 죽이지 못했으면 멸망할 상황이었는데도 불구하고. 아클라스는 그 사실을 뻔뻔하게 넘기고 오히려 자신을 이용하려 생각하고 있었다. 자기의 심리가 김현우에게 읽힐 수 있다는 것도 전혀 인지하지 못한 채.

[이 녀석을 사용해 북방의 야만인들을 처리하면 그것 또한 나쁘지 않은 방법이지. 진실의 구를 원한다고 했으니 그걸 미끼로 하면 잘 넘어오겠군.]

[그렇게 해서 저 녀석이 북방 야만족을 토벌하면 그때는 직위를 주도록 하자, 신분 상승을 시켜서 제국에 묶어두는 거야.]

[만약 그게 싫다고 한다면 진실의 구에게 물어 저 녀석을 죽일 방법에 대해 알아볼 수도 있겠지.]

[지금 뭐라고 말한 거지?]

[감히 내게 그런 망발을 해???]

[이런 개새.]

황제의 옆에 떠 있는 말풍선. 그 위에 실시간으로 올라가는 로그를 바라본 김현우는 저도 모르게 어처구니없는 표정으로 황제를 바라봤다.

'이거 완전 빡대가리 새끼 아니야?'

그것도 그냥 빡대가리가 아니라 개빡대가리라 김현우는 기가 찼다.

"허."

아클라스는 조금만 자세히 보면 뻔히 보이는 수로 김현우를 이용하려 하고 있었다. 그리고 그 뒤에 쓸 만해 보이면 작위를 내려 제국에 묶어둔다는 생각은 심리를 통해 읽기는 했지만 정말 병신 같은 생각이 아닐 수 없었다. 아니, 뭐 극단적으로 생각해보면 이 세계 사람들, 그러니까 8계층 사람들에게는 먹힐 수 있는 전략이기도 했다. 누가 뭐래도 중세 시대는 계급이 제일 우선이 되는 시대니까. 하지만 중요한 건 김현우에게 이 8계층에서의 계급은 아무런 쓸모가 없다는 것이었다. 그렇기에 김현우는 아직도 어버버거리는 황제를 시선에 두고는 입을 열었다.

"저기, 너희들이 지금 나랑 말이 통해서 뭔가 오해하고 있는 모양인데. 지금 너희들이 나한테 그런 식으로 조건을 걸 처지라고 생각해?"

김현우의 오만한 발언.

아클라스는 그제야 정신을 차리고 격분하며 고함쳤다.

"뭐라고!? 지금 아틀란테의 황제를 겁박하는 것이냐!!"

"지랄 좆 까고 있네. 지금 너 하는 짓을 봐라, 네가 황제냐? 내 눈에는 그냥 빡대가리로밖에 안 보이는데?"

"네…… 네 녀석!"

이제는 게거품을 문 것같이 발광하는 아클라스. 그러나 김현우는 그런 아클라스의 모습을 즐기는 듯 더욱더 노골적으로 비아냥거렸다.

"왜, 맞잖아? 이곳에서는 죽이지도 못하는 괴물을 죽인 놈한테 뻗대는 게 정상이라고 생각해? 응? 아."

아니면 그거야?

"설마, 그냥 막연하게 말이 통하니까 과격한 짓까지는 하지 않을 거다, 뭐 그런 믿음이 있는 거야?"

"근위병! 근위병은 당장 저놈을 잡아 죽여라!"

김현우의 팩트 폭력에 게거품을 문 아클라스는 곧바로 삿대질을 했고, 그와 함께 황성 내부로 근위병들이 들이닥쳤지만.

꽝! 콰가강!

"헉!"

마른하늘에 갑작스레 떨어져 내린 검붉은 번개는 문을 열고 들어오던 근위병들의 움직임을 막았고, 김현우의 주변으로 검붉은 마력이 흩뿌려지기 시작했다.

파직. 파지지직!

스파크가 튀기 시작하는 검붉은 색의 마력.

김현우는 입가에 미소를 지우지 않은 채 아클라스와 그 옆에 이럴 줄 알았다는 듯한 표정으로 검을 빼 든 스월로츠를 바라봤다.

"솔직히 나도 여기까지 와서 너희들이랑 굳이 싸우고 싶진 않거든? 그러니까 내가 선택지를 줄게."

파직!

파지지직!

"으아앗……!?"

김현우의 주변을 유영하는 마력들 사이에서 위협적인 스파크가 터져 나와 사치스러운 황궁 안을 엉망진창으로 만든다. 스테인드글라스가 박살 나고. 사치품들이 그 가치를 잃고 검게 그을린다. 하늘에서 떨어져 내린 번개는 천장을 부쉈고. 벽에 새겨져 있는 벽화는 검게 타 사라진다.

그 상황에서, 김현우는 주먹을 한번 쥐었다 펴곤 말했다.

"첫 번째는, 나한테 그냥 '진실의 구'를 넘기고 이대로 아주 스무스하게 끝나는 거지, 아무런 피해도 없이 말이야."

"……."

"그런데 만약 첫 번째가 싫다? 그럼 두 번째는…… 뭐, 너도 알지? 아무리 빡대가리라도 자신의 제국의 멸망이 앞으로 다가와 있는데 모르지는 않을 거라 생각해."

아무렇지도 않게 제국의 멸망을 입에 담는 김현우.

그 모습에 스윌로츠는 검을 뽑았으면서도 떨리는 눈으로 그를 바라봤다.

제국 멸망.

일개 귀족의 입에서 나왔다면 당장 능지처참을 면치 못할 말이었고, 어느 농민의 입에서 그 말이 나왔다면 그것은 그저 한낱 웃음거리로 치부될 만한 말이었다.

하나. 스윌로츠는 김현우가 정말로 그런 힘이 있다는 것을 알고 있었다. 그는 바로 눈앞에서, 김현우가 아귀를 때려 죽이는 모습을 보았으니까. 그리고 그의 옆에 있던 황제 아클라스도 김현우의 모습을 보며 저도 모르게 숨을 삼키고 있었다. 그도 그럴 것이 지금 사방으로 검붉은 스파크를 튕겨대는 김현우의 모습은 가히 위협적이었으니까.

그리고 그의 머릿속에 '위협적'이라는 단어가 새겨지자, 아클라스는 아까 전 스월로츠 공작이 자신에게 했었던 말을 떠올렸다.

'그가 '진실의 구'를 원하는 것 같습니다.'

'제국의 이검과 삼검이 동시에 덤벼들어도 쓰러뜨리지 못한 것을 그는 혼자서 쓰러뜨렸습니다.'

'저희로서는 그를 컨트롤할 수 없을 겁니다! 그럴 바에는 차라리 정중하게 거절하는 편이!'

'폐하! 말씀드렸지만 그는 괴물을 쓰러뜨린, 괴물보다 강한 자입니다!'

우려하는 공작의 말들.

아클라스는 어리석게도 스월로츠 공작의 조언을 실제로 겪고 나서야 제대로 깨달을 수 있게 되었으나.

파직! 쾅!

이미 후회하기에는 너무나도 늦었다.

위협적인 번개를 내리친 김현우는, 이제 비틀린 웃음을 지은 채 긴장한 얼굴로 자신을 바라보고 있는 황제에게.

"자, 빨리 선택해. 나도 시간 없으니까."

선택을 강요했다.

◆ ◆ ◆

김현우는 자신의 손에서 찬란하게 빛나고 있는 '진실의 구'의 로

그를 확인했다.

진실의 구

등급: Ss

보정: 없음

SKILL -

　권한 접속

다음 사용 기간까지 남은 시간: 28일 11시간 22분 31초

[정보 권한]

(권한 부족)의 진리를 깨달은 마법사가 시스템에 개입할 수 있는 (권한 부족)을 알아차리고 (권한 부족) 몰래 만들어낸 아티팩트.

진실의 구는 사용자의 마력을 대가로 사용자가 알고자 하는 진실을 그 무엇이든 알려준다. 하나 (권한 부족) 때문에 진실의 구는 사용자가 묻는 진실의 등급에 따라 재사용 대기 시간이 결정된다.

재사용 대기 시간은 등급에 따라 최소 100일부터 3200년까지 정해져 있으며, 이 재사용 대기 시간은 그 무슨 수를 써서라도 줄이거나 늘릴 수 없다.

로그를 확인한 김현우는 만족한 웃음으로 하수분의 주머니에 '진실의 구'를 집어넣고 앞을 바라보았다. 그러자 눈에 보이는 것은 바로 침통해 보이는 황제 아클라스의 얼굴.

'그래도 아주 멍청하지는 않나 보네.'

만약 아클라스가 거기에서 앞뒤 상황도 모르고 김현우를 적대했으면 김현우는 정말로 아클라스를 박살 내고 '진실의 구'를 가져갈

생각이었다.

'뭐, 아마 그렇게 되었다고 해도 진짜 제국을 멸망시키지는 않겠지만.'

김현우는 어디까지나 자신을 막는 놈들만을 전부 박살 낼 생각이었다. 그도 그럴 게 딱히 제국민이 김현우에게 뭔가를 한 것은 아니었으니까.

"잘 생각했어. 처음부터 이렇게 했으면 얼마나 좋아? 다른 사치품들도 멀쩡하고 말이야."

김현우의 비아냥에 아클라스는 침통한 표정으로 고개를 숙였고, 김현우는 더 이상 볼 것도 없다는 듯 자리에서 일어났다. '진실의 구'를 얻은 이상 8계층에 볼일은 없으니까. 김현우가 자리에서 일어나자 흠칫 떠는 황제의 모습이 보였다.

은근슬쩍 자신의 눈치를 슬쩍슬쩍 보는 아클라스의 모습에 김현우는 입을 열었다.

"아, 정말 혹시나 해서 말인데."

"……?"

"만약 나한테 추적자를 붙이거나 할 생각은 안 하는 게 좋다? 나는 꼭 당한 건 갚아주는 성격이라서, 내가 이 정도로 봐줬는데 또 덤비면, 대충 알지?"

김현우의 물음에 황제는 아무런 말도 하지 않고 그를 바라보았고, 한동안 그렇게 눈을 마주치던 김현우는 이내 황제의 시선이 내려간 걸 확인하고 몸을 돌렸다.

그렇게 가려던 중.

"아."

김현우는 조금 전 자신이 '진실의 구'를 집어넣기 위해 꺼내놓은 여행용 가방을 황제 쪽으로 들이밀며 말했다.

"이건 니들 가져라."

"이, 이건?"

아클라스가 김현우를 바라보며 묻자, 그는 피식 웃으면서 대답했다.

"맛있는 거."

"맛있는……?"

황제의 말이 전부 끝나기도 전에 김현우는 망설임 없이 몸을 돌려 근위병들이 있는 곳 사이를 지나갔고. 곧 김현우가 사라진 그곳에는 '진실의 구'를 빼앗긴 황제와 그 옆에서 이게 잘된 건지 안 된 건지 감을 못 잡고 있는 스월로츠 공작. 그리고 지금 상황에서 뭘 어떻게 해야 하나 그 둘의 눈치를 보고 있는 근위병들과.

"이건…….."

김현우가 하수분의 아공간에 남는 칸이 없어 두고 간 거대한 여행용 식량 가방뿐이었다.

그렇게 그들이 한동안 반쯤 박살이 나 있는 황궁 안에서 슬슬 정신을 차리고 사태를 정리하기 시작할 때쯤.

김현우는 한 번의 도약으로 황성을 벗어나 그가 어제 떨어졌던 괴수의 숲으로 몸을 움직이며 '맹인의 나침반'을 사용하는 중이었다.

화아아악!

맹인의 나침반을 사용하자 나침반에서 사용한 빛이 괴수의 숲을 향해 쏜살같이 나아가고, 김현우는 그 빛의 뒤를 따라 몸을 움직였다.

그리고.

"역시."

김현우는 어제, 아귀와 싸웠던 미궁의 입구 앞에서, 그를 인도해 주던 빛이 갑작스레 하늘로 치솟아 오르는 것을 확인했다.

화아아악!

'맹인의 나침반'을 한 번 더 흔들어 빛을 만들어봤으나, 여전히 하늘을 가리키는 나침반에 김현우는 머리를 긁적였다.

'뭐, 어제 올 때 하늘에서 떨어졌으니까 당연히 입구가 하늘에 있다는 건 알았는데…….'

김현우는 짧게 혀를 차곤 하늘을 올려다봤다. 아주 푸르게 빛나는 하늘.

'……점프해서 닿으려나?'

김현우는 순간 그런 생각을 해봤으나 어제의 기억을 떠올리면 고작 점프로는 미궁의 입구에 닿지 못할 것 같았다.

"흐음."

김현우가 그렇게 고민하기를 몇 분.

"아."

그는 자신의 주머니 속에 여의봉이 있다는 것을 깨달았다.

'생각해보면 어제도 썼었는데…….'

아무래도 아티팩트를 제대로 사용하지 않다 보니 계속 잊어버리고 있었다. 김현우는 몇 분 동안 입구를 어떻게 뛰어서 올라갈까 고민했던 스스로가 약간 바보 같아져 괜히 머리를 긁적이고는 주머니 안에서 여의봉을 꺼내 들었다.

봉 사이사이에 작은 글씨로 도경이 새겨져 있는 여의봉.

김현우는 '맹인의 나침반'을 한번 흔들어보고 그 빛이 정확히 어느 쪽으로 날아가는지를 확인한 뒤, 곧바로 여의봉의 머리 부분을 잡고 외쳤다.

"길어져라, 여의!"

그 말과 함께 순식간에 하늘로 치솟는 김현우의 몸.

김현우는 단 한순간에 지면이 멀어지고 주변의 풍경이 바뀌는 것을 확인하고 자신이 엄청난 속도로 하늘로 치솟고 있다는 것을 인지한 뒤. 그곳에서 또 한 번 나침반을 흔들었다.

또 한 번 하늘로 치솟는 빛. 김현우는 여의봉을 타고 그 빛을 두 눈으로 좇기 시작했고, 이내.

"!!"

'맹인의 나침반'에서 나온 빛이 어느 한 구름 속으로 들어가는 것을 확인함과 동시에 망설임 없이 여의봉을 멈추고 구름 쪽으로 뛰어들었다.

그리고.

케륵! 케르르륵! 케륵!

김현우는 한창 줄어들고 있는 여의봉을 쥐고 미궁 안으로 들어가자마자 그를 환영해주는 고블린들을 보며, 자신이 9계층 미궁의 입구에 도착했다는 것을 깨달은 뒤 웃음을 짓곤.

"크게에에엑!"

빠아아악!

자신에게 달려드는 고블린들을 학살하기 시작했다.

◆ ◆ ◆

"미친 새끼."

"칭찬으로, 받을게."

허수 공간 내에 있는 장원에서, 천마는 또 한 번 일어나는 김시현을 보며 감탄했다.

"슬슬 포기해도 될 것 같지 않나?"

"아직은 더 해도 괜찮을 것 같은데?"

이미 존댓말을 그만둔 김시현은 천마가 질린 얼굴을 하고 있음에도 망설임 없이 검을 쥐었다. 다시 한번 천마를 향해 쥐어진 김시현의 검. 그 모습에 천마는 인상을 찌푸리곤 생각했다.

'이제 보니 이 녀석은 그놈보다 더한 또라이로군.'

수천 번의 죽음 이후 또 한번 정신을 차리고 달려든 김시현은, 이제 그의 죽음으로 숫자를 세는 게 당연해질 정도로 많은 죽음을 겪었다.

죽고.

죽고.

또 죽는다.

달라지는 건 없다.

김현우처럼 압도적인 성취를 보여주는 것도 아니고. 그렇다고 죽음이 많아지면 많아질수록 성취가 늘어나는 것도 아니다. 그래, 그냥 한마디로 말해서 그는 그냥 죽고 있었다. 정말 미련하다고 말할 수 있을 정도로 그냥 죽기만을 반복하고 있었다. 발에 치여서 죽고, 손바닥에 맞아 죽고, 검에 찔려죽고, 손가락 하나에 죽고, 얼굴이 터저 죽고, 몸이 박살 나 죽고……. 그 많은 죽음이 그의 육체를 몇 번이고 박살 냈건만.

빠아아악!

"아직! 꿱!"

툭!

"흡! *끄악!*"

빠직!

"흐아아악!"

뚜두둑!

그의 정신은 수천 번의 죽음을 겪고 아집만 남은 예전과는 다르게 멀쩡했다. 분명 수천 번 이상, 이미 '1만' 단위의 죽음을 겪었는데도, 그는 멀쩡하게 천마에게 달려들고 있었다. 천마는 부들부들 떨면서 자리에서 일어난 김시현을 보며 입을 열었다.

"그거 아나?"

김시현이 고개를 돌리자, 천마는 말했다.

"김현우는 이미 네가 이 정도 죽었을 때쯤, 어느 정도 발전을 거듭해 나와 합을 겨룰 수 있는 상황이었다. 그런데 너는 어떻지?"

김시현은 말이 없었으나, 천마는 계속해서 말했다.

"너는 발전이 없다. 아니, 정확히 말하면 그 발전이 너무나도 더디다."

"……"

"네가 여기에 들어오고 나서 그만큼의 죽음을 겪고, 너는 무엇을 얻었지?"

천마의 물음, 역시 김시현의 대답은 없었고. 천마는 이야기를 이었다.

"네가 얻은 것은 아무것도 없다. 그냥 너는 여기서 뒈졌을 뿐이다."

천마의 냉정한 말. 그에 김시현은 멍하니 천마를 바라봤다. 그 눈을 똑바로 응시하며 천마는 최후의 통첩을 하듯, 담담하게 입을 열었다.

"한마디로, 너는 의미 없는 시간을 보냈다고 하는 말이다. 김현우처럼 발전을 거듭한 것도 아니고, 그저 죽기만 하며 아까운 시간을 보냈다고 말하는 것이다."

천마의 말에 김시현의 고개가 숙여졌다. 그의 말이 맞았다. 김시현은 이곳에서 숱한 경험을 겪으며 발전했지만, 그 발전은 무척이나 더디고 느렸다.

그가 소모한 1만 번이 넘는 죽음에 비하면 너무나도 작은 보상.

하나.

"그래서?"

"……뭐?"

"결국 발전하고 있다는 이야기 아니야?"

"……."

고개를 숙인 김시현은 어느덧 다시 검을 쥐었다.

"……내 말을 듣지 못한 거냐?"

"아니, 잘 들었는데?"

"그럼 왜?"

천마가 진심으로 이상하다는 듯 묻자 김시현은 입가에 미소를 지어 보였다.

"결국 어찌 됐든 발전하고 있다는 거 아니야?"

"……그러니까 너는 너무 성장이 더디."

"한 10만 번 정도 죽으면 어떻게 비슷하게 갈 수 있지는 않을까?"

자신의 말을 끊고 내뱉는 김시현의 말을 듣고 천마는 어처구니 없는 표정으로 김시현을 바라봤다. 마치 예전에 자신을 찾아왔던 그 녀석과 같은 미소를 입가에 짓고 있는 김시현. 천마는 처음에는 멍한 표정으로 김시현의 얼굴을 바라보다 이내.

"하."

웃음을 지었다.

"……?"

갑작스러운 천마의 웃음에 김시현은 이상하다는 듯 그를 바라봤고.

"그 또라이 새끼의 지인이 아니랄까 봐 그 행동마저도 판박이로군."

그는 그렇게 중얼거리더니 김시현을 바라보곤 말했다.

"네게 뇌령신공은 어울리지 않는다. 아마 지금부터 배운다고 해도 네가 내 신공을 대성하는 건 불가능하겠지. 넌 내가 볼 때 끈기 빼면 머저리인 녀석이니."

천마의 독설.

김시현은 뭐라 말하려 했으나 천마는 그런 김시현의 말을 씹고 이어서 말했다.

"하지만, 뭐 걱정하지 마라. 이 세상에는 너 같은 끈기밖에 없는 머저리에게 어울리는 무공도 분명히 있으니까."

천마의 말에 김시현은 잠시 어리둥절한 표정을 짓다 이내 '엇!'

하는 표정으로 입을 열었다.

"그럼 내게 무공을 알려준다는 소리……?"

김시현의 물음에 천마는 고개를 젓고는 말했다.

"아니, 나는 네게 무공을 알려주진 않을 거다. 그 대신."

"……?"

"나는 네게 기술을 하나 알려줄 거다."

"기술……?"

"그래."

김시현의 물음에 대답하며, 천마는 예전을 떠올렸다. 자신이 탑에 오르기도 전. 아니, 애초에 자신이 천마의 이름을 사용하기도 전, 만났던 한 남자의 기억을.

그 남자는 참으로 미련한 자였다. 하지만 그는 미련하기에 강했다.

"나는 네게."

그렇기에.

"천명검天明劍 일식一式을 가르칠 거다."

천마는 어딘가 모르게 그와 닮은 김시현에게 그의 초식을 가르치기로 했다.

등반자를 잡았다고?

호주를 주 무대로 삼고 활동하는 대형 길드인 '사우스' 길드.

끼에에에엑!

아티팩트의 파밍을 위해 미궁 18계층에 들어선 그들은 현재 기묘한 상황을 보고 있었다.

"저게 도대체 뭐죠……?"

길드원의 멍한 물음, 그에 사우스 길드의 길드장이자 S등급 세계 랭킹 23위인 남자 할리오는 이상하다는 듯 고개를 저으며 중얼거렸다.

"나도 잘 모르겠군……."

그들이 보고 있는 것은 지금까지는 보지 못했던 지극히 기묘한 현상이었다.

크에에에에엑!

몬스터가 길드 쪽으로 몰려온다. 물론, 그것은 기묘한 현상이 아니었다. 애초에 미궁에 진입할 때부터 층계를 이동할 때면 거의 모든 몬스터들은 미궁에 진입한 길드원들을 배제하기 위해 달려든다. 그렇기에 몬스터가 사우스 길드 쪽으로 몰려드는 것은 당연한 일이었다.

하지만 그런 당연한 일임에도 불구하고 할리오가, 아니 사우스 길드원 전체가 이 상황을 기묘하다고 여기는 것은 바로 길드 쪽으로 달려오고 있는 몬스터 무리 때문이었다. 사우스 길드 쪽으로 달려오고 있는 몬스터들은 '레드 스킨'들이었다. 일반적으로 그린 스킨과는 다르게 조금 더 상위의 능력치를 가지고 있으며, 그 흉포함이 그린 스킨과는 남다르게 강하다. 거기에 덤으로 레드 트롤이나 레드 오우거는 일반적인 그린 스킨의 트롤, 오우거보다 몇 배 정도는 강하기에 상대하기도 굉장히 까다로운 몬스터 중 하나였다.

분명 그런데도 불구하고.

"아무리 봐도 저건, 겁먹은 표정이지……?"

"네, 아마……."

할리오가 믿기지 않는다는 얼굴로 중얼거리자 그 옆에 있는 길드원은 저도 모르게 중얼거리며 고개를 끄덕였다.

그들이 기묘함을 느끼는 이유. 그것은 바로 수많은 레드 트롤이 겁을 먹은 표정으로 그들 쪽으로 달려오고 있었기 때문이다.

'……몬스터가 저런 표정을 지을 수 있다고?'

할리오는 달려오는 몬스터를 막기 위해 대형 명령을 내리면서도 머릿속으로 끊임없이 사고를 이어나갔다.

그가 탑에서 빠져나와 본격적으로 헌터 일을 시작한 지도 7년째.

'하지만 몬스터의 저런 모습을 본 적은……'

단언컨대 단 한 번도 없었다. 적어도 그의 기억 속에 몬스터들은 이지를 상실하고 오로지 파괴를 일삼는 괴물이었으니까. 그렇기에 할리오는 이 상황을 신기해하면서도 기이함을 느꼈다.

겁을 먹은 채로 그들의 주 무기인 거대한 몽둥이도 버려둔 채, 얼굴과 그 눈빛에는 확연한 공포를 띠며 다가오는 트롤들을, 그는 한 번도 보지 못했으니까.

"마법사들은 캐스팅을 준비한다, 플랜은 C-1로!"

하나 사고를 이어가는 중에도 할리오의 입은 끊임없이 길드원들에게 무언가를 지시하고 있었고, 길드원들도 그런 할리오의 말에 따라 대형을 맞추기 시작했다.

기다렸다는 듯 무투계 헌터들이 앞으로 나와 진형을 맞추고, 그 뒤를 따라 마법 계열 헌터와 원거리 계열 헌터가 기준을 맞춰 스킬을 준비한다.

그리고, 겁먹은 트롤들이 그들의 바로 앞까지 다가왔을 때.

"공!"

꽈아아아앙!

할리오는 말을 내뱉지 못했다.

꿱!

그것은 사우스 길드에 어느 정도 접근했던 트롤들이, 그 움직임을 멈췄기 때문이다.

정확히는. 그들에게로 달려오던 트롤들의 심장에, 길쭉한 무엇인가가 박혀 있었기 때문이다.

"……!"

그리고 할리오가 그것의 정체가 무엇인지 제대로 파악하기도
전에.

"커져라, 여의."

뿌득! 뿌드드득! 파드드드드득!!!!

트롤의 심장을 뚫었던 그것은 순식간에 그 몸집을 불려나가며
미궁의 입구를 가득 채우기 시작했다. 그와 함께 길드원들의 앞에
펼쳐지는 그로테스크한 광경. 트롤들의 몸이 산 채로 뚜드득 뜯어
지는 모습에 경악하는 것도 잠시, 달려오던 트롤들을 모조리 박살
내버린 거대한 무엇인가는 어느 순간을 기점으로 다시 크기를 줄이
기 시작했고.

"?"

할리오는, 저 앞에서 걸음을 옮기고 있는 한 사람을 볼 수 있었다.

이 미궁에는 전혀 어울리지 않는 검은색 추리닝을 입은 채, 아까
전 보았던 봉을 만지작거리며 걸어오는 남자.

"어……?"

그는 김현우였다. 할리오의 멍한 탄성에 김현우는 시선을 돌리다
이내 할리오의 모습을 보며 놀랐다는 듯 입을 열었다.

"어? 뭐야?"

그와 함께 일어난 잠시간의 정적. 그 뒤, 김현우는 어쩌다 보니
미궁에서 만난 할리오와 인사를 나누게 되었다.

"그러니까, 지금 미궁에 계속 있다가 올라가는 중이신 겁니까?"

할리오의 정중한 말투에 김현우는 고개를 끄덕였다.

"네, 그렇죠."

김현우의 심플한 대답에 할리오는 묘한 표정으로 그를 바라보

왔다.

'분명, 고인물이 이 미궁에 들어갔다는 소식을 듣기는 했는데……'

할리오가 그 소식을 들은 지는 이제 2주가 훨씬 넘었기에, 분명히 김현우가 미궁에서 볼일을 마치고 빠져나갔을 거라는 생각을 하고 있었다.

그런데.

'지금까지 있다고?'

할리오는 그의 차림새를 다시 바라보았다. 역시 아까와 달라진 게 없는 복장. 여전히 그는 검은색 추리닝을 입고, 그저 한쪽 손에 아까 전 그가 트롤을 처리할 때 사용했던 봉을 들고 있을 뿐이었다. 추리닝이 좀 많이 더러워진 것만 빼면 도저히 이 상급 미궁 안에서 2주를 버틴 사람이라고는 생각할 수 없을 정도로 그의 행색은 깨끗했다.

'그런데, 도대체 2주 동안 이 안에서 뭘 한 거지?'

할리오가 그에 대해 사고를 이어나갈 무렵.

"저기, 지금 몇 계층이에요?"

"아, 지금 이 기점이 18계층일 겁니다."

할리오는 김현우의 물음에 생각을 끊고 대답했고, 그는 고개를 끄덕이며 말했다.

"더 내려가실 거죠?"

"네, 저희는 23계층 이상까지는 내려갈 생각입니다."

"그럼 여기서 헤어지죠. 저는 이미 이 미궁에 볼일이 끝나서요."

김현우는 그렇게 말하더니 곧 가벼운 표정으로 인사를 한 채 그들을 지나치기 시작했고. 사우스 길드는 완전히 개박살이 난 트롤들의 시체와 자신들의 뒤를 스쳐 지나가는 김현우를 보며 멍한 표정을 지었다. 그리고 그런 그들과 별개로 김현우는 굉장히 만족스러운 표정으로 '맹인의 나침반'을 흔들며 걷고 있었다.

'드디어 거의 다 와가네.'

김현우가 다시 미궁에 진입하고 6일째. 처음 미궁에 들어갈 때는 8계층으로 내려갈 때까지 어느 정도의 시간이 흘렀는지 알 수 없었으나, '진실의 구'를 얻고 난 뒤. 그는 '진실의 구'의 '재사용 대기시간'을 통해 미궁 안에서 시간이 얼마나 지났는지 확인하는 게 가능해졌다.

'이제야 침대에서 자겠구나.'

김현우는 이전까지 피곤하면 딱딱한 돌에 자빠져 잤던 것들을 포함해, 여러 가지로 불편했던 미궁행을 떠올리며 슬쩍 인상을 찌푸렸다.

자기는 자야 하는데 딱딱해서 자기가 힘들었고, 음식을 먹기는 먹는데 너무 똑같은 것만 가방에 욱여넣다 보니 금세 질렸다. 거기에 덤으로 이 미궁의 파란빛이 침침하다 보니까 시력이 점점 사라지는 느낌이 들어서 어떨 때는 '맹인의 나침반'을 계속 흔들어서 빛을 만들어내기도 했다.

뭐, 그래도 굳이 괜찮았던 점을 억지로 뽑아보자면 끊임없이 몰려오는 몬스터들 덕분에 여의봉을 조금 더 익숙하게 다룰 수 있게 되었다는 것 정도일까. 뭐, 그래봤자 봉술을 익혔다고 보기는 어렵고 그저 여의봉을 조금 더 깊이 있게 다룰 수 있는 정도에 불과하기는 했다.

……아무튼, 장점보다는 그 이외의 불편한 점이 더 많았기에, 9계층이 얼마 남지 않았다는 게 굉장히 달가웠기에.

'빨리 가서 쉬자.'

이전보다도 조금 더 빠른 속도로 미궁을 오르기 시작했다.

◆ ◆ ◆

하남의 장원은 개판이었던 2주 전과 다르게 완벽하게 복구되어 있었다. 미령의 발차기 한 방에 폭삭 무너졌던 집들은 어느새 전부 멀쩡하게 재건되어 있었고, 하나린이 구덩이를 만들어냈던 바닥들도 깔끔하게 마감되어 있었다.

다시 예전의 모습을 되찾은 장원.

그 장원의 중심부에서, 김현우는 굉장히 오묘한 표정으로 한 아티팩트를 바라보고 있었다.

구미호의 영기 구슬

등급: S+

보정: 없음

SKILL -

　강화 파생 흡수 방출 심화 교환 회복(약)

[정보 권한]

1800년 동안을 수련을 반복한 영물, 구미호가 자신의 힘을 담아낸 구슬.

그 안에는 그녀가 줄곧 1800년을 모아온 영기를 보관하고 있다.

영물인 구미호는 도술을 수련하기 위해 자신의 영기를 배제해놓는 도중에 영기 구슬을 만들게 되며, 이 영기 구슬은 구미호가 모든 수행을 마치고 나면 각 개체의 반신이 된다.

그렇기에 구미호는 자신의 영기 구슬을 잃어버리면 대부분의 힘을 잃어버리게 되며 각 개체는 영기 구슬을 목숨보다 소중히 한다.

구미호의 영기 구슬은 사용자가 굳이 시전하지 않아도 몸에 이로운 보정을 걸어주고 추가적으로 구슬이 손상되지 않는 한 영구적인 반 회복 능력을 얻게 된다.

"……"

더 정확히 말하면, 김현우의 손에 들려 있는 영기 구슬 앞에, 온 몸이 무엇인가에 칭칭 감긴 채 처량한 표정으로 잡혀 있는 구미호를 보았다.

"그러니까."

"예, 스승님."

"저게 등반자라 이거지?"

"네 사부님, 제가 직접 잡았."

"어머, 사매님 말은 똑바로 하셔야죠? 분명 붙잡은 건 저 같은데……?"

"……"

"……"

찌릿.

김현우를 사이에 두고 벌써부터 서로를 향해 눈을 부라리는 미령과 하나린을 보며 김현우는 멍한 표정으로 정수와 구미호를 바라봤다.

영롱한 보랏빛으로 빛나는 영기 구슬.

그 앞에서 도대체 뭔지 모르는 검은 사슬에 온몸이 칭칭 묶여 망연자실한 표정으로 고개를 숙이고 있는 구미호. 잔뜩 위축된 탓인지 숙이고 있는 귀와 푹 죽어 있는 아홉 개의 꼬리가 굉장히 특징적이었다.

"……어떻게 잡았어?"

"그러니까!"

"제가!"

김현우의 물음에, 서로를 째려보고 있던 미령과 하나린이 동시에 말했고, 김현우는 한숨을 내쉬며 다시 물었다.

"미령이 말해봐. 등반자를 만나게 된 과정 처음부터 끝까지."

김현우의 말에 하나린은 불만스러운 표정을 지었고, 미령은 승자의 미소를 지은 채로 김현우가 없을 때 벌어졌던 이야기를 들려주었다. 그리고 한동안 미령의 이야기를 듣고 있던 김현우는 고개를 끄덕이며 말했다.

"그러니까 국제헌터협회에서 미리 등반자가 나타난 걸 알아채고 도움 요청을 보냈고, 너희 둘이 가서 등반자를 잡았다?"

"예, 그 와중에 조금 피해가 있기는 했지만……."

"……그래?"

미령의 말에 김현우는 간만에 잡아보는 스마트폰을 조작해 인터넷을 켰고, 검색을 하자마자 나오는 뉴스의 헤드라인을 읽어 나갔다.

[패룡, 말레이시아에서 행패?]

[패룡과 미궁 앞에서 싸움을 벌였던 헌터, '암중비약'으로 밝혀져]

[패도 길드, "그건 어디까지나 등반자를 잡기 위한 조치. 못 믿겠다면 길드 앞으로 와라, 물론 아무 일도 없을 것"]

"……."

뉴스의 헤드라인만 읽어도 말레이시아에서 무슨 일이 일어났는지 대충 짐작할 수 있었기에 김현우는 스마트폰을 *끄*고 그들을 돌아봤다.

"……."

"……."

김현우가 돌아보자 슬쩍 시선을 돌리는 그녀들.

"쩝……."

김현우는 그녀들에게 뭐라고 말하려다 이내 입맛을 다시며 말을 줄였다.

'뭐, 결국 별 피해 없었으면 됐지…….'

그렇게 생각하며 괜히 복잡하게 생각해야 할 문제를 넘겨버린 김현우는 다시 물었다.

"그래서?"

"예."

"쟤는 왜 살려뒀어?"

"아, 그건."

김현우의 물음에 하나린이 곧바로 입을 열며 대답하려 하자.

"제발 살려주세요!!!"

그동안 고개를 숙이고 있던 구미호는 불현듯 시선을 올리고 비명을 지르듯 외쳤다.

◆ ◆ ◆

"제발! 살려주세요! 저 진짜 아무런 힘도 없다니까요!? 영기 구슬 없으면 저 진짜 아무것도 못 해요!"

"……"

"진짜요! 정말이에요! 저 그냥 지금은 그냥 꼬리 아홉 개에다가 그냥 도술만 조금 쓸 줄 아는 여우라고요!"

"……"

"제발! 살려주세요!"

"……"

"살려줘!!!!!"

"……"

생존의 욕구가 눈앞까지 훅훅 다가오는 그녀를 보며 김현우는 저도 모르게 어이없는 표정을 지었다.

"뭐야 이거?"

"죽일까요?"

"살려주세요! 저 잘해요!"

"지금 당장 죽일게요."

구미호의 말에 순식간에 몸을 돌린 미령과 하나린이 구미호를 향해 다가가려 했으나 김현우는 그 둘을 말리곤 그녀를 바라봤다.

애처로운 표정으로 김현우를 바라보는 구미호. 그 생존의 욕구가 명확하게 보이는 그녀의 모습에 김현우는 또 한번 물었다.

"그래서, 쟤는 왜 살려둔 거냐니까?"

"살려!!"

"한 번 더 소리 지르면 당장 여우탕으로 만들어줄 테니까 한 번
만 더 소리 질러라?"

"히익!"

김현우의 말에 소름이 끼친다는 듯 깜짝 놀란 구미호는 이내 시
무룩한 표정으로 고개를 아래로 수그렸고, 그는 하나린을 보며 대
답을 촉구했다.

그 모습에 하나린은 대답했다.

"사매가 죽이는 걸 막았습니다."

"무슨 소리! 네가 막았잖아!"

"어머? 분명히 제가 죽이려고 했는데 사매가 그 발로 저를 차버
리지 않았나요?"

"그전 이야기는 왜 안 하지? 이 개 아니, 분명 너는 그전에 나한
테 언령을 걸었을 텐데?"

"그건 그냥 사매님 편하게 쉬시라고 한 거였죠."

시작된 말싸움.

김현우는 그 대화를 듣고 짧게 추리한 뒤에 답했다.

"그러니까, 둘이서 자기가 먼저 죽이겠다고 하다 결국 못 죽인 거
야?"

"……."

"……."

또다시 슬쩍 김현우의 눈을 피하는 그 둘.

김현우는 묘한 표정으로 두 명을 바라보았다.

'얘들 분명히…… 나름 좀 대단한 애들이었던 것 같은데…….'

미령은 중국 전체를 손아귀에 집어넣은 패도 길드의 길드장이었고. 하나린은 멕시코시티로 심시티를 할 수 있을 정도로 이 세계의 '뒤'에 깊이 관여되어 있는 조직의 보스였다.

"너희들은 어째 하는 짓이 어린애 같냐……."

김현우의 탄식에 그녀들은 면목이 없는 듯 푹 고개를 숙였고, 김현우는 그 둘의 모습을 번갈아 본 뒤 이내 구미호를 봤다. 생존 욕구가 가득한 눈빛으로 자신을 바라보는 구미호를 보며 김현우는 웃음을 지었다.

그 둘이 서로 싸우다가 등반자를 죽이지 않았다는 탄식 어린 사실과는 별개로 등반자가 생존 욕구가 가득한 채 살아 있다는 것은.

'정보를 뽑아먹을 수 있다는 소리니까. 물론 지금에 와서는 아브에게도 나름대로 이런저런 쓸모 있는 정보를 얻을 수는 있긴 하지만.'

등반자에게서 얻을 수 있는 정보는 또 다를 수도 있으니까.

김현우는 그렇게 생각하며 입을 열었다.

"살고 싶냐?"

그의 물음에 미친 듯이 고개를 끄덕거리는 구미호.

그에 김현우는 입가의 미소를 진하게 지으며 물었다.

"그럼 정보 좀 불어봐."

"……네?"

"정보 말이야 정보. 몰라?"

"아니, 그러니까 알기는 아는데……."

"아는데?"

432

"……무슨 정보를 말해야……?"

슬슬 김현우의 눈치를 보며 말하는 구미호의 모습에 김현우는 대답했다.

"탑에 관한 거라면 전부, 네가 알고 있는 건 전부 말해봐."

"그, 탑에 대한 정보라고 하시면 너무 방대해서 정확히 어느 것을 말해야 할지……."

김현우의 말에 구미호가 고개를 끄덕이면서도 감이 잡히지 않는다는 듯 말을 우물거리자 김현우는 여유롭게 대답했다.

"왜 대답하기 싫어? 그럼 죽어야지."

"아니, 아니 아니 아니 아니, 대답하기 싫다는 게 아니라……! 네! 네! 알겠습니다. 그냥 제가 아는 거 처음부터 끝까지 다 말씀드릴게요! 네! 전부요! 전부 말할게요!"

구미호의 비명 어린 긍정에 김현우는 고개를 끄덕였고. 곧 그는 구미호에게서 그녀가 알고 있는 탑에 관한 흥미로운 이야기를 들을 수 있었다. 물론 그녀가 입 밖으로 내뱉는 이야기 중에는 김현우가 이미 아는 내용도 있었으나 그가 모르고 있던 다른 정보들도 있었다.

"이 정도가…… 우선 제가 알고 있는 내용의 전부인데요……."

어느 정도의 시간이 지났을까, 구미호는 한참이나 입을 열다 곧 입을 다물었고, 김현우가 물었다.

"그걸로 정말 끝이야?"

"정말이에요! 더 아는 거 없어요!"

"……그래?"

"네! 정말 이게 끝이에요!"

진실이라는 듯 몇 번이고 고개를 끄덕거리는 구미호를 본 김현우는 이내 그녀에게서 들은 내용을 정리했다.

'대략 알고 있었던 것을 제외하면 얻을 수 있었던 정보는 '좌座'에 대해서인가.'

그 밖에 다른 이야기도 듣긴 했지만, 김현우가 명확하게 얻을 수 있는 정보는 그것 하나뿐이었다.

등반자들이 탑을 오르는 정확한 이유. 물론 그들이 좌를 위해 탑을 오르고 있다는 것은 알았다. 하지만 그들이 어째서 좌를 얻으려 하는지, 김현우는 지금까지 알지 못했다. 그저 뭔가가 있겠구나, 하고 넘어갔을 뿐.

김현우는 물었다.

"네 말대로라면 등반자들이 탑을 오르는 이유는, 업적을 받기 위해서라는 말이야?"

"네! 맞아요. 탑에 올라 주인의 인정을 받고 좌에 앉은 이들은 그 무엇이든, 하나의 업적을 손에 넣을 수 있거든요."

그녀의 말에 김현우는 물었다.

"그 하나의 업적이라는 건 정확히 어떤 건데?"

"어…… 그러니까. 제가 아까 설명해드렸잖아요? 이 탑의 등반자들은 모두 업적을 인정받음으로써 그 힘을 사용할 수 있다고."

"그래, 들었지."

그건 이미 예전, 천마에게 들어 알고 있던 내용이었다.

"그러니까, 그냥 편하게 해석해서 말씀드리면 탑에 오른 등반자들은 무엇이든 원하는 힘을 하나 가질 수 있다 이거죠."

"힘을 하나 얻을 수 있다……라."

'알 것 같은데 그렇게 생각하니 좀 미묘하게 이해가 안 되네.'

우선 확실하게 이해는 했다. 탑을 오르는 등반자들은 기본적으로 '업적'이 '힘'인 녀석들이고, 그들이 탑을 오르는 이유도 결국 '업적'을 얻기 위해서라는 것을 알았다. 다만 거기에서 김현우가 이해하지 못한 건.

"굳이?"

"예……?"

"아니, 그러니까 말 그대로의 질문이야. 왜 굳이 업적, 그러니까 힘 하나를 얻자고 그 개고생을 하면서 탑을 오르는 건데?"

김현우의 물음에 구미호는 곧바로 답했다.

"제가 쉽게 표현해서 살짝 이상하게 생각하고 있으신 것 같은데……. 업적은 그렇게 단순한 힘이 아니에요."

"뭐?"

"업적은 사기적인 소원과도 같은 거라고 할까……. 불가능을 이뤄주는……?"

그녀는 약간 예로 들 만한 것을 생각하는 듯하더니 '아!' 하는 느낌으로 박수를 치고 입을 열었다.

"고블린은 아시죠?"

"뭐, 알지."

고블린은 그린 스킨 중에서도 제일 약한 하급 몬스터다. F등급 헌터 혼자서 20마리는 넘는 고블린을 처리할 수 있을 정도로 약한 몬스터.

구미호는 말을 이었다.

"만약, 정말로 만약에 고블린이 탑을 올라 좌에 앉아 '검신劍神'의 업적을 얻게 되면."

"검신의 능력을 쓸 수 있다?"

김현우의 말에 구미호는 고개를 저었다.

"아뇨, 그 정도가 아니에요."

"그럼?"

"검신의 업적을 가져온다는 것은 그의 모든 것을 가져온다는 것과 다름없어요."

구미호는 계속해서 이야기를 했다.

"검신의 능력부터 시작해서, 그의 태생, 그의 생각, 그의 습관, 그가 걸어온 모든 기억들과 모든 인연들, 그야말로 '모든 것'을 받게 되는 거죠. 그렇게 되면……. 그 고블린은 그저 '힘'을 얻은 고블린이 아닌, 진짜 검신이 되는 거예요."

그녀의 말에 김현우는 저도 모르게 침을 삼켰다. 확실히 그렇게 듣고 보니. 업적을 얻는다는 게 얼마나 좋은 일인지를 김현우는 새삼스레 깨달았다.

'천마의 힘을 그냥 업적을 통해 그렇게 쉽게 얻을 수 있다면……'

김현우는 허, 하고 헛웃음을 지었다. 김현우는 천마의 뇌령신공을 깨닫기까지 약 100년이라는 시간을 그 허수 공간 안에서 보냈다. 그냥 보내기만 했는가? 김현우는 그곳에서 계속해서 죽었다.

죽고.

죽고.

또 죽었다.

1만 번이 넘는 끔찍한 죽음 속에서, 김현우는 겨우 그의 발자취를 따라잡을 수 있었다. 그런데 만약 천마의 업적을 얻을 수 있다면? 김현우의 100년이라는 시간을 쏟을 필요가 없게 되는 것이다. 업적을 받는 그 행위 하나만으로, 업적을 받은 누군가는 천마의 모든 것을 받을 테니까. 그의 무공부터 시작해서, 그가 걸어왔던 모든 발자취와 기억 들을. 오히려 김현우가 100년을 투자해 따라잡은 것보다도 훨씬 완벽하고도 선명하게.

김현우가 그제야 이해했다는 듯 고개를 끄덕이자 그와 함께 침묵이 시작되었다.

구미호는 슬쩍 눈치를 보며 입을 열었다.

"저어기."

"왜?"

"그래서…… 저는 그, 사실대로 전부 말했는데……."

"그래서?"

"그…… 저 좀 살려주시면 안 될까요……?"

이제는 어색하게 눈치를 보며 미소를 흘리는 구미호.

김현우는 그제야 떠올렸다는 듯 탄성을 내뱉었다.

"아, 그러고 보니까 그랬지?"

그의 새삼스러운 감탄사에 구미호는 저도 모르게 표정을 굳히고는 최대한 비굴한 표정으로 입을 열었다.

"저, 저는 분명히 다 말했거든요……? 제발…… 살려주세요. 저 나쁜 짓 하나도 안 했다니까요……."

애처롭게 중얼거리는 구미호를 보며, 김현우는 어쩔까 하는 고민의 제스처를 취하다.

"우선은 보류."

"네……?"

"우선은 보류라고."

김현우의 어중간한 대답에 구미호는 실망했다는 듯 인상을 찌푸렸지만.

"왜? 그냥 편하게 죽여줄까?"

"아뇨! 너무 좋아요! 와! 살아 있는 건 아름다워!"

김현우의 살벌한 한마디에 눈물을 머금으며 웃음을 지었다.

◆ ◆ ◆

"그래?"

거대한 공동. 몇 십 명이라도 앉을 수 있을 것 같은 거대한 테이블에 홀로 앉아 있는 형체 없는 자는 남자의 말을 듣고 대답했다.

"예. 아마 곧 그가 진실에 가까워질 가능성이 있습니다."

검은색 후드를 쓴 남자의 대답.

남자는 심각한 듯 얼굴을 굳히고 있었으나 형체 없는 자는 오히려 목소리에 여유를 담아 말했다.

"흐음, 그것참 흥미롭군."

"……괜찮으시겠습니까?"

"무엇이 말인가?"

"……이레귤러에 대해서입니다. 아마 이대로 가면 그는 정말 탑을 오르게 될 겁니다."

남자의 말에 그는 아무런 말도 없이 그저 가죽 의자를 툭툭 치며 생각하는 듯하더니 말했다.

"그것에 문제가 있는가?"

"예? 하지만 등반자가 아닌 이레귤러가 탑을 올라봤자 저희는."

남자는 그렇게 입을 열다 문득 자신이 무언가 실수를 했다는 것을 깨닫고는 이내 고개를 숙이며 말했다.

"죄송합니다."

"알면 됐네. 그보다 뭐……. 그 의견도 딱히 이상한 의견은 아니야. 이레귤러가 올라와봤자 딱히 도움이 되는 건 아니니……."

그는 그렇게 중얼거리더니, 아쉽다는 듯 말을 이었다.

"사실 원래라면 그 이레귤러가 어디까지 할 수 있나 보고 싶었는데."

상황이 상황이니만큼, 역시 어쩔 수 없지.

형체 없는 자는 그렇게 혼자 중얼거리곤.

"한 명."

"예."

"정복자를 내려보내라."

이내 남자에게, 그렇게 명령했다.

◆ ◆ ◆

진실의 구

등급: Ss

보정: 없음

SKILL -

　권한 접속

다음 사용 기간까지 남은 시간: 21일 8시간 19분 31초

[정보 권한]

(권한 부족)의 진리를 깨달은 마법사가 시스템에 개입할 수 있는 (권한 부족)을 알아차리고 (권한 부족) 몰래 만들어낸 아티팩트.

진실의 구는 사용자의 마력을 대가로 사용자가 알고자 하는 진실을 그 무엇이든 알려준다. 하나 (권한 부족) 때문에 진실의 구는 사용자가 묻는 진실의 등급에 따라 재사용 대기 시간이 결정된다.

재사용 대기 시간은 등급에 따라 최소 100일부터 3200년까지 정해져 있으며, 이 재사용 대기 시간은 그 무슨 수를 써서라도 줄이거나 늘릴 수 없다.

"맞아요. 이게 제가 말한 '진실의 구'예요."

시스템 룸.

아브는 자신의 손에 들려 있던 '진실의 구'를 김현우에게 넘겨주었다.

"이걸로 정말 알 수 있는 거야?"

"네. 이제 재사용 대기 시간이 지나고 나면 '진실의 구'를 이용해 '튜토리얼 탑'을 제작한 사람에 대해서 알 수 있을 거예요."

"……근데 생각해보니까 이러면 제작자에 관해서 물어볼 필요가 없는데?"

"네?"

아브가 그게 무슨 소리냐는 듯 김현우를 보며 묻자 그는 '진실의 구'를 공처럼 들었다 놨다 하며 말했다.

"아니, 내가 결국 찾는 건 나를 그 튜토리얼 탑에 가둔 놈이었으니까."

"아…… 그러고 보니 그러네요?"

김현우가 그동안 튜토리얼 탑을 만든 사람을 찾았던 것은 자신을 그 탑에 가뒀던 사람에 대한 정보를 얻기 위해서였다. 물론, 왜 그딴 쓰레기 같은 탑을 만들었느냐고 몇 대 때려주는 건 덤으로 생각하고 있었다. 하지만 진실의 구로 그냥 자신을 탑에 가둔 사람을 알려 달라고 한다면? 딱히 제작자에 대해서 알 필요도 없는 것이었다.

김현우는 '진실의 구'를 하수분의 주머니에 넣고는 말했다.

"아, 그리고. 물어볼 게 있는데."

"네? 물어볼 거요?"

아브의 되물음에 김현우는 고개를 끄덕거린 뒤 말했다.

"혹시 9계층에 올라온 등반자를 살려둬도 되나?"

"……네?"

김현우의 물음에 아브는 이해가 안 간다는 듯 슬쩍 시간 차를 두고 되물었고, 그에 김현우는 설명하기 시작했다. 김현우가 8-35계층에 갔다 왔을 때 9계층에서 대충 무슨 일이 있었는지를.

그리고 아브는 대충 알겠다는 듯 고개를 끄덕거리다가도 어색하게 물었다.

"그러니까, 등반자를 잡았다 이거죠?"

"그렇지."

"……서로 죽이려다가 못 죽여서?"

"……"

"……"

아브는 황당한 듯 잠시 말이 없었다.

그러고는 이내 말했다.

"아니, 뭐 저도 등반자가 왔다는 건 알고 있었어요."

"응? 어떻게?"

"정보 권한이 올라가면서 9계층 쪽의 마력을 어느 정도 탐지할 수 있게 되었거든요. 저번에도 제가 멕시코 쪽에 힘이 느껴진다고 말했잖아요?"

"아,"

"게다가 그것도 그거고."

아브는 손가락으로 컴퓨터를 가리켰다.

"저것도 있다 보니까, 대충 9계층이 어떻게 돌아가는지는 알고 있었어요."

그녀의 말에 김현우는 말했다.

"뭐야, 그럼 등반자가 살아 있는 것도 알고 있었어?"

"그게…… 좀 애매하게는?"

"애매하게?"

"네, 분명 처음에는 등반자의 힘이 나름 저한테 느껴질 정도로 컸는데, 싸움이 끝난 뒤에는 거의 느껴지지 않을 정도로 줄어들었거든요."

"아……."

"그때는 이해가 안 됐는데, 설명을 듣고 나니까 이제야 이해가 되네요."

아브는 확인하듯 물었다.

"그러니까, 그 등반자는 이미 자신의 힘의 근원을 그러니까 영기 구슬을 빼앗긴 상태라 이거죠?"

"그렇지. 거의 힘을 못 쓴다고 하던데?"

"그럼 아마 정말로 그 힘이 약해졌을 거예요. 실제로 저한테 걸리는 마력도 그렇게 짙지 않고 미묘할 정도로 약하니까요."

"그래? 그럼 살려둬도 되는 건가?"

"음, 사실 살려둬도 별문제는 없어요. 애초에 제가 느꼈던 마력 등급을 기준으로 생각해보면 아마 하위에서 강해봤자 중위 정도일 거고. 그나마도 원천을 빼앗겼으니……."

아브는 고개를 갸웃했다.

"아마 남아 있는 힘은 턱없이 적을 테니까요. 그냥 정보 셔틀로 쓰는 것도 나쁘지 않을 거예요."

"정보 셔틀?"

"네, 아무리 약하다고 해도 9계층까지 올라왔으면 이것저것 쓸 만한 정보를 많이 알고 있을 테니까요."

그녀의 말에 김현우는 고개를 끄덕였고, 아브는 추가로 이어 말했다.

"아, 그래도 혹시 모르니까. 낙인이라도 박아놓을까요?"

"낙인?"

"네, 저도 지금 와서야 알았는데 9계층에는 '합치면' 쓸 만한 아티팩트들이 굉장히 많더라고요."

"합치면……? 아, 저번에 그 '맹인의 나침반'처럼?"

"네, 그것처럼 합치면 쓸 만한 것들이 꽤 많아요."

"네가 말한 낙인이라는 것도 그 합칠 수 있는 아티팩트 중에 하나야?"

"네. 낙인 같은 경우는 정보 권한으로 알아봤을 때…… 그냥 한마디로 목줄 같은 느낌이라고 해야 할까……?"

"대충 알 만하네."

김현우는 그렇게 끄덕거리곤 말했다.

"그래서, 또 그걸 만들려면 뭘 구해 와야 하는데?"

김현우의 물음에 아브는 '낙인' 아티팩트를 만들기 위한 재료들을 말하기 시작했다.

"대충 재료는 5가지 정도 돼요."

"5가지 정도면 더럽게 많은 거 아니야?"

김현우가 살짝 불만이라는 투로 말하자 아브는 고개를 저으며 말했다.

"아뇨, 그래도 아마 5가지 재료를 모으는 게 그렇게 어렵지는 않을 거예요."

"왜?"

"그 아티팩트들은 모두 한 사람이 들고 있거든요."

아브는 잠시만 기다리라는 말과 함께 이내 컴퓨터로 다가가 키보드와 마우스를 움직이기 시작했고, 곧.

"이 사람이에요!"

김현우는 굉장히 익숙해 보이는 남자의 얼굴을 바라보았다.

"얘야?"

"네. 아탈렉 포트라는 몬타나주 의원인데, 이 사람이 필요한 재료 5가지를 모두 들고 있어요. 그러니까 저번처럼 굳이 여러 사람과 협상할 필요는 없다 이거죠."

"그래, 그건 편해서 좋네."

김현우는 만족스럽다는 듯 웃음을 지으며 말하고는 자리에서 일어났고.

그러던 중.

"응?"

그 앞에 떠오르는 알리미 로그에 잠시 멍한 표정을 지었다가 이내 인상을 찌푸렸다.

"얘들, 요즘 좀 많이 올라오는 거 아니야?"

알리미
9계층의 통로로 새로운 등반자가 등반을 시작합니다.
위치: 이탈리아 베니스
남은 시간 [[01] : 12 : 07 : 18]

김현우는 툴툴거렸다.

◆ ◆ ◆

드넓은 장원 안에서. 천마는 자신의 앞에 서 있는 김시현을 보았다. 그는 외견으로 봤을 때는 이 장원에 들어왔을 때와 별반 달라진게 없었다. 조금 달라진 거라면 김현우와 달리 혹시 몰라 입고 왔던방어구들이 전부 박살 나서 지금은 천마전 안에 있는 무복을 입고있다는 것 정도일까.

하나.

"이제야 조금 쓸 만하게 변했군."

천마의 입에서 나온 보기 드문 칭찬의 말에 김시현은 고개를 숙였다.

"모두 스승님 덕분입니다."

"지랄, 항상 말했듯이 나는 너같이 약한 제자를 둘 생각은 없다."

천마의 욕설 섞인 말에도 김시현은 그저 아무런 말도 하지 않고 웃을 뿐이었고, 천마는 그런 김시현을 보며 마음에 들지 않는다는 듯 혀를 차더니 말했다.

"헛소리하지 말고 배울 거 다 배웠으면 꺼져라. 더 이상 네 녀석에게 알려줄 기술 같은 건 없다."

그렇게 말하고는 곧바로 몸을 돌리는 천마. 하나 그럼에도 김시현은 아무런 말도 하지 않고 천마전의 목제 의자 쪽으로 걸어가는 천마를 바라보았다. 그가 얼마나 자신을 가르치려고 많은 노력을 기울였는지 알고 있었기에.

김시현의 죽음으로 시간을 세는 것을 그만둔 뒤. 천마는 그에게 하나의 초식을 알려주었다. 무공이 아닌 단 하나의 초식. 천마는 쉬지 않았다. 김시현도 마찬가지였다. 천마는 끊임없이 김시현에게 그 단 하나의 초식을 사용하는 데 필요한 구결과 자세를 바로잡아 주었고, 김시현은 쉼 없이 그런 천마의 가르침을 따라 하나의 초식을 연마했다.

그리고 그 초식의 기틀이 잡힌 그 순간부터. 몇 년, 몇 십 년이 지났는지도 모를 그 긴 시간 동안, 김시현은 끊임없이 그 초식을 반복했다.

베고.

베고.

베고.

베고.

무한정으로 그 한 동작만을 반복했다.

장원의 한가운데에서. 느긋하게 떨어지는 햇살을 맞고. 그 자리에서 변함없이, 그 초식만을 반복했다. 어떨 때는 천마에게 꾸지람과 비슷한 깨달음을 얻어가며. 또 어떨 때는 스스로 깨달음을 얻어가며. 그는 베었다. 계속해서. 그리고 그렇게 얼마인지 모를 시간이 지나.

"빨리 꺼져라. 그 또라이 새끼와 네 녀석 때문에 내 잠을 두 번이나 방해받았다."

그의 핀잔에 김시현은 아무런 말도 없이 가만히 서 있다 몸을 돌려 장원의 문 쪽으로 움직였다. 장원의 문 쪽으로 움직이자 나오는 것은 그로서도 정말 오랜만에 보는 로그. 김시현은 로그의 Y 버튼을 누르기 전, 시선을 돌려 천마를 보고는 입을 열었다.

"그동안 정말 감사했습니다, 스승님."

담백한 감사 인사.

천마는 아무런 대꾸도 하지 않았고, 김시현은 망설임 없이 Y 버튼을 눌렀다. 그와 함께 먼지가 되어 사라지는 김시현. 천마는 김시현이 사라진 뒤에야 그가 조금 전 서 있었던 문을 보며 입을 열었다.

"그래도 첫째보다는 둘째가 예의 면에서는 낫군."

그렇게 아무도 없는 허수 공간에서 천마가 중얼거릴 때쯤.

"네가 첫 제물이냐?"

허수 공간을 빠져나와 9계층으로 이동한 김시현은, 눈앞에 서 있는 기이한 형태의 괴물을 바라봤다.

검붉은 피부. 양 이마 위에는 붉은 뿔이 나 있고, 그 아래의 송곳니는 마치 드라큘라처럼 길게 자라 있었다. 허리에 두르고 있는 호피 무늬와 그가 어깨에 걸치고 있는 자신의 몸만 한 뼈 방망이, 그의 터질 것 같은 근육은 괴물의 야만성을 더해주었고. 곧 그는 키히히힛, 하는 괴악한 웃음소리를 내며 입을 열었다.

"뭐! 너무 나쁘게는 생각하지 마라! 너는 9계층에서 처음 이 시즉오니에게 죽임을 당하는 거니까 말이다!"

괴물은 그리 말하며 크게 웃음을 터뜨렸다. 그와 함께 느껴지는 괴물의 마력. 그것은 김시현이 이전에 등반자를 만났을 때 느꼈던 마력과도 비슷한 느낌이었다. 아니, 오히려 그것보다 더 심한 압박감을 주는 패도적인 마력.

그러나.

김시현은 그저 아무런 감상 없이 검을 쥐었다.

"발악이라도 할 생각이냐?"

오니의 물음에도 그는 그저 자세를 잡았다. 그가 몇 만, 몇 십만 번을 반복했던 그 자세를. 그 모습에 오니의 눈가가 꿈틀거리고, 이내 어깨에 쥐고 있던 방망이를 김시현에게로 쳐들었다. 그 모습을 보며, 김시현은 천마에게 들었던 말을 떠올렸다. 그가 일 초식을 거의 완성할 때쯤, 천마에게 들었던 이야기를.

태생부터 무武에는 제대로 된 자질을 가지고 태어나지 않았던 남자. 그렇기에 사문에서도 버림받았고, 무를 계속해서 배울 수 있는 입장도 아니게 되었으나 그는 그만두지 않았다. 스스로 무술에는 아무런 재능이 없다는 것을 깨닫고 있음에도 불구하고. 그는 자신이 배운 무공을 연마했다. 아니, 그것은 무공이라고 하기에도 모호한 것이었다. 왜냐면 그는 자신이 배웠던 무공의 초식 중에서도 단 하나를 연습했을 뿐이었으니까.

50년이 넘는 그 세월 동안, 그는 무공의 다른 초식들을 배운 적이 없기에 오로지 그것만을 수련했다. 경신법도 배우지 않았다. 소주천을 하는 법도 몰랐다. 무공에 대해서는 그냥 무지하다고 보는 게 옳을 정도로, 그의 지식은 형편없었다. 그렇기에 그것만을 수련했다.

자신이 사문에서 버려지기 직전, 그들에게서 배운 일 초식을.

그리고.

"천명검 일식."

그는.

"극참極斬."

무림에서 일검무적一劍無敵이라는 별호를 얻게 되었다.

◆ ◆ ◆

알리미

등반자를 성공적으로 처지했습니다!

위치: 이탈리아 베니스

[등반자 '시즉오니' '우귀'를 잡는 데 성공하셨습니다!]

[정보 권한의 실적이 누적됩니다!]

[현재 정보 권한은 중상위입니다.]

"엥? 뭐야?"

김현우는 미궁이 있는 쪽으로 향해 가던 중, 갑작스레 떠오른 로그를 보며 멍하니 중얼거렸다.

"죽었다고……?"

김현우는 몇 번이고 떠오른 로그를 다시 읽었지만, 로그에서 말해주고 있는 내용은 등반자가 죽었다는 내용이 확실했다. 혹시 숨어 있던 다른 등반자가 아다리 맞게 죽었나 싶어 위치를 확인해봤으나, 위치도 다르지 않았다. 한마디로, 김현우가 가기 전에 누군가가 등반자를 죽였다 이 말이었다. 그것도 아직 출현 시간이 20분이 남은 등반자를.

'미령이나 하나린은 아닐 텐데?'

그도 그럴 게 미령과 하나린과는 조금 전 헤어진 데다 그녀들에게는 나름대로 해야 할 일을 맡겨놓은 상태였다. 어차피 김현우가 싸움을 하는 데 있어서 굳이 제자들을 데려갈 필요는 없었으니까.

'누구지?'

그렇기에 김현우는 이상함을 느끼며 미궁이 있는 쪽을 향해 몸을 움직였고, 이내 얼마 지나지 않아 미궁의 근처에 도착할 수 있었다.

그리고.

"어? 형?"

"뭐야? 너 언제 나왔냐?"

그곳에서, 김현우는 상단과 하단이 분리된 채 죽어 있는 오니와 그런 오니의 시체 옆에서 각종 매스컴 단체에 둘러싸여 있는 김시현을 볼 수 있었다.

그 뒤로 잠시.

몰려 있는 취재진에게 인터뷰는 다음으로 미루겠다고 말하며 급히 자리를 뜬 김현우와 김시현은 이탈리아에 박혀 있는 마법진을 이용해 한국으로 돌아올 수 있었고.

"그래서?"

"죽었죠."

"······몇 번?"

"······모르겠는데요? 뭐, 근데 아무리 못해도 1만 번 정도는 죽지 않았을까요?"

김현우는 그에게 허수 공간에서 있었던 일을 들을 수 있었다.

"그래서, 그렇게 1만 번 죽은 뒤부터는 천마가 안 죽이고 무술 수련을 시켜줬다고?"

"네. 오히려 죽는 것보다 무술 수련을 했던 게 좀 더 길었을걸요?"

"이런 씨발······."

"왜요?"

김시현이 묻자 김현우는 천마를 생각하며 인상을 찌푸렸다.

"나는 계속 뒤지면서 배웠거든······."

"아······."

"이 새끼 사람 차별하나······!"

김현우는 혀를 차며 중얼거렸으나 이내 한숨을 내쉬고는 말했다.

"그래서, 너도 뇌령신공 배웠냐?"

"아뇨, 저는 못 배웠어요."

"못 배웠다고?"

"네, 저는 애초에 너무 차이가 나서 못 배울 거라던데요?"

"······차이가 나서?"

김시현은 고개를 끄덕이곤 말했다.

"천마 말로는 몇 합이라도 겨룰 수 있어야 가르칠 수 있을 텐데, 저는 1만 번 죽을 때까지 1합을 못 버텼거든요."

김시현의 말에 김현우는 멍한 표정으로 그를 바라봤으나 김시현은 계속해서 이야기했다.

"그래서 저는 그 대신 초식을 하나 배웠어요."

"……초식? 무공이 아니라?"

김현우가 이상하다는 듯 묻자 김시현은 답했다.

"뭐, 엄연히 따지면 무공이 맞기는 해요. 다만 저는 좀 특이하게 배운 거라 일반적인 무공이랑은 좀 달라요."

"……뭐가 다른데?"

"우선 무공구결이 없어요."

"……엥?"

김현우는 묘한 표정으로 그를 바라보며 말했다.

"구결이 없다고?"

"네."

"아니, 그게 무공이야?"

"그래서…… 무공이라고 하기에는 조금 애매하다는 거죠. 제가 천마에게 배운 건 초식 하나뿐이거든요."

"……뭐? 초식 하나?"

"네."

김시현의 말에 김현우는 복잡한 표정으로 입을 열려다 이내 그의 얼굴을 보곤 입을 다물었다.

"뭐, 네가 그걸로 만족한다면야 그걸로 됐지."

"저는 이걸로 만족해요."

김시현의 대답과 함께 찾아온 짧은 침묵.

김현우는 다시 물었다.

"아, 그리고 내가 천마한테 전해주라는 말은 잘 전해줬냐?"

"아."

김현우의 물음에 짧게 탄성을 터트린 김시현은 고개를 끄덕이며 긍정했다.

"뭐, 처음부터 말하지는 못했는데 결국 그 말을 전해주기는 했어요. 그리고 답변도 듣고 왔고요."

"뭐라 그러디?"

김현우가 묘한 기대감이 어린 표정으로 김시현을 보자 그는 슬쩍 눈치를 보는 듯하다 말했다.

"그……."

"그?"

"좆 까래요."

"……뭐?"

"좆 까라고……."

김시현의 말에 김현우는 어처구니없는 표정으로 그를 바라보다 말했다.

"좆 까라고?"

"네."

"진짜 그렇게 말했어?"

"드물게 진지한 표정을 하면서 확실하게 전해주라고 하더라고 요."

"이런 개새."

김현우는 말을 하려다 말고 입을 다물더니 인상을 찌푸렸다.

잠시간의 침묵.

"그래도."

"……뭐?"

"제가 처음에 형 말 전하니까, 뭔가 좀 부끄러워하던 눈치던데요? 아마 괜히 쑥스러워서 그런 게 아닐까요?"

김시현의 말에 김현우는 기묘한 표정을 지으며 말했다.

"뭐? 쑥스러워?"

"네. 괜히 얼굴 슥 돌리고 하던데."

"씨발, 뭔 춘데레야?"

김현우는 저도 모르게 욕을 내뱉고는 한숨을 내쉬더니 말했다.

"그래 뭐……. 말 전해줬으니까 됐다. 그 양반 인성이 그런 건 원래 알고 있었으니까."

김현우는 김시현의 뒷말을 그냥 못 들은 걸로 치부하려고 했으나, 김시현은 분명 천명검을 배우고 돌아가기 직전 김현우의 말을 전했을 때 보였던 천마의 반응을 기억하고 있었다.

'분명 입꼬리가 올라가는 걸 억지로 막고 있었지.'

나중에는 입꼬리를 보이지 않으려고 슬쩍 고개를 돌리는 모습도 보였으나, 김시현은 더 이상 말하지 않았다. 김현우도 내심 알아채고는 있는 것 같았기에.

"그래서 형."

"응?"

"아까부터 궁금했던 건데, 저건 뭐예요?"

"……저거?"

김현우는 김시현의 손가락을 따라 시선을 옮겼고, 그곳에는 그녀가 있었다.

"……"

검은 사슬을 온몸에 칭칭 감은 구미호가.

"……아, 저거?"

"네."

"등반자야."

"……아하. ……등반자요?"

"그래."

"그렇구나……"

김시현은 멍하니 답하며 내궁 한쪽에 묶여 있는 구미호를 바라보며 시선을 돌리려다.

"응? 등반자라고요?"

"응."

이내 이상하다는 듯 김현우를 보며 물었다. 김현우의 긍정에 김시현은 혼란스러운 눈으로 등반자와 김현우를 바라보더니 말했다.

"아니."

"왜?"

"그럼, 죽여야 되는 거 아니에요? 등반자라면서요?"

"살려ㅈ!!!"

"여우탕."

"……"

김시현이 묻자마자 비명을 지르려는 구미호를 단 한마디로 재운 김현우는 이내 말했다.

"그냥 등반자를 애완동물로 키워보면 어떨까 하는 생각이 들어서 이참에 하나 잡은…… 건, 농담이고 정보 셔틀."

"……정보 셔틀이요?"

"그래, 알고 있는 게 어느 정도 있는 것 같으니까 두고두고 써먹으려고."

김현우의 말에 김시현은 검은 사슬에 칭칭 묶여 있는 구미호를 바라봤다. 흑발의 머리칼과 같은 흑색 귀가 축 처져 있고, 검은 꼬리도 마찬가지로 축 처져 있는 모습.

"아니, 그래도……. 그냥 저렇게 방치하면 안 되지 않아요?"

"힘은 거진 다 잃었어. 게다가 당연히 그냥 저대로 방치해두지는 않을 거야."

김현우의 말에 김시현이 도대체 무슨 소리인가 하고 고개를 갸웃거릴 무렵.

쿵!

"?"

궁의 문 쪽으로부터 거칠게 문이 열리는 소리가 나기 시작했다.

그리고.

"스승님 다녀왔습니다!"

"사부님! 다녀왔어요!"

"……왔냐."

김현우는 가방 하나를 서로의 손에 쥔 채 열심히 달려온 미령과 하나린을 보며 이제는 별 감흥도 없다는 듯 입을 열었고.

"……응? 사부님?"

김시현은 미령의 옆에 있는 여성의 입에서 나온 소리를 듣고는 김현우를 쳐다봤다. 김시현이 그를 쳐다보자, 김현우는 잠깐 무엇인가를 떠올리는 듯하더니 이내 탄성을 내뱉으며 말했다.

"아, 그러고 보니까 너는 한 번도 본 적이 없구나?"

생각해보니 김시현이 '악천의 원천'을 이용해 탑 안에 들어갔을 때는 김현우가 하나린을 만나기 직전이다 보니 김시현은 하나린을 본 적이 없었다.

김현우의 말에 그는 고개를 끄덕이면서 물었고.

"그래서, 쟤는 누구……?"

김현우는 곧바로 답했다.

"쟤는 내 두 번째 제자야."

그리고, 그 말을 들은 김시현은 저도 모르게 멍한 표정으로 그녀를 바라봤다.

◆ ◆ ◆

그곳은 음울한 곳이었다. 바닥은 검은색의 구름 바닥으로 되어 있고, 검은 하늘은 추적추적 비가 내리고 있었다. 그리고, 그렇게 비가 내리고 있는 팔각정 안에는 한 사람이 앉아 있었다.

여유롭고 유유자적한 표정으로 자리에 앉아 있는 남자. 그는 요사스러운 보랏빛 장포를 몸에 걸친 채 자신이 들고 있는 거대한 봉을 휘적거리며 앉아 있었다. 그 남자는 마치 하늘에서 내리는 비를 감상하듯 멍하니 하늘을 올려보고 있다, 이내 불현듯 자신의 손가락을 부딪쳤다.

딱.

그러자. 하늘에서 내리고 있던 빗줄기가 놀라운 속도로 걷히기 시작했다. 분명 조금 전까지만 하더라도 쉴 새 없이 내리꽂히고 있던 비는 금세 사라졌으며, 어두웠던 구름은 금세 맑은 빛을 되찾았다.

그리고.

"무슨 일이지?"

봉을 제대로 쥔 그는 어느새 자신의 앞에 나타난 후드를 쓴 남자를 바라보며 물었다. 검은 후드를 써 그 얼굴조차 제대로 보이지 않는 남자는 이내 말했다.

"이곳에서는 업적의 사용을 자제해달라고 부탁드렸을 텐데요?"

"내가 왜 그래야 하지? 나는 정당하게 탑을 올라 그 보상으로 '청룡青龍'의 업적을 받았지 않나?"

"……."

그의 여유로운 반박에 남자는 잠시 아무런 말도 하지 않고 그를 지그시 쳐다보다가 말했다.

"지금부터 해주셔야 할 일이 있습니다."

"해야 할 일?"

"예."

"내가 왜?"

장포를 입은 남자의 뻬딱한 태도 덕분에 한 번 더 도래한 침묵. 하나 그것도 잠시. 후드를 쓴 남자는 이내 개의치 않겠다는 듯 말을 이었다.

"9계층에 내려가보셔야 할 것 같습니다."

"9계층?"

"예."

"거기는 또 왜?"

남자의 대답에, 후드를 쓰고 있는 남자는 대답했다.

"거기서 당신이 직접 처리해야 할 이레귤러가 생겼습니다."

"……이레귤러?"

"예."

"굳이 지금 처리해야 하는 녀석이야?"

팔각정에 앉아 있는 남자는 귀찮다는 듯 인상을 찌푸렸으나, 후드를 쓴 그는 별다른 음성의 고저 없이 계속해서 말했다.

"빠르면 빠를수록 좋습니다. 그리고, 아마 당신이 이번 일을 성공적으로 처리한다면, 그분께서 당신에게 또 하나, 업적을 수여한다고 하시더군요."

후드를 쓴 남자의 말에 장포를 두른 남자의 눈이 일순 휘둥그레 커졌다.

"정말로?"

"그분께서 직접 그리 말씀하셨습니다."

남자의 대답에, 그는 한동안 멍한 표정으로 그를 바라보더니.

히죽.

"그래? 그렇다는 말이지?"

이내 입가에 비틀린 미소를 지으며 자리에서 일어났다.

그리고.

꽝!

그와 함께, 번개가 내리치기 시작했다. 순식간에 사방에서 내리치기 시작한 번개는 검은 구름을 뚫으며 공간을 없애기 시작했고, 그는 입가의 미소를 지우지 않으며 입을 열었다.

"그럼 좀 전해줘."

입가에 기분 나쁜 웃음을 지은 남자.

한때는 도사導師라 불렸고.

또 신선劍仙이라 불릴 수도 있었으나 업에 물들어 괴선怪仙이 되어버린 그 남자는.

"금방 처리하고 올라가겠다고."

자신의 애검인 봉을 쥐고 번개가 내리쳐 뚫린 구멍을 향해 뛰어내려갔다. 그리고 그런 마선이 내려간 자리를, 후드를 쓴 남자는 지켜보다 몸을 돌려 사라졌고. 이내 그 공간에는 아무것도 남지 않게 되었다.

알려줄 거면 다 알려줘라

진실의 구

등급: SS

보정: 없음

SKILL -

　권한 접속

다음 사용 기간까지 남은 시간: 0일 0시간 5분 31초

[정보 권한]

(권한 부족)의 진리를 깨달은 마법사가 시스템에 개입할 수 있는 (권한 부족)을 알아차리고 (권한 부족) 몰래 만들어낸 아티팩트.

진실의 구는 사용자의 마력을 대가로 사용자가 알고자 하는 진실을 그 무엇이든 알려준다. 하나 (권한 부족) 때문에 진실의 구는 사용자가 묻는 진실의 등급에 따라 재사용 대기 시간이 결정된다.

재사용 대기 시간은 등급에 따라 최소 100일부터 3200년까지 정해져 있으며, 이 재사용 대기 시간은 그 무슨 수를 써서라도 줄이거나 늘릴 수 없다.

그 뒤로 3주하고도 며칠.

천호동에 위치한 저택에서, 김현우는 '진실의 구'의 재사용 대기 시간이 얼마 남지 않은 것을 확인하고는 이내 시선을 돌려 안방의 벽을 바라보았다.

고롱.

"……."

벽 아래.

김현우의 시선이 멈춘 그곳에서는 아홉 개의 꼬리를 가진 검은 여우 한 마리가 몸을 둥글게 말고 낮잠을 자고 있었다.

고로롱.

세상 세상 편히 자고 있는 여우의 모습. 목에는 목줄이 걸려 있고, 검은 털 위로는 기이한 모양의 낙인이 찍혀 있었으나 여우는. 아니, 3주 전, 김현우에게 강제적으로 낙인이 찍힌 구미호는 불안감이라고는 하나도 없어 보이는 평온한 얼굴로 잠을 자고 있었다.

"흠……."

3주 전, 미령과 하나린이 나름의 협상(?)을 통해 포트에게서 아티팩트를 공수해 온 뒤, 김현우는 곧바로 아브에게 가서 아티팩트를 합쳐 '낙인'을 만들어내었다.

김현우는 여우 뒤에 박혀 있는 낙인을 바라보다, 이내 자신의 오른 손목에도 똑같이 그려져 있는 기묘한 문양을 바라봤다.

귀속 낙인

등급: S-

보정: 없음

SKILL -

　간섭 명령 생각

[정보 권한]

사람들을 제대로 부리고는 싶지만, 태생적인 인간 불신으로 인해 배신당하길 두려워한 '황제'가 자신의 능력을 통해 만들어낸 귀속 낙인이다.

귀속 낙인은 총 5개로 이루어져 있으며 낙인을 사용하는 방법은 시전자가 피시전자의 동의를 얻고 귀속 낙인 계약을 하는 시점부터 명확하게 이루어진다.

계약을 한 시점에서 피시전자는 시전자에게 모든 신체적 자유를 박탈당하게 된다.

시전자는 계약을 한 피시전자의 행동을 강제하거나, 그 생각을 훔쳐볼 수 있다.

　문양을 바라보자 떠오르는 로그를 읽으며 김현우는 몇 번이고 정보 권한에 쓰여 있는 노예 계약의 내용에 감탄했다.

　'진짜 노예 계약서랑 다를 게 없네……'

　정보 권한에 나와 있는 설명을 읽어보면 인간을 못 믿는 황제가 신하에게 쓰기 위해 만들었다는 걸 알 수 있는데, 황제는 인간 불신증이 아니라 그냥 노예를 만들고 싶었던 게 아닐까 하는 생각이 든다. 뭐, 결국 황제가 이런 각인을 만들어준 덕분에 김현우나 등반자나 윈윈인 상황이 되었지만.

'이 각인이 없었으면 무조건 죽일 수밖에 없었으니까.'

아무리 힘을 잃었고 그렇게 강한 등반자가 아니더라도 최소의 위협 요소는 없애는 게 좋다는 게 김현우의 생각이었으니까. 김현우는 아홉 개의 꼬리를 모은 채 느긋하게 자고 있는 구미호를 빤히 바라봤다.

'그래도 각인이 있어준 덕분에.'

구미호는 자기 뜻대로 살 수 있었고, 김현우는 나름대로 박식한 구미호에게서 정보를 뽑을 수 있게 되었다. 김현우는 '진실의 구'를 한번 바라보고, 다시 한번 구미호를 바라본 뒤, 이내 낙인의 스킬인 '생각'을 사용했다.

'생각'을 사용하자 마치 김현우의 스킬 중 하나인 '심리'와 마찬가지로 허공에 둥둥 떠오르는 말풍선.

[아~ 편해! 이거 좋아! 좋다고!]

[아~~~~. 좋다~~~. 늘어진다~~~.]

[최고! 너무 좋아! 너무 좋다고!!]

[꿀잠이야~. 꿀잠. ZZZZzzzzz……]

"……"

주르륵 떠오르는 말풍선을 보고 있자니 김현우는 도대체 왜 구미호가 탑에 들어왔는지 이해할 수 없었다.

김현우가 각인을 사용한 뒤, 줄곧 구미호의 생각을 엿봤을 때, 그녀의 생각 대부분은 대강 이런 식이었으니까. 너무 편해서 좋다, 꿀빠는 인생 최고! 같은 생각을 하는 건 아무리 생각해도 조금 이상하지 않은가? 분명 구미호는 얼마 전까지 업적을 얻기 위해 탑을 오르고 있던 녀석이었으니까. 게다가 그녀는 분명 다른 등반자들과 마찬가지로 탑을 오르며 수많은 생명을 빼앗았을 텐데도 불구하고, 본능적으로 뭔가가 좀 다른 것 같았다.

마치 좀 이질적인 느낌이라고 해야 할까?

그렇게 생각하고 있던 김현우는 문득 자신이 그녀의 목적을 물어본 적이 없다는 것을 깨달았다. 그녀, 구미호가 탑을 오르는 목적.

'언제 한번 물어봐야겠네.'

김현우가 그렇게 다음에 할 질문을 생각해두고 있을 무렵.

끼이익!

문이 열리는 소리에 그는 시선을 돌렸고, 김현우는 곧 현관문을 열고 들어오는 이서연을 보았다. 그녀는 김현우를 보며 물었다.

"어? 있었네요?"

"그럼 어디 갔겠냐."

"아니, 오빠 분명 오늘 어디 간다고 하지 않았어요?"

이서연의 물음에 김현우는 어깨를 으쓱이며 대답했다.

"뭐, 이제 곧 가려고. 너는 왜 왔는데?"

김현우의 심드렁한 물음에 이서연은 들고 있던 핸드백을 식탁 위에 올려두곤 말했다.

"왜긴 왜예요. 오늘도 마법, 아니 도술道術 배우러 왔죠."

이서연은 그렇게 말하며 몸을 둥글게 말고 있는 구미호에게로 다가갔고, 구미호는 이서연이 걸어오는 소리를 듣자마자 귀를 쫑긋 세우더니.

휘리릭. 화악!

이내 그 자리에서 공중제비를 돌며 사람의 모습으로 변했다.

"안녕하세요!"

뭐, 사람의 모습으로 변했다곤 해도 등반자 때처럼 귀와 꼬리가 있는 것은 똑같았지만.

"네, 안녕하세요. 오늘도 괜찮을까요?"

"네, 괜찮아요!"

구미호의 예의 바른 인사에 이서연도 마찬가지로 고개를 숙이며 인사했고, 이서연은 곧바로 그녀의 동의를 얻고 그 앞에 자신의 공책을 가져다 대며 물었다.

"그래서 말인데 어제 알려줬던 오행五行의 흐름에 대해서."

"그것보다는 천天과 지地의 이치부터 깨달으시는 게."

"저는 목木행에 대해서."

"지금 이 시점에서는 목행에 대해 공부하기보다는 기본적인 것들은 먼저 선행으로."

"아, 그렇다면 지축오행地軸五行을 먼저?"

순식간에 자신들만의 세계에 빠지기 시작한 그들을 보며 김현우는 묘한 표정으로 그 둘을 바라보았다.

김시현이 천마에게 무공을 배우고 빠져나오고 얼마 되지 않아, 이서연은 구미호로부터 도술을 배우기 시작했다. 뭐, 제대로 배우고 있는지 아닌지는 잘 모르겠지만.

김현우는 서로에게 존댓말을 하며 자신은 알지도 못하는 묘리에 대해 열심히 말을 하고 있는 그 둘을 바라보다 '진실의 구'를 바라봤다.

완전히 초기화된 '진실의 구'의 사용 시간.

"출입."

김현우는 곧바로 스킬을 사용했고, 시스템 룸 안으로 이동했다.

언제나 똑같은 풍경의 시스템 룸 안. 책장에는 여러 가지 게임기들이 꽂혀 있고, 테이블에는 이런저런 게임팩들이 놓여 있다. 그리고 원래대로라면 분명 아브가 게임을 하면서 반겨줘야 하는데.

"오셨어요?"

"오늘은 무슨 일로 게임을 안 하고 있냐?"

김현우의 예상과는 다르게 아브는 게임을 하지 않고 김현우를 기다리고 있었다.

"오늘은 나름대로 중요한 날이니까요. 저도 저 나름대로 '검색' 하느라 좀 바빴거든요."

"오, 믿음직스러운데?"

도대체 뭘 검색한 것인지는 모르겠으나 아무튼 자신을 위해 이것저것 검색했다는 소리에 김현우는 피식 웃으며 아브를 칭찬했고, 그녀는 말했다.

"'진실의 구'는요?"

아브의 말에. 김현우는 '진실의 구'를 테이블 위에 올려두었다.

"자, 그럼 시작할게요?"

"응? 뭘 시작해?"

"'진실의 구'를 사용하려면 고대어를 외워야 하거든요."

"그래……?"

'준비했다는 건 이거였나?'

아브는 곧 비장한 표정으로 고개를 끄덕이더니 입을 열었다.

그리고.

"_____."

김현우의 번역 반지로도 알아들을 수 없는 소리가 아브의 입을 타고 흘러나오고, 그와 함께.

화아아악!

'진실의 구'가 하얗게 빛나기 시작했다.

"_____."

'진실의 구'는 아브의 말에 따라 이리저리 다른 색이 떠오르며 제각각의 색을 표현했고.

"_____!!"

곧 아브가 마지막 말을 외치자마자 새하얀 빛을 발하며 김현우의 앞에 로그를 띄웠다.

[아티팩트의 숨겨진 힘 개방.]

[진실의 구의 사용 효율이 500% 증가합니다.]

[진실의 구의 재사용 대기 시간이 100% 증가합니다.]

"이건……?"

"'진실의 구'를 '진짜'로 사용하는 방법이에요."

김현우가 묻자 아브는 자신만만하게 대답하며 이야기를 이어나 갔다.

"원래라면 그냥 스킬을 발동하는 것으로 '진실의 구'를 사용할 수 있기는 한데, 이렇게 '진실의 구'에 입력되어 있는 고유 언어를 말하면 구의 효율을 최대로 끌어올릴 수 있거든요."

"……그것도 정보 권한에서 얻은 정보야?"

"네, 중상위쯤 되니까 이제 슬슬 록이 걸린 정보들이 전부 풀리더라고요. 안 풀린 것들도 슬쩍 다른 정보를 우회해서 돌아가면 볼 수 있고."

"……무슨 인터넷 사이트 같은 거야?"

"음, 그런 느낌……? 살짝 다른데, 약간 인터넷이랑 비슷한 느낌은 있는 것 같아요."

"그렇게 말하니까 나도 한번 보고 싶긴 하네."

아브의 말에 김현우는 피식 웃은 뒤 이내 앞에 펼쳐진 '진실의 구'를 보며 말했다.

"그럼, 이제부터 말하면 되는."

[지금부터 진실의 구에 들리는 말을 '질문'으로 간주하고 대답합니다.]

김현우가 말을 전부 끝내기도 전에 앞에 나타난 로그는 절로 그의 입을 막아버렸고, 입을 다물고 있는 아브를 한번 바라본 김현우는 묘한 두근거림을 느꼈다.

뭐니 뭐니 해도 결국 김현우의 최종 목표는 자신을 튜토리얼 탑에 가둔 놈을 찾아내는 것이었으니까.

찾아낸 다음에는?

똑같이 해주거나 죽도록 패는 게 목표였다.

그렇기에 김현우는 망설임 없이 입을 열었다.

"나를 '튜토리얼 탑'에 가둔 새끼는 누구지?"

화아아아악!

그의 물음에 순식간에 찬란한 빛으로 빛나기 시작하는 '진실의 구'.

그리고.

"?"

아무 일도 일어나지 않았다.

"뭐야?"

순간적으로 찬란한 빛을 내뿜다가 순식간에 조용해진 '진실의 구'는 더 이상 발광하지 않은 채 평범한 구체가 되어 있었고.

"아니 씨발 뭐야……?"

김현우는 저도 모르게 멍한 표정을 짓다 이내 인상을 찌푸리며 욕설을 내뱉었다.

그리고.

스으으으으!

"!!!"

'진실의 구'에서 순식간에 튀어나온 어둠에, 김현우의 시야가 어둠으로 물들었다. 순식간에 어둠으로 물들기 시작하는 주변 풍경에 김현우는 눈을 크게 뜨고 사방을 둘러보았으나 그곳에는 어둠뿐이었다.

어둠.

어둠.

어둠.

그리고 그런 상황에서, 김현우가 위협을 느끼고 자신의 검붉은 마력을 사방으로 돌리기 시작했을 때.

"유감스럽지만 자네와는 오랜 대화를 나누기 힘들 것 같군."

김현우는, 그 칠흑 같은 어둠 속에서 덩그러니 나타난 한 남자를 보며 눈을 떴다.

청룡靑龍 전우치田禹治

어두운 공간 안에서 우두커니 선 채 김현우를 바라보고 있는 그것은 자세히 보니 사람이 아니었다. 정확히는 사람의 형상을 취하고 있는 검은 무언가. 어둠 속에서 '검은 것'이 구분되는 이 기이한 공간 안에서, 김현우는 그것의 형태를 확인하고는 마력을 끌어올렸다.

파직. 파지지직!

그의 주변으로 튀기 시작하는 검붉은 스파크.

김현우는 물었다.

"넌 뭐야?"

그의 물음에 그 어두운 무언가는 울리는 듯한 목소리로 말했다.

나는 제작자다.

"……뭐? 제작자라고?"

하지만 말했듯이 나는 너와 오랜 시간 동안 이야기를 나눌 수 없다. 적어도 지금 이곳에서는 말이야.

그러나 제작자는 그의 되물음에 대답하지 않은 채 계속해서 말했다.

게다가 애초에 나는 네 이야기에 답할 수 없으니 이제부터 나는 네게 일방적으로 정보를 전하기만 하도록 하겠다.

"그게 무슨 소리야 이런 썹."

김현우는 이내 인상을 찌푸렸으나, 제작자는 그의 이야기 따위 들리지 않는다는 듯 말했다.

내가 만든 '탑'을 찾아라, 그리고 네가 얻은 '악천의 원천'으로 나를 찾아와라. 그렇다면 네게 얽힌 모든 진실에 대해 말해주도록 하겠다. 그리고.

"그냥 여기서 말해, 이 개새끼야!"

너를 탑에 가둔 건 나다.

제작자의 말과 함께, 김현우의 눈이 휘둥그레졌다. 인상을 찌푸린 채, 사람의 형태를 취하고 있는 그것을 바라보고 있는 김현우. 제작자는 입을 다물고 자신을 바라보는 김현우를 똑바로 마주 본 채 말했다.

그러니까, 나를 찾아와라. 가디언.

파드득!

"야! 잠깐!"

그와 함께 파드득거리는 소리를 내며 부서지기 시작하는 제작자의 육체.

김현우는 다급한 마음에 그를 불러보았으나 그는 이미 그 어둠 속에서 부서지기 시작했다. 마치 흙처럼 뭉그러지기 시작한 그의 육체는 순식간에 무너져서 어둠 속에 동화되기 시작했고.

파직! 파드득!

어둠이, 깨지기 시작했다.

"이런 씨발, 대체 뭐야!?"

마치 유리 조각처럼 사방에서 깨어져 나가는 어둠을 보며 김현우는 인상을 찌푸리곤 입을 열었으나, 이미 그가 소리를 지를 때 김현우를 감싸고 있던 어둠은 모두 깨져버렸다.

그리고.

"헉!"

"가디언 괜찮아요!?"

김현우는 아브의 얼굴이 눈앞에 있는 것을 보며 벌떡 일어났다.

"뭐야? 어떻게 된 거야?"

김현우가 인상을 찌푸리며 중얼거리자 아브가 말했다.

"모르겠어요. 갑자기 가디언이 푹 쓰러져서 저는 깜짝 놀랐다구요!?"

"내가 쓰러졌다고?"

"네! 갑자기 '진실의 구'를 바라보다가 테이블에 머리를 박아서 깜짝 놀랐어요!"

아브의 호들갑에 김현우는 인상을 찌푸리며 조금 전을 떠올렸다. 자신을 집어삼킨 어둠 속에서 만난 그 형체조차 어물쩍하게 만들어진 제작자에게 들었던 말들. 그리고 거기에서 들었던 진실.

'그 새끼가 나를 가뒀다고?'

김현우는 그가 했던 이야기를 똑똑히 들었다.

분명 그 목소리로, 제작자는 본인이 자신을 가두었다고 말했다.

"이런 쌍……."

그럼에도 불구하고 김현우가 인상을 찌푸린 것은 그에게서 들은 다른 이야기 때문이었다.

'나한테 엮인 모든 진실은 또 뭐야?'

그는 분명히 그렇게 말했다. 여기서는 말할 수 없는 모든 진실을 알려줄 테니까 자신을 찾아오라는 제작자의 말을.

"아니 뭐 떡밥을 뭐 이렇게 좆같이 뿌려……?"

한동안 그의 말을 곱씹던 김현우는 그렇게 중얼거리며 혹시나 하는 마음에 '진실의 구'를 바라봤고.

진실의 구

등급: Ss

보정: 없음

SKILL -

　권한 접속

다음 사용 기간까지 남은 시간: 6399년 364일 23시간 55분 31초

[정보 권한]

(권한 부족)의 진리를 깨달은 마법사가 시스템에 개입할 수 있는 (권한 부족)을 알아차리고 (권한 부족) 몰래 만들어낸 아티팩트.

진실의 구는 사용자의 마력을 대가로 사용자가 알고자 하는 진실을 그 무엇이든 알려준다. 하나 (권한 부족) 때문에 진실의 구는 사용자가 묻는 진실의 등급에 따라 재사용 대기 시간이 결정된다.

재사용 대기 시간은 등급에 따라 최소 100일부터 3200년까지 정해져

있으며, 이 재사용 대기 시간은 그 무슨 수를 써서라도 줄이거나 늘릴 수 없다.

"에라이 썅."

역시 아나나 다를까 재사용 대기 시간이 풀 차징 되어 있는 진실의 구를 보며 혀를 찼다. 그렇게 김현우가 인상을 찌푸리고 있을 무렵. 그를 줄곧 관찰하고 있던 아브는 조심스레 물었다.

"……진실에 대해서 답은 얻은 거예요?"

아브의 물음에 김현우는 몇 번이고 입을 열었다 닫았다를 반복하더니 고개를 끄덕이며 말했다.

"그래, 찾기는 찾았지."

"정말요!? 그런데 왜 그렇게 기분이 안 좋아 보여요?"

"……할 일이 생겼거든. 게다가 새롭게 풀어야 하는 문제도 말이야."

김현우는 그렇게 말하고는 한숨을 내쉬었으나, 이내 저도 모르게 입술을 혀로 핥으며 생각을 정리했다.

'우선 나를 탑에 가둔 범인은 알았다.'

자신을 12년 동안 튜토리얼 탑에 가둬놓은 진범은 제작자였다. 물론 참으로 좆 같게도 그가 왜 나를 가뒀는지, 그리고 무슨 이유로 그곳에 나를 12년 동안 방치했는지는 모른다.

'씨발 좀 다 알려주고 사라지면 덧나나.'

김현우는 저도 모르게 인상이 찌푸려지는 것을 느끼고는 감정을 조절한 뒤 한숨을 내쉬었다.

'그래도, 다행인 건 앞으로 해야 할 일이 명확히 잡혔다는 것.'

지금까지처럼 정확한 목표도 없이 등반자를 잡아 족칠 때와는
달리, 이제는 확실한 목표가 생겼다.

'또 어떻게 해야 하는지는 생각해봐야 할 문제지만.'

냉정하게 생각해보면 우선 진실을 알아낸 것만으로도 '진실의
구'에서 원래 얻으려고 생각했던 정보는 모두 얻은 것과 다름이 없
었다.

'아무튼 조금만 기다려라.'

김현우는 조금 전 자신에게 말했던 그를 떠올리며 입가를 비틀
어 올렸다. 그는 분명 '모든 진실'을 말해주겠다고 했지만, 그가 말
하는 '모든 진실'에 무엇이 담겨 있다고 하더라도, 제작자가 자신을
튜토리얼 탑 안에 처박은 건 사실이었다.

틀림없는 사실.

그렇기에.

'넌 뒤졌다.'

김현우는 제작자를 떠올리며 그렇게 생각하곤 이내 아브에게로
시선을 돌려 물었다.

"아브."

"네, 가디언."

"혹시, 제작자가 만든 탑을 찾을 수는 있을까?"

"제작자가 만든 탑이요……?"

김현우의 물음에 아브는 허공을 잠시 바라보더니 말했다.

"정보 권한으로 록이 걸려 있기는 한데……. 우선 우회해서 어떻
게든 찾아볼게요."

아브의 대답에 고개를 끄덕인 김현우는 이내 그녀에게 제작자에

대한 정보를 조사해달라고 요청한 뒤.

"우선 쓸 만한 정보를 얻으면 곧바로 불러, 알았지?"

"네, 알겠어요."

문을 통해 시스템 룸의 밖으로 빠져나왔다.

그렇게 하루 뒤.

[당신을 초대합니다.]

시스템에서 정식으로 가디언이 된 당신을 초대합니다. 시스템 옆에 남은 시간이 모두 흘러가면 당신은 부름을 받아 초대됩니다.

남은 시간: 0일 0시간 0분 5초

김현우는 앞에 떠오르는 알림 로그와 함께 시스템 룸으로 이동했다. 그는 자신을 기다리고 있던 아브에게 물었다.

"어떻게, 쓸 만한 정보는 구했어?"

김현우의 물음에 아브가 답했다.

"아뇨······."

"응? 그럼 왜 불렀는데?"

그의 물음에 아브는 심각한 표정으로 김현우를 보며 말했다.

"지금 그게 문제가 아니에요."

"왜?"

"정복자가 내려오고 있어요."

"정복자? 그건 또 뭔 소리야, 걔들은 또 뭔데?"

김현우가 슬쩍 인상을 찌푸리며 물었고, 아브는 심각한 표정을 풀지 않은 채 말했다.

"등반자는 좌를 얻기 위해 탑을 오르잖아요?"

"그런데?"

"그런 등반자들이 탑을 올라서 좌를 얻으면, 정복자가 돼요."

"……."

그제야 김현우는 정복자가 어떤 존재인지 짐작할 수 있게 되었고, 곧 그는 인상을 찌푸렸다. 정복자와 붙어보지는 않았으나, 구미호에게 들었던 말에 의하면 그들은 절대로 등반자보다 약하지는 않을 테니까.

"그리고 그런 정복자 중 한 명이, 이유는 모르겠지만 9계층으로 내려오고 있어요."

◆ ◆ ◆

도사導師라는 것은 무엇인가? 그들은 신선神仙이 되기 위해 수행을 반복하는 이들이다. 이 세상에 이로운 것들을 받아들이고, 자연의 이치를 깨달으며, 스스로의 명상을 통해서 이 세상 오행의 진리를 깨달아 신선이 되려는 자들이 있는가 하면. 철저한 자기 절제를 통해 화기가 깃든 음식이나 탁기가 가득한 음식을 피하고. 오롯이 자연의 정기를 통해 자라는 음식과 무공을 통해 신선이 되려는 이들도 있었다. 그렇기에 우화등선羽化登仙을 위해 수행하는 모든 이들은, 기본적으로 자연의 이치를 지키고 살생殺生을 멀리했다.

하나. 도사 중에는 그렇지 않은 이들도 있었다.

탁.

홍콩의 고층 건물이 훤히 들여다보이는 상공에, 그가 있었다.

보랏빛 장포를 펄럭이고, 자신의 애병인 봉을 들고 있던 그는 평화로운 하늘을 바라보며 느긋하게 서 있다가.

"쯧."

이내 가볍게 혀를 차고는 지상을 바라봤다.

그가 혀를 차는 이유.

'그러고 보니 누굴 처리해야 하는지도 듣지 않고 왔네?'

그것은 그가 너무 빨리 내려온 나머지 9계층의 누구를 처리해야 하는지도 듣지 않고 왔기 때문이다. 곤란한 표정을 짓는 것도 잠시. 곰곰이 생각하던 그는 이내 어쩔 수 없다는 듯한 미소를 지으며 생각했다.

'조금 귀찮지만 전부 죽여야 하나?'

가벼운 생각에서 나온 무거운 주제.

그는 무엇인가를 고민하듯 고개를 이리저리 갸웃하기 시작하더니 이내 정했다는 웃음을 지었고.

딱!

곧 손가락을 튕겼다.

그리고.

구그그그그궁!

먹구름이 몰리기 시작했다. 순식간에 푸른 하늘을 좀먹기 시작하는 어두운 먹구름은 도저히 자연 현상이라고는 생각할 수 없을 정도로 빠르게 주변으로 모여들기 시작했고, 순식간에 주변을 장악했다.

홍콩 전역에 펼쳐진 거대한 먹구름. 세상에 빛을 없애버린 먹구름은 순식간에 그 몸을 불리며 홍콩에 비를 떨어뜨리기 시작했다.

순식간에 홍수를 낼 것처럼 홍콩 전역에서 세차게 내리치기 시작하는 폭우. 한 치 앞을 볼 수 없을 것처럼 시야를 좁먹는 빗속에서 그는 만족스럽다는 듯 웃음을 지었고, 또 한 번 손가락을 튕겼다.

딱!

그리고.

꽝! 콰광! 콰아아아아앙!

홍콩 전역에, 뇌우가 치기 시작했다. 순식간에 사방으로 떨어지기 시작하는 뇌우는 그 대상을 정하지 않고 떨어져 내렸고, 홍콩은 삽시간에 불바다가 되었다.

쏟아지는 폭우 속에서 붉은 화마가 고개를 들고, 지상에서는 사람들의 비명이 하나둘 들리기 시작했으나, 그런 비명들은 뇌우에 먹히고 말았다. 그렇게 뇌우가 쏟아지고 있는 홍콩의 상공에서 그 모습을 지켜보고 있던 남자. 아니. 탑을 오르는 것으로 도사의 수행을 뛰어넘은 자이자. 수행을 통해 신선이 된 것이 아닌, 이교의 방법을 사용해 괴선이 되어버린 망나니.

"뭐."

전우치는.

"나쁘지 않네."

청룡의 업을 펼치며 입가에 미소를 지었다.

◆ ◆ ◆

비치는 영상 속으로 사람들의 비명과 개판 5분 전의 홍콩이 보이기 시작했다.

안 돼! 안 돼!!!

야! 거기! 거기 사람 잡아줘!!!

엄마! 엄마아아아!!

흘러나오는 영상에서는 사람들의 비명이 마치 메아리처럼 들려오지만, 곧 그들의 비명은 쏟아지는 뇌우에 전부 묻혀버렸다. 영상이 일순 점멸할 정도로 지상에 떨어지는 수많은 뇌우는 빗소리와 사람들의 비명을 전부 먹어치운 채 자신을 과시했고.

화르르륵!

뇌우가 떨어진 뒤의 홍콩의 모습은 불과 10초 전 영상에 찍히고 있던 홍콩의 모습과는 너무나도 달라져버렸다.

폭우가 내리고 있는데도 불구하고 지상에서는 뱀처럼 날카로운 화마가 사방에서 일어나고, 붉은 뱀들은 검은 먹구름을 붉게 물들인다. 폭우가 세차게 내리치고 있음에도 꺼지지 않는 붉은 화마. 그런 비이성적이고 괴이한 광경을 영상으로 담고 있던 남자는 영상을 종료하려는 듯 카메라를 아래로 내리려다 다시 올렸다. 그러곤 비이성적이고 괴이한 광경의 한가운데에 있는 남자를 찍음과 동시에.

쫘아앙!

거대한 번개가 떨어지면서 촬영은 끝이 났다. 아니, 끝이 나는 듯했다. 카메라의 화면은 거대한 번개 소리와 함께 순식간에 암전했으니까. 하나 빗소리를 계속해서 들려주던 카메라는 꺼지지 않았고, 세차게 비와 뇌우가 떨어지는 하늘에서, 시점을 바꾸어 한 남자를 다시 찍기 시작했다.

보라색의 장포를 입은 남자. 그는 몇 번이고 스마트폰을 만지작거리다가 이내 씨익 웃음을 지으며 말했다.

"한 시간 줄게."

남자의 짧은 한마디. 그 말과 함께 스마트폰은 완전히 박살 나버렸고, 영상은 거기에서 정말로 끝이 났다. 그리고 그렇게 끝난 라이브 방송의 아래에서는 실시간으로 댓글이 미친 듯이 올라오고 있었다.

댓글 32,335개

오로로롱옹: 와, 이거 뭐냐 진짜로? 이거 뭐 CG 같은 거냐? 진짜임 가짜임? 홍콩 사는 애들 등판 안 하나? 등판 좀 해봐라.

   ㄴ 아트록티스: 홍콩에 살고 있진 않고 그 옆에 살고 있는데 아무래도 진짜 맞는 것 같다. 홍콩 쪽에서 번개 떨어지는 거 지금 내가 사는 곳에서 실시간으로 보임. 근데 굉장히 신기한 게 홍콩 쪽에만 검은 구름 잔뜩 있고 다른 곳은 그런 게 없다.

   ㄴ 희태락: 아니 시발 저 새끼 뭐야? 조금 전에 하늘 날고 있다가 우리한테 인사한 거임? 시발 대체 뭐냐???

홍보홍콩홍보: 아, 진짜 지금 개 무섭다. 나 지금 홍콩에 있는데 너무 무서워, 귀는 막 청력 사라진 것처럼 멍하고 정신을 못 차리겠다, 그나마 나는 지하로 어떻게 대피해서 살았는데 아직도 사람 눈앞에서 터지는 게 아른거려.

   ㄴ 오토로크: 뭐야 이 새끼 콘셉트냐 진짜냐? 시발 먼데?

   ㄴ 헬헬헹헬렝헹수식이: 딱 봐도 콘셉트 ㅅㄱ, 지금 홍콩 영상 못 올라올 정도로 개박살 나고 있는데 바로 컨셉충 하는 거 존나 역겹죠? ㅋㅋㅋㅋ 그만해라 병신아. 지금 심각한 거 안 보이냐? 이래서 관종들은 쯔쯔

헌터가인생이다: 이거 봐라, 아무래도 뉴스까지 뜬 것 보니까 보통 일 아

닌 것 같은데. https://news.naver.com/main/read.nhn?mode=LSD&m id=shm&sid1=190&oid=214&aid=0000956511

    ㄴ인생을살아주세요: 아니 뉴스 안 떠도 지금 상황 좆 된 건 누가 봐 도 알 것 같긴 한데 솔직히. ㅋㅋㅋㅋ, 그런데 문제는 지금 저 상황 이 그냥 심각한 게 아닌 것 같아서 문제라는 거임. ㅇㅈ?

    ㄴ칼튼90: 야 근데 뉴스 보니까 헌터협회는 그냥 초반에 박살 나서 아무것도 못 하는 모양인가 보네.

끼이익!

천호동의 저택.

이서연이 스마트폰에 주르륵 떠오르는 댓글들을 보고 있을 무렵, 문이 열리며 김시현이 들어왔다.

"현우 형은!?"

현관 안쪽으로 들어온 김시현은 곧바로 고개를 돌리며 김현우를 찾았으나 이서연이 답했다.

"없어."

"어디에 갔는데?"

김시현의 물음에 이서연은 조금 전까지 구미호와 자신이 보고 있던 스마트폰을 휙휙 휘두르며 말했다.

"이거 막으러. 그거 말하러 온 거 아니야?"

이서연의 물음에 김시현은 고개를 끄덕였다.

"맞긴 한데……. 벌써 갔어?"

김시현의 물음에 이서연은 그와 마찬가지로 고개를 끄덕이곤 말했다.

"그냥 간 수준이 아니라 어디서 튀어나오더니 곧바로 나한테 스마트폰을 맡기기만 하고 달려 나가던데?"

"뭐라고 했는데?"

"중국에 갔다 온다고."

"아……."

김시현은 한숨을 내쉬며 소파에 주저앉았고, 이서연은 꽤 급하게 달려온 것으로 보이는 그에게 물었다.

"그런데 뭐 때문에 그렇게 뛰어온 거야?"

이서연의 물음에 김시현은 크게 한숨을 내쉬고는 말했다.

"국제헌터협회에서 전화가 왔거든."

"국제헌터협회에서……?"

"현우 형이 전화를 안 받는데, 당장 현우 형한테 도움을 요청해야 하니까 급하게 나한테 연락한 것 같더라. 현우 형 좀 불러달라고."

그제야 이서연은 아, 하고 짧은 탄식을 내뱉고는 김현우가 소파 위에 두고 간 스마트폰을 집어서 확인했다.

그리고.

부재중 통화(42)

"그러네……."

이서연은 스마트폰에 잔뜩 와 있는 부재중 통화를 보며 저도 모르게 중얼거렸다.

"너는 그렇게 전화가 왔는데 모른 거야?"

"오빠가 스마트폰 소리를 무음으로 해놨는데 알 리가 있나."

이서연은 괜스레 투덜거리며 그의 스마트폰을 바라보았고, 김시현은 자신의 스마트폰을 이용해 국제헌터협회로 전화를 걸었다.

그렇게 김시현의 스마트폰에 송신음이 울릴 때쯤.

국제헌터협회에서는.

"……허."

헌터협회 메인 홀의 3층에서, 현재 유튜브에 올라와 있는 영상을 확인하고 있었다.

한 시간 줄게.

그 말을 끝으로 완전히 꺼져버린 영상.

잠시간 침묵이 가득하던 회의실의 정적을 깬 것은 바로 회의실의 상석에 앉아 있던 리암 최고의원이었다.

"그래서, 이게 언제 게시된 영상이라고?"

"불과 30분도 되지 않았습니다."

협회원의 보고에 리암은 중얼거렸다.

"홍콩 지부와 연락은 닿는가?"

협회원은 고개를 저으며 즉답했다.

"맨 처음 홍콩 지부로부터 걸려온 긴급 전화 한 통을 제외하고, 그 뒤부터 홍콩 지부와는 완전히 연락이 두절되었습니다."

"……."

협회원의 말에 따라 리암은 또 한번 침묵했고, 이내 그는 슬슬 아파오기 시작하는 머리를 부여잡으며 인상을 찌푸렸다.

'도대체 왜 갑자기 저런 괴물이.'

그는 현재 상황을 이해할 수가 없었다. 그도 그럴 것이, 지금까지 국제헌터협회에 미리미리 위협을 알려주었던 재앙 탐지기가 당장 홍콩에 내리칠 때까지도 전혀 반응하지 않았으니까.

'재앙이 아니란 말인가? 그것도 아니면 또 다른 종류의 무언가?'

리암은 머릿속을 복잡하게 굴렸으나 생각나는 것은 없었다. 지금 당장 국제헌터협회에 있는 정보라고는 단 하나도 없었으니까. 게다가 사실 그것보다 더 문제는.

"……."

홍콩이 지금 실시간으로 박살 나고 있음에도 불구하고 리암은, 아니 국제헌터협회는 아무런 행동도 취할 수 없다는 거였다. 국제헌터협회에서는 저 괴물을 막을 방법이 없었으니까.

"……."

"……."

"……."

그 누구도 입을 열지 않는다. 마치 입을 열면 그 누구라도 책임을 져야 하는 것처럼. 그 모습을 보며 리암이 아무도 모르게 깊은 한숨을 내쉬고 있을 때쯤, 회의실의 쪽문을 통해 리암의 비서가 들어왔다. 그는 회의실에 있는 이들에게 살짝 묵례를 하곤 곧바로 리암에게 다가와 말하기 시작했다.

"김시현 헌터에게서 연락이 왔습니다."

"뭐라고 하던가?"

리암의 묘한 긴장감이 서려 있는 물음에 그는 답했다.

"김현우 헌터는 이미 홍콩으로 향했다고 합니다."

"그게 정말인가?"

"예, 조금 전 들은 소식입니다."

비서의 말이 끝나자 여기저기에서 터져 나오는 안도 어린 한숨들, 물론 그들 중에는 리암도 포함되어 있었으나. 그는 안도의 한숨을 내쉬면서도 자조적인 표정을 지었다.

'이렇게 무능하다니……'

리암은 이런 상황에서 아무런 대처도 취할 수 없는 국제헌터협회의 무능함이 뼈아팠으나, 이내 한편으로는 어쩔 수 없다고 생각했다.

'그런 괴물은…… 일반적인 헌터는 절대 막을 수 없다.'

딱 봐도, 조금 전 영상에 찍힌 그 남자는 괴물이었다. 하늘에서 뇌우를 떨어뜨려 홍콩 전역을 박살 낸 것만 봐도 알 수 있었다. 마치 인간과는 그 종족부터 달라 보이는 그의 능력을 막을 수 있는 사람은 그밖에 없었다. 그렇기에. 리암은 자조적인 마음을 한편으로 미뤄놓고, 김현우를 응원했다.

◆ ◆ ◆

계속해서 내리치던 뇌우가 그치고, 지상에는 붉은 화마가 만들어진 그곳에서. 전우치는 자신이 만들어낸 광경을 흥미 없이 내려다보고 있었다.

세차게 내리는 폭우. 그 사이로 고개를 들이미는 화마. 완전히 박살 나 있는 도시들과 자동차들. 불과 몇 십 분 전만 해도 활발하게 사람들이 움직이고 있던 홍콩이라는 도시는 내리치는 뇌우로 인해 유령도시처럼 변해버리고 말았다. 그러나.

"쯧, 나쁘지는 않았는데, 너무 자잘하네."

정작 그 끔찍한 광경을 만들어낸 전우치는 정작 그 광경도 마음에 들지 않는다는 듯 말하고는 이내 인상을 찌푸렸다.

"완전히 지울 수 있을 줄 알았는데."

그의 입에서 나온, 마치 일반적인 인간과는 전혀 생각이 다른 것 같은 중얼거림이 하늘에 울려 퍼지고.

"이런 개."

"······!"

"새끼가!!"

김현우가 그의 앞에 나타났다. 쏟아지는 폭우를 뚫고, 전우치의 앞에, 그가 나타났다. 전우치는 곧바로 상황을 파악하려는 듯 시선을 위쪽으로 들어 여의봉을 탄 채 자신에게로 떨어져 내리고 있는 김현우를 바라보며 몸을 움직였다.

짧은 찰나.

전우치는 몸을 비틀어 김현우의 일격을 피하려 했으나 이미 김현우는 그의 지척에 다가온 상태였고.

후우우욱!

김현우의 주먹이, 그의 머리 위로 떨어져 내리려는 그 순간.

씨익.

그는 전우치의 입가에 만들어지는 미소를 볼 수 있었다.

그리고.

츳!

전우치는, 순식간에 김현우의 눈앞에서 사라져, 그의 공격이 닿지 않는 뒤쪽에서 나타났다. 그는 여의봉을 타고 땅으로 떨어져 내리는 김현우를 보며 비웃음이 가득 실린 표정으로 입을 열었다.

"도사, 아니 신선이란 무릇 하늘도 접어 걸을 수 있는 법이지."

축지법縮地法을 사용한 전우치의 비웃음 서린 목소리에 김현우가 일순 멍한 표정으로 공격 범위 뒤로 물러나 있는 그를 바라보았으나.

피식.

"!"

전우치는 피식 웃으며 떨어져 주머니 속으로 손을 집어넣는 김현우의 모습을 보며 인상을 굳혔고, 이내 전우치는.

"좆 까."

자신의 위에서 떨어져 내리고 있는 거대한 거검鉅劍을 볼 수 있었다. 그는 서둘러 다시 한번 축지법을 시도하려 했으나, 그는 이미 자신의 머리 위에 '나온' 거검을 피할 수 없었고.

"병신아!"

쫘아아앙!

기간토마키아가 전우치의 머리를 후려쳤다.

◆ ◆ ◆

쫘아아앙! 콰드드득!

전우치의 신형이 순식간에 바닥으로 떨어지고, 그의 몸이 부서진 건물 잔해 속에 처박힌다.

쿠그그그긍!

그 여파로 무너지기 시작하는 건물들. 김현우는 그를 후려친 기간토마키아를 집어넣고 곧바로 땅을 딛고 있던 여의봉을 원래의 크기로 돌렸다. 그의 명령에 따라 순식간에 줄어져 원래의 크기로 돌아오는 여의봉. 땅을 딛고 있던 여의봉이 원래의 크기로 돌아오며 일순 체공 상태에 돌입한 김현우는 곧바로 몸을 틀어 전우치가 떨어진 곳을 바라보곤 그대로 여의를 휘둘렀다.

"길어져라, 그리고."

김현우의 말에 따라 순식간에 길어진 여의봉은 단 한순간에 전우치가 떨어진 건물 잔해를 타격할 수 있을 정도로 길어졌고, 이어 여의봉이 가속력을 가지고 잔해에 가까이 도달했을 때쯤.

"커져라. 여의봉."

여의봉은 그 크기를 불리며 전우치가 떨어졌던 그 건물 잔해를 타격했다.

콰아앙!

거대한 폭음. 마치 미사일 수백 개가 떨어진 것처럼 땅이 울리고, 미처 파괴되지 못한 건물 잔해가 사방으로 튀어 오른다. 쏟아지던 폭우는 일시적인 충격파로 인해 비를 땅으로 떨어뜨리지 못했고. 여의봉의 공격이 통한 그 반경 안에는 빗방울 대신 흙먼지가 가득 차올랐다.

입이 떡 벌어질 정도로 파괴적인 일격.

김현우는 타이밍에 맞게 여의봉을 줄이고 지상에 착지했다.

쿵! 쏴아아아아!

그가 땅바닥에 착지하자마자 일시적으로 멈추었던 폭우가 그의 머리 위로 쏟아졌고, 김현우는 숨을 돌릴 틈도 없이 곧바로 뇌령신공을 일으키기 시작했다.

파직. 파지지직!

그의 주변에 검붉은 스파크를 일으키며 깨어나기 시작하는 뇌령신공. 김현우는 곧바로 흙먼지가 걷히지 않은 잔해를 향해 뛰어들었다.

순식간에 사라지는 신형.

흙먼지가 껴 앞이 제대로 보이지 않는 상황임에도 김현우는 마력을 이용해 전우치가 있는 곳을 찾을 수 있었고.

"흡!"

망설임 없이 그쪽으로 이동해 그의 머리에 발을 휘둘렀으나.

"쯧."

그의 발은 전우치의 머리에 닿지 않았다.

김현우의 공격이 빗나감과 함께 걷히는 흙먼지. 그는 시야가 제대로 확보되지 않는 폭우 속에서도 전우치의 모습을 확인할 수 있었다. 분명 기간토마키아에 맞고 그 뒤에 여의봉의 일격을 맞았는데도 불구하고 그의 모습은 옷에 조금 흙탕물이 튄 것 말고는 바뀐게 없었다. 별 피해가 없어 보이는 전우치의 모습에 김현우가 혀를 차고, 전우치는 그를 돌아보며 말했다.

"어떻게 찾나 고민했는데, 네가 그 이레귤러구나?"

"뭐?"

김현우가 그게 무슨 소리냐는 듯 되물었으나 전우치는 그런 그의 물음에 답하고 싶은 마음은 없는 듯 이야기를 이어나갔다.

"이야, 이거 또 어떻게 찾나 했는데 이렇게 직접 찾아와주니까 다행이네."

그는 정말로 다행이라는 듯 몇 번이고 고개를 끄덕거리며 김현우를 바라봤고.

"아니 이런 씨발 새끼야, 니들은 무슨 정신 이상자들만 모였어? 물으면 대답을 해, 이 개새끼야!"

김현우는 진심으로 짜증 내는 표정으로 전우치에게 버럭 소리를 질렀다.

그 모습에 일순 멍한 모습으로 김현우를 쳐다보던 전우치는 재미있다는 듯 웃으며 입을 열었다.

"성질이 개차반이구나? 하긴 듣기로 이레귤러들은 대부분 조금 모난 놈들이 된다고 하던 것 같기는 하던데."

"그럼 등반자들은 죄다 너네 같은 정신 이상자 새끼들만 되냐? 어? 씨발 새끼야, 대화하는 법 몰라?"

그의 욕설에 슬쩍 얼굴이 굳는 전우치.

김현우는 밀어붙이듯 계속해서 목소리를 내뱉었다.

"씨발 새끼야, 이레귤러가 뭔데? 내가 물어봤잖아 이 좆 같은 새끼야, 어? 다들 니들 잘난 맛에 살았어? 어?"

"잠깐."

"시발, 정신 이상자 새끼들아, 물어보면 대답을 해! 혼자서 처말하고 낄낄거리지 말고. 니들이 자폐증 환자야? 어떻게 만나는 새끼마다 안 그러는 새끼들이 없어. 어? 아냐고케이스, 개새끼야!"

"……."

김현우의 외침에 시종일관 미소를 짓고 있던 전우치의 표정이 굳었으나 이내 그는 얼굴을 펴고는 억지로 입가에 미소를 지은 채 이해한다는 어투로 입을 열었다.

"역시, 상놈이라 그런지 입이 험하구나."

전우치의 한마디, 하나 김현우는 받아쳤다.

"뭐래, 딱 봐도 개찐따 같은 새끼가."

쩌적.

김현우의 공격에 전우치의 입가에 지어졌던 미소가 거짓말처럼 사라지고, 그에 김현우는 또 한번 입을 놀리려 했으나.

"뭘 봐 씨발."

"이 좆 같은 새끼가 진짜!"

"?"

그는 전우치의 입에서 나오는 욕설에 저도 모르게 입을 다물었다.

"이 개새끼가 보자 보자 하니까 도를 모르네? 어? 야, 이 개새끼야, 내가 만만해 보여?"

"뭐?"

"씨발 새끼가 진짜, 나 몰라? 나 전우치야, 전우치! 조선 제일의 망나니 전우치라 이 말이다! 어디서 내 앞에서 아가리를 놀려?! 뒤지고 싶냐!"

발악하듯 자신의 이름을 외치는 전우치의 모습에 김현우는 멍하게 그를 바라봤고, 전우치는 계속해서 욕을 내뱉었다.

"······."

"이런 거지발싸개 같은 놈이 진짜, 안 그래도 도 닦으려고 바르고 고운 말 쓰니까 내가 그리 우스워 보이디? 응? 너희 집 에미는 안녕하시냐?"

"뭐? 에미?"

"왜? 애비도 써줄까? 네 애비 어제 저잣거리에서 경씨댁 마당에 있더라? 응?"

"이런 미친······."

'이거 개또라이 새끼 아니야?'

갑작스레 봇물 터지듯 흘러나온 그의 욕설과 패드립에 김현우는 어처구니없이 전우치를 바라보다 물었다.

"입 걸레인 거 봐라?"

"내 입이 걸레면 네 에미는."

김현우의 한마디에 또 한번 패드립을 치기 위해 입을 여는 전우치를 보며 김현우는 곧바로 말을 막았다.

"나 에미 없어, 이 개새끼야."

"그럼 애비."

"애비도 없는데?"

김현우의 탈룰라 선언에 잠시 입이 막힌 전우치. 그는 순간 멈칫한 전우치를 향해 순식간에 도약했다.

탓!

한순간의 도약으로 순식간에 전우치의 면전에 나타난 김현우는 그를 향해 주먹을 휘두르며 말했다.

"난 고아야, 이 씨발아."

뻑!

둔중한 소리.

마치 무엇인가가 부서지는 듯한 소리가 폭우 속에 울려 퍼졌으나, 유감스럽게도 김현우의 주먹은 전우치의 얼굴에 닿지 못했다.

"!"

그 대신, 김현우는 자신이 뚜드려 패려고 했던 것이 건물의 잔해라는 것에 눈을 크게 떴고, 곧.

"이런!"

콰아앙!

김현우는 사각에서 날아오는 전우치의 봉을 막아내었다. 순식간에 주르르륵 밀려나는 김현우의 몸.

그는 곧바로 자세를 정비하며 전우치를 바라봤고, 이제 그의 모습은 달라져 있었다. 아까 전 고상한 분위기를 풍기던 보라색의 장포는 애초에 처음부터 입고 있지 않았다는 듯 없어져 있었고, 대신 그 위에는 밋밋한 장포를 두르고 있었다. 그와 함께 머리에 쓴 양반 갓. 아까랑은 다르게 신선 같은 분위기라고는 완전히 사라져버린 전우치는 이내 자신의 봉을 어깨 뒤로 넘기고는 오만하게 말했다.

"선仙이 된 내게 다시 이 모습을 보이게 했으니, 너를 쉽게 죽이지는 않겠다."

그의 말에 김현우는 입가를 비틀며 말했다.

"너야말로 이런 짓 해놓고 편하게 죽을 생각은 하지 마라."

서로에게 주고받은 짧은 한마디 말. 그 말과 함께.

꽝!

전투는 시작되었다.

파지지직!

김현우의 몸에서 뿜어져 나온 검붉은 스파크가 사방으로 튀어 오르며 빗방울을 때리고, 전우치의 신형이 사라진다.

셀 수 없는 짧은 한순간. 그 찰나에, 이미 그들은 서로를 마주 보며 공격을 주고받기 시작했다. 김현우의 발이 전우치의 오른팔을 노리고 휘둘러지고, 전우치가 봉을 이용해 그의 일격을 막아낸다.

쿠우우웅!

그저 한 번의 공격을 주고받았음에도 느껴지는 심후한 무게. 그러나 움직임은 거기에서 멈추지 않는다.

"!"

그의 공격을 막은 전우치가 그 짧은 틈에 봉을 돌려 김현우의 어깨를 노리고, 김현우는 마찬가지로 그 봉을 피하며 전우치의 몸에 유효타를 노린다. 단순하게는 서로를 공격하고 피하는 싸움. 하나 조금 더 세밀하게 들어가보면 그들은 그 짧은 시간 안에서 무한한 사고 회로를 돌리고 있었다. 자세에서 나올 수 있는 수많은 움직임을 예측하고, 그 찰나의 움직임을 눈치채고 다음 행동을 이어 나간다. 순식간에 김현우와 전우치의 합이 쌓여나간다.

십 합을 넘어서 백 합.

백 합을 넘어서 천 합.

분명 맞붙기 시작한 시간은 조금밖에 되지 않았는데도 불구하고, 합의 숫자는 말도 안 될 정도로 그 세를 불려나간다.

그리고.

"!"

그 합이 끝난 것은 바로 그때였다.

김현우의 사방에서 나타난 총 네 명의 전우치. 그가 어떤 반응을 할 시간도 없이 사방에서 나타난 네 명의 전우치는 그에게 제각기 다른 공격을 시도했다. 오른쪽에 위치한 전우치는 그의 발을. 왼쪽에 위치한 전우치는 그의 머리를. 앞에 위치한 전우치는 그의 심장을 노리고. 뒤에 있던 전우치는 그의 오른팔을 노렸다. 거의 동시간이라고 해도 될 정도로 빠르게 내리쳐지는 전우치의 공격에, 김현우는 사고를 더더욱 빠르게 회전했고.

"흡!"

깡!

그는 공격이 자신의 몸에 닿으려는 그 순간, 점프를 하는 것으로 피했다.

하나.

"아까의 답례는 이걸로 하도록 하지."

"씨."

전우치는 이미 김현우의 머리 위로 봉을 후려치고 있었다.

꽝!

거대한 폭음.

뒤늦게 그의 공격을 막은 팔에 격통이 느껴지고, 그의 몸이 순식간에 바닥으로 파고들어 간다. 그 순간에도 김현우는 곧바로 몸을 움직이며 뛰어올랐으나.

"무릇 신선이란 그저 심心으로 도술을 부릴 수 있어야 한다."

"!"

김현우는 어느새 자신의 주변에 펼쳐져 있는 수많은 마법진을 보며 인상을 찌푸렸다. 그로서는 처음 보는, 일반적인 마법진보다도 더욱 난해한 도식이 있는 마법진이 김현우를 기점으로 회전하고 있었다.

그는 이형환위를 이용해 그 자리를 벗어나기 위해 허공을 박차려 했으나, 이미 발동하기 시작한 마법진은 김현우의 몸을 구속했다.

그리하여 발동되기 시작한 마법진은.

"오행 심기구속진心器拘束眞."

전우치의 말에 따라 찬란한 빛을 내뿜으며 완성되었고, 그 순간 마법진에서 나온 5개의 제각기 다른 빛을 가진 사슬은 김현우를 구속했다.

그와 함께.

"용 좋아하나?"

"이런 썅."

김현우는, 전우치의 말과 함께 하늘을 바라보며 인상을 찌푸릴 수밖에 없었다.

쿠오오오오.

전우치가 가리키고 있는 하늘에는, 마치 동양의 신화에서나 볼 수 있는 거대한 두 마리의 용이 폭우를 뚫고 이곳으로 내리치고 있었으니까. 전우치는 이쪽으로 떨어지는 두 마리의 용에게서 시선을 뗀 채 김현우를 바라보고는 입가를 비틀어 올리며.

"뇌룡雷龍과 수룡水龍은 그 궁합이 잘 맞지."

그렇게 중얼거리고는 곧바로 몸을 피했고, 그와 함께 하늘에서부터 떨어지는 거대한 뇌룡과 수룡은 김현우의 몸을 먹어치웠다.

콰아아아아아아아!!!

수룡이 김현우의 몸을 집어삼키고, 뇌룡이 수룡의 몸 안에 섞여 들어가 거대한 번개를 불러들인다.

그와 함께 순식간에 퍼지는 황금빛의 스파크는 떨어져 내리는 빗방울에 연쇄작용을 일으켰고.

삐!

세상이 황금빛으로 물들었다. 그 무엇도 보이지 않는 찬란한 황금빛으로.

그리고 그 순간.

"넌 진짜 좆 됐다."

검붉은 번개가, 황금빛으로 물든 세상을 찢어발기기 시작했다.

4권에서 계속

튜토리얼 탑의 고인물 3

초판 1쇄 인쇄 2022년 8월 25일
초판 1쇄 발행 2022년 8월 31일

지은이 방구석김씨
펴낸이 김문식 최민석
총괄 임승규
기획편집 이수민 박소호 김재원 이혜미
    조연수 김지은 정혜인
디자인 배현정
제작 제이오

펴낸곳 (주)해피북스투유
출판등록 2016년 12월 12일 제2016-000343호
주소 서울시 성북구 종암로 63, 5층 (종암동)
전화 02)336-1203
팩스 02)336-1209

ISBN 979-11-6479-737-0 (04810)
    979-11-6479-266-5 (세트)